Fiona

JUDE DEVERAUX
ist eine der beliebtesten und populärsten amerikanischen Autorinnen.
Mit ihren historischen Liebesromanen eroberte sie die Herzen der Leser im Sturm.
Eiserner Wille und eine unerschöpfliche Phantasie verhalfen ihr zu diesem großen Erfolg.

DIE ASCOTTS

JUDE DEVERAUX

Fiona

Roman

Aus dem Amerikanischen
von Bodo Baumann

Weltbild

Die amerikanische Originalausgabe erschien unter dem Titel
VELVET ANGEL

Besuchen Sie uns im Internet:
www.weltbild.de

 This edition published by arrangement with the original publisher, Pocket Books, a division of Simon & Schuster, Inc., New York
Übersetzung: Bodo Baumann

Umschlaggestaltung: Studio Höpfner-Thoma, München
Umschlagmotiv: Agentur Luserke, Stuttgart
(© James Griffin)
Gesamtherstellung: GGP Media GmbH,
Karl-Marx-Straße 24, 07381 Pößneck
Printed in Germany
ISBN 3-8289-7953-X

2009 2008 2007 2006
Die letzte Jahreszahl gibt die aktuelle Lizenzausgabe an.

Kapitel 1

DER SÜDEN VON ENGLAND

August 1502

Fiona Chatworth stand am Rand der steilen Klippe und sah hinunter auf das wogende Meer hoher Gerstengräser. In der Tiefe bewegten sich winzige Männer mit Sicheln auf der Schulter. Ein paar von ihnen ritten auf Pferden, und einer kutschierte ein Ochsengespann.

Doch Fiona sah diese Männer nicht wirklich, weil sie ihr Kinn zu hoch hielt. Eine Bö heißen Sommerwindes versuchte sie vom Rand der Klippe wegzudrücken; doch sie stemmte sich mit den Beinen dagegen und weigerte sich, von der Stelle zu rücken. Wenn das, was ihr heute schon widerfahren war und was ihr nun bevorstand, sie nicht zu erschüttern vermochte, würde so ein Windstoß sie schon gar nicht aus der Fassung bringen.

Ihre grünen Augen waren trocken, doch ihr Hals war wie zugedrückt. Ein Kloß aus Ärger und unvergossenen Tränen steckte darin. Ein Muskel zuckte in ihrer Wange, als sie tief Atem holte und ihr klopfendes Herz zu beruhigen versuchte.

Wieder kam ein Windstoß und hob die strähnige Masse aus honigblonden Haaren von ihrem Rücken, und dabei löste sich, ohne daß sie es merkte, eine letzte Perle und rollte über die zerrissene, schmutzige rote Seide ihres Kleides. Die Kette, die sie zur Hochzeit ihrer Freundin getragen hatte, war zerrissen, ihr Haar zerzaust und aufgelöst, ihr Gesicht voll Schmutzflecken – und ihre Hände brutal auf ihrem Rücken zusammengebunden.

Fiona hob die Augen zum Himmel, und sie blinzelte nicht, als das grelle Tageslicht vor ihren Augen flimmerte. Ihr Leben lang hatte man ihr engelgleiches Aussehen gerühmt. Und doch hatte sie noch nie so zart, so heiter, so ätherisch ausgesehen wie jetzt, als ihr schweres, schimmerndes Haar um ihre Schultern spielte wie ein seidener Umhang und ihr das zerrissene Gewand das Aussehen einer Märtyrerin gab.

Doch in Gedanken war Fiona weit entfernt von engelhaften Vorstellungen – oder von Vergebung.

»Ich werde bis zum Tode kämpfen«, murmelte sie himmelwärts, während ihre Augen sich verdunkelten und die Farbe eines Smaragds im Mondlicht annahmen. »Kein Mann wird mich unterkriegen. Kein Mann wird mich seinem Willen unterwerfen.«

»Bittest du Gott um Hilfe?« kam die Stimme des Mannes zu ihr, der sie gefesselt hatte.

Langsam, als stünde ihr die Ewigkeit zur Verfügung, drehte sich Fiona zu dem Mann um, und die Kälte in ihren Augen ließ ihn einen Schritt zurückweichen. Er war ein Prahlhans wie der scheußliche Mann, dem er diente – Pagnell von Waldenham; doch dieser Lakai wurde zum Feigling, wenn ihm sein Meister nicht den Rücken stärkte.

John hustete nervös, kam dann wieder kühn näher und packte Fiona am Oberarm. »Vielleicht hältst du dich für eine große Lady; doch im Augenblick bin ich dein Meister.«

Sie sah ihm fest in die Augen, verriet nichts von dem Schmerz, den er ihr zufügte; schließlich hatte sie in ihrem Leben mehr als genug physische und seelische Qualen ausstehen müssen. »Du wirst nie ein Meister sein«, sagte sie gelassen.

Einen Moment lockerte John seinen Griff, doch im nächsten Augenblick zog er sie heftig nach vorn und gab ihr einen Stoß.

Fiona hätte fast das Gleichgewicht verloren, doch es gelang ihr mit fast übermenschlicher Konzentration, sich aufrechtzuhalten und geradeaus zu gehen.

»Jeder Mann ist der Meister einer Frau«, sagte John hinter ihr. »Frauen wie du wollen das nur nicht begreifen. Es braucht nur einen tüchtigen Mann, der dich besteigt und zu reiten versteht, und du wirst deinen Meister kennenlernen. Nach allem, was ich über diesen Miles Ascott gehört habe, ist er der Mann, der dir gibt, was du brauchst.«

Als Fiona den Namen Ascott hörte, stolperte sie und fiel auf die Knie.

Johns Lachen war unverhältnismäßig laut, als hätte er soeben eine großartige Tat vollbracht. Er blieb stehen und sah unverschämt zu, wie Fiona sich ungeschickt wieder aufrappelte, da ihr die Hände gefesselt waren und sich ihre Füße im Rocksaum verfangen hatten.

»Der Name Ascott bringt dein Blut in Wallung, nicht wahr?« höhnte er, als er sie auf die Beine riß. Einen Moment berührte er mit der Hand ihre Wange, strich mit schmutzigen Fingerkuppen über die weiche elfenbeinfarbene Haut, über ihre samtenen Lippen. »Wie kann eine so herrliche Frau wie du so widerborstig sein? Wir beide könnten uns herrlich die Zeit vertreiben, und Lord Pagnell würde nie etwas davon erfahren. Was bedeutet es schon, wer der erste ist? Der junge Ascott wird dir sowieso die Jungfrauenschaft nehmen. Was macht also ein Tag für einen Unterschied?«

Fiona sammelte den Speichel in ihrem Mund und spuckte ihn dann in sein Gesicht. Als er die Hand hob, um sie ins Gesicht zu schlagen, stach der Schmerz wie mit tausend Nadeln in ihren wunden Körper, während sie dem Schlag geschickt auswich und zu laufen begann. Doch mit gebundenen Händen kam sie nicht schnell voran, und John holte sie spielend leicht ein. Er packte, was noch von ihrem Rock übriggeblieben war, so daß sie wieder stürzte und mit dem Gesicht auf den Boden schlug.

»Du hinterhältige kleine Schlampe!« rief er keuchend, drehte sie um und setzte sich mit gespreizten Beinen auf ihren Leib. »Dafür wirst du mir büßen. Ich habe versucht, dich fair zu behandeln, doch jetzt hast du eine Tracht Prügel verdient.«

Fionas Hände und Arme waren unter ihrem Körper festgeklemmt, und obwohl sie sich mit all ihrer Kraft zu beherrschen versuchte, trieb ihr der Schmerz die Tränen in die Augen. »Du wirst es nicht wagen, mich zu schlagen, nicht wahr?« sagte sie mit zuversichtlicher Stimme. »Pagnell würde es nämlich erfahren, und dann bekämst du deine Prügel. Männer wie du riskieren nie, ihr kostbares Selbst einer Gefahr auszusetzen.«

John legte die Hände auf ihre Brüste und preßte seine Lippen auf ihren Mund; doch Fiona zeigte nicht die geringste Reaktion. Enttäuscht löste er sich endlich von ihr und ging wütend zurück zu den Pferden.

Fiona setzte sich auf und versuchte, ihre Ruhe wiederzugewinnen. Sie verstand es meisterhaft, ihre Gefühle zu verschleiern, und nun wollte sie ihre ganze Kraft für die Heimsuchung aufsparen, die ihr bevorstand.

Ascott! Der Name dröhnte in ihrem Kopf. Über allen Schrecken, allen Angstvorstellungen ihres Lebens schien der Name Ascott als Ursache zu stehen. Ein Ascott war schuld, daß ihre Schwägerin ihre Schönheit und fast ihren ganzen Verstand verloren hatte. Ein Ascott hatte über ihren älteren Bruder Schande gebracht und das Verschwinden ihres Bruders Brian ausgelöst. Und indirekt war auch ein Ascott schuld daran gewesen, daß sie nun eine Gefangene war.

Fiona war Gast bei der Hochzeit einer Freundin gewesen und hatte zufällig mitgehört, wie ein berüchtigter Verführer, den sie ihr ganzes Leben gekannt hatte, Pagnell, von seinem Vorhaben sprach, eine hübsche kleine Sängerin einem seiner korrupten Verwandten auszuliefern, damit sie als Hexe verurteilt werden sollte. Als Fiona dieses Mädchen zu retten versuchte, hatte Pagnell sie beide überwältigt und beschlossen, Fiona ihrem Feind auszuliefern, einem Ascott. Pagnell hielt das für einen großartigen Spaß, und vielleicht wäre die Sache nicht so schlimm gewesen, wenn die Sängerin nicht mit einer großmütigen, aber absolut törichten Geste kundgetan hätte, daß sie irgendwie mit einem Ascott verbunden war.

Pagnell hatte Fiona gefesselt und geknebelt, sie in eine schmutzige Zeltplane eingewickelt und seinem Lakaien, John, befohlen, sie diesem heißblütigen Miles Ascott auszuliefern, der berüchtigt war für seine ausschweifende, satyrhafte Lebensweise. Fiona wußte, daß der jüngste, ein Jüngling von erst zwanzig Jahren, gerade zwei Jahre älter als sie selbst, der schlimmste der vier Ascott-Brüder war. Sogar in dem Frauenstift, in dem sie die letzten Jahre lebte, hatte sie Geschichten von Miles Ascotts Liebesabenteuern gehört.

Man hatte ihr erzählt, daß er mit sechzehn Jahren seine Seele an den Teufel verkauft habe und seither eine unheimliche Gewalt über Frauen besäße. Fiona hatte über diese Geschichte gelacht, jedoch niemandem den Grund ihrer Heiterkeit verraten. Sie glaubte, daß dieser Miles Ascott sich eher wie ihr toter Bruder Edmund verhalten und den Mädchen einfach befohlen hatte, ihm zu Willen zu sein. Es war eine Schande, daß dieser Ascott-Samen offenbar sehr fruchtbar war, denn es ging das Gerücht, er habe hundert uneheliche Kinder gezeugt.

Vor drei Jahren hatte ein junges Mädchen, Bridget, das Stift verlassen, wo Fiona sich häufig aufhielt, um in der alten Burg der Ascotts als Magd zu arbeiten. Sie war ein hübsches Mädchen mit großen dunklen Augen und schwingenden Hüften. Zu Fionas Verdruß benahmen sich die anderen Bewohner des Stiftes abwechselnd so, als wäre das Mädchen eine angehende Braut oder ein Menschenopfer. Am Tag vor ihrer Abreise verweilte Bridget zwei Stunden in der Zelle der Priorin, und bei der Abendandacht hatte das Mädchen rotgeweinte Augen.

Elf Monate später brachte ihnen ein Wandermusikant die Nachricht, daß Bridget von einem großen gesunden Jungen entbunden worden sei, den sie James Ascott getauft habe. Es war kein Geheimnis, daß Miles der Vater des Kindes war.

Fiona hatte mit den anderen viele Stunden lang um Vergebung der Sünden dieses Mädchens gebetet. Doch im stillen verfluchte sie alle Männer wie ihren Bruder Edmund und diesen Miles Ascott – böse Männer, die glaubten, Frauen hätten keine Seele. Die sich nichts dabei dachten, wenn sie Frauen schlugen und ihnen Gewalt antaten oder sie zu allerlei abscheulichen Handlungen zwangen.

John unterbrach ihren Gedankengang, als er sie bei den Haaren packte und auf die Beine riß.

»Du hast jetzt genug gebetet«, sagte er ihr ins Gesicht. »Miles Ascott hat hier in der Nähe ein Lager errichtet, und es wird Zeit, daß er die nächste ...«, er lächelte – »Mutter seines nächsten Bastards kennenlernt.«

Er lachte wieder laut, als Fiona gegen ihn torkelte, und als sie begriff, wie sehr er sich an ihren ungeschickten Bewegungen weidete, blieb sie stocksteif stehen und streifte ihn mit einem eiskalten Blick.

»Hexe!« höhnte er. »Wollen doch sehen, ob dieser Teufel Ascott den Engel verzaubern kann, der du nach außen hin zu sein scheinst – oder wird er entdecken, daß deine Seele so schwarz ist wie seine eigene?«

Lächelnd, mit einer Hand in ihren Haaren, zog er einen scharfen kleinen Dolch aus der Scheide und setzte ihn gegen ihre Kehle. Als sie nicht mit der Wimper zuckte bei dem Gefühl des kalten Stahls auf ihrer Haut, wurde aus seinem Lächeln ein Grinsen.

»Zuweilen machen diese Ascotts den Fehler, mit Frauen zu sprechen, statt sie für das zu verwenden, wofür Gott sie geschaffen hat. Ich werde dafür sorgen, daß dieser Ascott nicht auf solche abwegigen Gedanken kommt.«

Langsam fuhr er mit der Dolchspitze an ihrer Kehle entlang bis zum Saum ihres hochgeschlossenen Kleides – oder was davon übriggeblieben war.

Mit angehaltenem Atem, den Zorn mit eisernem Willen beherrschend, stand sie stocksteif da, während ihre Augen die seinen nicht losließen. Sie würde ihm keinen Vorwand geben, daß er mit dem Dolch zustoßen konnte.

John ritzte nicht ihre Haut. Die Klinge zertrennte nur vorne das Kleid und das enge Korsett darunter. Als er die schöne Wölbung ihrer Brüste freigelegt hatte, sah er wieder in ihr Gesicht. »Du versteckst eine Menge unter deinem Gewand, Fiona«, flüsterte er.

Sie wurde stocksteif und sah von seinem Gesicht weg. Es stimmte, daß sie sich konservativ kleidete, ihre Brüste flachpreßte, ihre Hüften verstärkte. Ihr Gesicht zog mehr Männer an, als ihr lieb war; doch sie konnte nichts an ihrem Gesicht ändern, nur die Haare unter einem Tuch verbergen.

John war nicht länger an ihrem Gesicht interessiert, als er sich darauf konzentrierte, den Rest ihres Kleides herunterzuschneiden. Er hatte noch nicht viele Frauen nackt gesehen und nie eine von dem Stande, dem Fiona Chatworth angehörte – schon gar nicht so eine schöne Frau.

Fionas Rückgrat war so steif, als wäre es aus Stahl gemacht. Als ihre Kleider von ihrem Körper fielen und sie die warme

Augustsonne auf der bloßen Haut spürte, wußte sie, daß das qualvoller war als alles, was man ihr bisher angetan hatte.

Ein häßlicher gurgelnder Laut von John, der tief aus seinem Inneren kam, brachte ihre Lider zum Flattern. »Verfluchter Pagnell!« fluchte der Mann und griff nach ihr.

Fiona wich vor ihm zurück und versuchte, ihre Würde zu bewahren, während sie John mit finsterem Blick musterte und sah, daß ihm förmlich der Schaum vor dem Mund stand. »Wenn du mich anfaßt, bist du ein toter Mann«, sagte sie laut. »Wenn du mich tötest, wird dir Pagnell den Kopf abschlagen lassen – und wenn du es nicht tust, werde ich dafür sorgen, daß er erfährt, was du mir angetan hast. Und hast du den Zorn meines Bruders vergessen? Schätzt du dein Leben nicht höher als das Paaren mit einer Frau?«

Es dauerte einen Moment, ehe John wieder nüchtern wurde und die Augen zu ihrem Gesicht hob. »Ich hoffe, dieser Ascott bereitet dir endloses Elend«, sagte er gefühlvoll und ging zu dem Teppich, der auf der Kruppe seines Pferdes festgebunden war. Ohne zu ihr aufzusehen, rollte er ihn auf dem Boden auf.

»Leg dich hin«, befahl er, den Blick auf den Teppich gerichtet, »und laß dir gesagt sein, Frau, daß ich Pagnell, Ascott und den Zorn deines Bruders vergessen werde, wenn du dich weigerst.«

Gehorsam legte Fiona sich auf den Teppich und spürte die geschorene Wolle kitzelnd auf ihrer Haut, und als John sich über sie kniete, hielt sie den Atem an.

Grob drehte er sie auf den Bauch, schnitt ihre Fesseln durch, und ehe Fiona blinzeln konnte, hatte er schon die Ränder des Teppichs über sie geworfen und begann, sie darin einzuwickeln. Ihr blieb keine Zeit mehr zum Nachdenken. Sie war ganz von dem primitiven Instinkt beherrscht, sich die zum Leben nötige Luft zu schaffen.

Eine Ewigkeit schien sie da zu liegen, den Kopf in den Nacken gelegt, damit sie eher an die Luft herankam, die am oberen Ende des zusammengerollten Teppichs hereinsickerte. Als sie endlich bewegt und hochgehoben wurde, mußte sie wieder um Luft kämpfen, und als er sie über den Rücken des Pferdes warf, dachte sie, ihre Lungen würden zerspringen.

Johns Worte kamen gedämpft durch die gewebten Schichten des Teppichs. »Der nächste Mann, den du sehen wirst, wird Miles Ascott sein. Denke daran, während wir zu ihm reiten. Er wird nicht so sanft mit dir umgehen wie ich.«

In gewisser Hinsicht taten diese Worte Fiona gut, weil die Vorstellung von Miles Ascott, von seinen bösen Gewohnheiten, ihr Blut anregte und ihren Körper besser mit Luft versorgte. Und als sie die Stöße des Pferdes im Rücken fühlte, verfluchte sie die Ascotts, ihr Haus, ihre Gefolgsleute – und sie betete für die unschuldigen Ascott-Kinder, die den Samen dieses unmoralischen Geschlechts weitertrugen.

Das Zelt von Miles Ascott war eine großartige Angelegenheit: dunkelgrüner Seidentaft mit Goldbesatz, der Zelthimmel mit den Wappentieren der Ascotts bemalt, die Standarte mit den goldenen Leoparden auf der Zeltspitze. Im Inneren waren die Wände mit hellgrüner Seide bezogen, ein paar zusammenklappbare Stühle standen dort, darauf Kissen aus blauem Samt und goldenem Brokat, ein großer Tisch in den die Ascott-Leoparden geschnitzt waren, und an den entlegenen Wänden zwei Kojen, die eine davon übermäßig lang, beide mit den Pelzen langhaariger roter Füchse drapiert.

Vier Männer standen um den Tisch herum, zwei davon in der reichen Uniform der Ascott-Ritter. Die Aufmerksamkeit der anderen beiden Männer galt einem ihrer Lehnsleute.

»Er sagt, er habe ein Geschenk für Euch, Mylord«, sagte

der Ritter zu dem stummen Mann vor ihm. »Es könnte eine List sein. Was hätte Lord Pagnell zu bieten, das Ihr gerne als Geschenk entgegennehmen würdet?«

Miles Ascott wölbte eine dunkle Augenbraue, und das genügte, daß der Mann vor ihm katzbuckelte. Zuweilen dachten die Männer, die neu in seinen Dienst getreten waren, daß sie sich Freiheiten herausnehmen konnten, weil ihr Meister noch so jung war.

»Könnte ein Mensch in diesen Teppich eingerollt sein?« erkundigte sich der Mann neben Miles.

Der eingeschüchterte Lehnsritter verrenkte den Hals, um zu Sir Guy aufschauen zu können.

»Ein sehr zierlicher Mensch vielleicht.«

Sir Guy sah auf Miles herunter, und die beiden schienen ihre Gedanken auszutauschen. »Schick ihn und sein Geschenk herein«, sagte Sir Guy dann. »Wir werden ihn mit gezogenen Schwertern empfangen.«

Der Lehnsritter ging und kam binnen Sekunden wieder zurück, mit gezogenem Schwert einen Mann vor sich hertreibend, der einen Teppich trug. Mit einem unverschämten Grinsen warf John sein Bündel auf den mit Teppichen ausgeschlagenen Boden, hob den Fuß und gab dem Teppich einen Tritt, daß er sich vor Miles Ascotts Füßen entrollte.

Als der Teppich endlich stillag, starrten vier Männer mit offenem Mund auf das, was vor ihnen lag: eine nackte Frau mit geschlossenen Augen, lange dichte Wimpern, sanft gerötete Wangen, üppige Kaskaden aus honigblondem Haar, das sich über ihre Hüften und Oberschenkel ringelte. Sie hatte große, feste Brüste, herrlich gerundete Hüften unter einer winzigen Taille und lange Beine. Und ihr Gesicht war etwas, das die Menschen eigentlich nur im Himmel zu sehen erwarteten – ebenmäßig, wie gemeißelt und von einem ätherischen Ausdruck, der nicht von dieser Welt zu sein schien.

Mit einem triumphierenden Lächeln glitt John wieder unbemerkt aus dem Zelt.

Fiona, halb ohnmächtig von dem Mangel an Luft, öffnete langsam die Augen und sah vier Männer mit gezogenen Schwertern über sich stehen, die mit der Spitze auf den Boden zeigten. Zwei von den Männern waren offensichtlich Lehnsleute, und diese verdrängte sie sofort aus ihrem Bewußtsein. Der dritte Mann war ein Riese, etliche Zoll über sechs Fuß groß, mit stahlgrauen Haaren und einer Narbe, die diagonal über sein ganzes Gesicht lief. Obwohl dieser Mann wahrhaft furchtgebietend aussah, spürte sie irgendwie, daß er nicht der Anführer dieser Männer war.

Neben dem Riesen stand ein Mann, prächtig bekleidet mit dunkelblauem Satin. Fiona war an den Anblick von starken, hübschen Männern gewöhnt, doch dieser mit seiner gebändigten Kraft, die er so mühelos zu beherrschen wußte, zog nun doch ihren Blick auf sich. Die anderen Männer schienen sich an ihrer Nacktheit zu ergötzen, doch dieser Mann drehte sich um, und sie sah zum erstenmal in das Gesicht von Miles Ascott, während ihre Blicke sich berührten.

Er war ein gutaussehender Mann, ein sehr, sehr gutaussehender junger Mann mit dunkelgrauen Augen unter buschigen, gewölbten Brauen, einer dünnen Nase mit leicht geblähten Löchern und einem vollen, sinnlichen Mund.

Gefahr! war Fionas erster Gedanke. Dieser Mann wurde Frauen genauso gefährlich wie Männern.

Sie brach den Augenkontakt mit ihm ab, und binnen Sekunden stand sie auf den Beinen, packte einen Fuchspelz, der auf der Bettstatt zu ihrer Linken lag, und mit der rechten Hand eine Streitaxt, die sie auf dem Tisch liegen sah. »Ich werde den ersten Mann töten, der mir zu nahekommt«, sagte sie, während sie die Axt mit der rechten Hand hochhob und mit der Linken den Pelz über ihre Schulter warf, so daß er quer über ihre Brüste, hing und das eine Bein entblößt blieb.

Der Riese machte einen Schritt auf sie zu, und sie hob die Axt über den Kopf.

»Ich weiß, wie man damit umgehen muß«, warnte sie ihn und sah furchtlos zu dem Riesen hinauf.

Die beiden Ritter kamen nun auch einen Schritt näher, und Fiona wich zurück, während ihre Augen von einem zum anderen gingen. Sie berührte mit den Kniekehlen den Rand einer Bettstatt und konnte nun nicht mehr ausweichen. Einer der beiden Ritter lächelte sie an, und sie quittierte das mit einem Fauchen.

»Verlaßt uns!«

Die Worte wurden mit ruhiger, leiser Stimme geäußert, doch sie drückten Autorität aus, und sie sahen alle zu Ascott hin.

Der Hüne streifte Fiona mit einem letzten Blick, nickte dann den beiden Rittern zu, und die drei verließen das Zelt. Fiona packte den Griff der Axt fester. Ihre Knöchel traten weiß hervor, während sie Miles Ascott anfunkelte.

»Ich werde Euch töten«, sagte sie durch zusammengepreßte Zähne. »Täuscht Euch nicht in mir, nur weil ich eine Frau bin. Ich würde einen Mann mit Vergnügen in Stücke hacken. Ich sehe nur zu gerne zu, wie die Erde das Blut eines Ascott trinkt.«

Miles rührte sich nicht von der Stelle und sah sie nur unverwandt an. Dann hob er sein Schwert, und Fiona hielt den Atem an. Sie bereitete sich auf den Kampf vor, der nun kommen mußte. Ganz langsam legte er sein Schwert auf den Tisch und wandte sich ab, so daß sie sein Profil sah. Mit der gleichen Bedachtsamkeit entfernte er den juwelenbesetzten Dolch, den er an der Seite trug, und legte ihn neben das Schwert auf den Tisch.

Nun drehte er sich wieder mit ausdruckslosem Gesicht zu ihr, und seine Augen gaben nicht preis, was ihn bewegte, als er einen Schritt auf sie zu machte.

Fiona hob die schwere Axt und hielt sie schlagbereit über den Kopf. Sie würde bis aufs Blut kämpfen, denn sie zog den Tod der Schande vor, die dieser böse Mann ihr zufügen wollte.

Miles setzte sich auf einen Schemel, ein paar Fuß von ihr entfernt. Er sagte kein Wort und beobachtete sie nur.

So! Er hielt eine Frau nicht für einen ebenbürtigen Gegner, sondern entwaffnete sich und setzte sich hin, während sie eine tödliche Waffe über seinen Kopf hielt. Mit einem Satz war sie bei ihm und zielte mit der Axt auf seinen Hals.

Mühelos fing er den Stiel mit der rechten Hand ab und hielt ihn fest, als wäre es ein Strohhalm. Dann blickte er ihr in die Augen. Eine Sekunde lang war sie gelähmt, hypnotisiert von seinem Blick. Er schien in ihrem Gesicht nach etwas zu forschen, als hielte er stumme Zwiesprache mit ihr.

Sie entriß die Axt wieder seinem Griff und wäre fast gestürzt, als er sie endlich losließ. Sie suchte am Tischrand Halt und sagte atemlos: »Verdammnis über Euch! Möge der Herr und alle seine Engel den Tag verfluchen, wo ein Ascott zur Welt kam. Mögt Ihr und alle Eure Nachkommen für immer im Feuer der Hölle schmoren.«

Ihre Stimme hatte sich fast zu einem Schrei erhoben, und draußen konnte sie die Männer sich bewegen hören. Doch Miles saß immer noch regungslos da, beobachtete sie schweigend, und Fiona konnte spüren, wie ihr Blut zu kochen begann. Als sie bemerkte, wie ihre Hände zu zittern begannen, wußte sie, daß sie sich beruhigen mußte. Wo war die kühle Gelassenheit, die sie jahrelang kultiviert hatte?

Wenn dieser Mann ruhigbleiben konnte, vermochte sie das

auch. Sie horchte, und wenn sie das Geräusch richtig deutete, bewegten sich die Männer draußen vom Zelt fort. Vielleicht konnte sie an diesem Mann vorbei ins Freie flüchten und zu ihrem Bruder heimkehren.

Den Blick auf Miles gerichtet, begann sie rückwärts zu gehen und einen Bogen in Richtung Zelteingang zu machen. Langsam drehte er sich auf dem Schemel und sah ihr dabei zu. Draußen hörte sie ein Pferd wiehern, und sie betete, daß es ihr gelingen mochte, das Pferd zu erreichen.

Obwohl ihre Augen Miles keinen Moment losließen, sah sie doch nicht, wie er sich bewegte. Eben noch saß er entspannt auf dem Schemel, und im nächsten Moment, als ihre Hand die Zeltklappe berührte, war er neben ihr, die Finger um ihr Handgelenk gelegt. Sie hieb mit der Axt zu und brachte sie senkrecht auf seine Schulter; doch er packte auch ihr anderes Handgelenk und hielt es fest.

Sie stand regungslos da und funkelte ihn an. Er war ihr so nahe, daß sie seinen Atem auf ihrer Stirn spüren konnte. Als er auf sie heruntersah, schien er auf etwas zu warten, und dann zeigten seine Augen ein verwirrtes Staunen.

Mit Augen, die so hart waren wie die Diamanten, denen sie ähnelten, starrte sie zu ihm hinauf. »Und was kommt nun?« fragte sie mit haßerfüllter Stimme. »Schlagt Ihr mich erst, ehe Ihr mich mit Gewalt nehmt? Oder macht es Euch Spaß, beides gleichzeitig zu tun? Ich bin noch Jungfrau, und ich habe gehört, es täte beim erstenmal am meisten weh. Zweifellos ist der Schmerz, den Ihr mir zufügen wollt, für Euch ein Extravergnügen.«

Eine Sekunde lang weiteten sich seine Augen vor Erstaunen, und das war der erste unverhüllte Ausdruck, den Fiona auf seinem Gesicht sah. Seine grauen Augen bohrten sich in die ihren, daß sie wegsehen mußte.

»Ich kann ertragen, was Ihr mir zugedacht habt«, sagte sie

ruhig, »aber wenn Ihr erwartet, daß ich Euch um Schonung anflehe, hofft Ihr vergeblich.«

Seine Hand ließ ihre Linke los, mit der sie die Zeltklappe anhob, und legte seine Rechte an ihre Wange und drehte sacht ihr Gesicht, daß sie ihn wieder ansehen mußte.

Sie wurde steif bei seiner Berührung und haßte seine Hand auf ihrer Haut.

»Wer seid Ihr?« fragte er halb im Flüsterton.

Sie drückte ihren Rücken noch mehr durch, und der Haß sprühte aus ihren Augen. »Ich bin Euer Feind. Ich bin Fiona Chatworth.«

Etwas huschte wie ein Schatten über sein Gesicht und war dann verflogen. Nach einer langen Pause nahm er die Hand von ihrer Wange und ließ, während er einen Schritt rückwärts ging, auch ihre andere Hand los. »Ihr könnt die Axt behalten, wenn Ihr Euch damit sicherer fühlt, aber ich kann Euch nicht ziehen lassen.«

Als wäre ihr Gespräch damit beendet, drehte er ihr den Rücken zu und ging in die Mitte des Zeltes. Sofort lief Fiona ins Freie, und ebenso rasch war Miles wieder neben ihr, die Finger um ihr Handgelenk gespannt.

»Ich kann Euch nicht ziehen lassen«, wiederholte er, diesmal etwas entschiedener. Sein Blick wanderte an ihren nackten Beinen auf und ab. »Ihr seid nicht dafür angezogen, wegzulaufen. Kommt herein, und ich werde einen Mann losschicken, damit er Euch Kleider kauft.«

Sie riß sich von ihm los. Die Sonne ging gerade unter, und im Zwielicht sah er noch dunkler aus. »Ich will keine Kleider von Euch haben. Ich nehme nichts von einem Ascott an. Mein Bruder wird ...« Sie stockte unter seinem Blick.

»Erwähnt nicht den Namen Eures Bruders vor mir. Er tötete meine Schwester.«

Miles fing ihr Handgelenk wieder ein und preßte es leicht

zusammen. »Nun muß ich darauf bestehen, daß Ihr mir in das Zelt folgt. Meine Männer werden bald wieder zurückkommen, und ich halte es nicht für schicklich, daß sie Euch in diesem Zustand stehen.«

Sie sträubte sich: »Was spielt das für eine Rolle? Ist es nicht Gewohnheit von Männern wie Euch, weibliche Gefangene ihren Rittern vorzuwerfen, wenn sie mit ihnen fertig sind?«

Sie war sich nicht sicher, doch sie glaubte, ein flüchtiges Lächeln auf Miles' Lippen gesehen zu haben. »Fiona«, begann er und hielt dann inne. »Kommt ins Zelt, und wir werden dort weiterreden.« Er drehte sich den von bläulichen Schatten überzogenen Bäumen in ihrer Nähe zu. »Guy!« brüllte er, daß Fiona zusammenzuckte.

Sogleich trat der Hüne auf die Lichtung heraus. Nach einem beiläufigen Blick auf Fiona sah er Miles an.

»Schicke jemand ins Dorf, damit er anständige Frauenkleider besorgt. Gebt aus, was Ihr dafür benötigt.« Die Stimme, die er bei diesem Mann gebrauchte, unterschied sich sehr stark von dem Ton, in dem er mit ihr redete.

»Schickt mich mit ihm ins Dorf«, sagte Fiona rasch. »Ich werde mit meinem Bruder reden, und er wird dankbar sein, daß Ihr mich unbeschädigt freigegeben habt. Er wird sogleich die Fehde zwischen den Chatworth' und Ascotts beenden.«

Miles wandte sich ihr zu, und seine Augen wurden hart. »Bettelt mich nicht an, Fiona.«

Ohne nachzudenken hob sie mit einem Wutschrei ihre Axt und zielte auf seinen Kopf. Mit einer offenbar langgeübten Bewegung riß er ihr die Axt aus der Hand, schleuderte sie zur Seite und riß sie in seine Arme.

Sie war nicht bereit, ihm die Genugtuung eines Widerstands zu geben, wurde stattdessen stocksteif und haßte die Berührung seiner Kleider auf ihrer Haut. Der Fuchspelz hing locker von ihrer Schulter und entblößte das Bein, das sich an seinen Körper drückte.

Er trug sie in das Zelt und legte sie sacht auf eine der beiden Kojen.

»Warum gebt Ihr Euch Mühe, mir Kleider zu beschaffen?« zischelte sie. »Vielleicht solltet Ihr Euch auf dem Feld mit mir paaren wie ein Tier, das Ihr doch seid.«

Er ging, ihr den Rücken zukehrend, von ihr weg und schenkte aus einem silbernen Pokal zwei Becher voll Wein.

»Fiona«, sagte er, »wenn Ihr mich dauernd auffordert, Euch zu lieben, werde ich schließlich Euren Reizen erliegen.« Er drehte sich um, ging auf sie zu und setzte sich ein paar Fuß entfernt auf einen Schemel. »Ihr habt einen anstrengenden Tag hinter Euch und müßt müde und hungrig sein.« Er streckte ihr den gefüllten Becher ihn.

Fiona schlug ihn zur Seite, so daß der Wein überschwappte und die kostbaren Teppiche befleckte, die auf dem Zeltboden lagen.

Miles sah achtlos auf den Fleck und trank seinen Wein. »Und was soll ich jetzt mit Euch anfangen, Fiona?«

Kapitel 2

Fiona saß auf der Koje, ihre Blöße so sorgfältig verdeckt, daß nur noch Schulter und Kopf frei waren. Sie weigerte sich, Miles Ascott anzusehen. Sie würde sich nicht so weit demütigen und ein Gespräch mit ihm anfangen, da er ihre Argumente offenbar für Bettelei hielt.

Nach einigem Schweigen stand Miles auf und trat vor das Zelt. Sie hörte, wie er den Befehl gab, ein Becken voll heißem Wasser ins Zelt zu bringen.

Fiona nützte seine Abwesenheit nicht aus. Sie überlegte, daß sie irgendwann schlafen mußte, und danach wollte sie flüchten. Vielleicht war es doch besser, zu warten, bis sie ein paar ordentliche Kleider auf dem Leib hatte.

Miles ließ den Mann mit dem Wasser nicht ins Zelt treten, sondern brachte das Becken selbst herein und stellte es neben der Koje nieder.

»Das Wasser ist für Euch, Fiona. Ich dachte, Ihr wollt Euch vielleicht gerne waschen.«

Sie behielt die Arme vor der Brust gekreuzt und drehte den Kopf von ihm weg. »Ich will nichts von Euch haben.«

»Fiona«, sagte er mit betroffener Stimme. Er setzte sich neben sie, nahm ihre Hände und wartete geduldig, bis sie ihn mit ihren zornigen Augen anblickte. »Ich werde Euch nichts tun«, sagte er sacht. »Ich habe in meinem Leben noch nie eine Frau geschlagen und gedenke nicht, mit Euch einen Anfang zu machen. Ich kann nicht zulassen, daß Ihr praktisch nackt auf ein Pferd springt und quer über die Felder reitet. Es würde keine Stunde dauern, bis Ihr von Straßenräubern angegriffen werdet.«

»Soll ich Euch für etwas Besseres halten?« Seine Hände zuckten, und ihre Augen wurden weicher. »Werdet Ihr mich meinem Bruder zurückgeben?«

Miles' Augen sahen sie mit einer fast erschreckenden Eindringlichkeit an. »Ich ... werde mir das überlegen.« Sie schüttelte seine Hände ab und blickte zur Seite. »Was könnte ich schon von einem Ascott erwarten? Geht aus meiner Nähe!«

Miles erhob sich. »Das Wasser wird kalt.«

Sie sah mit einem kleinen Lächeln zu ihm hoch. »Warum sollte ich mich waschen? Für Euch? Möchtet Ihr Eure Frauen sauber und nach Frische duftend? Wenn ja, werde ich mich niemals waschen! Ich werde so schmutzig werden, daß ich aussehe wie eine nubische Sklavin, und mein Haar wird nur so wimmeln vor Ungeziefer, mit dem ich Eure hübschen Kleider verseuche.«

Miles sah sie wieder einen Moment stumm an, ehe er sprach: »Das Zelt ist von Männern umstellt, und ich werde nach draußen gehen. Wenn Ihr versucht, zu fliehen, wird man Euch zu mir zurückbringen.« Damit ließ er sie allein.

Wie Miles sich gedacht hatte, erwartete Sir Guy ihn bereits vor dem Zelt. Miles nickte einmal, und der Hüne folgte ihm unter die Bäume.

»Ich schickte zwei Männer nach Kleidern«, sagte Sir Guy. Als Miles' Vater starb, war er neun Jahre alt, und auf dem Totenbett bat sein Vater die Familie, den jungen Knaben in die Obhut von Sir Guy zu geben, da er zuweilen in seiner eigenen Familie wie ein Fremder war. Miles besprach alles mit Sir Guy, wenn er sich einem anderen Menschen anvertrauen wollte.

»Wer ist sie?« erkundigte sich Sir Guy, eine Hand auf der Rinde einer gewaltigen alten Eiche.

»Fiona Chatworth.«

Sir Guy nickte einmal. Das Mondlicht zeichnete unheimliche Schatten auf die Narbe, die quer über sein Gesicht lief. »Dachte ich es mir doch. Das entspricht Lord Pagnells Sinn für Humor, eine Chatworth einem Ascott auszuliefern.« Er hielt inne und sah Miles lange an. »Geben wir sie morgen ihrem Bruder zurück?«

Miles ging ein paar Schritte von dem Hünen fort. »Was weißt du von ihrem Bruder, Edmund Chatworth?«

Sir Guy spuckte heftig aus, ehe er antwortete. »Verglichen mit Chatworth ist Pagnell ein Heiliger. Chatworth liebte es, Frauen zu quälen. Er pflegte sie zu fesseln und dann zu vergewaltigen. In der Nacht, als er ermordet wurde – und Gott segne den Mann, der die Tat vollbrachte –, schnitt sich eine junge Frau in seiner Kammer die Pulsadern durch.«

Sir Guy sah zu, wie Miles die Fäuste ballte, und bereute seine Worte. Miles liebte Frauen über alles in der Welt. Schon hunderte Male hatte Guy Miles von einem Mann trennen müssen, der es gewagt hatte, einer Frau wehzutun. Schon als Junge hatte er erwachsene Männer angegriffen, und wenn sein Zorn entflammt war, hatte Guy alle Mühe, Miles festzuhalten. Erst im letzten Jahr hatte Guy nicht mehr verhindern können, daß Miles einen Mann tötete, der seine Frau ohrfeigte. Der König hätte Miles für diese Tat fast gerichtet.

»Ihr Bruder Roger ist nicht wie Edmund«, sagte Sir Guy. Miles wirbelte mit schwarzen Augen zu ihm herum.

»Roger Chatworth vergewaltigte meine Schwester und ist schuld an ihrem Selbstmord. Hast du das vergessen?«

Guy wußte, daß man am besten schwieg zu dem Thema, das Miles erzürnte, wenn man ihn besänftigen wollte. »Was gedenkst du mit dem Mädchen zu tun?«

Miles wandte sich ab und fuhr mit der Hand über die Borke eines Baumes. »Weißt du, daß sie den Namen Ascott haßt? Wir sind unschuldig an all den bösen Gefühlen zwischen den Ascotts und Chatworth'; und doch haßt sie uns.« Er wandte sich wieder Sir Guy zu. »Mich scheint sie ganz besonders zu hassen. Wenn ich sie berühre, empfindet sie Ekel. Wischt sich die Haut mit dem Tuch ab, wo ich sie anfaßte, als hätte ich sie beschmutzt.«

Als es Sir Guy endlich gelang, seinen Mund wieder zu schließen, wäre er vor Lachen fast herausgeplatzt. Soweit es überhaupt möglich war, liebten Frauen Miles noch mehr als er sie. Als Kind war er ständig von Mädchen umlagert gewesen, und das war einer der Gründe, warum Miles in die Obhut von Sir Guy gegeben wurde – damit aus ihm auch wirklich ein Mann wurde. Doch Guy hatte von Anfang an erkannt, daß es an der Männlichkeit des jungen Miles nichts zu zweifeln gab. Er mochte nur Frauen. Es war ihm angeboren wie die Liebe zu einem guten Pferd oder zu einem scharfen Schwert. Zuweilen konnte Miles' absurde sanfte Behandlung von Frauen zu einem Ärgernis werden, zum Beispiel nach einer Schlacht, wenn er jedem, der eine Frau notzüchtigen wollte, die Todesstrafe androhte; doch alles in allem war er in Ordnung. Sir Guy hatte sich angewöhnt, mit dieser Schwäche des Jungen zu leben.

Doch Sir Guy hatte nie, noch *nie* von einer Frau gehört, die nicht bereit war, ihr Leben für Miles zu opfern. Junge, alte, Frauen in der Blüte ihrer Jahre, sogar Mädchen hingen sich an ihn. Und Fiona Chatworth wischte sich die Haut ab, wo er sie berührt hatte!

Sir Guy versuchte, diese Mitteilung in eine Perspektive zu bringen. Vielleicht war es wie die erste Niederlage in einer Schlacht. Er streckte den Arm aus und legte eine Hand auf Miles' Schulter. »Wir alle verlieren hin und wieder. Deshalb bist du nicht ein geringerer Mann. Vielleicht haßt dieses Mädchen alle Männer. Mit ihrem Bruder als Vorbild vor Augen ...«

Miles schüttelte die Hand ab. »Sie ist verwundet! *Tief* verwundet! Nicht nur an ihrem Körper, der mit Blutergüssen und Schrammen bedeckt ist, sondern in ihrer Seele, um die sie eine Wand aus Haß und Zorn errichtet hat.«

Sir Guy hatte das Gefühl, als stünde er am Rand einer tiefen Schlucht. »Dieses Mädchen ist eine hochgeborene Lady«, sagte er leise. »Ihr könnt sie nicht gefangenhalten. Der König hat bereits Euren Bruder geächtet. Ihr dürft ihn nicht noch mehr herausfordern. Ihr müßt Lady Fiona ihrem Bruder zurückgeben.«

»Sie zu einem Ort zurückschicken, wo Frauen gemartert wurden? Dort hat sie gelernt zu hassen. Und wenn ich sie zurückgebe – was wird sie von den Ascotts denken? Wird sie begriffen haben, daß wir nicht so böse wir ihr Bruder sind?«

»Ihr könnt nicht daran denken, sie hierzubehalten!« sagte Sir Guy entsetzt.

Miles schien darüber nachzudenken. »Es wird Tage dauern, bis jemand erfährt, wo sie steckt. Vielleicht kann ich ihr in dieser Zeit beweisen ...«

»Und was halten Eure Brüder davon?« unterbrach Sir Guy ihn. »Sie erwarten Euch zu Hause. Es wird nicht lange dauern, bis Gavin herausfindet, daß Ihr Fiona Chatworth gefangenhaltet.« Er hielt inne und senkte die Stimme. »Das Mädchen wird nur Gutes über die Ascotts sagen können, wenn Ihr sie unbeschädigt zurückgebt.«

Miles' Augen funkelten. »Ich glaube, Fiona wird behaupten, sie habe mich mit der Axt gezwungen, sie zurückzugeben.« Er lächelte schwach. »Mein Entschluß steht fest. Ich werde sie noch ein Weilchen bei mir behalten – lange genug, um ihr zu beweisen, daß ein Ascott nicht so ist wie ihr toter Bruder. Und jetzt muß ich zurück ins Zelt, und –« er lächelte breit – »meine kleine schmutzige Gefangene baden. Komm, Guy, schau nicht so finster drein. Es ist nur für ein paar Tage.«

Sir Guy folgte seinem jungen Meister stumm zurück ins Lager, doch er war sehr im Zweifel, daß Fiona Chatworth schon in ein paar Tagen erobert werden konnte.

Sobald Fiona Gewißheit hatte, daß Miles sich vom Zelt entfernte, lief sie zur entlegenen Wand, hob den schweren Stoff und sah Füße von Männern draußen. Sie spionierte nun an allen Wänden des Zeltes, doch da schien es keine Lücke zwischen den Füßen der Wächter zu geben. Es sah so aus, als hielten sie sich bei der Hand, um sich gegen den Angriff einer schwachen Frau zu schützen.

Sie kratzte sich ihren schmutzigen Kopf, als Miles mit zwei Eimern voll dampfend heißem Wasser zurückkam. Sogleich wurde ihr Rückgrat steif, während sie die Arme vor der Brust kreuzte. Als er sich neben sie auf die Koje setzte, sah sie ihn nicht an.

Erst als er ihre Hand nahm und sie mit einem warmen seifigen Lappen abrieb, betrachtete sie ihn. Nach einem kurzen staunenden Blick zuckte sie wieder von ihm weg.

Er faßte sie unter das Kinn und begann, ihr Gesicht zu waschen.

»Ihr werdet Euch viel besser fühlen, wenn Ihr sauber seid«, sagte er sanft.

Sie schlug seine Hand fort. »Ich möchte nicht, daß Ihr mich anfaßt. Entfernt Euch!«

Geduldig faßte er sie wieder unter dem Kinn und fuhr fort, sie zu waschen. »Ihr seid eine wunderschöne Frau, Fiona, und solltet stolz sein auf Euer Aussehen.«

Fiona sah ihn an und dachte, daß sie ihn jetzt hassen würde, wenn sie nicht schon Miles Ascott verabscheut hätte. Er war ein Mann, der offensichtlich gewohnt schien, daß Frauen sich für ihn die Beine ausrissen. Er dachte, er müsse nur einer Frau unter das Kinn fassen, und schon würde sie vor Begierde nach ihm keuchen. Er sah gut aus, zugegeben, und seine Stimme war süß; doch viele Männer waren noch hübscher und hatten jahrelange Erfahrung mit Frauen – eine Reihe von solchen Männern hatte vergeblich versucht, Fiona zu verführen.

Sie sah in seine Augen, ließ sie schmelzen, und als sie sein kleines zufriedenes Lächeln sah, lächelte sie ebenfalls – und schlug dann ihre Zähne in seine Hand.

Miles war so verblüfft, daß es Sekunden dauerte, ehe er reagierte. Er packte ihr Kinn und grub die Finger so tief in ihre Wangenmuskeln, daß sie gezwungen war, ihren Mund zu öffnen. Offensichtlich noch immer verblüfft, bog er die Finger nach innen und betrachtete die tiefen Zahnmale in seiner Haut. Als er wieder in ihr Gesicht sah, spiegelte sich Triumph in ihren Augen.

»Glaubt Ihr, ich wäre dumm?« fragte sie. »Glaubt Ihr, ich wüßte nicht, was für ein Spiel Ihr treibt? Ihr hofft, die Tigerin zu besänftigen, und wenn Ihr mich so weit habt, daß ich Euch aus der Hand fresse, gebt Ihr mich meinem Bruder zurück, zweifellos mit einem neuen Bastard von Euch unter meinem Herzen. Es wäre ein großer Triumph für Euch, sowohl als Ascott wie als Mann.«

Sein Blick hielt den ihren einen Moment fest. »Ihr seid eine kluge Frau, Fiona. Vielleicht möchte ich Euch beweisen, daß Männer nicht nur wilde Bestien sind.«

»Und wie wollt Ihr das anstellen? Indem Ihr mich gefangenhaltet? Indem Ihr mich zwingt, Eure Berührungen über mich ergehen zu lassen? Ihr seht doch, daß ich nicht vor Begierde zittere, sobald Ihr mir nahekommt. Ist es so, daß Ihr nicht gerne Eure Niederlage eingestehen wollt? Pagnell liebt Gewalttätigkeit und Vergewaltigungen von Frauen. Was reizt Euch? Die Jagd? Und sobald Ihr die Frau erobert habt, werft Ihr sie fort wie ein benütztes Kleidungsstück?« Sie konnte sehen, daß sie ihm Fragen stellte, die er nicht zu beantworten vermochte, und alles bäumte sich bei dem Gedanken in ihr auf, daß ihre eigenen Geschlechtsgenossinnen ihm stets so leicht erlegen waren. »Kann ein Mann nicht einmal etwas Anständiges tun? Schickt mich zu meinem Bruder!«

»Nein!« schrie Miles ihr ins Gesicht, und dann weiteten sich seine Augen. Noch nie hatte eine Frau seinen Zorn herausgefordert. »Dreht Euch um, Fiona. Ich werde Euch die Haare waschen.«

Sie betrachtete ihn abschätzend. »Und wenn ich mich weigere – werdet Ihr mich schlagen?«

»Ich bin versucht, diese Möglichkeit in Betracht zu ziehen.« Er packte sie bei der Schulter, drehte sie herum und drückte sie auf die Koje nieder, so daß ihre langen Haare über den Rand des Bettes hingen.

Fiona lag ganz still, während er ihre Haare einseifte und spülte, und sie fragte sich, ob sie ihn nicht zu sehr gereizt hatte. Doch sein Betragen empörte sie. Er war so still, so selbstsicher, daß sie unbedingt seine Schwäche herausfinden wollte. Sie hatte schon gesehen, daß er nur einen Befehl andeuten mußte, und schon sprangen seine Männer, ihm jeden Wunsch zu erfüllen. Waren die Frauen ihm auch so willfährig?

Vielleicht war es ein Fehler, wenn sie versuchte, seinen Zorn herauszufordern. Vielleicht würde er sie freigeben, wenn sie so tat, als wäre sie wirklich in ihn verliebt. Wenn sie an seiner Schulter weinte, würde sie möglicherweise erreichen, um was sie ihn bat; doch abgesehen von der ekelhaften Vorstellung, ihn freiwillig zu berühren, widerstrebte es ihr, irgendeinen Mann um etwas zu bitten.

Miles kämmte ihre nassen Haare mit einem kleinen Kamm aus Elfenbein, und als er damit fertig war, verließ er das Zelt und kam sogleich mit einem herrlichen Gewand aus Brokat wieder, einer Mischung aus Seide und Wolle. Er brachte ihr auch Unterwäsche aus feinem Batist.

»Ihr mögt nun Euer Bad beenden oder nicht, wie es Euch beliebt«, sagte er. »Aber ich würde vorschlagen, daß Ihr diese Kleider anzieht.« Und damit ließ er sie allein.

Fiona wusch sich nun hastig und zuckte ein paarmal zusammen, als sie zu einer blutunterlaufenen Stelle kam, die ihr bisher entgangen war. Sie war froh um die Kleider, denn sie erleichterten ihr die Ausführung ihrer Fluchtpläne.

Miles kam mit einem Tablett voller Speisen zurück und zündete Kerzen in dem dunklen Zelt an. »Ich brachte Euch ein bißchen von jedem, da ich nicht weiß, was Euch schmeckt.«

Sie gab sich nicht die Mühe, ihm zu antworten.

»Gefällt Euch das Kleid?« Er betrachtete sie eingehend,

doch sie sah zur Seite. Es war ein teures Gewand, an den Säumen mit Golddraht-Stickereien besetzt. Die meisten Frauen wären über dieses Kleid entzückt gewesen; doch Fiona schien es gleichgültig zu sein, ob sie Seide trug oder Sackleinwand.

»Das Essen wird kalt. Kommt und eßt hier an dem Tisch mit mir.«

Sie sah ihn an. »Ich habe keine Lust, etwas gemeinsam mit Euch an einem Tisch zu essen.«

Miles wollte etwas erwidern, schloß aber wieder den Mund. »Wenn Euer Hunger groß genug ist – hier steht das Essen.«

Fiona setzte sich auf die Koje, die Beine steif von sich gestreckt, die Arme gefaltet, und konzentrierte sich auf den großen, reichverzierten Kerzenhalter vor ihr auf dem Tisch. Morgen würde sie schon eine Möglichkeit zur Flucht finden.

Sie ignorierte die appetitlichen Gerüche des Essens, das Miles verzehrte, legte sich hin und zwang ihren Körper dazu, sich zu entspannen. Sie mußte ihre ganze Kraft für morgen sammeln. Die Erlebnisse des Tages hatten sie so erschöpft, daß sie rasch einschlief.

Sie erwachte mitten in der Nacht, spannte sofort all ihre Muskeln an, als spürte sie eine Gefahr, an die sie sich jedoch in ihrer Schlaftrunkenheit nicht zu erinnern vermochte. Binnen Minuten war ihr Kopf klar, und sie bewegte leise den Kopf, um zu Miles hinüberzusehen, der auf der Koje an der gegenüberliegenden Zeltwand schlief.

Als Kind, das in einem Haushalt voller Schrecken aufgewachsen war, hatte sie die Kunst gelernt, sich lautlos zu bewegen. Verstohlen, daß der Stoff ihres Kleides nicht raschelte, ging sie auf Zehenspitzen zur Rückwand des Zeltes. Zweifellos waren draußen Wachen aufgestellt; doch an der Rückseite des Zeltes würden sie weniger aufmerksam sein.

Es dauerte lange Minuten, bis sie die Zeltleinwand so weit angehoben hatte, daß sie darunter hindurchkriechen konnte.

Sie drückte ihren Körper zu einer dünnen Linie zusammen und bewegte sich Zoll für Zoll. Ein Wächter kam vorbei, aber sie barg sich hinter einem kleinen Strauch ins Gras und verschmolz mit dessen Schatten. Als der Wächter ihr den Rücken zudrehte, rannte sie zum Wald und suchte sich dort im tiefsten Schatten zu verstecken. Nur jahrelanger Übung, wenn sie ihrem Bruder Edmund und seinen Freunden ausweichen mußte, hatte sie es zu verdanken, daß sie so lautlos davonhuschen konnte. Roger hatte sie deswegen gehänselt und behauptet, sie würde eine vorzügliche Spionin abgeben.

Sobald sie im Wald war, atmete sie zum erstenmal kräftig durch und konzentrierte ihren Willen darauf, ihr klopfendes Herz zu beruhigen. Es war nichts Ungewöhnliches für sie, sich nachts im Wald aufzuhalten, und sie begann mit energischen, leichtfüßigen Schritten zwischen den Stämmen zu wandern. Es war verblüffend, wie wenig Geräusche sie dabei machte.

Als die Sonne aufging, war Fiona bereits zwei Stunden gegangen, und ihre Schritte wurden etwas schleppender. Sie hatte seit vierundzwanzig Stunden nichts mehr gegessen, und ihre Kräfte ließen nach. Als ihre Füße über den Boden schleppten, verfingen sich ihre Röcke in Büschen, und Zweige in ihren Haaren.

Noch eine Stunde, und sie begann zu zittern. Sie setzte sich auf einen umgestürzten Baum und versuchte, ihren Gleichmut wiederzufinden. Vielleicht war es verständlich, daß sie nicht so viel Kraft besaß, da der Mangel an Nahrung und die Heimsuchungen des vergangenen Tages ihre Reserven fast aufgezehrt hatten. Bei dem Gedanken an Rast wurden ihre Augen schwer, und sie wußte, daß sie ihren Marsch nicht mehr fortsetzen konnte, wenn sie jetzt nicht ausruhte.

Müde legte sie sich auf den Waldboden und ignorierte die kleinen Krabbelwesen unter dem Baumstamm. Es war nicht das erstemal, daß sie die Nacht in einem Wald verbrachte. Sie machte einen schwachen Versuch, sich mit Laub zu bedecken, hatte ihr Werk jedoch nur zur Hälfte getan, als sie schlafend zurückfiel.

Sie erwachte von einem scharfen Stoß in die Rippen. Ein kräftiger, vierschrötiger Mann, der nicht viel mehr als Lumpen auf dem Leib trug, grinste auf sie hinunter. Im Oberkiefer fehlten die Vorderzähne. Zwei andere Männer, schmutzig wie er, standen neben ihm.

»Sagte euch doch, daß sie nicht tot ist«, sagte der vierschrötige Mann, während er Fionas Arm packte und sie in die Höhe zog.

»Eine hübsche Lady«, sagte ein anderer und legte Fiona die Hand auf die Schulter. Sie wich vor ihm zurück, aber seine Hand blieb, wo sie war; ihr Kleid zerriß und entblößte ihre Schulter.

»Ich zuerst!« keuchte der dritte Mann.

»Eine echte Lady», sagte der Vierschrötige, die Hand auf Fionas nackter Schulter.

»Ich bin Fiona Chatworth, und wenn ihr mir ein Leid tut, läßt euch der Graf von Bayham köpfen.«

»Das war ein Graf, der mich von meinem Hof vertrieb«, entgegnete einer der Männer. »Meine Frau und Tochter starben an der Winterkälte. Sie erfroren.« Mit einer häßlichen Fratze betrachtete er Fiona. Sie wäre noch weiter zurückgewichen, doch der Baumstamm hinter ihr hinderte sie daran.

Der Vierschrötige legte Fiona eine Hand an die Kehle. »Ich mag es, wenn meine Frauen mich bitten.«

»Die meisten Männer mögen das«, sagte sie kalt, und der Mann blinzelte.

»Sie ist tückisch, Bill«, sagte der dritte. »Laßt sie mich zuerst haben.«

Plötzlich veränderte sich der Gesichtsausdruck des Mannes. Er gab ein seltsames Gurgeln von sich und fiel vor Fionas Füße. Geschickt wich sie dem stürzenden Mann aus und achtete kaum auf den Pfeil, der aus seinem Rücken ragte. Während die beiden anderen mit offenem Mund auf ihren toten Genossen starrten, hob Fiona die Röcke und sprang über den Baumstamm.

Miles kam zwischen den Bäumen hervor. Er packte Fionas Arm, und ihr stockte der Atem, als sie sein Gesicht sah. Es war verzerrt vor Wut, die Lippen ein dünner Strich, die Augen tiefschwarz, die Brauen zusammengezogen und die Nasenlöcher gebläht. »Bleibt hier!« befahl er.

Eine Sekunde lang gehorchte sie, und dieses Zögern zeigte ihr, warum Miles Ascott die Rittersporen auf dem Schlachtfeld verliehen wurden, ehe er achtzehn war. Die Männer, denen er sich gegenübersah, waren nicht unbewaffnet. Einer schwang eine mit Eisendornen bewehrte Kugel an einer Kette geschickt gegen Miles' Kopf. Miles duckte darunter hinweg, während er mit seinem Schwert den anderen Mann angriff.

Binnen Sekunden hatte er die beiden Männer getötet, während sein eigener Puls sich kaum beschleunigte. Es schien ihr unglaublich, daß dieser Mensch ihr Haar gewaschen hatte, ohne auch nur eine Strähne zu knicken.

Doch Fiona hielt sich nicht damit auf, über die Eigenschaften ihres Feindes nachzudenken, sondern rannte vom Kampffeld fort. Sie wußte, daß sie nicht schneller rennen konnte als Miles, hoffte ihn aber zu überlisten. Als sie den nächstbesten niedrighängenden Ast erreichte, packte sie ihn und schwang sich hinauf.

Binnen Sekunden erschien Miles unter ihr. Da war Blut auf seinem Samtwams, Blut auf seinem gezogenen Schwert. Wie ein gereizter Bär schwang er den Kopf hin und her, hielt dann inne und lauschte.

Fiona hielt den Atem an und machte kein Geräusch.

Dann hob Miles plötzlich den Kopf unter ihren Fersen und sah zu ihr hinauf. »Komm herunter, Fiona«, sagte er mit tödlicher Stimme.

Einmal, als sie dreizehn gewesen war, war eine ähnliche Geschichte passiert. Damals war sie vom Baum gesprungen, direkt auf diesen scheußlichen Mann, der ihr nachstellte, hatte ihn zu Boden geworfen, und ehe er wieder atmen konnte, war sie ihm entkommen. Ohne weiter nachzudenken, warf sie sich auf Miles hinunter.

Aber er stürzte nicht. Er stand kerzengerade und hielt sie an sich gepreßt.

»Diese Männer hätten Euch töten können«, sagte er. Er schien gar nicht gemerkt zu haben, daß sie ihn zu Boden stoßen wollte. »Wie seid Ihr an meinen Wachen vorbeigekommen?«

»Laßt mich los!« forderte sie, während sie ihn von sich wegzustemmen versuchte. Doch er hielt sie mühelos fest.

»Warum habt Ihr nicht gehorcht, als ich Euch sagte, Ihr sollt auf mich warten?«

Bei dieser idiotischen Frage hörte sie auf, sich gegen ihn zu stemmen: »Hätte ich warten sollen, wenn einer von diesen Halunken mich vergewaltigt hätte? Wo ist der Unterschied zwischen diesen und Euch?«

In seinen Augen glomm der Zorn auf. »Verdammnis über Euch, Fiona! Was soll das heißen, daß ich diesem Abschaum ähnlich sei? Hab' ich Euch in irgendeiner Weise ein Leid getan?«

»Also habt Ihr sie gefunden«, drang die Stimme von Sir Guy zu ihnen, und eine Spur von Heiterkeit lag darin. »Ich bin Sir Guy Linacre, Mylady.«

Fiona, die wieder mit den Händen Miles' Schultern wegzustemmen versuchte, nickte Sir Guy zu. »Habt Ihr mich jetzt genug gedrückt?« fuhr sie Miles an.

Er ließ sie so jählings los, daß sie fast zu Boden gestürzt wäre. Dieser rasche Bewegungswechsel war zuviel für Fionas leeren Magen. Sie legte die Hand gegen die Stirn, und als die Dinge um sie zu einer schwarzen Wolke wurden, streckte sie die Hand aus, um einen Halt zu suchen.

Diesmal fing Sir Guy sie auf und hielt sie in seinen Armen.

»Faßt mich nicht an«, flüsterte sie aus dem Nebel, der ihr Bewußtsein umfing.

Als Miles sie Sir Guy abnahm, sagte er: »Wenigstens bin es nicht *nur* ich, den sie nicht ausstehen kann.« Fiona öffnete wieder die Augen, und Miles musterte sie kritisch: »Wie lange ist es her, daß Ihr zum letztenmal gegessen habt?«

»Nicht lange genug, um Euch gefällig zu sein«, antwortete sie schnippisch.

Da brach Miles in ein Gelächter aus, das tief aus seiner Brust kam, während er bisher kaum die Lippen bei seinem Lächeln verzogen hatte. Und ehe Fiona sich wehren konnte, neigte er den Kopf zu ihr hinunter und küßte sie kräftig auf den Mund. »Ihr seid einmalig, Fiona.«

Sie wischte sich den Mund so heftig mit dem Handrücken ab, daß sie fast die Haut abgescheuert hätte. »Setzt mich sofort auf den Boden! Ich habe zwei Beine zum Gehen.«

»Damit Ihr mir wieder wegzulaufen versucht? Nein, ich denke, ich sollte Euch fortan an mich ketten.«

Und damit setzte Miles Fiona auf sein Pferd, und so ritten sie zurück zum Lager.

Kapitel 3

Zu ihrer Überraschung sah sie dort, daß die Zelte abgebrochen und die Maultiere bepackt waren. Fiona wollte Miles fragen, wohin er sie zu bringen beabsichtigte, doch sie hielt sich stocksteif im Sattel, damit sie mit ihm so wenig wie möglich in Berührung kam, und weigerte sich, mit ihm zu reden.

Er führte das Pferd von den wartenden Männern weg in den Wald. Sir Guy blieb auf dem Lagerplatz zurück. Im Wald war ein Tisch gedeckt, mit dampfenden Schüsseln vollgestellt. Ein kleiner alter Mann, der die Bestecke zurechtlegte, zog sich sofort zurück, als Miles ihm einen Wink mit der Hand gab.

Miles stieg vom Pferd und hielt Fiona die Arme hin; doch sie ignorierte ihn und glitt ohne Hilfe zu Boden. Sie machte es sehr behutsam, damit sie nicht zum zweitenmal in Ohnmacht fiel.

»Mein Koch hat eine Mahlzeit für uns zubereitet«, sagte Miles, während er sie an der Hand nahm und zum Tisch führte.

Sie sah auf die Speisen, während sie ihm ihre Hand entwand. Winzige geröstete Wachteln lagen auf einem Bett aus Reis, umgeben von Rahmsoße. Auf einer Platte häuften sich frische Austern, und sie sah kleingeschnittene, hartgekochte Eier in einer Safransoße, Scheiben von gesalzenem Schinken, Frischrogen auf zweimal gebackenem Brot, Flundern, die mit Nüssen und Zwiebeln gefüllt waren, geröstete Birnen, Cremetörtchen und eine Pastete mit Heidelbeeren.

Als Fiona das alles erstaunt in sich aufgenommen hatte, wandte sie sich ab: »Ihr reist aber gut versorgt.«

Miles faßte sie am Arm, und als sie herumwirbelte, überkam sie wieder ein Schwindel, und sie suchte Halt an einem

Schemel zu ihren Füßen. »Das Essen ist für Euch zubereitet«, sagte er und half ihr, sich zu setzen. »Ich lasse nicht zu, daß Ihr noch weiter hungert.«

»Und was werdet Ihr tun?« fragte sie müde. »Meine Fußsohlen in heiße Kohlen stecken? Oder vielleicht habt Ihr Eure eigene Methode, Frauen zu dem zu zwingen, was Ihr von ihnen wünscht.«

Ein Schatten glitt über Miles' Gesicht und seine Brauen wurden zu einem Strich. Er packte sie bei den Oberarmen und zog sie von ihrem Sitz in die Höhe. »Ja, ich habe meine eigene Art, zu strafen.«

Fiona hatte noch nie diesen Ausdruck bei ihm gesehen: seine Augen nur noch ein Hauch von Grau, als brannten kleine blaue Feuer dahinter. Er beugte sich vor, berührte ihren Nacken mit den Lippen und achtete nicht auf ihre Reaktion, als sie steif wurde und sich von ihm zu lösen suchte.

»Habt Ihr eine Ahnung, wie begehrenswert Ihr seid, Fiona?« murmelte er an ihrem Hals. Seine Lippen glitten nach oben, berührten kaum ihre Haut, hauchten ihr nur Wärme ein, während seine rechte Hand mit ihrer entblößten Schulter spielte. Seine Finger krochen langsam unter den zerrissenen Stoff und liebkosten den oberen Ansatz ihrer Brust, während seine Zähne sacht in ihr Ohrläppchen bissen.

»Ich würde Euch zu gern in meine Arme nehmen, Fiona«, flüsterte er so leise, daß sie seine Worte mehr ahnte als hörte. »Ich möchte zu gern Euren Eispanzer schmelzen. Ich möchte jede Pore Eurer Haut berühren und liebkosen. Euch betrachten und erreichen, daß Ihr mich mit der gleichen Sehnsucht anseht, die ich für Euch empfinde.«

Fiona hatte ganz still gestanden, während Miles sie mit seiner Berührung liebkoste, und wie immer nichts dabei empfunden. Er stieß sie nicht eigentlich ab, da sein Atem frisch war und er ihr nicht wehtat; doch sie fühlte keine Wallung ihres Blutes wie die Mädchen, die im Stift kichernd so viel davon erzählt hatten.

»Wenn ich schwöre, daß ich esse, werdet Ihr dann damit aufhören?« fragte sie kühl.

Miles wich von ihr zurück und studierte einen Moment ihr Gesicht. Fiona bereitete sich im stillen darauf vor, daß er sie mit Schimpfworten überschüttete. Alle Männer hatten bisher mit Beleidigungen reagiert, wenn sie entdecken mußten, daß sie nicht überwältigt war von ihren Zudringlichkeiten.

Doch Miles lächelte nur still, liebkoste noch einmal ihre Wange und bot ihr dann den Arm, um sie zur Tafel zu führen. Sie ignorierte sein Angebot und ging allein zu Tisch, wobei sie den Kopf etwas zur Seite drehte, damit Miles ihre Verwirrung nicht sah.

Er bediente sie selbst, legte die besten Stücke auf einen prächtigen Silberteller und lächelte, als sie den ersten Bissen zu sich nahm.

»Und jetzt lobt Ihr Euch wohl, daß Ihr mich vom Hungertod gerettet habt?« sagte sie. »Mein Bruder wird es Euch danken, wenn Ihr mich in guter Verfassung zurückgebt.«

»Ich gebe Euch noch nicht zurück«, sagte Miles leise.

Fiona nahm sich zusammen, daß er ihre Angst nicht bemerkte, während sie fortfuhr, zu essen. »Roger wird Euch ein Lösegeld in jeder Höhe zahlen, wenn Ihr mich zurückgebt.«

»Ich nehme vom Mörder meiner Schwester kein Geld entgegen,« sagte Miles mit gepreßter Stimme.

Sie warf den Wachtelschenkel, an dem sie knabberte, auf den Teller zurück. »Ihr habt das schon einmal gesagt. Ich weiß nichts von Eurer Schwester!«

Miles drehte ihr das Gesicht zu, und seine Augen waren wie Stahl. »Roger Chatworth versuchte meinem Bruder Stephen die Frau wegzunehmen, die ihm versprochen war; und als Stephen um seine Braut kämpfte, griff Euer Bruder ihn von hinten an.«

»Nein!« keuchte Fiona und schoß von ihrem Schemel in die Höhe.

»Stephen besiegte Chatworth im Turnier, weigerte sich aber, ihn zu töten; und aus Rache entführte Chatworth meine Schwester und später Stephens Braut. Er vergewaltigte meine Schwester, und aus Entsetzen darüber stürzte sie sich aus einem Fenster.«

»Nein, nein, nein!« schrie Fiona und preßte die Hände gegen die Ohren.

Miles stand auf, faßte ihre Hände und hielt sie fest. »Euer Bruder Brian liebte meine Schwester, und als sie sich selbst tötete, befreite er meine Schwägerin und brachte die Leiche meiner Schwester zu unserer Burg.«

»Ihr lügt! Ihr seid böse! Laßt mich los!«

Miles zog sie nur dichter heran und hielt sie locker in seinen Armen. »Es ist nicht angenehm, wenn man hört, daß ein Mensch, den man liebt, so viel Böses getan hat.«

Fiona hatte viel Erfahrung darin, sich von Männern zu befreien, und Miles hatte noch keine Frau gekannt, die sich gegen seine Umarmung sträubte. Rasch brachte sie ihr Knie hoch, schlug es zwischen seine Beine, und sofort ließ er sie los.

»Verdammnis über Euch, Fiona«, keuchte er und lehnte sich gegen den Tisch.

»Verdammnis über Euch, Ascott«, gab sie mit gleichen Worten zurück, nahm eine Karaffe Wein vom Tisch und schleuderte sie gegen seinen Kopf, ehe sie sich zur Flucht wandte.

Er duckte unter der Karaffe hinweg und faßte mit der gleichen Bewegung ihren Arm. »Ihr werdet mir nicht entwischen«, sagte er, sie wieder zu sich heranziehend. »Ich werde

Euch lehren, daß die Ascotts an dieser Fehde unschuldig sind, und wenn ich darüber sterben muß.«

»Die Vorstellung von Eurem Tod ist der erste angenehme Gedanke seit Tagen.«

Eine Sekunde lang schloß Miles die Augen, als betete er im stillen um Hilfe. Er schien die Fassung wiedergefunden zu haben, als er auf sie zurücksah. »Wenn Ihr gegessen habt, müssen wir reiten. Wir reisen nach Schottland.«

»Zu ...!« begann sie, doch er legte ihr den Finger auf die Lippen.

»Ja, mein Engel«, seine Stimme troff vor Sarkasmus, »wir werden einige Zeit bei meinem Bruder und seiner Frau verbringen. Ich möchte, daß du meine Familie kennenlernst.«

»Ich weiß mehr als genug über Eure Familie. Sie sind ...«

Diesmal küßte Miles sie, und wenn sie auch nicht darauf reagierte, so protestierte sie auch nicht.

Viele Stunden ritten sie in einem langsamen, stetigen Tempo. Die vielen Packmulis, die mit Möbeln, Kleidern, Nahrungsmitteln, Rüstungen und Waffen beladen waren, ließen keine schnellere Reise zu.

Fiona hatte ihr eigenes Pferd, doch es war mit einer Leine an Miles' Sattel gebunden. Zweimal versuchte er, ein Gespräch anzubahnen, doch sie weigerte sich, mit ihm ein Wort zu wechseln. Ihr Verstand war viel zu sehr damit beschäftigt, was Miles über ihren Bruder berichtet hatte – oder sie versuchte eher, nicht daran zu denken.

In den letzten beiden Jahren hatte sich ihr Kontakt mit der Familie auf einen Briefwechsel mit Roger beschränkt und auf das, was herumziehende Musikanten an Klatsch mitbrachten. Natürlich hatten die Musikanten gewußt, daß sie eine Chatworth war, und so hatten sie weder Nachteiliges noch Vorteilhaftes über ihre Familie berichtet.

Die ausgedehnte Ascott-Familie war jedoch eine andere

Sache. Sie war ein Lieblingsthema für Gesänge und Gerüchte. Der älteste Bruder, Gavin, gab der schönen Lilian Valence einen Korb, und im Gegenzug heiratete sie Fionas Bruder Edmund. Fiona bat Roger, die Heirat zu hintertreiben, da die arme Frau es nicht verdiente, an den heimtückischen Edmund gekettet zu sein. Roger erwiderte, daß er nicht in der Lage wäre, diese Heirat zu verhindern. Ein paar Monate darauf ehelichte Gavin Ascott die unglaublich reiche Erbin der Revedoune, und nach Edmunds Ermordung schüttete die eifersüchtige Erbin kochendes Öl über das Gesicht der armen Lilian Chatworth. Fiona schickte ihrem Bruder Roger aus dem Stift einen Brief und bat ihn, sich der Witwe seines Bruders anzunehmen, und Roger erklärte sich sofort dazu bereit.

Ein knappes Jahr später schrieb Roger ihr, daß die schottische Erbin, Alicia MacArran, darum gebeten habe, Roger heiraten zu dürfen, Stephen Ascott jedoch die arme Frau dazu zwang, seine Braut zu werden. Roger forderte Stephen zum Duell heraus, um die MacArran zu schützen, und dem Ascott sei es bei dem Turnier gelungen, Roger mit einem Trick so hinzustellen, als habe er ihn feige von hinten angegriffen. So habe er Roger in Verruf gebracht.

Sie war sich nicht sicher, weshalb Brian sein Familienhaus verließ; Roger wollte sich nie darüber aussprechen. Sie war sich jedoch sicher, daß es mit den Ascotts zu tun hatte. Brian war gütig und sensibel. Vielleicht hatte er die Schrecken nicht länger ertragen können, die der Familie wegen der Ascotts zugefügt wurden. Weshalb Brian auch gegangen sein mochte, es hatte nichts mit den Lügen zu tun, die sie heute zu hören bekam. Sie zweifelte, ob Roger überhaupt wußte, daß die Ascotts eine Schwester hatten.

Während des langen Rittes hatte sie immer wieder an dem zerrissenen Stoff ihres Kleides an der Schulter gezupft. Als Miles dem Trupp befahl, anzuhalten, sah sie zu ihrem Schrecken, daß es bereits dunkel wurde. Sie mußte viele Stunden lang ihre Umgebung vergessen haben.

Vor ihnen ragte ein Gasthof auf, ein Fachwerkhaus – alt, aber offensichtlich wohlhabend. Der Gastwirt stand vor der Tür, und sein rundes rotes Gesicht spiegelte die Freude über so hohe zahlreiche Gäste wider.

Miles stand neben ihr. »Fiona« – er hielt ihr die Arme entgegen –, »macht Euch nicht lächerlich, indem Ihr meine Hilfe ablehnt«, sagte er und betrachtete augenzwinkernd den Fuß, den sie zu einem Tritt anhob.

Fiona dachte kurz nach und gestattete ihm dann, ihr vom Pferd zu helfen. Doch sofort löste sie sich von ihm, als sie mit beiden Beinen auf der Erde war. Zwei von Miles' Gefolgsleuten betraten zuerst den Gasthof, während Miles Fiona den Arm bot.

»Ich habe etwas für Euch.« Er beobachtete sie eindringlich, während er eine wunderhübsche, kunstreich geschmiedete Goldbrosche in Form eines Pelikans vor ihre Augen hielt, der auf einem Band aus Diamanten stand und den Schnabel unter den ausgestreckten Flügel streckte.

Fionas Augen zuckten nicht. »Ich möchte sie nicht haben.«

Mit verdrossenem Gesicht heftete Miles mit der Brosche ihr zerrissenes Gewand an der Schulter zusammen.

»Kommt, Fiona«, sagte er dann tonlos.

Offensichtlich hatte der Gastwirt sie erwartet, denn im Gebäude herrschte eine hektische Betriebsamkeit. Fiona hielt sich abseits, während Miles mit Sir Guy konferierte und der Gastwirt auf ihre Befehle wartete.

Sie standen in einem großen Raum, in dem Tische und Stühle aufgebaut waren. An einer Schmalseite brannte ein großes Kaminfeuer. Zum erstenmal musterte Fiona Miles' Männer etwas genauer. Sie waren ein rundes Dutzend, und schienen sich bemerkenswert züchtig zu benehmen. Jetzt gingen sie umher, öffneten Türen und suchten unauffällig nach versteckten Gefahren. Hatte Miles Ascott so viele Feinde, daß er ständig auf der Hut sein mußte – oder war es nur Vorsicht?

Eine hübsche junge Magd knickste vor Miles, und er bedankte sich mit seinem typischen kleinen Lächeln. Fiona sah neugierig zu, wie die Magd errötete und sich unter Miles' Blick vorteilhaft zur Geltung bringen wollte.

»Ja, Mylord«, sagte sie lächelnd und hüpfte auf und nieder. »Ich hoffe, Euch schmeckt das Essen, das ich gekocht habe.«

»Das wird es«, sagte Miles mit einer Selbstverständlichkeit, als habe er bereits von den Speisen gekostet.

Das Mädchen errötete wieder und ging in die Küche zurück.

»Seid Ihr hungrig, Fiona?« fragte Miles, sich ihr wieder zuwendend.

»Nicht auf das, was Ihr zu erwecken scheint.« Sie deutete mit dem Kopf auf den Rücken des Mädchens, das sich in die Küche zurückzog.

»Wie sehr wünschte ich, daß Euch die Eifersucht diese Worte eingäbe. Aber ich bin geduldig«, fügte er mit einem Lächeln hinzu und gab ihr einen kleinen Schubs auf den Tisch zu, ehe sie antworten konnte.

Miles und sie saßen an einem kleinen Tisch, getrennt von seinen Männern, doch in demselben Raum. Schüssel für Schüssel wurde aufgetragen, doch Fiona nippte nur an ihrem Essen.

»Ihr scheint ja nicht an einem Wolfshunger zu leiden.«

»Würdet Ihr als Gefangener das Essen Eures Gefängniswärters hinunterschlingen?«

»Ich würde vermutlich nicht eine Sekunde verlieren, auf den Tod meines Fängers zu sinnen«, antwortete er aufrichtig.

Fiona funkelte Miles schweigend an, während er sich auf seine Mahlzeit konzentrierte.

Ungefähr in der Mitte ihres langen, stummen Mahls faßte

Miles nach der Hand einer Magd, die ihnen eine Platte mit frischem Lachs auf den Tisch stellte. Als Fiona überrascht aufsah, bemerkte sie, daß die Hände der Magd zerkratzt und rauh waren.

»Du hast dich verletzt?« fragte Miles voller Anteilnahme.

»Es waren die Brombeeren, Mylord«, antwortete sie halb ängstlich, halb fasziniert von Miles' Anteilnahme.

»Wirt!« rief Miles laut. »Seht zu, daß die Hände des Mädchens versorgt werden und nicht mit Wasser in Berührung kommen, solange sie nicht verheilt sind.«

»Aber Mylord!« protestierte der Mann. »Sie ist nur eine Spülmagd. Sie serviert heute abend, weil meine eigentliche Bedienung an den Pocken darniederliegt.«

Sir Guy erhob sich langsam am Kopfende des Tisches, wo Miles' Lehnsritter saßen, und schon der Anblick des Hünen genügte, daß der Wirt einen Schritt zurückwich.

»Komm, Mädchen«, sagte der Wirt wütend.

»Ich ... danke Euch, Mylord.« Sie knickste, ehe sie aus dem Raum floh.

Fiona schnitt sich ein Stück französischen Käses ab. »Wollte Sir Guy Euch beispringen, weil Ihr für das Mädchen eingetreten seid, oder wollte er sich nur mit dem Wirt anlegen?«

Miles sah sie verwirrt und dann amüsiert an. Er faßte ihre Hand und küßte sie auf der Innenseite. »Guy würde sich nur ungern wegen einer Spülmagd streiten.«

»Und Ihr?«

Er zuckte lächelnd mit den Achseln. »Ich gehe jedem Streit aus dem Weg, wenn er sich vermeiden läßt. Ich bin ein friedlicher Mann.«

»Doch Ihr hättet Euch mit einem feisten, gastfreundlichen Wirt überworfen, nur weil eine wertlose Magd aus einer Hautschramme blutet.« Das war eine Feststellung, kein Vorwurf.

»Ich betrachte sie nicht als wertlos. Ihr müßt« – wechselte

er das Thema – »jetzt müde sein. Wollt Ihr Euch in Euer Gemach zurückziehen?«

Miles' Gefolgsleute wünschten ihr alle eine gute Nacht, und sie nickte ihnen kurz zu, während sie Miles und dem Wirt zu einer Treppe folgte. Sie führte hinauf zu einem Zimmer, in dem nur ein Bett stand.

»So! Ihr habt bis jetzt gewartet, um mich jetzt mit Gewalt in Euer Bett zu bringen«, sagte sie, als sie allein waren. »Vielleicht waren die Zeltwände zu dünn, um meine Schreie zu dämpfen.«

»Fiona«, erwiderte er und nahm ihre Hand, »ich werde auf der Fensterbank schlafen, und Ihr könnt das Bett haben. Ich kann nicht zulassen, daß Ihr ein Zimmer nur für Euch habt, weil Ihr das zur Flucht ausnützen würdet.«

»Meinem Gefängnis entrinnen, meint Ihr.«

»Schön, wenn Euch das lieber ist. Nun kommt hierher. Ich möchte mit Euch sprechen.« Er ging zum Fenstersitz, nahm dort Platz und zog sie neben sich nieder. Als er sie an seine Brust drücken wollte, begann sie zu protestieren.

»Entspannt Euch, Fiona. Ich werde meine Hände hier an Eurer Taille lassen und sie nicht bewegen; aber ich gebe Euch nicht frei, bis Ihr Euch entspannt und mit mir redet.«

»Ich kann auch im Stehen sprechen – getrennt von Euch.«

»Aber ich kann es nicht ertragen, Euch loszulassen«, sagte er gefühlvoll. »Ich möchte Euch streicheln, damit Eure Wunden heilen.«

»Ich bin nicht verwundet.« Sie stieß gegen seine Arme, mit denen er sie festhielt. Er war ein großer Mann, breitschultrig und kräftig, und seine gewölbte Brust füllte die Höhlung ihres Rückens aus.

»Ihr seid verwundet, Fiona – viel schlimmer, als Ihr zu wissen scheint.«

»Ja, ja, ich verstehe jetzt. Mir muß ja etwas fehlen, weil ich nicht vor Anbetung speichle, sobald Ihr in meine Nähe kommt.«

Miles küßte mit einem leisen Lachen ihren Nacken. »Vielleicht verdiene ich diese Antwort. Haltet still, oder ich küsse Euch noch mehr.« Ihre jähe Regungslosigkeit ließ ihn zusammenzucken. »Ich möchte, daß Ihr mir sagt, was Euch gefällt. Das Essen scheint Euch nicht zu interessieren, desgleichen nicht hübsche Kleider. Gold und Diamanten bringen Euch nicht einmal zum Blinzeln. Männern gönnt Ihr überhaupt keinen Blick. Was ist Eure Schwäche?«

»Meine Schwäche?« wiederholte sie und dachte darüber nach. Er streichelte das Haar an ihrer Schläfe, und gegen ihren Willen begann sie sich zu entspannen. Die letzten beiden Tage waren voll Widerwärtigkeiten und Reibereien gewesen und hatten ihre Kraft erschöpft. Er hatte seine langen Beine auf dem Fenstersitz ausgestreckt, und sie saß zwischen ihnen. »Was ist Eure Schwäche, Ascott?«

»Frauen«, murmelte er, ihre Frage prompt beantwortend. »Erzählt mir von Euch.«

Die Muskeln in ihrem Nacken lockerten sich, und langsam sank ihr Gewicht gegen ihn. Es war kein ungutes Gefühl, sich in der Sicherheit von so starken Armen zu finden, solange der Mann ihr nicht Gewalt antat. »Ich lebe mit meinen zwei Brüdern, die ich beide liebe und von denen ich geliebt werde. Ich bin keinesfalls unvermögend und brauche nur auf ein Kleid oder ein Kleinod zu deuten, und schon kauft mein Bruder Roger, was ich mir wünsche.«

»Und … Roger« – er stolperte über diesen Namen – »ist gut zu Euch?«

»Er schützt mich.« Sie lächelte und schloß die Augen. Miles massierte die verkrampften Muskeln an ihrem Rücken. »Roger hat stets seine schützende Hand über Brian und mich gehalten.«

»Wovor hat er Euch geschützt?«

Vor Edmund, hätte sie fast gesagt, schluckte es aber noch rechtzeitig hinunter. Sie öffnete die Augen und setzte sich gerade. »Vor Männern!« fauchte sie. »Männer warfen schon immer begehrliche Blicke auf mich; doch Roger hielt sie mir vom Leib.«

Er hielt ihre Hände gefangen. »Ihr beherrscht viele Tricks, Euch die Männer vom Leib zu halten, und habt Euch in Stahl eingekapselt. Ihr seid offensichtlich von Natur aus eine leidenschaftliche Frau. Was hat also Eure Leidenschaft getötet? War Roger doch nicht immer in Eurer Nähe, damit er Euch schützen konnte?«

Fiona verweigerte ihm die Antwort darauf und verfluchte sich für ihre Vertrauensseligkeit. Nach einer Weile ließ Miles einen übertriebenen Seufzer hören und gab sie frei. Sofort sprang sie von ihm weg.

»Geht zu Bett«, sagte er müde, stand auf und wandte ihr den Rücken zu.

Fiona glaubte nicht, daß er sein Wort, nicht mit ihr zu schlafen, halten würde. Doch sie wollte nichts tun, um ihn zu reizen. Voll bekleidet, bis auf ihre weichen Lederschuhe, schlüpfte sie in das breite Bett.

Miles blies die Kerze aus und stand lange als Silhouette vor dem mondbeschienenen Fenster.

Als Fiona kein Geräusch aus seiner Richtung hörte, drehte sie sich leise auf den Rücken und beobachtete ihn. Ihr ganzer Körper war verkrampft vor Angst, was nun kommen sollte. Resigniert sah sie zu, wie er sich entkleidete, und als er nackt unter dem Fenster stand, hielt sie den Atem an. Doch Miles hob nur die dünne Decke auf dem Fenstersitz und streckte sich darauf aus. Er versuchte es jedenfalls. Er fluchte, als seine Füße gegen die Täfelung am Ende des Polsters prallten.

Es dauerte Minuten, ehe Fiona zu begreifen begann, daß Miles Ascott sich ihr nicht aufzwingen würde. Doch sie argwöhnte, daß er über sie herfallen würde, sobald sie einschlief. So döste sie nur und schreckte beim geringsten Geräusch auf. Als Miles sich auf seinem schmalen Bett drehte, erwachte sie und erstarrte einen Moment, aber als sie seinen regelmäßigen Atem hörte, entspannte sie sich wieder und döste ein – bis das nächste Geräusch sie weckte.

Kapitel 4

»Habt Ihr nicht gut geschlafen?« fragte Miles am nächsten Morgen, während er sich anzog. Eine knappsitzende schwarze Strumpfhose umschmeichelte seine kräftigen Beine, ein besticktes Wams reichte knapp bis zum oberen Rand seiner Schenkel.

»Ich schlafe nie gut in Gegenwart meiner Feinde«, gab sie zurück.

Mit einem glucksenden Lachen schob er ihre Hände beiseite, wand für sie die Haare zu Zöpfen und band sie im Nacken mit einem Band zusammen. Als er damit fertig war, küßte er sie auf den Nacken, daß sie mit einem Satz von ihm wegsprang und sich heftig die Halswirbel rieb.

Er hielt ihr den Arm hin. »Ich weiß, daß Ihr nur ungern meine Gesellschaft entbehrt; doch meine Männer erwarten uns bereits unten.«

Sie achtete nicht seines Arms und ging vor ihm aus dem Zimmer. Es war noch sehr früh am Morgen, die Sonne nur eine warme Glut am Horizont. Miles murmelte, daß sie ein Stück weiter an der Straße eine Mahlzeit erwartete und daß sie zunächst ein paar Stunden reiten wollten.

Miles und Fiona standen nebeneinander auf der schmalen Veranda des kleinen Gasthofes, vor ihnen Sir Guy und dahinter Miles' Gefolgsleute mit den Pferden und den Packmulis.

»Ist alles bereit?« fragte Miles Sir Guy. »Hat der Gastwirt seinen Lohn bekommen?«

Ehe Sir Guy antworten konnte, kam ein kleines Mädchen, das ungefähr vier Jahre alt sein mochte, aus dem Gasthof herausgeschossen und wich zur Seite, um Miles nicht gegen die Beine zu laufen. Dabei fiel es die Vortreppe hinunter. Sofort lag Miles auf den Knien und zog das in Lumpen gekleidete Kind in seine Arme.

»Sei still, Kleines«, flüsterte er und richtete sich auf, während das Kind sich an ihn klammerte.

Für Sir Guy und seine Ritter war das ein vertrauter Anblick, und sie warteten geduldig mit gelangweilter Miene, während Miles das Kind beruhigte. Fiona achtete überhaupt nicht auf Miles. Ihr einziger Gedanke galt dem verletzten Kind. Sie streckte den Arm aus und legte die Hand auf den Hinterkopf des weinenden Kindes.

Das Kind löste das Gesicht von Miles' Schulter und blickte Fiona mit tränenverschleierten Augen an. Mit einem neuen Tränenausbruch hob das Kind die Arme und warf sich an Fionas Hals.

Es war schwer zu unterscheiden, wer erstaunter war: Miles, Sir Guy oder die Ascott-Ritter. Miles starrte Fiona mit offenem Mund an, und einen Moment lang schien sein Stolz einen Dämpfer zu erfahren.

»Still jetzt«, sagte Fiona mit einer so gütigen Stimme, wie Miles sie noch nie bei ihr gehört hatte. »Wenn du zu weinen aufhörst, wird Sir Guy dich auf seinen Schultern reiten lassen.«

Miles hüstelte, um das Lachen zu überdecken, das ihn zu ersticken drohte. Die häßliche Narbe und die hünenhafte

Gestalt von Sir Guy schreckten die meisten Leute ab, und ganz besonders Frauen. Er hatte noch niemand gesehen, der es gewagt hätte, den Riesen einem Kind als Reitpferd anzubieten.

»Du wirst so groß sein«, fuhr Fiona fort, das Kind zu überreden, »daß du bis zum Himmel langen und dir einen Stern pflücken kannst.«

Das Kind schniefte, zog sich etwas von Fiona zurück und sah sie an. »Einen Stern?« sagte es mit einem Schluckauf.

Fiona streichelte die nasse Wange des Kindes. »Und wenn du den Stern gepflückt hast, kannst du ihn Sir Miles schenken als Belohnung für das neue Kleid, das er dir kaufen wird.«

Die Blicke von Miles' Gefolgsleuten wanderten zu ihrem Herrn, um seine Reaktion zu beobachten – und keiner wagte, über seine entrüstete Miene zu lachen.

Das Kind schniefte abermals und bog sich zur Seite, um Lord Miles ansehen zu können. Es lächelte Miles zu, aber als es zu Sir Guy hinübersah, klammerte es sich wieder an Fiona.

»Du brauchst keine Angst vor ihm zu haben«, sagte Fiona. »Er mag Kinder sehr gern, nicht war, Sir Guy?«

Sir Guy betrachtete Lady Fiona mit einem harten, abschätzenden Blick. »Tatsächlich habe ich Kinder von Herzen gern, Mylady; aber sie haben wenig für mich übrig.«

»Das werden wir jetzt abstellen. Nun, Kind, jetzt steigst du auf Sir Guys Rücken und bringst uns einen Stern zurück.«

Das Kind, zunächst ein wenig zögernd, ging zu Sir Guy und klammerte sich an dessen Kopf, als er es auf seine Schultern setzte.

»Ich bin das größte Kind der Welt«, jubelte es, als Sir Guy mit ihm fortging.

»Ich habe Euch noch nie lächeln sehen«, sagte Miles.

Sofort erlosch Fionas Lächeln wieder. »Ich werde Euch für

das Kleid des Kindes entschädigen, wenn ich nach Hause zurückkehre.« Sie wandte sich ab.

Miles faßte ihre Hand und führte sie aus der Hörweite der Männer. »Die Kleine ist doch nur ein Bettelkind.«

»Oh?« gab sie leichthin zurück. »Ich dachte mir, vielleicht sei es eines von Euren Kindern.«

»Von meinen?« fragte er verwirrt. »Glaubt Ihr, ich würde eines meiner Kinder in Lumpen herumlaufen lassen, ohne Aufsicht?«

Sie wandte sich ihm zu. »Und wie könnt Ihr wissen, wo Ihr überall Kinder habt? Führt Ihr Buch darüber? Über ihren Verbleib?«

Miles' Gesicht spiegelte verschiedene Gefühle wider: Ungläubigkeit, leichten Zorn, Belustigung. »Fiona, wie viele Kinder habe ich denn Eurer Vermutung nach?«

Sie reckte das Kinn in die Luft. »Ich weiß nicht, wie viele Bastarde Ihr gezeugt habt, noch kümmert es mich.«

Er faßte ihren Arm und zwang sie, ihn anzusehen. »Selbst meine eigenen Brüder übertreiben, was meine Kinder betrifft. Wie kann ich also erwarten, daß ein Außenseiter die Wahrheit wüßte? Ich habe drei Söhne: Christopher, Philip und James. Und eines Tages erwarte ich von einem weiteren Kind zu hören. Ich hoffe, es wird diesmal eine Tochter.«

»Ihr hofft ...« fauchte sie. »Ihr verschwendet keinen Gedanken an ihre Mütter? Daß Ihr die Frauen mißbraucht und dann wegwerft? Und was wird aus den Kindern? Sie müssen doch mit der Schmach eines Bastards aufwachsen! Als Geächtete, nur weil ein schrecklicher Mann einen Moment des Vergnügens erlebte.«

Sein Griff auf ihrem Arm wurde fester, und Zorn blitzte in seinen Augen auf. »Ich mißbrauche keine Frauen«, sagte er mit zusammengepreßten Zähnen. »Die Frauen, die mir Kinder schenkten, kamen freiwillig zu mir. Und alle meine Kinder leben bei mir und werden von erfahrenen Schwestern versorgt.«

»Schwestern!« Sie versuchte, sich von ihm zu lösen; aber es gelang ihr nicht. »Werft Ihr die Mütter der Kinder auf die Straße? Oder gebt Ihr ihnen ein bißchen Zehrgeld wie Bridget und schickt sie dann ihrer Wege?«

»Bridget?« Miles blickte ihr einen Moment forschend ins Gesicht. Sein Zorn legte sich wieder. »Ich vermute, Ihr meint die Bridget, die mir meinen James geschenkt hat?« Er wartete nicht auf ihre Antwort. »Ich werde Euch die Wahrheit über Bridget sagen. Mein Bruder Gavin schickte einen Boten zum St.-Catherinen-Stift, weil er sich dort eine Dienstmagd besorgen wollte. Er wünschte sich ein Mädchen von gutem Ruf, das seine Männer nicht herausfordern und Streitigkeiten hervorrufen würde. Von dem Augenblick an, wo diese Bridget in unseren Haushalt kam, hat sie mir nachgestellt.«

Fiona versuchte wieder, sich aus seinem Griff zu befreien. »Ihr seid ein Lügner.«

Miles faßte nun auch ihren anderen Arm. »Einmal sagte sie mir, sie hätte so viel von mir gehört, daß sie sich wie ein Kind vorkäme, dem man verboten habe, mit dem Feuer zu spielen. Eines Nachts fand ich sie in meinem Bett.«

»Und nahmt sie.«

»Ich liebte sie, ja, diese Nacht und noch mehrere Nächte lang. Als sie bemerkte, daß sie von mir schwanger war, mußte ich mir eine Menge Anzüglichkeiten von meinen Brüdern gefallen lassen.«

»Und dann habt Ihr sie auf die Straße geworfen – nachdem Ihr der Mutter das Kind weggenommen habt.«

Er antwortete mit einem kleinen Lächeln: »Tatsächlich hat sie mich hinausgeworfen. Ich mußte vier Monate außerhalb der Burg verbringen, und in der Zeit verliebte sie sich in

Gavins zweiten Gärtner. Als ich zurückkam, sprach ich mit den beiden, sagte ihnen, ich würde gern mein Kind haben und es zu einem Ritter erziehen. Bridget erklärte sich sogleich einverstanden.«

»Und wieviel Geld habt Ihr ihnen gegeben? Sicherlich müßt Ihr doch der Mutter etwas zum Trost gegeben haben, daß sie auf ihr Kind verzichtete.«

Miles gab ihre Arme frei und funkelte sie an. »Habt Ihr Bridget wirklich gut gekannt? Sonst müßtet Ihr wissen, daß sie mehr an ihrem Vergnügen als an Mutterschaft Interesse hatte. Der Gärtner, den sie heiratete, wollte weder Bridget noch ihr Kind haben, und später bat er mich um Geld für das, ›auf das er verzichten mußte‹. Ich gab ihm nichts. James gehört mir.«

Sie schwieg einen Moment. »Und was wurde aus den Müttern Eurer anderen Kinder?« fragte sie leise.

Er ging ein Stück von ihr weg. »Ich verliebte mich in die jüngere Schwester eines von Gavins Gefolgsleuten, als ich noch ein Junge war. Christopher kam zur Welt, als Margaret und ich erst sechzehn Jahre alt waren. Ich würde sie geheiratet haben; doch ihr Bruder schickte mich weg. Ich wußte nichts von Kit, bis Margaret einen Monat nach Kits Geburt an Windpocken starb.«

Er sah auf Fiona zurück und grinste. »Philips Mutter war eine Tänzerin, ein exotisches Geschöpf, das mein Bett zwei« – er seufzte – »zwei sehr interessante Wochen lang teilte. Dann schickte sie mir neun Monate darauf einen Boten mit Philip. Ich habe seither nie mehr etwas von ihr gehört.«

Fiona war fasziniert von seinen Geschichten. »Und dieses neue Kind?«

Miles zog den Kopf ein, und wäre er eine Frau gewesen, wäre er vermutlich schamrot geworden, dachte sie. »Ich fürchte, dieses Kind wird einige Probleme aufwerfen. Die Mutter ist eine entfernte Kusine von mir. Ich habe mich so lange wie möglich gegen sie gesträubt ...« Er zuckte mit den Achseln. »Ihr Vater ist sehr erzürnt über mich. Er drohte, daß er mir das Kind ins Haus schicken würde; aber ... ich bin nicht so sicher, daß er das tut.«

Fiona konnte nur ungläubig den Kopf über ihn schütteln. »Es muß doch auch noch andere Kinder geben.« Ihre Stimme troff vor Sarkasmus.

Er runzelte leicht die Stirn. »Ich glaube nicht. Ich versuche, meine Frauen nicht aus dem Auge zu verlieren und nach Kindern Ausschau zu halten.«

»Als würdet Ihr Hühnereier sammeln«, sagte sie mit geweiteten Augen.

Miles legte den Kopf schief und sah sie eindringlich an. »Erst verdammt Ihr mich dafür, daß ich meine Kinder in Lumpen aufwachsen ließe und sie über die Landschaft verstreute wie Abfall; und nun beschimpft Ihr mich, weil ich für sie sorge. Ich bin kein enthaltsamer Mann und möchte es auch nicht sein; aber ich nehme meine Verantwortung sehr ernst. Ich liebe meine Kinder und sorge für sie. Am liebsten hätte ich fünfzig davon.«

»Ihr habt einen guten Start«, sagte sie und ging an ihm vorbei.

Miles verharrte an seinem Platz und sah ihr nach, wie sie zu den Männern und Pferden ging. Sie hielt sich ein wenig abseits von den Männern und stand dort, hochaufgerichtet und sehr gerade. Sie ähnelte nicht ihren beiden Schwägerinnen, die an Autorität gewöhnt waren und ungezwungen mit den Leuten umgingen, die für sie arbeiteten. Fiona Chatworth verkrampfte sich sofort, wenn Männer in ihrer Nähe waren. Gestern, als zufällig ein Reiter Fiona streifte, hatte sie so heftig reagiert, so ungestüm am Zügel ihres Pferdes gezogen, daß es sich unter ihr aufbäumte. Es war ihr gelungen, das Tier wieder unter ihre Kontrolle zu bringen; doch dieses Ereignis hatte Miles sehr befremdet. Keine Frau – natürlich auch kein Mann – sollte sich bei der Berührung eines anderen Menschen so sehr erschrecken.

Sir Guy kam jetzt allein zu den Männern zurück, und sogleich suchte er nach Miles, kam auf ihn zu, als er ihn entdeckte. »Es wird spät. Wir sollten aufbrechen.« Er hielt inne. »Oder vielleicht habt Ihr es Euch anders überlegt, und gebt die Lady ihrem Bruder zurück.«

Miles beobachtete unterdessen Fiona, die nun mit der Mutter des kleinen Kindes sprach, das von der Treppe gefallen war. Er wandte Guy den Kopf zu. »Ich möchte, daß du zwei Männer zu meinen nördlichen Besitzungen schickst. Sie sollen mir Kit bringen.«

»Euren Sohn?« fragte Sir Guy.

»Ja, meinen Sohn. Und schickt seine Amme mit. Nein! Sie sollen ihn lieber alleine bringen, aber mit einer starken Eskorte. Lady Fiona wird sich seiner annehmen.«

»Wißt Ihr genau, was Ihr da tut?« fragte Sir Guy.

»Lady Fiona liebt Kinder, und deshalb will ich eines meiner Kinder mit ihr teilen. Wenn ich ihr Herz nicht auf die eine Weise rühren kann, werde ich es auf eine andere versuchen.«

»Und was werdet Ihr mit dieser Frau anstellen, sobald Ihr sie gezähmt habt? Als ich noch ein Junge war, lebte in unserer Nähe eine wilde Katze, die den Bereich um einen Schuppen für sich beanspruchte. Sobald sich jemand diesem Schuppen näherte, kratzte und biß diese Katze. Ich nahm mir vor, sie zu zähmen. Es dauerte Wochen, bis ich das Zutrauen der Katze erworben hatte und den Triumph genoß, daß sie mir aus der Hand fraß. Doch dann begann die Katze, mir überallhin zu folgen. Ich stolperte ständig über sie, und sie wurde mir nun immer lästiger. Nach ein paar Monaten stieß ich mit dem Fuß nach der Katze und haßte sie, weil sie jetzt nicht mehr das wilde Tier war, das ich anfangs so liebte, sondern nur eine ganz gewöhnliche Katze wie die anderen auch.«

Miles fuhr fort, Fiona nachdenklich zu betrachten. »Vielleicht ist es die Jagd«, sagte er leise. »Oder vielleicht bin ich wie mein Bruder Raine, der Ungerechtigkeit nicht ertragen kann. Bisher weiß ich nur, daß Fiona Chatworth mich fasziniert. Vielleicht möchte ich, daß sie mir aus der Hand frißt, doch wenn es eines Tages dazu kommen sollte, tut sie es vielleicht, weil ich ihr Sklave bin.«

Er wandte Sir Guy wieder das Gesicht zu. »Fiona wird Kit mögen, und mein Sohn kann nur davon profitieren, wenn er sie kennenlernt. Und zudem möchte ich gerne meinen Sohn sehen. Schick einen Boten.«

Sir Guy nickte zustimmend, ehe er Miles alleine ließ.

Minuten später saßen sie auf den Pferden und brachen auf. Miles versuchte kein Gespräch mit Fiona anzufangen, sondern ritt stumm neben ihr her. Sie zeigte wieder Anzeichen von Erschöpfung, und mittags war er schon halb entschlossen, sie doch ihrem Bruder zurückzugeben.

Eine halbe Stunde später wurde sie plötzlich quicklebendig. Während Miles Mitleid für sie empfand, hatte sie heimlich an dem Seil geschabt, das ihre Pferde verband. Sie gab ihrem Roß die Sporen, benützte das lose Ende ihres Zügels, um auf den Rumpf der beiden Pferde vor ihr einzuschlagen, und während diese Pferde scheuten und den anderen den Weg verstellten, gewann sie kostbare Sekunden für ihre Flucht. Sie hatte schon eine halbe Meile Vorsprung auf der mit Unkraut überwucherten Fahrspur, ehe Miles seine Männer um sich sammeln und ihr folgen konnte.

»Ich werde sie zurückbringen«, rief Miles über die Schulter Sir Guy zu.

Miles wußte, daß Fionas Pferd kein großartiger Renner war, aber sie holte alles aus ihm heraus, was sie vermochte. Er war schon so dicht heran, daß er sie fast mit der Hand zu berühren vermochte, als der Sattelgurt unter ihm nachgab und er auf die Seite seines Pferdes rutschte. »Verdammnis über sie«, keuchte er, wohl wissend, wer den Sattelgurt gelockert hatte. Doch gleichzeitig mußte er über ihren Einfallsreichtum lächeln.

Nur hatte Fiona Chatworth nicht bedacht, daß dieser Mann mit drei älteren Brüdern aufgewachsen war. Miles war an allerlei Streiche gewöhnt, wozu auch ein gelockerter Sattelgurt gehörte, und wußte, wie er sich in diesem Fall verhalten mußte. Geschickt verlagerte er sein Gewicht auf den Hals des Pferdes und klammerte sich mit den Knien an dessen Flanken, während der Sattel hinter ihm auf dem Pferderücken hing.

Er verlor etwas Tempo, als das Pferd sich gegen diese neue Position aufzulehnen drohte; doch Miles brachte das Tier wieder unter seine Kontrolle.

Fiona lenkte ihr Reittier in ein Kornfeld, als die primitive Straße sich vor ihr in nichts auflöste, und war sehr betroffen, daß Miles ihr so dicht auf den Fersen folgte.

Er fing sie im Kornfeld ein, packte sie um die Taille, und sie kämpften wild miteinander, bis Miles, dem die Steigbügel fehlten, zu fallen begann. Als er vom Pferd glitt, hatte er seinen Arm immer noch um Fionas Taille gelegt.

Bei ihrem gemeinsamen Sturz drehte sich Miles so, daß er mit seinem Körper die Wucht des Aufpralls auffing und Fiona als Unterlage diente. Dabei legte er den Arm um sie, um ihren Rücken vor den trommelnden Hufen zu schützen. Die Pferde rannten noch ein paar Schritte und standen dann keuchend still.

»Laßt mich los«, forderte Fiona, als sie wieder bei Atem war. Sie lag auf Miles.

Seine Arme hielten sie fest. »Wann habt Ihr meinen Sattelgurt gelockert?« Als sie ihm nicht antwortete, preßte er seine Arme um ihren Brustkorb, bis die Rippen zu brechen drohten.

»Beim Mittagessen«, keuchte sie.

Er legte eine Hand in ihren Nacken und zwang ihren Kopf an seine Schulter. »Fiona, Ihr seid eine gerissene Frau. Wie ist es Euch gelungen, durch die Postenkette meiner Männer zu schleichen? Wann habt Ihr Euch aus meinem Lager gestohlen?«

Sein Hals war verschwitzt, und sein Herz klopfte gegen ihres. Der scharfe Ritt hatte ihre Müdigkeit vertrieben, und sie war froh über ihren Fluchtversuch, obwohl er mißlungen war.

»Ihr habt mir ein tüchtiges Rennen geliefert«, sagte er amüsiert. »Wenn meine Brüder mir nicht so oft den boshaften Streich gespielt hätten, mich mit gelockertem Sattelgurt auf einen Ausritt mitzunehmen, hätte ich nicht gewußt, wie ich mich verhalten muß. Selbstverständlich sorgten sie dafür, daß ich ein langsames Pferd bekam, damit ich mir nicht den Hals brach, sobald ich stürzte.« Er bewegte sich so, daß er ihr ins Gesicht schauen konnte. »Wäre es für Euch eine große Freude, zusehen zu können, wie ich mir den Hals breche?«

»Ja, und wie«, sagte sie lächelnd, praktisch Nase an Nase mit ihm.

Miles lachte darüber, küßte sie rasch, schob sie von sich weg und stand auf. Er runzelte die Stirn, als sie sich mit dem Handrücken die Lippen abwischte. »Kommt, da ist ein Gasthof, nicht weit von hier entfernt, wo wir über Nacht bleiben wollen.« Er bot ihr nicht die Hand, um ihr beim Aufstehen zu helfen.

Als sie zu Miles' Gefolge zurückkehrten, warf Sir Guy Fiona einen kurzen, bewundernden Blick zu, und sie vermutete, daß er in Zukunft wachsamer sein würde. Sie bekam wohl kaum noch Gelegenheit, sich am Sattelzeug der Männer zu vergreifen.

Erst als sie wieder zu Pferde saßen, bemerkte Fiona, daß Miles am Unterarm verletzt war und blutete. Sie wußte, daß es passiert sein mußte, als er schützend den Arm zwischen sie und den Pferdehuf hielt. Sir Guy untersuchte die Fleischwunde und verband sie, während Fiona vom Pferderücken aus zusah. Es erschien ihr seltsam, daß dieser Mann, ein Ascott, eine Chatworth vor Schaden schützte.

Miles bemerkte, wie sie ihn beobachtete. »Ein Lächeln von Euch, Fiona, würde den Heilungsprozeß beschleunigen.«

»Ich hoffe, Ihr vergiftet Euer Blut und verliert Euren Arm.« Sie gab ihrem Pferd die Sporen.

Wieder ritten sie stumm nebeneinander her, bis sie bei dem Gasthof eintrafen, zu dem, wie schon einmal, Miles einen Boten vorausgeschickt hatte, damit er sich auf ihre Ankunft vorbereitete. Diesmal wurde für Miles und Fiona in einem eigenen Eßzimmer serviert.

»Erzählt mir von Eurer Familie«, sagte er.

»Nein«, weigerte sie sich schlicht und langte nach einer Schüssel mit Schnecken in Knoblauchsoße.

»Dann werde ich eben von meiner erzählen. Ich habe drei ältere Brüder und ...«

»Ich kenne sie. Ihr und Eure Brüder seid berüchtigt.«

Er zog eine Augenbraue in die Höhe. »Dann erzählt mir, was Ihr über uns gehört habt.«

»Mit Vergnügen.« Sie schnitt eine Hühnerpastete entzwei. »Euer Bruder Gavin ist der Älteste. Er sollte Lilian Valence heiraten, verstieß sie jedoch und heiratete stattdessen die reiche Judith Revedoune, eine Frau von bösartigem Charakter. Mit vereinten Kräften gelang es Eurem Bruder und seiner Frau, Lilian – nun eine Chatworth – in den Wahnsinn zu treiben.«

»Kennt Ihr Eure Schwägerin?«

Fiona betrachtete das Fleisch auf ihrem Teller. »Sie war nicht immer so, wie sie heute ist.«

»Diese Kanaille wurde schon als Hure geboren. Sie verschmähte meinen Bruder. Nun erzählt mir, was Ihr von Stephen wißt.«

»Er zwang eine Frau zur Ehe, die meinen Bruder zum Bräutigam haben wollte.«

»Und Raine?«

»Ich weiß wenig von diesem Mann, nur, daß er ein großartiger Kämpfer auf dem Schlachtfeld sein soll.«

Miles' Augen bohrten sich in die ihren. »Nachdem Euer Bruder meine Schwester vergewaltigte und Mary sich selbst den Tod gab, führte Raine einen Trupp Soldaten des Königs gegen Euren Bruder Roger, um ihn anzugreifen. Deshalb hat der König Raine zum Verräter erklärt, und mein Bruder lebt nun mit einer Horde von Verbrechern in einem Wald.« Er hielt inne. »Und was wißt Ihr über mich?«

»Ihr seid ein Wüstling, ein Verführer junger Mädchen.«

»Ich fühle mich geschmeichelt, daß meine Männlichkeit so überschätzt wird. Nun laßt mich die Wahrheit über meine Familie erzählen. Gavin mußte seine drei jüngeren Brüder aufziehen und zugleich den Familienbesitz verwalten, als er erst sechzehn Jahre alt war. Er hatte kaum Zeit, sich um Frauen zu kümmern und sie kennenzulernen. Er verliebte sich in Lilian Valence, bat sie, ihn zu heiraten, bekam jedoch einen Korb. Er heiratete stattdessen Judith Revedoune, und es dauerte eine Zeit, ehe er merkte, daß er seine Frau wirklich liebte. Lilian versuchte Judiths Gesicht mit kochendem Öl zu entstellen; doch die Sache ging schief, und statt dessen schüttete sich Lilian das Öl ins Gesicht.«

»Ihr seid ein notorischer Lügner«, sagte Fiona.

»Nein, ich lüge nicht. Stephen ist der Friedensstifter in unserer Familie und hat sich besonders eng an Gavin angeschlossen. Und Raine …« Er unterbrach sich kurz und lächelte. »Raine glaubt, die Last der Welt ruht auf seinen breiten Schultern. Er ist ein guter Mann, aber ein unglaublicher Sturkopf.«

»Und Ihr?« fragte Fiona sacht.

Er ließ sich Zeit mit der Antwort. »Ich bin allein. Meine Brüder scheinen so sicher, was sie wollen. Gavin liebt das Land; Stephen ist ein Kreuzfahrer für seine Schotten; Raine möchte die Welt verändern; doch ich …«

Sie sah ihn an, und einen Moment gab es eine stumme Zwiesprache zwischen ihnen. Auch sie hatte sich als Außenseiterin empfunden. Edmund war böse, Roger immer wütend, und sie hatte ihr Leben damit verbracht, Edmund und seinen Freunden auszuweichen, während sie gleichzeitig Brian zu beschützen suchte.

Miles nahm ihre Hand, und diesmal entzog sie sie ihm nicht. »Wir beide mußten wohl rasch erwachsen werden. Erinnert Ihr Euch noch an Eure Kinderzeit?«

»Nur zu gut«, sagte sie tonlos und nahm ihm ihre Hand weg.

Eine Weile lang aßen sie schweigend. »War Euer Vaterhaus … glücklich?« fragte sie, als wäre es nur eine nichtige Frage.

»Ja.« Er lächelte. »Jeder von uns wurde von Stiefeltern aufgezogen; aber wir verbrachten trotzdem sehr viel Zeit miteinander. Es ist nicht so einfach, der jüngste Sohn zu sein. Man wird ganz hübsch herumgeschubst. Und wart Ihr glücklich?«

»Nein. Ich war viel zu sehr damit beschäftigt, Edmunds Nachstellungen zu entgehen, um über solche törichten Dinge wie Glück nachzudenken. Ich möchte mich jetzt gern zurückziehen.«

Miles begleitete sie zu ihrem gemeinsamen Zimmer, und sie sah, daß diesmal eine Bettstatt an der anderen Wand aufgebaut war.

»Keine Fensterbank«, sagte er munter, doch Fiona lachte nicht. Er nahm ihre beiden Hände. »Wann werdet Ihr mir endlich vertrauen? Ich bin nicht wie Edmund oder Pagnell oder irgendeiner von den abscheulichen Männern, die Ihr kennengelernt habt.«

»Ihr haltet mich gefangen. Rauben Männer, die so gut sind, wie Ihr Euch haltet, unschuldigen Frauen die Freiheit?«

Er küßte ihre Hände. »Aber wenn ich Euch Eurem Bruder zurückgäbe, was würdet Ihr tun? Würdet Ihr warten, bis Roger Euch einen Gatten aussucht, und Euch dann als glückliche Ehefrau zur Ruhe setzen?«

Sie wich vor ihm zurück. »Roger hat mir erlaubt, unverheiratet zu bleiben. Ich dachte daran, das Gelübde als Nonne abzulegen.«

Miles musterte sie mit einem entsetzten Blick. Ehe sie protestieren konnte, zog er sie in seine Arme und streichelte ihren Rücken. »Ihr habt so viel Liebe zu verschenken. Wie könnt Ihr daran denken, sie für Euch zu behalten? Würdet Ihr nicht gerne Kinder haben, zusehen, wie sie groß werden? Es gibt nichts Schöneres als ein Kind, das Euch mit Hingabe und Vertrauen betrachtet.«

Sie hob den Kopf von seiner Schulter. Sie hatte sich inzwischen fast daran gewöhnt, daß er sie berührte und in seinen Armen festhielt. »Ich habe noch nie zuvor einen Mann kennengelernt, der Kinder liebte. Alle Männer, die mir begegnet sind, dachten nur ans Kämpfen, Trinken und an Frauen, die sie für ihre Lust mißbrauchten.«

»Es spricht manches für einen guten Kampf für eine gute Sache, und hin und wieder habe ich auch getrunken; aber ich möchte willige Frauen in meinem Bett haben. Nun laßt Euch aus Eurem Kleid helfen.«

Sie riß sich von ihm los und musterte ihn mit feindseligem Blick.

»Ich gedenke auf dieser kalten, harten, einsamen Koje zu schlafen; doch vermute ich, daß Euch das Kleid allmählich lästig wird. Jedenfalls schlaft Ihr ohne Kleid bequemer.«

»Ich habe es recht bequem in meinen Kleidern. Vielen Dank.«

»Schön, wie Ihr wollt.« Er drehte sich um und begann sich auszuziehen, während Fiona in ihrem Bett Zuflucht suchte.

Die einzige Kerze im Raum brannte noch, und als Miles sich bis auf sein Lendentuch entkleidet hatte, beugte er sich über sie und zog die Decke von ihrem Gesicht. Sie lag stocksteif da mit angespannten Muskeln, während er sich auf den Bettrand setzte und mit der Hand über ihre Haare an der Schläfe strich. Er sah sie nur stumm an und genoß die Berührung ihrer Haut.

»Gute Nacht, Fiona«, flüsterte er, während er ihr sacht einen Kuß auf die Lippen gab.

Ihre Hand schoß hoch, um den Mund abzuwischen, doch er packte sie beim Handgelenk. »Was muß geschehen, damit Ihr einen Mann liebt?« murmelte er.

»Ich glaube nicht, daß ich das könnte«, antwortete sie ihm aufrichtig. »Wenigstens nicht so, wie Ihr es meint.«

»Ihr bringt mich auf den Gedanken, das auszuprobieren. Gute Nacht, mein zerbrechlicher Engel.«

Er küßte sie abermals, ehe sie protestieren konnte, daß sie ganz und gar nicht zerbrechlich war; doch diesmal vermochte sie wenigstens den Kuß wegzuwischen.

Kapitel 5

Miles, Fiona, Sir Guy und die Ascott-Ritter reisten noch zwei Tage, ehe sie die Südgrenze von Schottland erreichten. Fiona versuchte abermals zu fliehen – nachts, während Miles dicht neben ihr schlief –; aber sie kam nur bis zur Tür, ehe er sie wieder einfing und zu ihrem Bett zurückbrachte.

Fiona lag danach noch lange wach und dachte darüber nach, daß sie eine Gefangene war und doch keine Gefangene. Sie war noch nie mit so großer Aufmerksamkeit behandelt worden, wie Miles Ascott es tat. Nur nützte er jede Gelegenheit aus, sie anzufassen; doch daran gewöhnte sie sich allmählich. Es war bestimmt kein Vergnügen für sie; aber auch nicht so abstoßend, wie es ihr zunächst erschienen war. Einmal, in einem Gasthof, wo sie zum Essen eingekehrt waren, war ein Betrunkener auf Fiona zugetorkelt, und in einer Reflexbewegung ging sie schutzsuchend auf Miles zu. Er hatte ihren Reflex mit einem gänzlich unangemessenen Vergnügen registriert.

Heute hatte er ihr mitgeteilt, daß sie von nun an in seinem Zelt übernachten würden, da Gasthöfe in Schottland dünn gesät wären. Er deutete auch an, daß es Zusammenstöße geben könnte, sobald sie die Berge überquert hätten, da die Hochländer die Engländer nicht mochten. Während des Abendessens schien er mit seinen Gedanken woanders und beriet sich mehrere Male flüsternd mit Sir Guy.

»Sind die Schotten tatsächlich so blutdürstig?« fragte sie, nachdem er den Abendbrottisch zum zweitenmal verlassen hatte.

Er schien nicht zu verstehen, wovon sie sprach. »Ich soll mich mit jemandem hier treffen, und er hat sich verspätet. Er hätte längst hier sein sollen.«

»Einer von Euren Brüdern – oder ist es vielleicht eine Frau?«

»Keines von beiden«, erwiderte er rasch.

Fiona stellte keine Fragen mehr. Als sie in ihr Bett kroch, immer noch mit dem Kleid angetan, das Miles ihr geschenkt hatte, drehte sie sich auf die Seite, um ihn auf seiner Koje zu betrachten. Er warf sich unruhig hin und her.

Als es laut an der Tür klopfte, sprang Fiona fast genauso rasch aus dem Bett wie Miles. Sir Guy trat ein, hinter ihm ein kleiner Junge.

»Kit!« rief Miles, faßte das Kind und drückte es an sich, daß er es zu zerquetschen drohte. Doch den Jungen schien das nicht zu stören, weil er sich ebenso fest an Miles klammerte.

»Weshalb haben sie so lange gebraucht?« erkundigte sich Miles bei Sir Guy.

»Sie wurden von einem schrecklichen Gewitter überrascht und verloren drei Pferde.«

»Keine Männer?«

»Jeder wurde gerettet, nur dauerte es eine Weile, bis sie die Pferde ersetzt hatten. Junker Kit hielt sich im Sattel, wo zwei Ritter dem Sturm nicht standhalten konnten«, sagte Sir Guy voller Stolz.

»Ist das wahr?« fragte Miles und drehte den Jungen herum.

Fiona sah ein kleines Ebenbild von Miles, aber mit braunen statt grauen Augen – ein hübscher Junge mit ernsthaftem Gesicht.

»Ja, Papa«, antwortete Kit. »Onkel Gavin sagt, daß ein Ritter immer auf seinem Pferd bleiben muß. Später half ich den Männern, das Gepäck aus dem Wasser zu fischen.«

»Du bist ein guter Junge.« Miles grinste und umhalste den Knaben abermals. »Du kannst gehen, Guy. Sieh zu, daß die Männer versorgt werden. Wir brechen gleich in aller Frühe auf.«

Kit lächelte Sir Guy zum Abschied nochmal zu und flüsterte dann mit seinem Vater: »Wer ist sie?«

Miles stellte Kit auf den Boden. »Lady Fiona«, sagte er feierlich, »darf ich Euch Christopher Gavin Ascott vorstellen?«

»Wie geht es dir?« sagte sie und ergriff die ausgestreckte Hand des Kindes. »Ich bin Lady Fiona Chatworth.«

»Ihr seid sehr hübsch«, sagte er. »Mein Vater mag hübsche Frauen.«

»Kit ...« begann Miles; doch Fiona unterbrach ihn.

»Magst du denn hübsche Frauen?« fragte sie.

»Oh, ja. Meine Kinderschwester ist sehr, sehr hübsch.«

»Davon bin ich überzeugt, wenn dein Vater sie anheuerte. Bist du hungrig? Müde?«

»Ich habe einen ganzen Sack voll gezuckerter Pflaumen gegessen«, sagte Kit stolz. »Oh, Papa! Ich habe eine Botschaft für dich. Sie stammt von einem Mann namens Simon.«

Ein Schatten huschte über Miles' Gesicht; doch als er den Brief las, grinste er von einem Ohr zum andern.

»Eine gute Nachricht?« fragte Fiona, die ihre Neugierde nicht unterdrücken konnte.

Miles warf die Botschaft auf seine zerknitterte Bettdecke und antwortete nüchtern: »Ja und nein. Meine Kusine ist von meiner Tochter entbunden worden; doch mein Onkel Simon droht mir den Tod an.«

Fiona wußte nicht, ob sie lachen oder entrüstet sein sollte.

»Du hast eine kleine Schwester, Kit«, sagte sie schließlich.

»Ich habe schon zwei Brüder. Ich möchte keine Schwester haben.«

»Ich glaube, darüber entscheidet dein Vater. Es ist schon spät, und ich denke, du solltest ins Bett gehen.«

»Kit kann ja mein Bett haben, und ich werde ...« begann Miles mit zwinkernden Augen.

»Kit wird bei mir schlafen«, sagte Fiona von oben herab und reichte dem Kind ihre Hand.

Kit war sofort bereit, bei ihr zu schlafen, und er gähnte, als sie ihn um das Bett führte.

Miles sah lächelnd und auch ein bißchen triumphierend zu, wie Fiona den schlaftrunkenen kleinen Jungen bis auf die Unterwäsche auszog. Er kam bereitwillig in ihre Arme, als sie ihn ins Bett hob. Fiona kroch neben ihn und zog Kit an sich heran.

Einen Moment stand Miles neben dem Bett und sah die beiden an. Dann beugte er sich lächelnd vor und küßte sie beide auf die Stirn. »Gute Nacht«, flüsterte er, ehe er zu seiner Koje zurückging.

Am nächsten Tag merkte Miles sehr bald, daß Fionas Interesse sich nur auf Kit beschränkte. Und das Kind schloß sich so eng an Fiona an, als hätte es Fiona schon von der Wiege an gekannt. Diese erstaunliche Tatsache quittierte Fiona nur mit dem Satz: »Ich habe schon immer Kinder gern gehabt, und sie scheinen das zu wissen.« Was auch der Grund sein mochte, Kit schien sich bei Fiona wie zu Hause zu fühlen. Nachmittags ritt er mit ihr zusammen auf einem Pferd und schlief an ihrer Brust. Als Miles ihr anbot, ihr das schwere Kind abzunehmen, fauchte sie ihn buchstäblich an.

Nachts schliefen die beiden zusammengerollt in einem Bett, und Miles betrachtete die beiden Umschlungenen und fühlte sich wie ein Ausgestoßener.

Sie reisten weitere drei Tage nach Norden, und Fiona wußte, daß sie das Gebiet des MacArran-Clans fast erreicht haben mußten. Miles war den ganzen Tag über sehr nachdenklich gewesen, und zweimal hatte sie ihn in einem heftigen Wortwechsel mit Sir Guy gesehen. An dem Stirnrunzeln von Sir Guy erkannte Fiona, daß Miles offensichtlich etwas vorhatte, das dem Hünen nicht gefiel. Doch jedesmal, wenn Fiona bis auf Hörweite herankam, verstummten die beiden Männer.

Mittags hielt Miles den Trupp an und fragte, ob Fiona und Kit mit ihm zusammen speisen möchten. In der Regel aßen sie alle zusammen in Sichtweite der Männer, so daß jeder dem anderen im Falle einer Gefahr beispringen konnte.

»Ihr scheint mit Euch sehr zufrieden zu sein«, sagte Fiona, die Miles von der Seite beobachtete.

»Wir sind nur noch einen Tagesritt von meinem Bruder und seiner Frau entfernt«, antwortete Miles vergnügt und hob Kit von Fionas Pferd herunter.

»Onkel Stephen trägt einen Rock, und Lady Alicia kann ein Pferd so schnell reiten wie der Wind«, belehrte sie Kit.

»Stephen trägt ein Plaid«, korrigierte Miles, während er Fiona vom Pferd zog und ihren Versuch, seine Hände fortzuschieben, übersah. »Mein Koch hat im Wald für uns eine Tafel gedeckt.«

Kit nahm Fionas Hand, und Miles ergriff die Linke seines Sohnes, und so gingen sie zusammen in den Wald.

»Was haltet Ihr von Schottland?« fragte Miles und stützte ihren Arm, als sie über einen umgestürzten Baum hinwegstieg.

»Es ist eine unberührte Landschaft, als habe sich von Anbeginn der Menschheit nichts getan. Sie ist sehr rauh und ... urwüchsig.«

»So wie ihre Bewohner.« Miles lachte. »Mein Bruder hat sich sein Haar bis zur Schulter hinunterwachsen lassen, und seine Kleider ... nein, nun, Ihr könnt Euch ja selbst ein Urteil bilden.«

»Gehen wir nicht ein bißchen weit von Euren Männern weg?« Der Wald schloß sich um sie, das zähe, unberührte Unterholz machte das Gehen sehr beschwerlich.

Miles zog eine Axt aus einer Lederschlaufe am Rücken und begann, einen Pfad für sie auszuhauen.

Fiona betrachtete ihn. Er trug jetzt ein schlichtes Gewand aus dunkelgrünem Stoff mit einem braunen Umhang über den Schultern – und er war schwer bewaffnet. Auf den Rücken hatte er einen langen Bogen geschnallt und einen Köcher mit Pfeilen, dazu die Axt, das Schwert an der Hüfte und einen Dolch an der Taille.

»Stimmt etwas nicht?« fragte sie.

»Nein«, sagte er, während er an ihr vorbeisah. »Tatsächlich erhielt ich eine Botschaft, Fiona, daß ich jemand hier treffen sollte; aber wir sind zu weit gegangen.«

Sie hob eine Augenbraue. »Ihr würdet für so ein geheimes Treffen das Leben Eures Sohnes auf das Spiel setzen?«

Er schob die Axt in ihr Futteral auf seinem Rücken zurück. »Meine Männer bilden ja einen Ring um uns. Ich wollte Euch nur in meiner Nähe haben, statt Euch und Kit bei meinen Männern zu lassen.«

»Schau, Papa!« sagte Kit aufgeregt. »Dort ist ein Reh.«

»Sollen wir das Reh aus der Nähe betrachten?« fragte sie ruhig. »Lauf schon einmal voraus, und wir fangen dich wieder ein.« Während sie Kit im Auge behielt, sagte sie zu Miles: »Ich werde bei Kit bleiben, und Ihr schaut nach Euren Männern. Ich habe das Gefühl, diese Verabredung war nur ein übler Trick, um uns von unserer Begleitung zu trennen.«

Miles' Augen weiteten sich, als sie ihm diese Anweisung gab; doch binnen Sekunden tauchte er im Wald unter, während Fiona dem Jungen nacheilte. Es schien eine Ewigkeit zu dauern, ehe Miles wieder zurückkam, und sie sah mit besorgten Augen um sich.

»Bist du unglücklich, Fiona?« fragte Kit und faßte nach ihrer Hand.

Sie kniete sich neben ihm nieder, damit sie auf gleicher Höhe mit ihm war. »Ich wundere mich nur, wo dein Vater bleibt.«

»Er kommt schon wieder«, sagte Kit zuversichtlich. »Mein Vater wird uns beschützen.«

Fiona versuchte, nicht ihr Mißtrauen zu zeigen. »Ich bin überzeugt, daß er das wird. Ich höre ein fließendes Wasser dort drüben. Sollen wir es suchen?«

Sie hatten einige Mühe, durch das Unterholz zu waten, doch sie erreichten den Fluß. Es war ein wildes, raschfließendes Gewässer, das über Felsen schäumte und am steinigen Ufer strudelte.

»Es ist kalt«, sagte Kit und wich vom Wasser zurück. »Glaubst du, es sind Fische darin?«

»Lachse vermutlich«, sagte Miles hinter Fiona, und sie fuhr tüchtig zusammen. Miles legte einen Arm um ihre Schulter. »Ich wollte Euch nicht erschrecken.«

Sie löste sich von ihm. »Was ist mit Euren Männern?«

Er sah Kit zu, der Zweige und Stöcke ins Wasser warf und beobachtete, wie die Wellen sie forttrugen. Er nahm ihre Hand in die seinen. »Meine Männer sind verschwunden. Ich habe keine Spur mehr von ihnen gesehen. Ihr werdet doch jetzt keine Panik bekommen, nicht wahr, Fiona?«

Sie sah ihm in die Augen. Sie fürchtete sich in einem fremden Land, allein mit einem Kind und diesem Mann, dem sie nicht traute. »Nein«, sagte sie fest. »Ich möchte nicht, daß Kit sich ängstigt.«

»Gut.« Er lächelte und drückte ihre Hände. »Wir sind an der Südgrenze des MacArran-Gebietes, und wenn wir nach Norden wandern, werden wir bis morgen abend die ersten Bauernhütten erreicht haben.«

»Aber wenn jemand Eure Männer fortgezaubert hat …«

»Meine Sorge gilt jetzt Euch und Kit. Wenn wir uns im Wald verstecken, bleiben wir vielleicht unentdeckt. Ich habe keine Angst vor einem Kampf, möchte aber nicht, daß Euch oder Kit ein Leid geschieht. Werdet Ihr mir helfen?«

Sie entzog ihm nicht ihre Hände. »Ja«, sagte sie leise, »ich werde Euch helfen.«

Er gab eine ihrer Hände frei. »In diesen Bergen ist es selbst im Sommer kalt. Legt Euch das um.« Er hielt ein großes Stück wollenes Tuch in die Höhe, das ein dunkelblaues und grünes Löffelmuster zeigte.

»Wo habt Ihr das her?«

»Das war alles, was auf dem Tisch zurückgeblieben ist, den mein Koch für uns gedeckt hatte. Es ist eines von den Plaids, die Alicia mir schenkte. Er benützte ihn als Tischtuch. Wir können ihn heute Nacht gut gebrauchen.« Er hielt ihre Hand fest, während sie das Wolltuch über den Arm warf, und dann gingen sie gemeinsam zu Kit.

»Würdest du gerne zu Fuß bis zu Onkel Stephens Haus gehen?« fragte Miles seinen Sohn.

Kit betrachtete seinen Vater tiefsinnig: »Wo ist Sir Guy? Ein Ritter geht nicht zu Fuß.«

»Ein Ritter tut, was zum Schutz seiner Frauen nötig ist.«

Vater und Sohn tauschten einen langen Blick. Obwohl Kit erst vier Jahre alt war, wußte er doch seit seiner Geburt, daß er ein Ritter werden würde. Man hatte ihm mit zwei Jahren ein hölzernes Schwert verliehen; und alle Geschichten, die man ihm erzählt hatte, handelten von Rittertum und ritterlichem Verhalten. Kit nahm Fionas Hand. »Wir werden Euch beschützen, Mylady«, sagte er feierlich und kußte ihr die Hand.

Miles legte seinem Sohn voller Stolz die Hand auf die Schulter. »Und nun läufst du voraus, Kit, und siehst dich nach einem Wildbret um. Selbst ein Kaninchen verschmähen wir nicht.«

»Ja, Papa.« Kit grinste und lief am Ufer des Flusses davon.

»Ihr laßt den Jungen unbeaufsichtigt herumtollen?«

»Nein. Kit ist nicht so unvernünftig, sich zu weit zu entfernen.«

»Ihr scheint über den Verlust Eurer Männer nicht sehr besorgt. Habt Ihr Hinweise auf einen Kampf gesehen?«

»Nichts.« Er schien seine Männer zu vergessen, während er sich bückte, eine zierliche gelbe Blume aus dem Moos pflückte und sie ihr hinter das Ohr steckte. »Ihr seht aus, als gehörtet Ihr hierher in diese Wildnis mit Euren aufgelösten Haaren und Eurem zerrissenen Kleid, das von Diamanten zusammengehalten wird. Ich hätte nichts dagegen, Euch mit noch vielen Diamanten zu schmücken, Fiona.«

»Die Freiheit ist mir lieber.«

Er trat einen Schritt von ihr zurück. »Ihr seid nicht länger meine Gefangene, Fiona Chatworth«, erklärte er. »Ihr könnt mich für immer verlassen.«

Sie sah sich in dem wilden, urwüchsigen Wald um. »Ihr seid sehr gerissen, Ascott«, sagte sie unwillig.

»Was bedeutet, daß Ihr lieber bei mir bleibt«, sagte er augenzwinkernd, und ehe sie etwas zu erwidern vermochte, hob er sie hoch, schwang sie in seinen Armen im Kreis herum und drückte ihr einen Kuß auf die Wange.

»Laßt mich los«, sagte sie, aber mit dem Hauch eines Lächelns auf den Lippen.

Er liebkoste ihr Ohrläppchen. »Ich glaube, ich könnte Euch zu Füßen liegen, wenn Ihr das möchtet«, flüsterte er. »Gefesselt und geknebelt, hoffe ich«, entgegnete sie und drückte ihn nun von sich. »Gedenkt Ihr, für unsere Nahrung zu sorgen, oder tragt Ihr diesen Bogen lediglich auf dem Rücken, weil er Euch gut steht?«

»Papa!« rief Kit, ehe Miles antworten konnte. »Ich habe ein Kaninchen gesehen.«

»Sicherlich wartet es auf mich, damit ich es schlachten soll«, sagte Miles leise, während Kit, durch die Büsche watend, auf sie zukam.

Ein Geräusch von Fiona, das man nur als Kichern beschreiben konnte, ließ Miles aufhorchen. Er wandte ihr ein verblüfftes Gesicht zu.

Fiona wich seinem Blick aus. »Wo ist denn das Kaninchen, Kit? Dein tapferer Vater will sich dem Tier stellen, und vielleicht bekommen wir etwas zu knabbern, wenn nicht ein richtiges Essen.«

Nachdem sie eine Stunde gegangen waren, wobei Miles offenbar mehr daran interessiert schien, mit Fionas Fingern zu spielen, als an der Jagd, hatten sie keine Kaninchen mehr gesehen. Es war später, als sie geglaubt hatte, und es wurde bereits dunkel – oder vielleicht erschien ihr nur der Wald so düster.

»Wir werden hier unser Nachtlager aufschlagen. Kit, sammle Holz für ein Feuer.« Als das Kind sich entfernt hatte, wandte Miles sich Fiona zu. »Laßt ihn nicht aus den Augen. Ich werde inzwischen ein Wild für uns besorgen.« Damit glitt er in den Wald hinein.

Sobald Miles sich entfernt hatte, spürte Fiona die bedrückende Einsamkeit des Waldes. Sie folgte Kit und belud ihre Arme mit trockenen Zweigen. Und war es ihr bisher nicht aufgefallen, so hatte sie nun das Gefühl, als würden Augen aus dem Wald sie beobachten. Im Haus ihres Bruders hatte sie gelernt, einen sechsten Sinn für Männer zu entwickeln, die sich in Ecken versteckten und dort darauf warteten, über sie herzufallen.

»Hast du Angst, Fiona?« fragte Kit mit großen Augen.

»Natürlich nicht.« Sie zwang sich zu einem Lächeln, doch dabei fielen ihr all die Geschichten ein, die sie über die Barbarei der Schotten gehört hatte. Sie waren ein wildes Volk, das kleine Kinder folterte.

»Mein Papa wird dich beschützen«, sagte Kit. »Man gab ihm seine Rittersporen, als er noch ein Knabe war. Mein Onkel Raine sagt, Papa ist einer der größten Ritter Englands. Er wird nicht zulassen, daß dich jemand überfällt.«

Sie nahm den Jungen in ihre Arme. »Dein Papa ist wahrhaftig ein großer Kämpe. Weißt du, daß mich vor ein paar Tagen drei Männer überfielen? Dein Vater hat sie in wenigen Minuten erschlagen und wurde nicht einmal verletzt.« Fiona konnte dem Jungen ansehen, daß er trotz seiner Beteuerungen Angst hatte. »Ich glaube, dein Vater könnte alle Männer Schottlands ganz allein besiegen. Es gibt niemanden, der so tapfer und stark ist wie dein Papa.«

Ein leises Kichern erschreckte Fiona. Sie sah sich um und erblickte Miles hinter sich, der zwei tote Kaninchen bei den Ohren hielt. »Ich danke Euch für Euer Loblied, Mylady.«

»Fiona hatte Angst«, erklärte Kit.

»Und du hast rechtgetan, sie zu trösten. Wir müssen stets unsere Frauen schützen. Wäre es möglich, daß Ihr wißt, wie man ein Kaninchen häuten muß, Fiona?«

Sie setzte Kit auf den Boden und nahm mit zuversichtlicher Miene die Kaninchen entgegen. »Ihr werdet feststellen, daß eine Chatworth nicht wie eine Ascott-Lady auf Seidenkissen herumsitzt und wartet, bis die Dienerschaft das Essen serviert.«

»Ihr habt eine vortreffliche Beschreibung von Stephens und Gavins Frauen geliefert. Komm, Kit, laß mal sehen, ob die Ascott-Männer sich nützlich machen können.«

In kürzester Zeit hatten Miles und Kit ein Feuer entfacht, und Fiona hatte die Kaninchen gehäutet und ausgeweidet. Miles benützte seine Axt, um Pfähle in den Boden zu treiben und einen Drehspieß für die Kaninchen herzurichten. Auf die Ellenbogen zurückgelehnt, sah er zu, wie Kit das Fleisch über dem Feuer drehte.

»Ihr wirkt sehr entspannt«, sagte Fiona stirnrunzelnd mit leiser Stimme. »Wir lagern hier schutzlos in einem fremden Land, doch Ihr schürt ein Feuer an. Man kann uns meilenweit sehen.«

Er zog an ihrem Rock, bis sie sich ein paar Fuß von ihm entfernt niedersetzte. »Dieses Land gehört meinem Bruder und dessen Frau, und wenn die MacArrans uns entdecken, erkennen sie auch die Ascott-Leoparden auf meinem Umhang. Die Schotten pflegen nicht einfach über Frauen und Kinder herzufallen und sie zu töten. Man wird Euch zu Stephen bringen, und Ihr müßt ihm nur erklären, wer Ihr seid.«

»Aber was ist mit Euren Rittern geschehen?«

»Fiona, meine Gefolgsleute sind ohne Spuren eines Kampfes verschwunden. Ich vermute, sie wurden nach Larenston exkortiert, zu Alicias Burg. Im Augenblick gilt meine Sorge nur Eurer und Kits Sicherheit. Wenn wir nach Larenston kommen, und meine Männer befinden sich nicht dort, werde ich mir auch ihretwegen Sorgen machen. Kit! du läßt das Fleisch auf einer Seite anbrennen!«

Er rückte dichter an sie heran. »Fiona, hier seid Ihr so sicher, wie man das nur sein kann. Ich habe die Umgebung erkundet und keine Menschenseele gesehen. Ihr friert«, sagte er, als sie erschauerte. Er nahm das Plaid vom Boden, legte es um ihre Schultern und zog sie an sich.

»Es ist nur der Wärme wegen«, sagte er, als sie sich gegen ihn sträubte, und weigerte sich, seinen Griff zu lockern.

»Das habe ich schon einmal gehört«, fauchte sie. »Die Wärme ist nur der Anfang. Macht es Euch Spaß, mich mit Gewalt zu nehmen?«

»Mir gefallen Eure Andeutungen gar nicht, daß Ihr mich mit den schleimigen Freunden Eures Bruders vergleicht«, fauchte er zurück.

Fiona hörte auf, sich zu wehren. »Vielleicht hat das Leben

mit Edmund tatsächlich mein Denken etwas verdreht; aber ich mag nicht, daß man mich anfaßt.«

»Das habt Ihr mir oft genug gesagt; aber wenn wir die Nacht überleben wollen, müssen wir uns aneinander wärmen, denke ich. Kit, brich eine von den Keulen ab. Das Fleisch scheint gar zu sein.«

Die Kaninchen waren innen fast roh, außen verkohlt; doch die drei waren zu hungrig, um sich daran zu stören. »Mir gefällt es, Papa«, sagte Kit. »Ich bin gerne hier im Wald.«

»Es ist schrecklich kalt hier«, sagte Fiona, die sich in ihrem Plaid zusammenkauerte. »Wenn es schon im Sommer so ist, wie wird es dann erst im Winter zugehen?«

»Alicia meint, England wäre ein Treibhaus. Im Winter wickelt sie sich in eines ihrer Plaids und schläft im Schnee.«

»Nein!« hauchte Fiona. »Ist sie wirklich so eine Barbarin?«

Lächelnd wandte Miles sich seinem Sohn zu und sah, daß ihm die Augen zuzufallen drohten.

»Komm, leg dich neben mich«, sagte Fiona, und das Kind ging zu ihr.

Miles breitete seinen Umhang aus, winkte Fiona und Kit zu, sich daraufzulegen, und deckte sie mit dem Plaid zu. Nachdem er noch Holz aufs Feuer gelegt hatte, hob er das Plaid und kroch neben Kit.

»Ihr könnt nicht ...« begann sie und hielt dann inne. Es gab keinen anderen Platz für ihn zum Schlafen. Das schlafende Kind zwischen ihnen hielt sie warm. Fiona war sich sehr wohl Miles' Nähe bewußt; doch diesmal war es eher beruhigend als erschreckend.

Den Kopf auf einen Arm gestützt, beobachtete sie das Feuer. »Was für eine Frau war Kits Mutter?« fragte sie leise. »Hat sie sich auf der Stelle in Euch verliebt, als sie Euch zum erstenmal in Eurer Rüstung sah?«

Miles gab ein schnaubendes Lachen von sich. »Margaret Sidney hob ihre hübsche kleine Nase in die Höhe und weigerte sich, mit mir zu sprechen. Ich tat alles, was ich konnte, um bei ihr Eindruck zu schinden. Als sie einmal auf das Turnierfeld kam, um ihrem Vater Wasser zu bringen, drehte ich mich um, gaffte ihr nach, verlor meinen Steigbügel, und Raine traf mich mit seiner Lanze an der Hüfte. Ich habe immer noch die Narbe davon.«

»Aber ich dachte ...«

»Ihr dachtet, ich hätte meine Seele dem Teufel verkauft, und dafür könnte ich nun jede Frau haben, die ich begehre.«

»Ich habe diese Geschichte gehört«, sagte sie obenhin, während sie auf das Feuer sah.

Er hob ihre freie Hand von Kits Seite und küßte ihre Fingerspitzen. »Der Teufel hat mir kein Angebot für meine Seele gemacht; aber wenn er es täte, würde ich mir das überlegen.«

»Ihr lästert Gott!« sagte sie und entzog ihm ihre Hand. Sie schwieg eine Weile. »Aber eure Margaret Sidney änderte ihre Meinung.«

»Sie war sechzehn und so schön, so in Gavin verliebt damals. Sie wollte nichts mit einem Jungen wie mir zu tun haben.«

»Und was änderte ihren Sinn?«

Er grinste breit. »Ich war beharrlich.«

Fiona wurde steif. »Und als Ihr sie bekamt, wie habt Ihr das gefeiert?«

»Indem ich sie bat, mich zu heiraten«, gab Miles zurück. »Ich sagte Euch schon, daß ich sie liebte.«

»Ihr verschenkt Eure Liebe sehr leichtfertig. Warum hat Bridget Euch nicht geheiratet oder diese Kusine, die Euch soeben eine Tochter zur Welt brachte?«

Er blieb ein paar Sekunden stumm. »Ich habe nur eine Frau

geliebt, hatte jedoch mit vielen Frauen Liebesbeziehungen. Ich bat nur Kits Mutter, mich zu heiraten, und wenn ich wieder eine Frau darum bitte, dann nur, weil ich sie liebe.«

»Sie tut mir schon jetzt leid.« Fiona seufzte. »Sie wird sich mit Euren Bastarden abfinden müssen, die Ihr zwei- oder dreimal jährlich zeugt.«

»Ihr schient Euch nicht an diesem Kind zu stören, und Ihr habt das Mädchen im Gasthof auf dem Arm getragen, als Ihr glaubtet, es wäre meine Tochter.«

»Aber ich bin glücklicherweise nicht mit Euch verheiratet.«

Miles' Stimme senkte sich: »Wenn Ihr meine Frau wäret, würde es Euch stören, wenn Ihr alle paar Monate ein neues Kind von mir empfinget?«

»Ich würde Euch nicht die vier Kinder vorwerfen, die Ihr als unreifer Mann in der Vergangenheit zeugtet. Aber wenn ich einen Mann heiratete, was nicht geschehen wird, und wenn mein Ehemann mich damit erniedrigte, indem er jede Dienstmagd in England schwängerte, würde ich, glaube ich, für seinen Tod sorgen.«

»Das ist fair«, sagte Miles mit belustigtem Unterton in der Stimme. Er drehte sich auf die Seite, legte einen Arm über Kit und um Fionas Schultern und zog sie beide an sich heran.

»Gute Nacht, mein Engel«, flüsterte er und schlief ein.

Kapitel 6

Miles wurde von Kits Fuß geweckt, mit dem er ihn in die Rippen trat, während er versuchte, über seinen Vater hinwegzuklettern. »Lieg ganz still, Papa«, flüsterte Kit und feucht in der Nähe von Miles' Ohr. »Wecke Fiona nicht auf.« Damit war er über seinen Vater hinweggestiegen und lief in den Schatten des Waldes hinein.

Miles sah seinem Sohn nach und rieb sich den schmerzenden Brustkorb.

»Werdet Ihr das überstehen?« fragte Fiona lachend neben ihm.

Er drehte sich zur Seite, und ihre Blicke berührten sich. Fionas Haar war um sie gebreitet, und ihr Gesicht war weich vom Schlaf. Nie hätte er geglaubt, daß sie sich so unerbittlich zu beherrschen wußte. Vorsichtig, mit einem leichten Lächeln, bewegte er die Hand von ihrer Schulter zu ihrer Wange hinauf, fuhr sacht an der Linie ihres Kinns entlang.

Er hielt den Atem an, als sie sich dieser Liebkosung nicht entzog. Ihm war, als wäre sie ein wildes Tier, das er zu zähmen versuchte, und daß er sich sehr behutsam bewegen mußte, um sie nicht zu verscheuchen.

Fiona beobachtete Miles, und das Gefühl seiner Hand auf ihrem Gesicht erschien ihr wie ein Wunder. Seine Augen waren feucht, seine Lippen voll und weich. Sie hatte noch nie einem Mann gestattet, sie zu berühren, und sich nie gefragt, was die Liebkosung eines Mannes für eine Empfindung in ihr auszulösen vermochte. Doch nun lag sie ausgestreckt, das Gesicht Miles Ascott zugewandt, während ihre Körper nur eine Handspanne voneinander getrennt waren. Und sie fragte sich, wie es wäre, wenn sie ihn berührte. Auf seinen Wangen zeigte sich dunkel der Ansatz eines Bartes und betonte die scharfen Linien der Jochbeine. Eine Locke schwarzen Haares berührte sein Ohr.

Als könne Miles ihre Gedanken lesen, nahm er Fionas Hand und legte sie auf seine Wange. Sie ließ sie einen Moment dort ruhen, während ihr Herz heftig klopfte. Ihr war, als täte sie etwas Verbotenes. Nach einem langen Moment bewegte sie ihre Hand, um seine Haare zu berühren. Sie waren weich und sauber, und sie fragte sich, wie sie rochen.

Ihr Blick suchte wieder seine Augen, und sie spürte, daß er sie küssen würde. Weich vor ihm zurück, dachte sie, aber sie bewegte sich nicht.

Langsam, während seine Augen ihr sagten, daß sie sich ihm verweigern könne, kam er näher, und als seine Lippen die ihren berührten, hielt sie die Augen offen. Was für ein angenehmes Gefühl, dachte sie.

Er legte nur seinen Mund auf den ihren und behielt ihn dort. Er zwang sie nicht, die Lippen zu öffnen, faßte sie auch nicht oder versuchte, sich mit seinem Gewicht auf sie zu werfen, wie das andere Männer getan hatten. Er hielt sie nur mit diesem leichten, höchst angenehmen Kuß.

Und er war es, der zuerst seine Lippen von ihrem Mund löste, und da war ein Licht von solcher Wärme in seinen Augen, daß sie steif zu werden begann. Jetzt würde er sich auf sie werfen.

»Still«, sagte er leise, seine Hand auf ihrer Wange. »Niemand wird dich jemals mehr verletzen, meine Fiona.«

»Papa!« rief Kit, und der Bann war gebrochen.

»Zweifellos hat er diesmal ein Einhorn entdeckt«, sagte Miles mit unterdrückter Stimme, während er sich widerwillig erhob. Sein Scherz wurde durch ein angedeutetes Lächeln von Fiona belohnt.

Als Fiona aufstand, zuckte sie unter einem stechenden Schmerz in ihrer Schulter zusammen. Sie war nicht gewohnt, auf der harten Erde zu schlafen.

Als wäre es die natürlichste Sache der Welt, begann Miles Fionas Schultern zu kneten. »Was hast du jetzt gefunden, Kit?« rief er über ihren Kopf hinweg.

»Einen Pfad«, schrie Kit zurück. »Darf ich ihm folgen?«

»Nicht, bis wir dich begleiten. Besser?« fragte er Fiona, und als sie nickte, küßte er ihren Nacken und begann rasch, ihre Habseligkeiten zusammenzuraffen.

»Geht Ihr immer so freizügig mit Frauen um?« fragte sie, und ihre Stimme drückte echte Neugierde aus. »Wenn Ihr das Haus eines Fremden besucht – küßt Ihr da unverfroren die Frauen ab?«

Miles nahm sich nicht die Mühe, die Asche des Feuers zu vergraben. »Ich kann mich sehr zivilisiert betragen, versichere ich Euch, und in der Regel beschränke ich meine Küsse auf die Hände – wenigstens in der Öffentlichkeit.« Er sah sie lächelnd mit blitzenden Augen an. »Aber bei Euch, meine wunderschöne Fiona, war von unserer ersten ... äh ... Begegnung an nichts, was man als gewöhnlich bezeichnen könnte. Ich kann mich des Gefühls nicht erwehren, daß Ihr ein Geschenk für mich wart – ein sehr kostbares Geschenk, das ich dennoch nicht ablehnen, sondern behalten müsse.«

Bevor sie antworten konnte – und tatsächlich war sie viel zu verblüfft für eine Antwort –, faßte er ihre Hand und begann sie zu der Stelle zu ziehen, wo Kit schon ungeduldig wartete. »Wollen mal sehen, wohin dieser Pfad uns führt.«

Miles hielt ihre Hand fest, während Kit sie den engen, lang nicht mehr benützten Pfad hinunterführte. »Was denkt Ihr von meinem Sohn?«

Fiona lächelte zu dem Knaben hinunter, der einen Pilz am Boden untersuchte. Während sie ihm zusah, richtete er sich auf und rannte wieder vor ihnen her. »Er ist sehr selbständig, intelligent und sehr erwachsen für sein Alter. Ihr müßt überaus stolz auf ihn sein.«

Miles' Brust schwoll sichtlich an. »Ich habe noch zwei Söhne zu Hause. Philip Stephen sieht so exotisch aus wie seine Mutter und hat ein Temperament, das selbst seine Amme das Fürchten lehrt, obwohl er erst ein Jahr alt ist.«

»Und Euer anderer Sohn? Den Ihr mit Bridget zeugtet?«

»James Raine ist das genaue Gegenteil von Philip, und die beiden hängen wie Kletten aneinander. Ich habe das Gefühl, daß es vielleicht immer so bleiben wird. James tritt Philip seine Spielzeuge ab, wenn Philip sie verlangt.« Er lachte glucksend. »Das einzige, was James nicht zu teilen bereit ist, ist seine Kinderschwester. Er schreit schon, wenn ich ihr nur die Hand gebe.«

»Dann kommt er aus dem Brüllen wohl nicht heraus«, meinte Fiona ironisch.

»James gibt den ganzen Tag kaum einen Mucks von sich«, sagte Miles lachend. Er beugte sich näher zu ihr. »Aber schließlich geht er ja sehr früh zu Bett.«

Sie stupste ihn übermütig.

»Papa«, rief Kit und rannte zu ihnen zurück. »Das mußt du dir anschauen! Ich habe ein Haus gefunden, aber es ist teilweise abgebrannt.«

Als sie um einen Knick herumkamen, sahen sie die verbrannte Hütte eines Hochlandbauern, von der nur noch eine Ecke stand, während das Dach größtenteils eingestürzt war.

»Nein, Kit«, sagte Miles, als sein Sohn die Ruine betreten wollte. Schwere, verkohlte Balken hingen schräg aus der noch stehenden Wand. »Laß mich das erst testen.«

Fiona und Kit standen beieinander, während Miles der Reihe nach die Balken packte und sich mit seinem ganzen Gewicht daranhing. Ein bißchen Lehm löste sich aus der Wand; aber die Balken rührten sich nicht.

»Scheint ja sicher genug zu sein«, sagte Miles, während Kit nun in die Ruine rannte und in alle Ecken spähte.

Miles nahm Fionas Arm. »Laßt uns den Hügel hinaufgehen, denn wenn ich mich nicht irre, scheinen die Bäume dort oben Äpfel zu tragen.«

Tatsächlich befand sich ein kleiner Obstgarten auf der Hügelkuppe, und obwohl die meisten Bäume abgestorben waren, fanden sie doch ein Dutzend kümmerlicher, aber fast reifer Äpfel an den Zweigen. Als Fiona einen von ihnen zu pflücken versuchte, glitt Miles' Arm um ihre Taille und hob sie hoch. So konnte sie den Apfel erreichen, und er ließ sie langsam wieder auf die Erde, wobei sie mit der Vorderseite ihres Leibes an seiner Brust entlangrutschte. Ihre Lippen berührten eben die ihren, als Kit rief: »Schau mal, was ich gefunden habe, Papa!«

Fiona drehte den Kopf, um Kit zuzulächeln. »Was ist es denn?«

Mit einem übertriebenen Seufzer setzte Miles Fiona wieder ab.

»Es ist eine Schaukel!« rief Kit.

»Tatsächlich«, sagte Miles, Fiona bei der Hand haltend. Er packte die Seile der Schaukel und zog ein paarmal heftig daran. »Wollen mal sehen, wie hoch du schaukeln kannst«, sagte er zu seinem Sohn.

Fiona und Miles traten beiseite, während Kit sich auf das Schaukelbrett setzte und heftig mit den Beinen nachhalf, bis er mit den Zehen einen Ast berührte.

»Er wird sich verletzen«, sagte Fiona, doch Miles hielt sie am Arm fest.

»Nun zeig' Fiona mal, was du alles kannst.«

Ihr stockte der Atem, als Kit, während die Schaukel hoch über dem Boden schwebte, seine Beine auf das Brett hinaufzog und sich in der Schaukel aufstellte.

»Jetzt!« rief Miles mit ausgebreiteten Armen.

Fiona mochte ihren Augen nicht trauen, als Kit plötzlich durch die Luft segelte und in Miles' Armen landete. Während Kit vor Vergnügen krähte, spürte Fiona ihre Knie schwachwerden.

Miles stellte seinen Sohn auf die Erde und langte nach ihrem Arm. »Was ist mit Euch, Fiona? Es war doch nur ein Kinderspiel. Als ich so alt war wie Kit, pflegte ich fast genauso von der Schaukel in die Arme meines Vaters zu springen.«

»Aber wenn Ihr zur Seite gegangen wäret ...« begann sie.

»Zur Seite gegangen!« wiederholte er entsetzt. »Damit Kit zur Erde stürzte?« Er zog sie in seine Arme und beruhigte sie. »Hat denn niemand mit Euch gespielt, als Ihr noch ein Kind wart?« fragte er leise.

»Meine Eltern starben kurz nach meiner Geburt. Edmund war mein Vormund.«

Diese schlichte Feststellung sagte Miles eine Menge. Er hielt sie mit beiden Armen vor sich hin, damit er sie betrachten konnte. »Nun werden wir versuchen, nachzuholen, was Ihr als Kind entbehren mußtet. Setzt Euch auf die Schaukel. Ich werde Euch anschieben.«

Froh, daß er sie von den Erinnerungen an Edmund ablenkte, ging sie bereitwillig zur Schaukel.

»Laßt mich das machen, Papa«, rief Kit und stemmte sich gegen das Holzbrett der Schaukel. Doch er erreichte nicht viel. »Sie ist zu schwer«, flüsterte Kit laut.

»Nicht für mich.« Miles lachte, küßte Fiona aufs Ohr und faßte die Seile. »Wischt es ab, Fiona!« sagte er, während er sie weit nach hinten zog.

»Das kann ich jetzt nicht, aber ich werde es nachholen!« gab sie ihm über die Schulter zurück.

Miles ließ die Schaukel los, und sie schwang wie ein Pendel auf die andere Seite hinüber. Jedesmal, wenn sie auf seiner Höhe war, gab er ihrer Kehrseite einen Schubs, statt das Brett anzufassen, doch konnte Fiona darüber nur lachen. Ihr Rock hob sich bis zu ihren Knien hinauf, sie schleuderte ihre Schuhe beiseite und streckte die Beine aus.

»Spring, Fiona!« rief Kit.

»Ich bin zu schwer, erinnerst du dich?« rief sie scherzend. Miles stand nun neben der Schaukel. Je mehr Zeit er mit ihr verbrachte, umso schöner wurde sie. Ihr Kopf lag im Nacken, und sie lachte so vergnügt, wie er sie noch nie erlebt hatte.

»Papa kann dich auffangen«, meinte Kit beharrlich.

»Ja, Papa ist mehr als bereit, Lady Fiona einzufangen«, sagte Miles grinsend und stellte sich vor sie hin. Er sah, wie ein Schatten des Zweifels über ihr Gesicht wanderte. »Vertraut mir, Fiona.« Er lächelte, aber seine Stimme war todernst. »Ich trete nicht zur Seite; ich werde Euch auffangen, gleichgültig, wie hart Euer Fall sein mag.«

Fiona wiederholte nicht den Trick von Kit und stellte sich auf das Schaukelbrett; doch sie ließ die Seile los und flog kopfüber in Miles' Arme. Als sie gegen ihn prallte, drückte ihr die Wucht des Stoßes fast den Atem aus den Lungen.

Miles schlang ihr die Arme um den Oberkörper, und dann sagte er mit einem entsetzten Blick: »Ihr seid zu schwer, Fiona.«

Sein Fall war eine perfekte Schauspielerei, und als er mit lautem Stöhnen zu Boden sank, kicherte sie und klammerte sich an ihn. Mit einem lauten, aus dem Herzen kommenden »Oh, ah« aus Miles' Mund begannen sie den steilen Abhang hinunterzurollen. Es war eine schrecklich einseitige Rolle. Wenn Miles den Boden berührte, hielt er Fiona fest, während seine Hände an ihren Seiten entlangglitten, und wenn sie in der Unterlage war, hielt er sie mit den Armen und Knien vom Boden weg, daß ihr nicht ein Stein die Haut verletzen konnte.

Fionas Kichern verwandelte sich in ein Lachen, das sie so schwächte, daß sie ihn nicht mehr mit den Händen von sich wegstoßen konnte. In der Unterlage hielt Miles so lange an, bis sie mit ihren Händen gegen seine Arme stieß, und setzte dann die Rolle fort, damit sie sich wieder an ihn klammern mußte.

Am Fuß des Hügels warf er die Arme zur Seite und schloß die Augen. »Ihr habt mir sämtliche Knochen gebrochen, Fiona«, sagte er in klagendem Ton.

Kit, der auch an dem Vergnügen teilhaben wollte, raste den Hügel hinunter und sprang mitten auf den Unterleib seines Vaters, der darauf allerdings nicht vorbereitet war.

Das Stöhnen, das Miles nun von sich gab, war echt, und Fiona bekam wieder einen Lachanfall.

Mit großem Gehabe entfernte Miles seinen Sohn von seinem Bauch und drehte sich Fiona zu. »Es gefällt Euch, wenn ich Schmerzen leide, nicht wahr?« Seine Stimme war ernst, doch in seinen Augen tanzte der Spott. »Komm, Kit, wir wollen Lady Fiona zeigen, daß sie nicht ungestraft zwei Ritter des Königreiches auslachen darf.«

Mit geweiteten Augen wich Fiona vor den beiden zurück, doch Miles und Kit waren zu schnell für sie. Miles packte sie an den Schultern, während Kit sich mit seinem Körpergewicht gegen ihre Beine warf. Fiona stolperte über ihren Rocksaum, Miles über seinen Sohn, und Kit fuhr fort, mit aller Kraft zu schieben. Und so purzelten sie lachend übereinander, während Miles begann, Fionas Rippen zu kitzeln und Kit das Beispiel seines Vaters nachahmte.

»Genug?« fragte Miles vor Fionas Gesicht, der vor Lachen die Tränen über die Wangen strömten. »Seid Ihr bereit, zuzugeben, daß wir die besten Ritter im Lande sind?«

»Ich ... hab das nie bestritten«, keuchte sie.

Miles' Kitzeln wurde noch intensiver. »Sagt uns, was wir sind.«

»Die tapfersten und hübschesten Ritter in ganz England – in der ganzen Welt.«

Er hielt die Hände still, schob sie um ihre Taille, und seine Daumen ruhten knapp unter ihren Brüsten. »Und wie heiße ich?« flüsterte er vollkommen nüchtern.

»Miles«, flüsterte sie zurück, ihm in die Augen sehend. »Miles Ascott.« Ihre Arme lagen auf seiner Schulter, und nun schob sie sie ganz locker in seinen Nacken.

Miles beugte sich vor und küßte sie, sanft, aber zum erstenmal mit einem winzigen Funken, der zwischen ihnen übersprang.

Kit sprang seinem Vater auf den Rücken, Miles' Gesicht glitt von Fiona weg, und um ein Haar wäre er mit der Nase in den Schlamm gefallen.

»Wir wollen wieder schaukeln, Papa.«

»Und so was habe ich nun geliebt«, flüsterte Miles in Fionas Ohr, ehe er aufstand, seinen Sohn auf dem Rücken, der sich mit beiden Armen an seinen Hals klammerte.

Keiner der drei hatte bemerkt, daß sich der Himmel in den letzten Minuten überzog. Sie waren ganz überrascht, als die ersten kalten Regentropfen sie trafen. Dann öffnete der Himmel seine Schleusen und ertränkte sie fast.

»Zu der Hütte«, rief Miles, zog Fiona auf die Füße, und, seinen Arm um ihre Schultern gelegt, rannten sie gemeinsam zur Behausung.

»Seid Ihr naß geworden?« fragte er, während er Kit von seinem Rücken lud.

»Nein, nicht sehr.« Sie lächelte zu ihm hoch, ehe sie sich Kit zudrehte.

Miles legte die Hand leicht auf Fionas Schulter. »Warum schürt ihr beiden nicht ein Feuer, während ich uns etwas zu essen suche?«

Kit war sofort mit dem Vorschlag einverstanden, während Fiona etwas zaghaft in den strömenden Regen hinausblickte. »Solltet Ihr nicht lieber warten, bis das Schütten ein wenig nachläßt?«

Miles lächelte erfreut. »Der Regen macht mir nichts aus. Bleibt ihr beide hier unter dem Dach, und ich werde nicht sehr weit weggehen.« Damit schlüpfte er zwischen den verkohlten Balken hindurch und lief zum Wald.

Fiona ging bis zum Rand ihrer Unterkunft und sah ihm nach. Sie war überzeugt, daß Miles Ascott sich nicht vorzustellen vermochte, wie ungewöhnlich dieser Tag für sie begonnen hatte. Sie hatte einen ganzen Vormittag mit einem Mann verbracht, und nicht ein einziges Mal war es zu Gewalttätigkeiten gekommen. Und das Gelächter! Sie hatte schon immer gerne gelacht; doch ihre Brüder waren so ernst – jeder, der mit Edmund Chatworth unter demselben Dach wohnen mußte, verlernte nur zu schnell das Lachen. Doch heute hatte sie mit einem Mann gelacht, und er hatte nicht versucht, ihr die Kleider vom Leib zu reißen. Bisher hatte sie einem Mann nur zulächeln müssen, und sofort hatte er sie gepackt, ihr weh getan.

Es war nicht so, daß Fiona mit ihrer Schönheit zu einer unbeherrschbaren Leidenschaft hingerissen hätte. Sie wußte, daß sie hübsch war; doch wenn die Gerüchte zutrafen, die sie gehört hatte, konnte sie in dieser Hinsicht der Revedoune-Erbin nicht das Wasser reichen. Was Fiona stets zum Opfer männlicher Aggressionen gemacht hatte, war ihr Bruder Edmund. Sein makabrer Sinn für Humor hatte ihn dazu gebracht, mit seinen Gästen zu wetten, wer von ihnen als erster Fiona in sein Bett ziehen könne. Edmund haßte an seiner Schwester, daß sie vor ihm aus Angst im Boden versank. Als sie ein Kind war, pflegte er sie oft von dem Stift, wo sie die meiste Zeit wohnte, nach Hause zu bringen, und dort hatte er sie dann geschlagen und die Treppe hinuntergeworfen. Doch stets war es Fiona gelungen, diesen Anschlägen unverletzt zu entkommen.

Als sie zwölf war, begann sie sich gegen ihren Bruder zu wehren. Sie hatte sich Edmund erfolgreich mit einer brennenden Fackel vom Leib gehalten. Danach wurden die Spiele, die Edmund mit ihr trieb, ernsthafter, und Fiona wurde immer vorsichtiger, immer geschickter in der Methode, ihre Angreifer abzuwehren. Sie lernte, wie man Männern empfindlich weh tun konnte, die versuchten, sie zu mißbrauchen. Sie hatte Roger dazu überredet, ihr den Gebrauch einer Kriegsaxt beizubringen, wie man ein Schwert führen muß und einen Dolch. Sie wußte auch, wie man sich mit einer rasiermesserscharfen Zunge zu verteidigen vermochte.

Wenn sie ein paar Wochen mit Edmund und den Männern gelebt hatte, mit denen er sich umgab, floh sie regelmäßig zu ihrem Stift zurück, in der Regel mit Rogers Hilfe, und dort vermochte sie sich dann ein paar Wochen lang zu erholen, bis Edmund sie wieder in sein Haus holte.

»Das Feuer brennt, Lady Fiona«, sagte Kit hinter ihr.

Sie drehte sich mit einem warmen Lächeln zu ihm um. Kinder hatte sie schon immer leidenschaftlich gerngehabt. Kinder waren das, was sie zu sein schienen, versuchten nie, einem etwas wegzunehmen und gaben, ohne etwas dafür zu verlangen. »Du hast die ganze Arbeit getan, während ich nur herumgestanden habe.« Sie ging zu ihm. »Vielleicht möchtest du, daß ich dir eine Geschichte erzähle, während wir auf deinen Vater warten.«

Sie setzte sich nieder, lehnte sich gegen die Wand und streckte ihre Füße dem Feuer entgegen, den Arm um Kits Schultern gelegt. Sie warf den Umhang von Miles über sie beide und begann, Kit dann von Moses und seinem Volk Israel zu erzählen. Ehe sie bei dem Zug durch das Rote Meer angekommen war, war Kit, an ihre Brust gelehnt, schon eingeschlafen.

Der Regen trommelte auf das bißchen Dach, das sie noch über dem Kopf hatten, und tropfte durch ein paar undichte Stellen. Während sie auf das Feuer achtete, tauchte Miles aus dem Sprühnebel auf, schenkte ihr ein Lächeln und schürte

Holz nach. Stumm enthäutete und tranchierte er ein junges Schwein, spießte die Fleischstücke auf Stöckchen und röstete sie über dem Feuer.

Sie sah zu und überlegte, was für ein seltsamer Mann er doch sei. Oder waren die meisten Männer wie er? Roger hatte stets zu ihr gesagt, daß sie nur den Abschaum der Männer kennengelernt habe, und wenn sie an die Loblieder dachte, die einige der jungen Damen im Frauenstift auf ihre Liebhaber sangen, mußte sie doch zu dem Schluß kommen, daß es unter den Männern auch einige geben mußte, gegen die sie sich nicht mit Zähnen und Nägeln zu wehren brauchte.

Miles kniete beim Feuer, während seine Hände geschickt die Spieße mit dem Fleisch drehten. Sein Bogen lag griffbereit neben ihm, seine Pfeile steckten im Köcher auf seinem Rücken, und sein Schwert hing, wie immer, an seiner Seite. Sogar, als sie den Hügel hinuntergerollt waren, hatte Miles das Schwert an der Hüfte behalten. Was war das für ein Mann, der mit einer Frau scherzen und zur gleichen Zeit auf eine Gefahr vorbereitet sein konnte?

»Was denkt Ihr?« fragte Miles mit leiser Stimme und flammenden Augen.

Sie kehrte mit ihren Gedanken in die Gegenwart zurück. »Daß Ihr fast das Feuer erstickt mit Euren triefend nassen Kleidern.«

Er stand auf und streckte sich. »Das ist ein kaltes Land, nicht wahr?« Damit begann er langsam seine nassen Kleider auszuziehen und vor dem Feuer auszubreiten.

Fiona verfolgte den Vorgang mit mäßigem Interesse. Nackte Männer waren nichts Neues für sie, und die Lehnsritter ihres Bruders hatten oft nur mit einem Lendentuch bekleidet unter ihrem Fenster geübt. Doch sie bezweifelte, ob sie einen dieser Männer jemals richtig angesehen hatte.

Miles war schlank, aber muskulös, und als er sich ihr zuwendete, nur mit einem Lendentuch um die Hüften, sah sie eine große Menge dunkler Haare auf seiner Brust. Seine Schenkel waren groß und muskelbepackt vom Training in eiserner Rüstung, und seine Waden waren gut entwickelt.

»Fiona«, flüsterte Miles, »Ihr bringt mich zum Erröten.« Doch es war Fiona, die rot wurde und ihm nicht in die Augen sehen konnte, als sie ihn lachen hörte.

»Papa«, sagte Kit, aus dem Schlummer erwachend, »ich habe Hunger.«

Widerwillig gab Fiona das Kind frei. So sehr sie Kinder liebte, so wenige hatten in ihrem Leben bisher eine Rolle gespielt. Es gab nichts, was einem Kind vergleichbar war, das sich in ihren Arm kuschelte, ihre Wärme suchte, ihr vertraute, sie berührte.

»Wir haben Schweinefleisch und ein paar Äpfel«, sagte Miles zu seinem Sohn.

»Frierst du, Papa?« fragte Kit.

Miles sah nicht zu Fiona hin. »Die warmen Blicke einer Lady halten mich warm. Kommt, und eßt mit uns, Lady Fiona.«

Immer noch mit blutroten Wangen setzte Fiona sich zu den beiden; doch es dauerte nicht lange, bis sie ihre Verlegenheit überwand. Kit bestand darauf, daß Miles Geschichten aus seiner Jugendzeit mit seinen Brüdern erzählte. In jeder Geschichte war er der Held, der seine Brüder rettete, ihnen als Vorbild diente. Kits Augen funkelten wie Sterne.

»Und als Ihr Eure Gelübde ablegtet«, sagte Fiona mit scheinheiliger Stimme, »habt Ihr da nicht jeder Lüge abgeschworen?«

Miles sagte augenzwinkernd: »Ich glaube nicht, daß mein Gelübde es mir untersagte, meinem Sohn oder meiner …« Er schien nach einem Wort zu suchen.

»... Gefangenen zu imponieren?« schlug sie vor.

»Ah, Fiona«, sagte er gedehnt. »Was würde eine Lady von einem Mann halten, dessen ältere Brüder ständig versuchten, ihm das Leben zu verleiden?«

»Haben sie das getan?«

Sie stellte ihre Frage in einem so ernsten Ton, daß er annehmen mußte, sie traute seinen Brüdern nur das Schlimmste zu. »Nein, nicht eigentlich«, beruhigte er sie. »Wir waren schon in früher Jugend uns selbst überlassen, und ich glaube, ein paar unserer Scherze waren ein bißchen gewagt; aber wir haben alle überlebt.«

»Und lebt glücklich bis zum Ende Eurer Tage«, sagte sie mit belegter Stimme.

»Und wie war das Leben mit Edmund Chatworth?« fragte er beiläufig.

Fiona zog die Beine an den Leib. »Er trieb auch seinen ... Spaß«, war ihre ganze Antwort darauf.

»Bist du schon satt, Kit?« fragte Miles, und als er die Hand ausstreckte, um sich ein Stück Braten vom Spieß zu nehmen, sah sie eine lange Schnittwunde auf der Innenseite seines Handgelenks. Der Schorf hatte sich im Regen abgelöst, und die Wunde blutete.

Miles schien jeden Blick mit dem sie ihn streifte, sofort zu spüren. »Die Bogensehne hat die Haut aufgerissen. Ihr könnt die Wunde verarzten, wenn Ihr wollt«, sagte er so eifrig, mit so viel Hoffnung, daß sie ihn auslachte.

Sie hob ihren Rock, riß ein langes Stück vom Unterrock ab und hielt den Stoff in den Regen. Miles saß mit gekreuzten Beinen vor ihr, streckte ihr den Arm hin, und sie begann, das Blut abzuwaschen.

»Ich kann Euch gar nicht sagen, wie gut das tut, wenn man Euch lächeln sieht«, sagte er. »Kit! Kletter' mir ja nicht an diesen Balken hinauf. Nimm das Tuch aus meinem Köcher und säubere mein Schwert. Paß auf, daß du die Schneide nicht schartig machst.«

Er sah auf Fiona zurück. »Ich betrachte es als eine Ehre, daß Ihr mir zulächelt. Ich bin mir nicht sicher, habe jedoch das Gefühl, daß Ihr wenigen Männern ein Lächeln gönnt.«

»Sehr wenigen«, war ihre ganze Antwort.

Er hob ihre Hand von seinem Gelenk und küßte ihre Handfläche. »Ich beginne zu glauben, daß Ihr so engelhaft seid, wie Ihr ausseht. Kit himmelt Euch an.«

»Ich habe das Gefühl, daß Kit noch keine fremde Person kennengelernt hat – daß er jeden anhimmelt.«

»Ich tu das nicht.« Er küßte abermals ihre Hand.

»Hört auf damit!« Sie nahm ihre Hand weg. »Ihr nehmt Euch mit Euren Küssen zu große Freiheiten heraus.«

»Ich betrage mich sehr gesittet, indem ich mich auf Küsse beschränke. Ich würde Euch viel lieber in den Arm nehmen. Kit!« rief er seinem Sohn zu, der das Schwert über seinem Kopf hin- und herschwang. »Ich lege dich über das Knie, wenn du versuchen solltest, mit meinem Schwert einen Holzbalken zu spalten.«

Unwillkürlich mußte Fiona lachen, als sie Miles' sauber bandagierten Arm von sich wegschob. »Ich denke, Ihr solltet Euren Sohn lieber zu Hause lassen, wenn Ihr versucht, einer Dame den Hof zu machen.«

»Oh, nein.« Er lächelte. »Kit hat mehr erreicht, als ich in Monaten geschafft hätte.«

Mit dieser geheimnisvollen Bemerkung ging er zu seinem Sohn hinüber, um ihm sein kostbares Schwert wieder abzunehmen.

Kapitel 7

In dieser Nacht schliefen die drei wieder zusammen, Kit zwischen den beiden Erwachsenen eingekeilt. Fiona lag lange wach und lauschte den Atemzügen von Miles und Kit. Die beiden zurückliegenden Tage waren so ungewöhnlich gewesen, so ganz anders als alles, was sie bisher erlebt hatte. Es war wie ein bißchen Sonnenschein nach jahrelangem Regen.

Als sie erwachte, lag sie allein unter dem Umhang, während das Plaid um sie festgesteckt war. Sie lächelte verschlafen, schob sich tiefer unter die Decke, und sekundenlang wünschte sie sich, sie könnte immer an diesem Ort bleiben, und daß jeder Tag mit Lachen erfüllt sein würde.

Sie drehte sich auf den Rücken, streckte sich, sah sich in der Ruine um und bemerkte, daß sie leer war. Ihre Sinne waren in den letzten Tagen abgestumpft. In der Regel schlief sie mit einem wachen Ohr, doch irgendwie war es Miles und Kit gelungen, sie unbemerkt zu verlassen. Sie lauschte nun auf ein Geräusch von den beiden und lächelte, als sie leise, langsame Schritte nicht weit von sich entfernt vernahm.

Geräuschlos, verstohlen, verließ sie die Ruine und tauchte in dem Schatten des Waldes unter. Als sie sich hinter den Bäumen verbarg, hörte sie die unmißverständlichen Geräusche von Kit und Miles zu ihrer Linken. Wer pirschte also im Unterholz direkt vor ihr umher?

Sie nahm ihre ganze Erfahrung zusammen, die sie sich jahrelang dabei erworben hatte, als sie den Nachstellungen der Freunde ihres Bruders entgehen mußte, und schlüpfte lautlos durch den Forst.

Es dauerte einige Minuten, ehe sie sah, wer sich da so große Mühe gab, sich an die Ruine heranzupirschen.

Da lag ein Mann bäuchlings auf dem Waldboden, der lange Körper regungslos hingestreckt, während der Kopf sich von einer Seite zur anderen bewegte. Sir Guy suchte den Horizont an der Stelle ab, wo Kit und Miles durch das Unterholz huschten.

So leise wie der Wind kroch Fiona hinter Sir Guy. Sie bückte sich, hob einen länglichen, faustkeilartigen Stein auf und schloß ihre Finger zur Faust darüber. Roger hatte ihr beigebracht, daß sie selbst mit ihrer zierlichen, schwachen Faust etwas auszurichten vermochte, wenn sie mit einem harten Gegenstand zuschlug. Den Stein schlagbereit in der einen Hand, bückte sie sich und zog Sir Guy den kleinen Dolch aus der Scheide an seiner Seite.

Der Hüne erhob sich mit einer fließenden, raschen Bewegung. »Lady Fiona!« flüsterte er erstaunt.

Fiona machte einen Satz, um den Mann auf Armeslänge von sich fernzuhalten. »Warum folgt Ihr uns? Habt Ihr Euren Herrn verraten und kommt jetzt hierher, um ihn umzubringen?«

Die Narbe auf Sir Guys Gesicht verfärbte sich, doch er gab ihr keine Antwort. Statt dessen drehte er den Kopf in die Richtung von Miles und ließ einen ohrendurchdringenden Pfiff hören.

Fiona wußte, daß Miles auf diesen Pfiff hin zu ihm kommen würde, daß es ein Signal war zwischen diesen beiden Männern. Wenn Sir Guy es für richtig hielt, seinen Herrn zu benachrichtigen, mußte Miles auch den Grund wissen, weshalb der Hüne sich hier versteckte.

In bemerkenswert kurzer Zeit tauchte Miles mit gezogenem Schwert vor den beiden auf.

»Die Lady fragte mich, ob ich beabsichtigte, Euch zu töten«, sagte Sir Guy mit feierlicher Stimme.

Miles blickte zwischen den beiden hin und her. »Wie hat sie dich gefunden?«

Sir Guys Augen ließen nicht einen Moment Fionas Gesicht los. Er schien verlegen und zugleich von Bewunderung erfüllt. »Ich habe sie nicht gehört.«

Miles sagte augenzwinkernd: »Gebt ihm den Dolch zurück, Fiona. Ihr braucht keine Sorge zu haben, was Guys Loyalität betrifft.«

Fiona rührte sich nicht. Ihre Hand umspannte den Stein, der in den Falten ihres Rocks verborgen war, und zur gleichen Zeit bemerkte sie den flachen Fels, auf dem Sir Guys in weichem Leder steckender Fuß ruhte. Füße waren sogar bei dem stärksten Mann verwundbar.

»Wo sind Eure Männer?« fragte sie Miles, während ihr Blick auf Sir Guy haften blieb.

»Nun ... Fiona«, begann er, »ich dachte, vielleicht ...«

An der leichten Grimasse von Sir Guy erkannte Fiona, daß alles, was der Hüne getan hatte, Miles Ascotts Idee gewesen sein mußte.

»Nun redet schon!« befahl sie.

»Wir befinden uns auf dem Land der MacArran, und ich wußte, daß wir hier sicher sein würden, also beschloß ich, mit Euch und Kit zu Fuß weiterzugehen. Wir befanden uns nie in Gefahr.«

Sie schwang herum, behielt jedoch Sir Guy im Blickfeld.

»Das war alles ein Trick«, sagte sie erbittert. »Daß Eure Männer verschwunden wären, war eine Lüge. Ihr habt mir vorgegaukelt, daß wir in Gefahr seien. Das habt Ihr alles nur getan, um mich für Euch allein zu haben.«

»Fiona«, erwiderte er beschwichtigend, »wir waren ständig von Leuten umgeben. Ich dachte, wenn wir eine Weile alleine sein könnten, würdet Ihr mich vielleicht besser kennenlernen. Und Kit ...«

»Beschmutzt nicht den Namen Eures Kindes! Er war nicht in dieses häßliche Komplott verwickelt.«

»Es war kein Komplott«, sagte er mit sanften, flehenden Augen.

»Aber wie stand es mit der Gefährlichkeit? Ihr habt mein Leben und das Eures Sohnes gefährdet. Diese Wälder sind voll wilder Männer!«

Miles lächelte gönnerhaft. »Richtig; doch diese Wilden sind durch Heirat mit mir verwandt. Ich bin sicher, wir sind sogar jetzt von den MacArrans umgeben.«

»Ich habe keinen gehört, bis auf diesen großen tapsigen Bären.«

Sir Guy wurde steif neben ihr.

»Aber es ist ja nichts Unrechtes geschehen.« Miles lächelte sie an. »Gebt mir den Dolch, Fiona.«

»Nichts Unrechtes bis auf Lügen, die Ihr einer Frau erzählt habt«, fauchte sie.

Danach schien alles in einer einzigen, blitzartigen Bewegung abzulaufen. Sie ging mit dem Dolch auf Miles los. Sir Guy schlug ihr den Dolch aus der Hand, und das kleine Messer flog durchs Unterholz. Gleichzeitig schmetterte Fionas Absatz auf die zwei kleinsten Zehen an Sir Guys linkem Fuß hinunter. Miles, der bei Sir Guys Schmerzensschrei den Hünen verblüfft ansah, bemerkte nicht den Stein in Fionas Faust, den sie ihm in den Magen wuchtete. Mit einem schmerzlichen Geheul knickte Miles nach vorne.

Fiona wich zurück und behielt Sir Guy im Auge, der auf dem Boden saß und versuchte, mit schmerzverzerrtem Gesicht seinen Stiefel auszuziehen. Miles sah aus, als müsse er jeden Moment das gestrige Abendessen von sich geben.

»Gut gemacht«, sprach eine Stimme hinter ihr. Sie wirbelte herum und sah eine bemerkenswert schöne Frau vor sich mit schwarzen Haaren und blauen Augen, so groß wie Fiona selbst, was eine Seltenheit war. Ein mächtiger Hund hechelte an ihrer Seite.

»Das soll dir eine Lehre sein, Miles«, fuhr die Fremde fort, »daß nicht alle Frauen die Rolle schätzen, die ihnen ein Mann aufzudrängen versucht.«

Fionas Augen weiteten sich, als von den Bäumen ringsum die Männer herunterfielen wie reife Früchte, und aus der Richtung der Ruine kam ein älterer Mann, der Kit bei der Hand führte.

»Lady Fiona Chatworth«, sagte die Fremde, »ich bin Alicia MacArran, die Chefin des Clans MacArran und Schwägerin dieses ränkesüchtigen jungen Mannes.«

Miles erholte sich langsam von dem Schlag in den Magen. »Alicia, es ist gut, dich wiederzusehen.«

»Tam«, sagte Alicia zu dem älteren Mann, »kümmere dich um Sir Guys Fuß. Ist etwas gebrochen?«

»Vermutlich«, sagte Fiona. »Mit diesem Tritt habe ich früher in der Regel die kleinsten Zehen eines Mannes zerbrochen.«

Alicia warf Fiona einen verständnisvollen Blick zu. »Das sind meine Männer, Douglas.« Während sie die Namen ihrer Clansleute aufrief, traten sie vor und begrüßten Lady Fiona mit einem kurzen Nicken. »Alex, Jarl und Francis.«

Fiona betrachtete jeden Mann mit einem harten, abschätzenden Blick. Sie mochte es nicht, von Männern umgeben zu sein, und sie bewegte sich so, daß Sir Guy nicht mehr hinter ihr stand. Die vielen Männer in ihrer Nähe gaben ihr das Gefühl, als wäre sie in einer kleinen Zelle eingesperrt.

Miles, der sich noch den schmerzenden Magen rieb, bemerkte Fionas Unruhe und trat näher an sie heran. Als Tam einen Schritt näherkam, berührte Miles dessen Arm und warf ihm einen warnenden Blick zu. Mit einem raschen, verwunderten Stirnrunzeln ließ Tam Kits Hand los und trat von Fiona zurück, als er in ihren Augen einen lauernden, wachsamen Ausdruck bemerkte.

»Und wo steckt mein wertloser Bruder?« fragte Miles Alicia, die gelassen die Szene vor sich betrachtete.

»Er ist auf Patrouille an der Nordgrenze; doch ich erwarte ihn zurück, ehe wir Larenston erreichen.«

Miles nahm Fionas Arm und verstärkte seinen Griff, als sie versuchte, sich loszuwinden. »Alicia hat ein Baby«, sagte er laut. Und dann, im Flüsterton: »Ihr seid sicher bei diesen Leuten. Bleibt in meiner Nähe.«

Fiona musterte ihn mit einem flammenden Blick, der ihm bedeutete, daß sie sich in seiner Nähe nicht sicherer fühlte als bei jedem anderen Mann; doch sie blieb an seiner Seite. Die Männer, die in einer Gruppe bei Alicia standen, trugen seltsame Kleider, die ihre Knie freiließen. Ihre Haare fielen bis über die Schultern herunter, und an ihren Gürteln trugen sie lange, breite Schwerter.

Alicia hatte das Gefühl, daß die Verstimmung zwischen Miles und der jungen Lady nicht nur diesen kindischen Scherz zur Ursache hatte, den er mit Fiona veranstaltet hatte. Doch sie hatte keine Ahnung, was noch dahintersteckte. Vielleicht konnte sie herausfinden, was diese Spannung in der Luft bedeutete, wenn sie nach Larenston zurückkehrten. »Sollen wir reiten?«

Fiona stand still und bewegte sich nicht eher, bis sie alle Gefolgsleute von Alicia vor sich wußte. Sie hatten einen langen Weg bis zu der Stelle, wo die Pferde versteckt waren, und die Männer bildeten eine schweigende Gruppe. Sir Guy humpelte langsam voran und lehnte sich auf einen dicken Stock.

»Ich möchte hinter diesen Männern bleiben«, sagte Fiona zu Miles und schob das Kinn vor.

Er wollte widersprechen, änderte aber seinen Sinn und unterhielt sich murmelnd mit Alicia, und auf ihr Nicken hin ritten die Schotten und Sir Guy an der Spitze, während Tam den Jungen auf sein Pferd nahm.

»Fiona«, begann Miles, sich im Sattel ihr zudrehend, »Alicias Männer haben nichts Böses vor. Ihr habt keinen Grund, sie zu fürchten.«

Sie funkelte ihn an. »Ich soll mich auf Euer Wort verlassen? Vertrauen haben, wo ich belogen wurde? Einem Mann glauben, der zu einer Familie gehört, die mit meiner in Fehde liegt?«

Miles sah einen Moment zum Himmel empor. »Vielleicht war es ein Fehler von mir, etwas vorzugaukeln, was nicht existierte; aber hätte ich Euch gebeten, ein paar Tage mit Kit und mir unbeschwert im Wald zu verbringen, was hättet Ihr mir darauf geantwortet?«

Sie sah von ihm weg.

»Fiona, Ihr müßt zugeben, daß Ihr die Zeit genossen habt. Ein paar Stunden lang hattet Ihr keine Angst vor Männern.«

»Ich habe *nie* Angst vor Männern«, fauchte sie. »Ich habe nur gelernt, vor ihnen auf der Hut zu sein.«

»Eure Vorsicht beherrscht Euer ganzes Leben«, sagte er düster. »Zum Beispiel schlucken wir jetzt den Staub, den Alicias Männer aufwirbeln, nur weil Ihr Angst habt, einer von ihnen könnte Euch angreifen. Weil Ihr sie unbedingt im Auge haben wollt.«

»Ich habe gelernt ...« begann sie.

»Ihr habt nur die schlechte Seite des Lebens erfahren! Die meisten Männer sind nicht so wie Edmund Chatworth oder Pagnell. In der Zeit, die wir hier in Schottland verbringen, werdet Ihr lernen, daß es Männer gibt, denen man vertrauen kann. Nein!« sagte er, während sich ihre Blicke kreuzten. »Ihr werdet lernen, daß man *mir* vertrauen kann.« Dann trieb er sein Pferd an, lenkte es an Sir Guys Seite und ließ Fiona am Ende der Kolonne zurück.

Alicia drehte den Kopf und sah Fiona allein reiten. Sie wendete ihr Pferd und lenkte es neben die blonde Frau. Sie waren ein bemerkenswertes Paar: Fiona mit ihren feinen hellen Zügen; Alicia daneben mit dem ausgeprägten, wie gemeißelten Profil.

»Ein Streit zwischen Liebenden?« erkundigte sich Alicia, während sie Fiona forschend ins Gesicht sah.

»Wir sind kein Liebespaar«, erwiderte Fiona kalt.

Hierbei wölbte Alicia erstaunt die Augenbrauen in die Höhe, denn ihres Wissens hatte Miles noch nie ein paar Tage mit einer Frau verbracht, ohne sie zu besitzen. »Und wie kommt es, daß eine Chatworth mit einem Ascott reitet?« fragte sie in dem gleichen schroffen Ton, den Fiona ihr gegenüber angewandt hatte.

Fiona warf Alicia einen bösen Blick zu: »Wenn Ihr vorhabt, Gift über meinen Bruder Roger zu verspritzen, solltet Ihr Euch das zweimal überlegen.«

Alicia und Fiona musterten sich einen Moment lang über die Köpfe ihrer Pferde hinweg – wobei viele stumme Signale zwischen ihnen ausgetauscht wurden –, und dann nickte Alicia schroff. »Fragt Euren Bruder nach seinen schottischen Verwandten«, sagte sie frostig, ehe sie ihrem Pferd wieder die Sporen gab und Fiona alleine ließ.

»Habt Ihr Alicia geärgert?« fragte Miles, als er wieder neben Fiona ritt.

»Muß ich mir anhören, wie man meinen eigenen Bruder verleumdet? Diese Frau gab Roger das Eheversprechen, hielt jedoch ihr Wort nicht ein. Und deshalb ...«

»Deshalb griff Roger Chatworth meinen Bruder von hinten an«, unterbrach Miles sie. Er lehnte sich über den Hals seines Pferdes und ergriff ihre Hand. »Gebt uns eine Chance, Fiona«, sagte er weich, während sein schmelzender Blick sie anbettelte. »Ich bitte Euch ja nur um ein bißchen Zeit, damit wir beweisen können, daß man uns vertrauen kann.«

Ehe Fiona etwas erwidern konnte, drangen pochende Hufschläge an ihr Ohr. Fiona blickte auf und sah, daß jeder Mann vor ihr sein zweischneidiges Schwert gezogen hatte, und bevor sie protestieren konnte, hatten Alicias Schotten einen Kreis um die beiden Frauen gebildet. Miles drängte sein Pferd näher an Fiona heran.

»Es ist dieser Dummkopf, mein Ehemann«, sagte Alicia, doch der freudige Ton ihrer Stimme stand im krassen Gegensatz zu ihren Worten.

Fünf Männer zügelten ihre Pferde vor dem Trupp, ihr Anführer ein schlanker, großer Mann mit dunkelblonden Haaren, die ihm über die Schultern fielen – ein gutaussehender Mann, der offensichtlich die funkelnden Blicke genoß, die ihm seine Frau zuwarf.

»Du wirst alt, Tam«, sagte der blonde Mann gelassen, während er sich auf den Sattelknopf stützte.

Tam grunzte nur und schob seinen Claymore in die Scheide zurück.

»Verdammnis über dich, Stephen«, zischelte Alicia. »Warum bist du an der Klippe entlanggeritten? Und warum hast du dein Kommen nicht angekündigt?«

Langsam stieg er vom Pferd, warf dessen Zügel einem Mann hinter ihm zu und ging zu seiner Frau. Er legte ihr beiläufig eine Hand auf den Knöchel und strich mit den Fingern an ihrem Bein hinauf.

Alicia trat mit dem Fuß nach ihm. »Laß mich in Ruhe!« herrschte sie ihren Mann an. »Ich habe Wichtigeres zu bedenken, als mit dir zu turteln.«

Doch blitzschnell ergriff Stephen ihre Taille und hob sie aus dem Sattel. »Du hast dir meinetwegen Sorgen gemacht, weil ich an der Klippe entlanggeritten bin«, murmelte er und zog sie an sich.

»Tam!« keuchte Alicia und trommelte gegen Stephens Brust.

»Der Junge braucht meine Hilfe nicht«, antwortete Tam.

»Aber ich wäre zur Hilfe bereit«, sagte Miles leise.

Stephen ließ sofort seine Frau los. »Miles«, keuchte er und umarmte seinen Bruder, als dieser vom Pferd gestiegen war. »Wann bist du hier eingetroffen? Warum bist du in Schottland? Ich dachte, du wärst auf Besuch bei Onkel Simon – und was ist an diesem Gerücht, daß Onkel Simon deinen Kopf auf einem Silbertablett serviert haben möchte?«

Miles lächelte flüchtig und zuckte mit den Achseln.

Stephen schnitt eine Grimasse, da er wußte, daß er von seinem jüngeren Bruder nie eine richtige Antwort bekam. Miles war ein so redefauler Bursche, daß man sich wirklich über ihn ärgern konnte.

»Miles hat Fiona Chatworth mitgebracht«, sagte Alicia tonlos.

Stephen drehte sich um und sah durch die Reihen der Männer auf Fiona. Trotz ihrer sanften Züge sah sie schroff und abweisend aus, wenn sie mit steifem Rücken im Sattel saß. Stephen wollte auf sie zugehen, doch Miles hielt ihn am Arm fest.

»Faß sie nicht an«, sagte Miles in sachlichem Ton, während er näher an Fiona heranrückte.

Stephen machte ein verblüfftes Gesicht und grinste dann. Er hatte großes Verständnis für Eifersucht; er hatte sie nur noch nie bei seinem Bruder erlebt.

Während Miles die Arme zu Fiona hob, um ihr aus dem Sattel zu helfen, sagte er: »Stephen wird Euch nichts tun, und er erwartet von Euch dasselbe.« Ein spöttischer Funke glomm in Miles' Augen.

Fiona konnte ein leises Lächeln nicht unterdrücken, als sie zu Sir Guy hinübersah, der ihr Blicke zuwarf, die verrieten, daß er sie teils für ein Monster, teils für eine Hexe hielt. Sie mußte warten, daß sie Stephen vorgestellt wurde, weil Kit, der an Tams Brust eingeschlafen war, nun erwachte und sich auf seinen Lieblingsonkel stürzte. Stephen hatte Kit auf dem linken Arm, während er Fiona die rechte Hand hinstreckte.

Fiona stand stocksteif vor ihm und weigerte sich, seine Hand zu ergreifen.

Miles schickte seinem Bruder abermals einen warnenden Blick zu, und mit einem wissenden Lächeln zog Stephen seine Hand zurück.

»Ihr seid in unserer Heimat willkommen«, sagte Stephen.

»Ich bin eine Chatworth.«

»Und ich bin ein Ascott *und*« – er blickte zu Alicia hinüber – »ein MacArran. Ihr *seid* hier willkommen. Sollen wir zu Fuß an der Klippe entlanggehen? Sie ist sehr steil und für manchen beängstigend.«

»Ich kann reiten«, sagte Fiona schroff.

Miles nahm ihren Arm und hob ihre Finger an seine Lippen. »Natürlich könnte Ihr reiten. Mein tapsiger Bruder sucht doch nur einen Vorwand, um mit Euch ins Gespräch zu kommen.«

»Onkel Stephen«, krähte Kit. Er hatte sich so bemüht, zu warten, bis die Erwachsenen ausgeredet hatten. »Lady Fiona hat Papa geschlagen und Sir Guy zum Humpeln gebracht. Wir schliefen im Wald ohne Zelt oder ein Dach über dem Kopf.« Er lächelte zu Fiona hinüber, die ihm zublinzelte.

»Sir Guy zum Humpeln gebracht?« lachte Stephen. »Das kann ich gar nicht glauben.«

»Lady Fiona Chatworth hat Sir Guy die Zehen gebrochen«, sagte Alicia mit kalter Stimme.

Stephen sah seine Frau mit schmalen Augen an. »Ich weiß nicht, ob mir dein Ton gefällt.«

Miles sprach rasch dazwischen, um Öl auf die Wogen zu gießen: »Wie geht es den MacGregors?«

Nun erzählten Alicia und Stephen von dem Clan, der jahrhundertelang der Feind der MacArrans gewesen war – bis vor einigen Monaten ein Waffenstillstand geschlossen wurde. Alicias Bruder Davey hatte die Tochter des MacGregor geheiratet.

Während sie redeten, gingen sie auf dem tückischen Pfad am Klippenrand entlang – auf der einen Seite eine steile Felswand, auf der anderen ein Abgrund. Fiona, die an Miles' Seite ging, hörte mit nicht geringer Faszination dem Dialog zwischen Stephen und Alicia zu, die vor ihnen hergingen. Sie stritten sich heftig; jedoch spürte sie nicht einen Hauch von Feindseligkeit zwischen den Ehepartnern. Die Männer hinter ihr sprachen über andere Dinge; also war dieses Geplänkel für sie offenbar nichts Neues. Alicia höhnte Stephen, belegte ihn mit einigen nicht sehr schmeichelhaften Namen, und Stephen lächelte sie nur an und sagte, daß sie sich ganz falsche Vorstellungen von ihm machen würde. Nach ihrer Erfahrung, überlegte Fiona, hätten andere Ehemänner ihren Frauen längst ein blaues Auge geschlagen, wenn sie nur die Hälfte von dem einstecken mußten, was Alicia ihrem Mann an den Kopf warf.

Fiona sah zu Miles hinüber und bemerkte, daß er das Gespräch zwischen Alicia und seinem Bruder mit gütigem Lächeln verfolgte. Kit begann sich an dem Gespräch zu beteiligen, schlug sich auf Alicias Seite und lief nach vorne, um ihre Hand zu fassen.

»Typisch dein Sohn«, sagte Stephen lachend und sah auf seinen Bruder.

Da Stephen Miles das Gesicht zudrehte, also zur Felswand hinübersah, bemerkte er auch die Steine, die von oben herunterkamen – direkt auf Fiona zu. Mit dem Instinkt eines Ritters reagierte er in Gedankenschnelle mit einem Satz auf Fiona zu, warf sie mit seinem Körper gegen die Felswand, klemmte sie dort fest, damit die Steinlawine sie nicht erfassen und in den Abgrund hinunterreißen konnte.

Fiona reagierte ebenfalls ohne nachzudenken. Sekundenlang war sie nicht auf der Hut gewesen – obwohl die Nähe der Männer neben und hinter ihr sie nervös machte. Ihre Sinne hatten den Grund nicht erkannt, weshalb Stephen sie so jählings angriff, sie wußte nur, daß ein Mann sie wieder einmal bedrohte.

Sie geriet in Panik. Es war nicht nur ein kleiner Tumult, sondern Fiona stieß einen so gellenden Schrei aus, daß die bereits nervösen Pferde scheu wurden. Und sie ließ es nicht bei dem Schrei, sondern begann zu kratzen und umsichzuschlagen wie ein wildes Tier, das man in einen Käfig sperren will.

Stephen, der wie gelähmt war von ihrer Reaktion, versuchte sie an den Schultern zu fassen. »Fiona!« brüllte er in ihr verzerrtes Gesicht.

Miles war von der Steinlawine an der Schulter und auf dem Rücken getroffen worden und lag auf den Knien. Kaum hörte er Fiona schreien, lief er zu ihr.

»Verdammt noch mal!« brüllte er seinen Bruder an. »Ich sagte dir doch, du sollst sie nicht anfassen.« Mit einer heftigen Bewegung schob er Stephen beiseite und versuchte, Fiona festzuhalten.

»Seid still!« befahl er.

Fiona war immer noch in Panik, zerkratzte Miles das Gesicht und versuchte, sich von ihm loszureißen.

Er faßte ihre Schultern und schüttelte sie heftig. »Fiona!« sagte er geduldig und laut. »Ihr seid in Sicherheit. Hört Ihr mich? In Sicherheit.« Er mußte sie noch einmal schütteln, ehe sie ihm in die Augen sah – mit einem Blick, den Miles noch nie bei ihr bemerkt hatte – mit den entsetzten, hilflosen Augen eines gemarterten Kindes. Einen Moment lang sahen sie sich so in die Augen, und Miles bot seine ganze Charakterstärke auf, um sie zu einem friedlichen Verhalten zu bringen. »Ihr seid jetzt sicher, mein Liebes. Ihr werdet immer bei mir sicher sein.«

Ihr Körper begann zu zittern, und er zog sie in seine Arme, hielt sie an sich gepreßt und streichelte ihre Haare. Als er Stephen sah, der in ihrer Nähe stand, sagte er: »Laß uns ein Pferd zurück. Wir kommen später nach.«

Fiona bemerkte kaum etwas von dieser leichenzugähnlichen Prozession, die an ihnen vorüberkam. Ihre Angst hatte sie schwach gemacht, und sie konnte sich nur noch hilfesuchend an Miles lehnen, während er ihre Wangen streichelte. Nach langen Minuten löste sie sich von ihm.

»Ich habe einen Narren aus mir gemacht«, sagte sie mit solcher Verzweiflung, daß Miles lächeln mußte.

»Stephen hat nichts begriffen, als ich ihm sagte, er solle dich nicht berühren. Ich bin überzeugt, er glaubte, es sei nur Eifersucht.«

»Seid Ihr nicht eifersüchtig?« fragte sie in dem Versuch, das Thema zu wechseln.

»Vielleicht. Aber Eure Ängste sind viel wichtiger als meine Eifersucht.«

»Meine Ängste, wie Ihr sie zu bezeichnen beliebt, gehen Euch nichts an.« Es gelang ihr, sich nun vollständig von ihm zu lösen.

»Fiona.« Seine Stimme war sehr leise und eindringlich.

»Freßt das nicht alles in Euch hinein. Ich habe schon einmal gesagt, daß ich ein guter Zuhörer bin. Redet darüber. Sagt mir, was Euch so furchtbar verstört hat.«

Sie berührte die Felswand mit der Hand auf ihrem Rücken. Der solide Stein beruhigte sie, gab ihr ein Gefühl der Realität. »Warum habt Ihr die anderen weggeschickt?«

Ein ärgerlicher Schatten wanderte über sein Gesicht.

»Damit ich keine Zeugen habe, wenn ich Euch vergewaltige. Weshalb sonst?«

Als er bemerkte, daß sie gar nicht sicher war, ob er es ernst oder sarkastisch meinte, warf er verzweifelt die Hände in die

Luft. »Kommt, laßt uns nun weiter nach Larenston ziehen.« Er packte ihren Arm viel zu heftig. »Wißt Ihr, was Ihr braucht, Fiona? Ihr braucht jemand, der Euch in die Arme nimmt, der Euch zeigt, daß Eure Furcht viel schlimmer ist als die Wirklichkeit.«

»Ich hatte schon viele Männer, die sich freiwillig für diese Aufgabe meldeten«, zischelte sie ihn an.

»Nach Euren Reaktionen zu urteilen, habt Ihr nur Frauenschänder gekannt – keine Liebhaber.«

Und damit warf er sie buchstäblich in den Sattel und schwang sich hinter ihr aufs Pferd.

Kapitel 8

Fiona legte die Hand an die Stirn und öffnete langsam die Augen. Das große Zimmer, in dem sie auf dem Bett lag, war leer und dunkel. Vor vielen Stunden war sie mit Miles durch das Tor der Festung des Clan MacArran geritten. Es war eine uralte Festung, an den Rand einer Klippe gebaut, einem riesigen Adler vergleichbar, der sich mit seinen Fängen an der Wand festkrallt. Eine Frau, die so alt aussah wie die Burg, gab Fiona einen Becher mit einem heißen, mit Kräutern versetzten Trank, und als die Frau ihr den Rücken zudrehte, kippte sie das Gebräu zwischen die Binsen hinter einer Bank. Fiona kannte sich mit Kräutern recht gut aus, und es war nicht schwer zu erraten, was dieser Becher enthielt.

Die runzlige kleine Frau, die Alicia mit Morag anredete, betrachtete Fiona mit scharfen Augen, und nach ein paar Minuten schützte Fiona Schläfrigkeit vor und legte sich auf das Bett.

»Sie braucht Ruhe«, sagte Alicia über ihr. »Ich habe noch

nie jemanden gesehen, der so außer sich war wie diese Lady, als Stephen sie vor der Steinlawine rettete. Als sei sie von einem Dämon besessen.«

Morag antwortete mit einem leisen Schnauben: »Ihr habt mit Stephen einen langen, erbitterten Kampf geführt, als Ihr ihm zuerst begegnet seid.«

»Das war nicht dasselbe«, meine Alicia energisch. »Miles brachte sie endlich zur Ruhe, aber nur nach langem Zureden und Schütteln. Weißt du, daß sie Sir Guy die Zehen gebrochen hat?«

»Und ich hörte auch, daß Ihr Euch mit Stephen gezankt habt«, gab Morag gereizt zurück.

Alicia rechtfertigte sich mit entschiedenem Ton: »Sie wagte, Roger Chatworth gegen mich zu verteidigen. Nach allem, was er mir angetan hat …«

»Er ist ihr Bruder!« rief Morag. »Ihr würdet doch von ihr erwarten, daß sie loyal zu ihrer Familie steht und wollt doch, daß sie sogleich Eure geheimen Gedanken läse. Alicia, es gibt mehr als nur eine Sicht der Dinge auf dieser Welt.« Sie beugte sich vor und breitete ein großes, blau und grün gemustertes Wolltuch über Fionas regungslose Gestalt.

»Lassen wir sie vorläufig in Ruhe. Ein Bote ist von Stephens ältestem Bruder eingetroffen.«

»Warum hast du mir das nicht gesagt?« fragte Alicia, wütend, weil sie von ihrer Amme wie ein Kind behandelt wurde, und noch wütender, weil sie diese Behandlung verdiente.

Fiona lag ganz still, nachdem die Tür sich hinter den Frauen geschlossen hatte, und horchte auf Atemgeräusche. Zuweilen taten Männer so, als hätten sie ein Zimmer verlassen, aber in Wahrheit versteckten sie sich nur in einem dunklen Winkel. Als sie sicher war, daß sie das Zimmer mit keinem teilte, drehte sie sich auf die Seite und öffnete vorsichtig die Augen. Sie war tatsächlich allein im Raum.

Sie sprang vom Bett herunter und ging zum Fenster. Draußen wurde es gerade dunkel, und das Mondlicht überzog die steilen Mauern der grauen steinernen Burg mit Silber. Nun war die richtige Zeit zur Flucht gekommen, ehe die Routine einkehrte und alle Clansleute der MacArrans wußten, daß sie eine Gefangene war.

Während sie am Fenster stand und die Umgebung beobachtete, sah sie vier Männer unten vorbeikommen, deren Körper in Plaids gehüllt waren. Lächelnd begann sie, einen Plan zu entwickeln. Eine rasche, lautlose Suche förderte eine Truhe mit Männerkleidung zutage. Sie zog den Seidenrock ihres Kleides in die Höhe, band ihn um die Taille fest, streifte ein viel zu großes Männerhemd über und zog schwere Wollsocken über ihre Füße. Einen Moment lang sah sie auf ihre Knie hinunter und blinzelte bei der Vorstellung, daß sie sich mit bloßen Beinen in der Öffentlichkeit zeigen mußte – fast nackt. Sie fand keine Schuhe in der Truhe, also mußte sie mit ihren weichen Sandalen vorliebnehmen und zwängte die dicken Stoffsocken mit ihren Zehen unter das Oberleder. Sie wickelte das Plaid um ihren Körper, daß es einen kurzen Rock bildete. Sie mußte mehrmals ansetzen, bis der Zipfel des Plaids über die Schulter fiel. Wahrscheinlich saß er immer noch nicht richtig, dachte sie, als sie einen Gürtel um ihre Taille band. Er war viel zu lang, so daß sie ihn doppelt um den Leib binden mußte.

Mit angehaltenem Atem öffnete sie vorsichtig die Tür, bat im stillen, daß man ihr nicht einen Wächter vor das Zimmer gestellt habe. Ihr Glück hielt an, und sie schlüpfte durch die schmale Tür hinaus in einen dunklen Korridor. Sie hatte sich den Weg zu ihrem Zimmer gemerkt, als Miles sie in diesen Raum begleitete, und nun, während sie stillstand, um sich zu orientieren, hörte sie Stimmen.

Sie kamen aus dem Erdgeschoß. Langsam, mit dem Schatten der Wand verschmelzend, stieg sie die Treppe hinunter zum Hauptausgang. Als sie an dem Zimmer vorbeiwollte, aus dem die Stimmen kamen, hörte sie den Namen Chatworth. Schon lag der Ausgang vor ihr, doch gleichzeitig regte sich die Begierde, Neuigkeiten zu erfahren. Sie bewegte sich, lautlos wie ein Schatten, zu einer Stelle, wo sie besser hören konnte.

Es war Stephens Stimme: »Tod und Verdammnis über *euch beide,* Miles!« Der Zorn brachte seine Stimme zum Vibrieren. »Gavin hat nicht mehr Verstand als du. Ihr beide helft Chatworth, sein Ziel zu erreichen. Es fehlt nicht mehr viel, und er hat unsere Familie zerstört.«

Miles blieb stumm.

Alicia legte eine Hand auf Miles' Arm: »Bitte, gib sie frei. Lady Fiona kann mit einer bewaffneten Eskorte nach England zurückkehren, und wenn Gavin erfährt, daß sie freigelassen wurde, wird er auch Roger Chatworth ziehen lassen.«

Immer noch sagte Miles kein Wort.

»Du gottverdammter Sturkopf!« bellte Stephen. »Nun sag schon was!«

Miles' Augen fingen Feuer. »Ich werde Fiona nicht freilassen. Was Gavin mit Roger Chatworth anstellt, ist seine Angelegenheit. Fiona ist meine.«

»Wenn du nicht mein Bruder wärst ...« begann Stephen.

»Wenn ich nicht dein Bruder wäre, hätte das, was ich täte, für dich keine Bedeutung.« Miles war ganz ruhig, nur seine Augen spiegelten seinen Zorn wider.

Stephen warf die Hände aus Verzweiflung in die Höhe. »Rede du mit ihm«, sagte er zu Alicia. »Keiner meiner Brüder hat auch nur eine Spur von Vernunft.«

Alicia pflanzte sich vor ihren Gatten hin: »Du hast einmal mit Roger Chatworth gekämpft um das, was du für dein Eigentum hieltest. Nun macht Miles genau dasselbe, und du zürnst mit ihm.«

»Das war eine andere Geschichte«, sagte Stephen mürrisch. »Du wurdest mir vom König zur Frau bestimmt.«

»Und Fiona wurde mir als Geschenk überreicht!« warf Miles mit großer Leidenschaft dazwischen. »Alicia, bin ich in deinem Schloß willkommen? Wenn nicht, werde ich mit meinen Leuten deine Burg wieder verlassen – mit Lady Fiona.«

»Du weißt, daß du bei mir willkommen bist«, sagte Alicia mit weicher Stimme. »Wenn Chatworth nicht auf einen Krieg vorbereitet ist, wird er niemals die MacArrans angreifen.« Sie wandte sich Stephen zu. »Und was Gavin betrifft, so bin ich froh, daß er Chatworth gefangenhält. Hast du vergessen, was Chatworth deiner Schwester Mary antat; oder daß er mich monatelang gefangenhielt?«

Fiona glitt weiter zum Ausgang, nachdem sie diese Worte vernommen hatte. Sie würden bald feststellen, daß sie nicht ein so friedlicher Gefangener war, wie sie das angenommen hatten.

Draußen rollte ein Nebel vom Meer herein, und sie lächelte, während sie dem Herrgott im stillen für seine Hilfe dankte. Zuallererst brauchte sie ein Pferd, denn sie konnte Schottland nicht zu Fuß verlassen. Sie stand still, lauschte gebannt und suchte herauszufinden, in welcher Richtung sich die Ställe befanden.

Fiona war recht geschickt im Stehlen von Pferden; sie hatte in ihrem kurzen Leben viel Übung darin erworben. Pferde waren wie Kinder. Man mußte freundlich mit ihnen reden, schlicht und ohne rasche Bewegungen. Sie sah zwei Männer am anderen Ende des Stalles, die sich lachend mit leiser Stimme ihrer letzten Liebesabenteuer brüsteten.

Lautlos schlich Fiona zu einem mit einem Halfter versehenen Pferd, das sich in ihrer Nähe befand. Sie hob einen Sattel von einem Balken herunter und wartete, bis sie das Pferd aus dem Stall geführt hatte, ehe sie dem Tier das Lederzeug überwarf. Sie dankte dem Himmel dafür, daß so viele Menschen auf so kleinem Raum lebten und es daher verhältnismäßig laut auf der Burg zuging. Ein Wagen rumpelte knarrend vorbei; ein Mann führte vier Pferde an einer Leine, band sie unweit an, und sogleich begannen zwei der Pferde, sich mit gebleckten Zähnen zu bearbeiten. Das erzeugte einen Tumult, und drei Männer ließen ihre Peitschen knallen und brüllten den Pferden etwas zu. Keiner von den Leuten, die sich auf dem Hof bewegten, warf auch nur einen Blick auf die zierliche Gestalt im Schatten der Stallwand, die ihren Kopf mit dem Plaid verdeckt hielt.

Fiona stieg auf das gestohlene Pferd und folgte gemächlich dem Wagen durch die offenen Burgtore hinaus. Sie hob, wie der Kutscher, stumm die Hand, um die Torwächter über sich zu grüßen. Die Wächter wohnten im Torhaus, um fremde Personen am Betreten der Burg zu hindern, aber nicht, um sie dort zurückzuhalten.

Die einzige Möglichkeit, in die Festung der MacArrans zu gelangen, war eine beängstigend schmale Landbrücke. Fionas klopfendes Herz wurde zu einem Dröhnen, daß ihre Rippen zu zerspringen drohten. Der Wagen vor ihr war ungewöhnlich schmal, und trotzdem hingen die Eisenreifen der Räder zur Hälfte über dem Abgrund; es genügte eine kleine Abweichung nach links oder rechts, und der Mann würde mit Roß und Wagen in die Tiefe stürzen.

Als sie das andere Ende der Felsbrücke erreichte, atmete sie erleichtert auf: einmal hatte sie diesen tückischen Pfad hinter sich gebracht, und zum zweiten war in der Burg kein Alarm geschlagen worden.

Der Kutscher sah über die Schulter und grinste. »Bin immer froh, wenn ich diesen Pfad hinter mir habe. Reitest du in diese Richtung?«

Geradeaus führte eine bequeme Straße an den Hütten der

Kleinbauern vorbei, wo man sie sehen würde und einem Suchtrupp genaue Angaben machen konnte. Zu ihrer Rechten lag die Straße an der Steilwand, auf der sie mit Miles hierher gekommen war. Nachts am Rand des Abgrunds entlangzureiten ...

»Nein!« sagte sie mit ihrer dunkelsten Stimme zu dem Wagenkutscher. Zweifellos wollte der Mann mit ihr einen Schwatz halten, wenn sie in die gleiche Richtung ritt. Sie deutete mit dem rechten Arm zur Klippe.

»Diese jungen Kerle!« meinte der Mann glucksend. »Nun, viel Glück, mein Junge. Es ist eine mondhelle Nacht; aber der Weg ist tückisch.« Dann trieb er sein Pferd mit einem Schnalzen voran und entfernte sich in der Dunkelheit.

Fiona verlor keine Zeit damit, sich Angstvorstellungen hinzugeben, sondern trieb ihre Mähre auf das schwarze Nichts vor ihr zu. Nachts sah der Klippenpfad noch schlimmer aus als sie ihn in Erinnerung hatte. Ihr Pferd schlug nervös mit dem Kopf, nach kurzem Zögern stieg sie ab und begann, das Tier am Zügel zu führen.

»Tod und Verdammnis über Miles Ascott!« murmelte sie. Warum hatte er sie zu einem so wilden Ort entführen müssen? Wenn er schon eine Frau in Gefangenschaft hielt, hätte er das wenigstens in zivilisierter Umgebung tun können.

Das Heulen eines Wolfes direkt über ihrem Kopf ließ ihr den Atem in der Kehle stocken. Über der Felswand zeichneten sich die Silhouetten dreier Wölfe im Mondlicht ab, die mit gesenkten Köpfen auf sie herabsahen. Das Pferd begann zu tänzeln, und Fiona wand sich die Zügel um das Handgelenk. Während sie weiterging, blieben die Wölfe stets auf ihrer Höhe. Noch einer stieß zu dem Rudel.

Es kam Fiona so vor, als wäre sie meilenweit gereist, konnte aber dennoch nicht das Ende der Klippenstraße erkennen. Eine Sekunde lang lehnte sie sich gegen die Felswand und versuchte, ihr rasendes Herz zu beruhigen.

Die Wölfe, die offenbar glaubten, ihr Opfer gäbe seine Niederlage zu, begannen im Chor zu knurren. Das Pferd scheute und entriß Fiona den Zügel, und als sie versuchte, das Tier wieder einzufangen, verlor sie den Halt unter den Füßen und rutschte über den Rand der Klippe. Das Pferd sprengte mit hängendem Zügel den Pfad hinunter.

Sie lag einen Moment still und versuchte, ihre Fassung wiederzugewinnen und sich zu überlegen, wie sie aus dieser gefährlichen Lage herauskam. Ein Bein hing über dem Abgrund, das andere stand geknickt auf dem Pfad und versuchte, ihr Körpergewicht in die Höhe zu ziehen. Mit ihren Armen umschlang sie den Fels und drückte das Kinn nach unten. Sie bewegte den linken Arm, und im gleichen Moment bröckelte der Fels unter ihr. Mit einem entsetzten Keuchen tastete sie mit ihrem rechten Bein nach einem Halt, fand jedoch keinen. Wieder brach ein Stück der Felswand unter ihr ab, und sie wußte, daß sie nun rasch etwas unternehmen mußte.

Indem sie jedes Quentchen Kraft in ihren Armen aufbot, versuchte sie sich auf den Pfad hinaufzuziehen und bewegte dabei ihre Hüften Zentimeter um Zentimeter nach links. Als sie eine ebene Fläche unter ihrem linken Knie spürte, blinzelte sie, um die Tränen der Erleichterung zu unterdrücken. Langsam, ganz langsam zog sie ihren schmerzenden, geschundenen Körper zurück auf den Pfad.

Auf Händen und Knien kroch sie dann hinüber in die Geborgenheit der Steilwand, setzte sich dort hin, während ihr die Tränen über die Wangen liefen und ihre Brust sich keuchend senkte und hob. Blut rieselte warm über ihre Arme, und ihre aufgeschundenen Knie brannten wie Feuer.

Über ihr kam das heftige Knurren von Tieren, die miteinander kämpften. Sie stemmte sich ein wenig von der Wand ab und sah ein großes Tier, das die Wölfe angriff. »Der Hünenhund von Alicia«, sagte sie staunend und schloß die Augen, um ihm in einem stillen Gebet beizustehen.

Sie saß nicht lange an der Wand. Bald würde man ihr Verschwinden entdecken, und sie mußte einen großen Vorsprung vor ihren Ascott-Feinden gewinnen.

Als sie sich aufrichtete, merkte sie, daß sie viel schlimmer verletzt war, als sie geglaubt hatte. Ihr linkes Bein war steif, ihr Knöchel geschwollen. Als sie sich die Tränen von den Wangen wischte, sah sie Blutflecken auf ihrer Hand im Mondlicht. Mit blutenden Handflächen tappte sie an der Wand entlang. Sie traute ihren Augen nicht mehr und wollte sich nur noch dem festen Stein anvertrauen.

Inzwischen war auch der Mond untergegangen, als sie endlich das Ende des Klippenpfads erreichte. Sie zog das Plaid enger um sich, achtete nicht auf ihre zitternden Beine und begann, mit zusammengebissenen Zähnen auszuschreiten.

Als zwei stecknadelgroße Lichter vor ihr auftauchten, blieb sie erschrocken stehen und sah sich nach einer Waffe um. Sekundenlang tauchte sie ihren Blick in die Augen des Tieres, das ihr fast bis zu den Schultern reichte. Das Tier berührte sie fast, ehe sie begriff, daß es Alicias Wolfshund war.

Der Hund sah sie mit geneigtem Kopf fragend an, und Fiona hätte am liebsten gejubelt vor Erleichterung.

»Du hast die Wölfe getötet, nicht war?« fragte sie leise. »Guter Junge. Bist du freundlich?« Vorsichtig streckte sie die Hand mit der Handfläche nach oben aus und wurde von einer leckenden Hundezunge belohnt. Als sie den großen Zottelkopf des Tieres zu streicheln begann, stupste er mit der Nase ihre Hand und schob sie gegen die Steilwand zurück.

»Nein, Junge«, flüsterte sie. Wenn sie stehen blieb, spürte sie nur ihre Schnitte und Hautabschürfungen um so mehr. Und es schienen Tage vergangen zu sein, seit sie zum letztenmal geschlafen hatte. »Ich möchte in diese Richtung gehen, nicht zurück zu Alicia.«

Der Hund fiepte laut, als er den Namen seiner Herrin hörte.

»Nein!« sagte sie energisch.

Der Hund sah sie eine Weile an, als überlegte er sich ihre Worte, drehte sich dann dem Wald zu und ging vor ihr her.

»Guter Junge.« Sie lächelte. »Vielleicht kannst du mich von diesem schrecklichen Ort wegführen. Bring mich zu einem anderen Clan, der mich meinem Bruder gegen ein Lösegeld ausliefern wird.«

Sie ging hinter dem Hund her, doch als sie zu stolpern begann, blieb er stehen und schob seine Schnauze unter ihren Arm, bis sie sich auf ihn zu lehnen begann. »Wie heißt du, Junge?« flüsterte sie müde. »Bist du George, Oliver oder hast du irgendeinen schottischen Namen, den ich noch nie gehört habe?«

Der Hund paßte sein Tempo noch mehr ihren schleppenden Schritten an.

»Wie wäre es mit ›Charlie‹?« sagte sie. »Mir gefällt dieser Name.«

Und dann torkelte sie plötzlich und brach neben dem Tier zusammen.

Der Hund beschnüffelte sie, stupste sie mit der Nase, leckte ihr das blutige Gesicht, und als er sie damit nicht mehr in die Höhe brachte, ließ er sich neben ihr nieder und schlief.

Die Sonne stand schon hoch am Horizont, als Fiona wieder erwachte und den zotteligen, mächtigen Kopf des Hundes über sich sah. Die Augen des Tieres waren fragend auf sie gerichtet, als sei er ein menschliches Wesen, das sich um sie sorgte. Sie bemerkte einen häßlichen, mit gestocktem Blut gefüllten Riß unter dem linken Auge des Hundes.

»Hast du dir das beim Kampf mit den Wölfen geholt?« Sie

lächelte zu dem Hund hinauf und kraulte ihn hinter den Ohren. Als sie versuchte, aufzustehen, gaben die Beine unter ihr nach, und sie klammerte sich an den Hund. »Was für ein Glück, daß du so stark bist, Charlie«, sagte sie und zog sich am Rückenfell des Tieres in die Höhe.

Als sie endlich auf einem Bein stand, sah sie an sich herab und stöhnte. Ihr Rock war zur Hälfte hochgebunden, zur Hälfte hing er ihr über die Knöchel herab. Eine lange Schnittwunde klaffte an ihrem linken Knie, die immer noch Blut ausschwitzte, während ihr rechtes Knie nur eine rohe Fleischmasse war. Mit großer Willensanstrengung warf sie das Plaid über ihre Arme, da sie nicht sehen wollte, welchen Schaden ihre Glieder erlitten hatten. Als sie vorsichtig ihren Kopf betastete, spürte sie gestocktes Blut unter ihren Fingern und zog rasch wieder die Hand zurück.

»Kannst du mich zu einer Wasserstelle bringen, Charlie?« fragte sie den Hund. »Wasser?«

Der Hund raste sogleich über die steinige Ebene und kehrte wieder zu ihr zurück, weil sie ihm nur im Schneckentempo zu folgen vermochte. Der frischverheilte Schorf war wieder aufgesprungen, und sie spürte, wie ihr das warme Blut über den Körper rieselte.

Der Hund führte sie zu einem kleinen Bach, wo sie sich so gut wusch, wie es möglich war. Wenn sie mit ihren Befreiern zusammentraf, wollte sie sich so zivilisiert wie möglich darbieten.

Stundenlang ging sie mit dem Hund über die steinbestreute Hochebene, auf der nur vereinzelt Bäume wuchsen. Einmal hörte sie Hufschläge und versteckte sich instinktiv, während sie den Hund an ihre Seite zog. Sie hätte das starke Tier unmöglich festhalten können, wenn es sein Wille gewesen wäre, sie allein zu lassen; doch im Augenblick schien der Hund zufrieden mit ihrer Gesellschaft.

Bei Sonnenuntergang waren auch ihre letzten Kraftreserven erschöpft, und es schien ihr nichts mehr auszumachen, als der Hund plötzlich etwas zu verbellen begann, das sie nicht zu sehen vermochte. »Zweifellos wird es Miles oder deine Herrin sein«, sagte sie erschöpft und fiel mit geschlossenen Augen auf die Erde.

Als sie die Lider wieder öffnete, stand ein Mann, den sie noch nie zuvor gesehen hatte, über sie gebeugt, die Beine gespreizt, die Hände in den Hüften. Die untergehende Sonne überzog seine grauen Haare mit einem goldenen Licht.

»Hallo, Rab«, sagte er mit einer tiefen Stimme und streichelte den Hund, »was hast du mir denn diesmal gebracht?«

»Faßt mich nicht an«, flüsterte Fiona, als der Mann sich zu ihr hinunterbeugte.

»Wenn Ihr fürchtet, ich würde Euch etwas tun, junge Dame, so ist das unnötig. Ich bin der MacGregor, und Ihr befindet Euch auf meinem Land. Was sucht denn Alicias Hund bei *Euch?«* Er betrachtete ihre englischen Kleider.

Fiona war müde, schwach und hungrig, aber noch nicht tot. So, wie dieser Mann sich ausdrückte, schien er mit Alicia befreundet zu sein. Tränen rannen ihr über die Wangen. Nun würde sie nie mehr nach Hause kommen. Kein Freund der MacArran würde sie nach England ausliefern, und daß Roger von einem Ascott gefangengesetzt war, konnte den Ausbruch eines privaten Krieges bedeuten.

»Nun weine nicht, Kleine«, sagte der MacGregor, »denn bald wirst du dich an einem hübschen sicheren Platz befinden. Jemand wird deine Wunden versorgen, und wir werden deinen Hunger stillen und – Tod und Verdammnis!«

Als der Mann sich noch weiter herunterbückte, hatte Fiona seinen Dolch aus der Scheide gezogen und ihn gegen seinen Unterleib gestoßen. Doch aus schierer Erschöpfung war der Stich danebengegangen.

Lachlan MacGregor wich rasch zur Seite, nahm ihr den Dolch ab und warf sie mit einer raschen Bewegung über die Schulter. »Mach mir nur keine Schwierigkeiten, Kleine«, befahl er, als sie sich in seinem Griff zu wehren begann. »In Schottland vergelten wir Gastfreundlichkeit nicht mit einem Dolchstoß.«

Er warf Fiona auf sein Pferd, pfiff nach Rab, daß er ihm folgen sollte, und die drei jagten in einem mörderischen Tempo davon.

Kapitel 9

Fiona saß allein in einem großen Zimmer in der Burg des MacGregor. Die Eichentür war verriegelt. Der Raum war fast kahl, bis auf ein riesiges Bett, eine Truhe und drei Stühle. An der Seitenwand befand sich ein Kamin, der mit Scheiten gefüllt war, und doch erwärmte kein Feuer die kalten Steine.

Fiona saß zitternd auf einem der Stühle, das Plaid von Alicia um ihre Schultern gewickelt, die Knie an den Leib gezogen. Es war schon ein paar Stunden her, daß der MacGregor sie hier in diesem Zimmer auf das Bett geworfen hatte und ohne sich noch einmal nach ihr umzusehen, das Zimmer verließ. Kein Essen war ihr serviert worden, kein Wasser, damit sie sich waschen konnte, und der Hund, Rab, war beim Anblick der Festung des MacGregor wieder umgekehrt. Fiona war so zerschlagen, daß sie nicht schlafen konnte. Ihr Verstand war in Aufruhr.

Als sie eine ihr vertraute Stimme gedämpft durch die schwere Eichentür hörte, war ihre erste Reaktion Erleichterung. Doch sie faßte sich rasch. Miles Ascott war genauso wie jeder andere ihr Feind.

Als Miles die Tür öffnete und mit energischen Schritten hereinkam, war sie für ihn bereit. Sie schleuderte einen kupfernen, mit Silber ausgelegten Becher vom Kaminsims gegen seinen Kopf.

Miles fing den Gegenstand mit der linken Hand auf und schritt weiter auf sie zu.

Da packte sie einen kleinen Schild, der an der Wand hing, und diesen parierte er mit der rechten Hand.

Mit einem kleinen triumphierenden Lächeln holte Fiona einen zerbeulten Helm vom Kaminsims und zog den Arm zurück, um ihn als Wurfgeschoß zu benützen. Er hatte keine Hände mehr frei, mit denen er diesen Gegenstand auffangen konnte.

Doch bevor sie den Helm werfen konnte, war er bei ihr und nahm sie in die Arme.

»Ich machte mir große Sorgen deinetwegen«, flüsterte er, sein Gesicht an ihrer Wange vergraben. »Warum rennst du immer weg? Schottland ist nicht wie England. Es ist ein hinterhältiges Land.«

Er hielt sie nicht sehr fest, nicht so, daß sie den Wunsch verspürt hätte, sich dagegen zu wehren. Im Gegenteil, sie wünschte sich fast, er hätte sie enger an sich gezogen. Jedenfalls mußte sie ganz still stehen, oder seine mit Metall belasteten Arme fielen von ihr ab. Als sie jedoch seine dumme Bemerkung hörte, wich sie von ihm zurück. »Ich werde von Wölfen angegriffen, stürze fast in das Meer, ein Mann wirft mich über die Schulter wie einen Sack Getreide – und Ihr sagt mir, das wäre ein tückisches Land!«

Miles strich mit den Fingerspitzen über ihre Schläfe, und sie entzog sich der Berührung nicht. Er hatte ein ungewöhnliches Licht in seinen Augen. »Fiona, du schaffst dir deine eigenen Probleme.«

»Ich habe Euch nicht gebeten, mich den Händen meiner

Feinde auszuliefern oder mich als Gefangene in ein feindliches Land zu verschleppen. Und was diesen Mann anbelangt ...«

Miles unterbrach sie: »Der MacGregor war sehr wütend, weil Ihr mit einem Messer auf ihn losgegangen seid. Vor ein paar Monaten wäre er fast gestorben, als Alicia ihn mit einem Messer ritzte.«

»Aber sie scheinen befreundet zu sein.«

Ehe er antworten konnte, öffnete sich wieder die Kammertür, und zwei sonnenverbrannte Schotten kamen mit einem eichenen Waschzuber herein. Dahinter eine Prozession von Frauen, die Eimer mit heißem Wasser trugen. Die letzte dieser Frauen trug ein Tablett mit drei Karaffen und zwei Bechern.

»Da ich Eure wasserscheue Einstellung kenne, habe ich mir die Freiheit genommen, ein Bad anzuordnen«, sagte Miles lächelnd.

Fiona antwortete ihm nicht, reckte die Nase in die Luft und drehte sich dem kalten Kamin zu.

Als die Frauen das Zimmer wieder verlassen hatten und sie allein waren, legte Miles ihr eine Hand auf die Schulter.

»Kommt und badet, solange das Wasser heiß ist, Fiona.«

Sie wirbelte herum. »Warum glaubt Ihr, daß ich etwas für Euch tue, das ich für andere Männer nicht getan habe? Ich rannte vor Euch weg, und nun scheint Ihr zu erwarten, daß ich Euch in die Arme falle, weil Ihr mir hierher gefolgt seid. Welcher Unterschied besteht in der Gefangenschaft eines MacGregor oder eines Ascott? Wenn ich ehrlich sein soll, ziehe ich die Gefangenschaft des MacGregor vor.«

Miles schob das Kinn vor, und seine Augen wurden dunkel. »Ich glaube, es wird Zeit, daß ein paar Dinge zwischen uns geklärt werden. Ich bin mehr als geduldig mit Euch gewesen. Ich habe stumm dabeigestanden, während Ihr Sir Guy die Zehen bracht. Ich habe meinen Sohn mit Euch geteilt, ehe

Ihr den ganzen MacArran-Clan in Aufregung versetzt habt, und nun hättet Ihr fast den MacGregor schwer verletzt. Der Frieden zwischen den beiden Clans ist zu neu und zerbrechlich. Ihr hättet zerstören können, was Stephen in einer jahrelangen Arbeit erreichte. Und seht Euch an, Fiona! Habt Ihr Euch selbst betrachtet? Überall klebt gestocktes Blut an Euch, Ihr seid offensichtlich erschöpft und habt viel Gewicht verloren. Ich glaube, es ist Zeit, daß ich Euren Eigenwillen ein wenig bremse.«

»Mein ...!« stotterte sie. »Ich möchte nicht gefangengehalten werden! Versteht Ihr mich? Geht das nicht in Euren Dickschädel hinein? Ich möchte nach Hause zu meinem Bruder und werde alles tun, damit ich dort hingelange.«

»Nach Hause!« sagte Miles durch zusammengepreßte Zähne. »Habt Ihr eine Vorstellung, was das Wort bedeutet? Wo habt Ihr gelernt, wie man einem Mann die Zehen brechen muß? Wie kommt es, daß Ihr mit einem Messer so geschickt umgehen könnt? Wer brachte Euch zur Überzeugung, daß alle Männer böse Kreaturen seien? Warum ist jede Berührung eines Mannes Schmutz für Euch?«

Fiona sah ihn nur mürrisch an. »Edmund ist tot«, sagte sie nach einer Weile.

»Wollt Ihr immer unter einer Wolke leben, Fiona?« flüsterte er mit weichen Augen. »Wollt Ihr immer nur sehen, was Ihr zu sehen wünscht?« Nach einem langen Seufzer hielt er ihr die Hand hin. »Kommt und badet, ehe das Wasser kalt wird.«

»Nein«, sagte sie gedehnt, »ich möchte nicht baden.«

Inzwischen hätte sie ja auf Miles' außerordentliche Reaktionsschnelligkeit eingestellt sein können; doch wie immer war sie unvorbereitet darauf.

»Mir reicht es jetzt, Fiona«, sagte er, ehe er ihr das feuchte Plaid von den Schultern löste. »Ich war langmütig und freundlich; doch von nun an werdet Ihr auch ein bißchen Gehorsam lernen müssen – und Vertrauen. Ich werde Euch nichts tun, ich habe *nie* einer Frau etwas getan. Aber ich kann nicht zulassen, daß Ihr Euch selbst weh tut.«

Damit riß er das Vorderteil ihres Kleides fort und entblößte ihre Brüste. Fiona sog geräuschvoll die Luft ein, kreuzte die Arme vor der Brust und sprang von ihm weg. Miles fing sie mühelos ein, und mit zwei weiteren Bewegungen hatte er sie gänzlich entkleidet. Er schien keinen Blick für ihren Körper zu haben, als er sie hochhob und zum Zuber trug, wo er sie sachte im Wasser absetzte.

Stumm nahm er ein Tuch auf, seifte es ein und begann, sacht ihr Gesicht zu waschen. »Wenn Ihr Euch wehrt, habt Ihr die Augen voller Seife«, sagte er und brachte sie so zum Stillhalten.

Sie weigerte sich, mit ihm zu sprechen, während er die obere Hälfte ihres Körpers wusch. Sie war froh, daß der Seifenschaum ihr rotes Gesicht bedeckte, als seine Hände über ihre hohen, festen Brüste glitten.

»Wie habt Ihr Euch verletzt?« fragte er im sachlichen Ton, während er ihr linkes Bein einseifte und behutsam das Knie aussparte, wo eine häßliche Schramme das Fleisch bloßlegte.

Das Wasser tat ihr gut, und sie hatte keinen Grund, ihm die Antwort zu verweigern. Sie legte sich im Zuber zurück, schloß die Augen und berichtete ihm von der Nacht, die sie auf dem Klippenpfad verbracht hatte. Als sie ungefähr in der Mitte ihrer Erzählung angelangt war, spürte sie ein Glas zwischen den Fingern und trank durstig den kühlen Wein. Sogleich stieg ihr der Alkohol zu Kopf, und in traumhafter Stimmung fuhr sie mit ihrem Bericht fort.

»Rab blieb bei mir«, schloß sie, das Glas leerend. »Der Hund begriff, daß ich nicht zu Alicia zurückkehren wollte, und führte mich so zu Alicias Freunden.« Der Wein tat ihr so gut, daß sie keine zornige Aufwallung über den Hund, den MacGregor oder einen anderen Mann spürte.

»Miles«, sagte sie im gemütlichen Ton und merkte gar nicht, wie sehr er sich freute, daß sie seinen Vornamen verwendete. »Warum schlagt Ihr die Frauen nicht? Ich glaube, ich habe noch nie einen Mann gekannt, der nicht Gewalt anwendete, um seinen Willen zu erreichen.«

Er wusch nun sacht ihre Zehen. »Vielleicht verwende ich eine andere Art von Gewalt.«

Mehr wollte er zunächst nicht sagen, und eine Weile blieben sie stumm. Fiona merkte gar nicht, daß sie sich ununterbrochen von dem Wein nachschenkte und fast eine ganze Karaffe ausgetrunken hatte.

»Warum habt Ihr heute Eurem Bruder nicht widersprochen? Oder war es gestern morgen?«

Miles' kurze Unterbrechung des Waschvorgangs war das einzige Zeichen, daß er ihre Frage verstanden hatte. Sie hatte noch nicht so etwas Persönliches von ihm erfahren wollen, als nähme sie nun Anteil an ihm.

»Meine drei älteren Brüder sind außerordentlich sture Männer. Gavin läßt immer nur seine eigene Meinung gelten, und Raine bildet sich ein, er müsse den Märtyrer für alle verlorenen Sachen spielen.«

»Und Stephen?« fragte sie, nippte am Glas und beobachtete ihn durch gesenkte Wimpern. Seine Hände auf ihrem Körper fühlten sich sehr, sehr gut an.

»Stephen blendet die Leute damit, daß er immer zu einem gutwilligen Vergleich bereit sei; doch wenn man es näher betrachtet, beharrt er doch auf seine eigene Weise. Nur für Alicia ist er bereit, auch andere Meinungen ernsthaft zu prüfen; und sie mußte ihm alles – auch heute noch – abringen. Er macht sich lustig über Dinge, die für sie so wichtig sind wie Leben und Tod.«

Fiona dachte einen Moment über seine Antwort nach. »Und Ihr seid deren kleiner Bruder. Zweifellos betrachten sie Euch als unreifen Jungen, den man belehren und um den man sich kümmern muß.«

»Hat man Euch auch so behandelt?« fragte er im Flüsterton.

Der Wein, das heiße Wasser lockerten ihre Zunge. »Roger meint, ich hätte nur einen Fingerhut voll Verstand. Eine Hälfte meines Gehirns fehlt, weil ich eine Frau bin, die andere Hälfte nimmt er nicht zur Kenntnis, weil er sich noch daran erinnert, wie ich in Windeln auf seinen Knien saß. Als ich ihm einiges von dem erzählte, was Edmund mir antat, wußte er nicht, ob er mir glauben sollte. Oder vielleicht wollte er die Dinge nicht wissen, die sein eigener Bruder anstellte oder geschehen ließ.«

»Verdammt!« sagte sie, sich halb aus dem Zuber erhebend. Mit einer heftigen Bewegung schleuderte sie den Becher durch den Raum und schmetterte ihn gegen die steinerne Wand. »Ich *bin* zur Hälfte eine Frau. Wißt Ihr, was es bedeutet, wenn man Alicia und Eurem Bruder zusieht, sie beobachtet, wie sie miteinander lachen und flirten? Die beiden tauschen kleine Zärtlichkeiten aus, wenn sie meinen niemand sähe hin. Jedesmal, wenn ein Mann mich berührt ... werde ich ...«

Sie brach mit geweiteten Augen ab, während ihr der Kopf schwindelte vom Alkohol. »Liebt mich, Miles Ascott«, flüsterte sie rauh. »Nehmt mir meine Furcht.«

»Das hatte ich vor«, sagte er mit gepreßter Stimme, während er sie in seine Arme zog.

Sie stand immer noch im Zuber, und als Miles' Mund zu ihren Lippen herunterkam, erwiderte sie seine Küsse – küßte ihn mit aller Leidenschaft, all dem Zorn, den sie empfand, weil sie um die normale Einstellung zur Liebe betrogen worden war. Während andere Frauen lernten, wie man flirtet, hatte Fionas Bruder mit ihr gespielt, die Unschuld seiner kleinen Schwester dem

Gewinner versprochen, und Fiona hatte gelernt, wie man sich mit einem Messer verteidigte. Sie hatte ihre kostbare Unschuld bewahrt – und wofür? Für das Kloster? Für ein Leben, wo sie mit jedem Tag härter und zorniger wurde, bis sie sich in Stein verwandelte – eine ungeliebte, nutzlose alte Frau?

Miles hielt sich zurück, dämpfte ihre ungestüme Art, verhinderte, daß sie sich wehtat, indem sie ihre Lippen gegen seine Zähne preßte. Seine Hände fuhren liebkosend auf ihrem nassen Rücken auf und ab, seine Fingerspitzen streichelten die Höhlung ihrer Wirbelsäule.

Seine Lippen bewegten sich zu ihren Mundwinkeln, seine Zunge berührte ihre Zungenspitze, ehe sie über ihre Wangen tastete und ihre Haut küßte, während seine Hände mit ihrem Rücken spielten.

Fiona legte den Kopf zurück und auf die Seite, während Miles sacht mit den Zähnen an ihrem Hals und an ihrer Schulter knabberte. Vielleicht war das der wahre Grund, weshalb sie nie einem Mann erlaubt hatte, sie zu berühren. Vielleicht hatte sie immer gewußt, daß sie sich auf verwerfliche, schamlose Weise einem Mann ergeben würde, wenn sie ihn nicht wie eine Furie bekämpfte.

»Miles«, flüsterte sie. »Miles.«

»Immer der deine«, murmelte er und knabberte an ihrem Ohrläppchen.

Mit einer raschen Bewegung hob er sie aus dem Zuber und trug sie zum Bett. Ihr Körper war naß, ihr Haar klamm und kalt; doch Miles wickelte ein Handtuch um sie und begann zu rubbeln. Seine energischen Bewegungen schickten neue Wärme durch ihren Körper, und überall, jedesmal, wenn er sie berührte, verlangte sie mehr davon. Sie hatte ein ganzes Leben entgangener Berührungen nachzuholen.

Plötzlich war Miles neben ihr, nackt, seine herrliche Haut warm, dunkel und einladend.

»Ich gehöre dir, Fiona, wie du mir gehörst«, flüsterte er, während er seine Hand auf ihre Brust legte.

»So viele Haare.« Sie kicherte. »So schrecklich viel Haare.« Sie vergrub ihre Finger im kurzen gelockten Vlies auf seiner Brust und zog daran. Gehorsam rollte Miles zu ihr heran, kuschelte ihren goldenen Körper an seine Seite. »Wie fühlt sich das an?« fragte sie begierig.

»Das wirst du eine Weile lang noch nicht wissen.« Er lächelte. »Wenn wir eins werden, wird es keine Angst mehr in deinen Augen geben.«

»Eins werden«, flüsterte sie, während Miles begann, ihren Nacken zu küssen. Lange verweilte er mit seinen Lippen an ihrem Hals, ehe er sie an ihrem Arm entlangbewegte und seine Zunge kleine wirbelnde Bewegungen in ihrem Ellenbogen machte. Seltsam, wie kleine Vibrationen von ihren Fingerspitzen auszugehen schienen, über ihre Brüste wanderten bis zu den Fingerspitzen der anderen Hand.

Sie lag still, mit offenen Armen und geschlossenen Augen, die Beine ausgebreitet, als Miles sie berührte. Diese starken Hände, die so schnell ein Schwert zu ziehen vermochten, die ein Kind vor Verletzungen schützten, ein scheues Pferd bändigten, waren ganz behutsam und setzten ihren Körper langsam in Brand.

Als seine Hand von ihrer Kehle glitt, bewegte sie den Kopf zur Seite und küßte seine Handfläche, legte ihre beiden Hände auf seine Hand und koste sie, schabte mit ihren Zähnen daran, schmeckte seine Haut, berührte mit ihrer Zunge die Härchen auf dem Handrücken.

Sie wurde von einem primitiven Laut belohnt, der ihr Herz zum Klopfen brachte.

»Fiona«, stöhnte er, »Fiona, wie sehr ich auf dich gewartet habe.«

Fiona dachte, daß sie auch nicht mehr in der Stimmung war,

noch länger zu warten. Instinktiv versuchte sie sich weiter unter Miles' Körper zu schlängeln; doch er weigerte sich, ihr das zu gestatten. Statt dessen brachte er seinen Mund auf ihre Brust, und Fiona wäre um ein Haar vom Bett gefallen.

Miles lachte leise über ihre Reaktion, und sie spürte, wie das Lachen sich durch ihren ganzen Körper fortpflanzte. Liebe und Lachen, dachte sie. Das war es, was Miles in ihr Leben gebracht hatte.

Miles' Lippen auf ihrer Brust löschten bald jeden Gedanken in ihrem Bewußtsein aus. Er setzte sich rittlings auf ihre Hüften, stemmte sie auf ihre Knie, während seine Hände ihre Taille umspannten. Sie drückten, sie liebkosten, und dann benützte er seine Finger dazu, ihre Hüften in eine langsame, wiegende Bewegung zu versetzen.

Mühelos nahm sie den Rhythmus auf. Ihr Atmen wurde kräftiger, ihre Hände spannten sich heftiger um Miles' Arme, ihre Finger vergruben sich in seine Muskeln. Sie spürte nur noch seinen Körper, der sie warm und hart umgab, während sie sich diesem sinnlichen Rhythmus hingab.

»Miles«, flüsterte sie, während ihre Hände durch sein Haar glitten. Es war keine sanfte Bewegung, mit der sie sein Gesicht an ihres heranzog, seinen Mund mit ihren Lippen zu einem Kuß suchte, wie sie sich ihn in ihren kühnsten Träumen nicht vorgestellt hätte. Ihre Haut war mit Schweiß bedeckt, mit salzigem, heißem Schweiß.

Fiona stemmte ihre Knie in die Höhe, umfaßte Miles' Hüften, und als sie ihn umfing, drang er in sie ein.

Sie spürte keinen Schmerz, da sie mehr als bereit war, ihn zu empfangen; doch einen Moment lang zitterte sie unter der Gewalt ihrer Reaktion. Miles hielt still, obwohl er ebenfalls zitterte, bis Fiona behutsam mit dem Rhythmus einsetzte, den er ihr mit seinen Händen beigebracht hatte.

Langsam bewegten sie sich im Liebesakt. Nach Sekunden

verlor Fiona sich auf einem Meer von Leidenschaft, von deren Existenz sie bisher nichts geahnt hatte. Während Miles den Rhythmus beschleunigte, schlang sie ihre Beine um ihn und gab sich ganz ihren Sinnen hin. Mit einem blendenden Blitz explodierte Fionas Körper, und ihre Beine begannen heftig zu beben.

»Still«, sagte Miles, während er sich auf einen Ellenbogen stützte und ihre Schläfe streichelte. »Still, mein Engel. Du bist jetzt sicher.«

Er löste sich von ihr und zog sie in seine Arme. »Mein mir versprochener Engel«, flüsterte er. »Mein Engel des Regens und des Blitzes.«

Fiona verstand den Sinn seiner Worte nicht ganz; doch sie begriff, daß sie vielleicht zum erstenmal in ihrem Leben in Sicherheit war. Sie schlief sofort ein, ihren Körper so eng an Miles gepreßt, daß sie kaum noch zu atmen vermochte.

Als Fiona aufwachte, streckte sie sich wohlig, spürte jeden einzelnen Muskel ihres Körpers und zuckte zusammen, als sie an den verschorften Stellen ihrer Knie zupfte. Als sie die Augen aufschlug, sah sie zunächst einen langen Tisch, der mit dampfenden Schüsseln bedeckt war. Sie war überzeugt, noch nie in ihrem Leben so hungrig gewesen zu sein wie jetzt. Sie raffte Alicias Plaid vom Boden, warf es achtlos über ihren Körper und ging zum Tisch.

Sie hatte gerade ein Stück geräucherten Lachs im Mund, als die Tür sich öffnete und Miles hereinkam. Fiona erstarrte, die Hand auf halbem Wege zum Mund, als sie sich an die vergangene Nacht zu erinnern begann. Da war so ein widerlich wissender Blick in Miles' dunklen Augen, der Fionas Zorn entfachte. Ehe sie sich über ihre Gefühle klarwerden konnte, begann Miles, sie von den schottischen Tüchern zu befreien, die sie auf dem Leib trug.

Was für ein Recht hatte er ...! dachte Fiona und erstickte fast an dem Lachs, als sie zu widersprechen versuchte. Er hatte doch ein Recht dazu. Nach der Art, wie sie sich gestern Abend aufgeführt hatte, hatte er jedes Recht dazu, das Schlimmste von ihr anzunehmen. Aber trotzdem würde sie zu gern dieses selbstgefällige Lächeln von seinem Gesicht tilgen.

Fiona dachte gar nicht nach über das, was sie tat; doch neben ihr standen Teller mit warmen, weichen Törtchen, goldgelb gebacken, mit schweren Sommerfrüchten belegt. Während sich ihre Augen lächelnd berührten, fuhr sie mit der Hand unter eine Torte und warf sie ihm, immer noch lächelnd, ins Gesicht.

Er war nicht auf derartige Geschosse gefaßt, und das Törtchen traf sein Schlüsselbein, spritzte seine Wange voll, lief in einer warmen, klebrigen Flüssigkeit aus Kirschsaft und Gelee an seiner Brust hinunter.

Fiona wußte, daß Miles' Gesichtsausdruck sie für alles entschädigte, was nun geschah. Er war total und rückhaltlos schockiert. Während sie mit einer Hand ein Kichern unterdrückte, warf sie ihm mit der anderen noch weitere Obsttörtchen an den Kopf, dann an seine nackte Hüfte und schließlich auf den Stuhl, der hinter ihm stand.

Miles sah Fiona mit einem seltsamen Ausdruck an, schüttelte den Rest seiner Kleider ab und ging auf sie zu. Das Plaid, das Fiona sich achtlos über den Körper geworfen hatte, glitt nun zu Boden, und Fiona begann jetzt, mit ernsthaft geweiteten Augen, Pasteten zu schmeißen. Sie war sich nicht sicher, glaubte aber, Mordlust in diesen grauen Augen zu erkennen.

Miles ließ sich von den Geschossen nicht abhalten, duckte sich nur, wenn die Törtchen sein Gesicht zu treffen drohten. Sein ganzer Körper war mit einer Mischung aus Pfirsichen, Kirschen, Äpfeln, Datteln und Pflaumen bedeckt, die an seinem muskulösen Körper entlanglief und ihm auch eine besondere Duftnote gab, dachte Fiona respektlos.

Als er den Tisch erreichte, hielten seine durchbohrenden Augen ihren Blick fest, und sie wagte nicht, sich von der Stelle zu rühren. Er sprang über den Tisch, landete neben ihr, und Fiona sah mit angehaltenem Atem zu ihm hoch. Doch während sie ihn betrachtete, lief eine dicke, saftige Kirsche über seine Stirn, sein Nasenbein und hing einen Moment an seiner Nasenspitze, ehe sie auf den Boden platschte. Wieder begann Fiona zu kichern.

Langsam, zärtlich, zog Miles sie in seine Arme. »Ah, Fiona«, sagte er, »was für eine Wonne du doch bist.«

Als seine Lippen näherkamen, schloß sie die Augen, und zugleich erinnerte sie sich nur zu gut an die Empfindungen der letzten Nacht. Er bog sie in seinen Armen nach hinten, und Fiona gab sich seiner Stärke hin. Er hatte Gewalt über sie. Er brauchte sie nur zu berühren, und sie begann zu zittern.

Doch sie wartete vergeblich auf seinen Kuß. Statt dessen spürte sie eine klebrige, süße Masse auf ihrem Gesicht – der Belag eines Pfirsichtörtchens. Während die Früchte ihr in die Ohren rannen, riß sie die Augen auf. Nach Luft ringend, sah sie das teuflische Grinsen auf Miles' Gesicht über sich.

Ehe sie ein Wort des Protestes äußern konnte, hob er sie mit einem hintergründigen kleinen Lächeln hoch und setzte sie mitten auf den Tisch – exakt in die Mitte der zweiten Platte mit Fruchttörtchen. Die Früchte quollen zwischen ihren Beinen hervor, liefen sogar an ihrer Wirbelsäule hinauf. Ihre Hände waren mit Früchten bedeckt, Pfirsiche tropften von ihrem Kinn, und ihre Haare klebten am Körper.

Von heftigem Widerwillen erfüllt, hob sie die Hände und rieb sie aneinander. Doch als sie merkte, daß sie damit gar nichts erreichte, überlegte sie es sich anders und aß zwei Apfelscheiben, die an ihrem Handgelenk klebten.

»Ein bißchen zu süß«, sagte sie ernsthaft, während sie Miles ansah. »Vielleicht sollten wir uns beim Koch beschweren.«

Miles, der nackt vor ihr stand, zeigte deutlich, daß er mit seinen Gedanken nicht beim Backen weilte. Fionas Augen weiteten sich mit gespielter Entrüstung. Es war schwierig, wenn nicht unmöglich, Würde zu bewahren, solange man in einer Schüssel aus Fruchttörtchen saß. Sie öffnete ihre Arme, und ihr Liebhaber kam zu ihr.

Als Fiona Miles' Nacken küßte und dabei fast an einem Kirschkern erstickte, begann das Gelächter. Miles fing an, geräuschvoll Pfirsiche von ihrer Stirn zu essen, während Fiona in Pflaumen biß, die Miles' auf der Schulter klebten.

Miles packte sie, rollte sie unter dem Geklirr der Schüsseln und Teller auf den Rücken und setzte sie auf seiner erigierten Männlichkeit ab. Es gab kein Gelächter mehr, als sie sich mit ernsthafteren Problemen beschäftigten, und sie liebten sich mit großer Heftigkeit, wobei sie zweimal die Stellung wechselten.

Fiona lag ganz still, erschöpft und schwach auf ihm, und glaubte, sie würde eher sterben, als die Kraft aufbringen, sich von seinem Körper zu erheben.

Doch Miles hob sie mit einem Grunzen in die Höhe und entfernte eine kleine Tonschüssel, die zuvor irgendeine Soße enthalten haben mußte und einen roten Ring in sein Kreuz drückte, und warf sie auf die Erde.

Fiona stand auf und kratzte sich gedankenabwesend am Schenkel. »Ihr seht komisch aus, Miles Ascott«, sagte sie mit spöttischem Lächeln und klaubte ein pochiertes Ei aus seinen Haaren. Das Eigelb sickerte bereits auf seine Kopfhaut hinunter.

»In Eurem Aufzug würde man Euch nicht bei Hofe vorlassen«, erwiderte Miles Ascott.

»Was wird wohl dein MacGregor dazu sagen?« fragte Fiona, löste sich von ihm und setzte sich mit gekreuzten Beinen neben ihn, während sie den Raum musterte. Die Wände, der Boden und die Möbel waren mit zerschmetterten Törtchen bedeckt, und der Tisch war ein einziges Chaos, alles Geschirr umgestürzt, während der Inhalt ineinanderfloß – mit Ausnahme zweier Schüsseln am Ende der Tafel. Fiona kroch auf Händen und Knien zum Tafelende und quietschte laut, als Miles sie liebevoll in die Kehrseite kniff. Dann kam sie mit einer Schüssel voll Hühnerfleisch, das in einer Mandelsoße gekocht war, und einem kleinen Wecken Weißbrot zurück.

Miles, der immer noch in der Rückenlage auf dem Tisch ausgestreckt war, stützte sich auf die Hände. »Immer noch hungrig?« spöttelte er.

»Dem Tod nahe.« Sie holte einen Löffel unter Miles' Rücken hervor und tauchte ihn in die Hühnerbrühe. Als Miles seelenvolle Blicke auf sie richtete, begann sie ihn zu füttern. »Aber daß du dich nicht daran gewöhnst«, sagte sie, als sie wieder einen Happen in seinen Mund schaufelte.

Miles lächelte nur und küßte hin und wieder ihre Finger. Alles in allem brachten sie doch eine zufriedenstellende Menge leckerer Nahrungsmittel zusammen. Fiona hing über dem Tischrand, während Miles sie an den Fußknöcheln festhielt, und rettete ein gebratenes Rebhuhn, das sich unter der geflochtenen Auflage eines Stuhles verfangen hatte. Miles weigerte sich, die Nahrung selbständig zu sich zu nehmen, und Fiona war »gezwungen«, ihn zu füttern.

»Du bist ein Nichtsnutz«, sagte Fiona und streckte sich. Das Essen auf ihrem Körper begann zu trocknen, und *es juckte!*

»Was du jetzt brauchst«, murmelte Miles und knabberte an ihrem Arm, »ist ein ...«

»Ich möchte nichts mehr von Euren unverschämten Ratschlagen hören, Ascott!« warnte sie ihn. »Gestern nacht habt Ihr mich betrunken gemacht und seid über mich in einem

Badezuber hergefallen. Und jetzt ... das da!« Es gab keine Worte, mit denen sie das duftende Chaos um sie herum zu beschreiben vermochte. »Tod und Verdammnis!« fluchte sie und kratzte sich mit beiden Händen an der Hüfte. »Gibt es denn nichts Normales an dir?«

»Nichts«, versicherte er, während er lässig vom Tisch herabstieg und sich anzukleiden begann. »Da ist ein See, nicht weit von hier entfernt. Wie wäre es, wenn wir eine Runde schwimmen?«

»Ich kann nicht schwimmen.«

Er faßte ihr Handgelenk und hob sie vom Tisch. »Ich werde es dir zeigen«, sagte er in einem so lüsternen Ton, daß Fiona lachte und sich an ihn schmiegte.

»Unter Wasser?« sagte sie, und als Miles diese Frage ernsthaft zu durchdenken schien, wäre sie fast von ihm fortgerannt und glitt in einer Pfütze aus Kabeljauleber aus. Sie konnte sich aber noch rechtzeitig am Tischrand festhalten. In Rekordzeit glitt sie in einen Tartanrock, warf ein safranfarbenes Hemd über und schwang ein gemustertes Plaid über die Schulter. Der Schottenrock hatte sich einem Sperrfeuer von Käsetörtchen unterziehen müssen.

»Seh ich so schlimm aus wie du?« fragte sie, während sie Kuchenreste aus dem Haar klaubte.

»Schlimmer. Aber niemand wird uns sehen.« Mit dieser geheimnisvollen Bemerkung ging er zur Tapete an der gegenüberliegenden Wand, zog sie zur Seite und enthüllte eine Treppe, die in die dicke Steinwand hineingebaut war. Er nahm Fiona bei der Hand und führte sie in den dunklen kalten Geheimgang.

Kapitel 10

Zwei Stunden später waren sie sauber gewaschen, und Miles trocknete Fiona mit einem Plaid ab.

»Recht nützlich, nicht wahr?« murmelte sie, während sie das gemusterte Tuch um ihren fröstelnden Körper wickelte. Der schottische Sommer war einem nackten Sonnenbad nicht förderlich.

»Viele Dinge in Schottland sind nicht nur praktisch, sondern auch angenehm – wenn man sie nur ernsthaft ausprobiert.«

Sie hörte auf, sich das Haar zu trocknen. »Was spielt es für dich eine Rolle, ob ich die Schotten mag oder nicht? Ich verstehe, daß du mich in dein Bett ziehen wolltest; aber ich begreife nicht dieses dauernde ... Interesse an meinem Wohlbehagen.«

»Fiona, wenn ich dich nur in meinem Bett haben wollte, hätte ich das am ersten Tag haben können, nachdem man dich mir auslieferte.«

»Und du hättest einen wichtigen Teil deines Körpers unter meiner Axtschneide verloren«, fauchte sie.

Nach einer kurzen Verblüffung begann Miles zu lachen. »Du und diese Axt! Oh, Fiona, du warst so ein bezaubernder Anblick, als du mit deinen nackten Füßen aus dem Teppich herausschautest. Du warst ...«

»Du mußt nicht unbedingt so *laut* lachen«, sagte sie steif.

»Für mich war es kein Scherz. Und ich könnte dir immer noch entrinnen.«

Das ernüchterte ihn. Er zog sie neben sich auf den Boden herunter. »Ich möchte nicht noch einmal so eine Nacht erleben wie vorgestern. Rab war nicht in der Burg, und wir fanden tote Wölfe auf der Klippe. Und das Pferd, das du gestohlen hast, kam lahmend in die Burg zurück. Wir hatten wirklich Angst, daß du über die Klippe in das Meer hinuntergefallen wärst.«

Sie stemmte ihre Hände gegen seine Brust, weil er sie so eng umschlungen hielt, daß sie kaum noch atmen konnte. Als sie zu ihm aufsah, runzelte sie die Stirn. Sie hatte immer gedacht, daß sie den Mann hassen würde, der ihr die Unschuld raubte; doch Haß war ganz und gar nicht das Gefühl, das sie für Miles empfand. Zwischen ihnen gab es so etwas wie Kameradschaftsgeist, als wären sie immer zusammen gewesen und würden immer zusammen bleiben.

»Ist das immer so?« flüsterte sie und sah zu den Baumwipfeln hoch.

Ein paar Sekunden gingen hin, ehe Miles antwortete. »Nein«, sagte er so weich, als hätte der Wind an ihrem Ohr geflüstert.

Sie wußte, daß er verstanden hatte, was sie meinte. Vielleicht belog er sie, vielleicht würde er morgen wieder ihr Feind werden; doch im Augenblick war er es nicht.

»Tage wie diese habe ich zu meines Bruders Lebzeiten nicht erfahren«, sagte sie, und sobald sie mit ihren Bekenntnissen begonnen hatte, vermochte sie nicht mehr aufzuhören. Obwohl sie Miles bei jeder Gelegenheit Widerstand entgegengesetzt hatte, wußte sie nun, daß sie sich niemals in einer echten Gefahr befand – nicht in einer Gefahr, wie sie sie den größten Teil ihres Lebens hatte ausstehen müssen. In den letzten Wochen hatte sie Ritterlichkeit erfahren; hatte Liebe zwischen Alicia und Stephen gesehen, zwischen Miles und seinem Sohn – eine Liebe, die nicht belohnt werden wollte. Es war eine ganz neue Erfahrung in ihrem Leben.

Statt Horrorgeschichten von all den Gräßlichkeiten zu erzählen, die Edmund begangen hatte, sprach sie von den Bindungen an ihre beiden Brüder. Roger war noch sehr jung gewesen, als seine Eltern starben und er dem Regiment seines tückischen älteren Bruders ausgesetzt war. Er hatte alles getan, was in seiner Möglichkeit stand, um seine jüngeren Geschwister vor den Nachstellungen des Ältesten zu bewahren, wollte aber gleichzeitig sein eigenes Leben führen. Jedesmal, wenn Roger in seiner Wachsamkeit nachließ, wurde Fiona aus ihrem Frauenstift geholt und als Spielzeug in seinen bösartigen Ränken verwendet. Roger pflegte dann aus Schuldgefühlen und Gewissensbissen über sein Versäumnis zurückzuschlagen und seine Gelübde zu erneuern, daß er Brian und Fiona schützen wollte; doch stets machten ihm Edmunds schleimige Methoden einen Strich durch die Rechnung und untergruben seine guten Vorsätze.

»Er hatte nie jemanden außer uns gehabt«, sagte Fiona. »Roger ist siebenundzwanzig; doch er war nie verliebt, hatte nicht einmal Muße, einen Sommernachmittag auszuspannen. Er war schon mit zwölf ein alter Mann.«

»Und wie steht es mit dir?« fragte Miles. »Hast du nicht daran gedacht, daß du auch einmal lachen mochtest?«

»Lachen.« Sie schmiegte sich lächelnd an ihn. »Ich glaube nicht, daß ich in meinem Leben gelacht habe, bis ein gewisser junger Mann mit mir einen Abhang hinunterrollte.«

»Kit ist ein entzückendes Kind«, sagte Miles stolz.

»Kit, ha! Es war eine größere Gestalt, die selbst beim Rollen ihr feines Schwert vor Schaden schützte.«

»Auch das hast du bemerkt«, sagte er leise und schob eine Haarsträhne hinter ihr Ohr.

Eine Weile lang blieben sie stumm, während Fiona ihn mit verwirrten Augen betrachtete. »Du bist kein Entführer«, sagte sie schließlich. »Ich habe dich mit Männern und mit Frauen zusammen gesehen. Wenn du sonst nichts bist im Leben, so bist du jedenfalls gut zu Frauen. Warum läßt du mich also nicht frei? Nur weil, wie du sagtest, ich so viele … Probleme habe?«

Er nahm ihre Frage sehr ernst, und es dauerte eine Weile, ehe er antwortete. »Mein ganzes Leben lang schien ich die Gesellschaft von Frauen genossen zu haben. Mir gefiel nichts besser, als eine schöne Frau in meinen Armen zu halten. Meine Brüder schienen zu glauben, daß mich das zu einem geringeren Mann machte; doch ich vermute, man kann an seiner Veranlagung nichts ändern. Was dich betrifft, Fiona, sah ich etwas an dir, das ich noch nie zuvor bemerkt hatte – den Haß und Zorn eines Mannes. Meine Schwägerin Judith könnte vermutlich ganz England mobilisieren; doch sie ist auf die Kraft und Liebe meines Bruders angewiesen. Alicia liebt die Menschen und könnte jeden dazu bringen, ihre Befehle auszuführen; doch sie ist sich selbst nicht sicher und braucht Stephens unerschütterliches Selbstvertrauen, an dem sie sich aufrichtet.«

Er hielt kurz inne. »Aber du, Fiona, bist anders. Du könntest vermutlich allein existieren und würdest nicht einmal wissen, daß es noch andere Dinge im Leben gibt.«

»Warum dann ...«, begann sie. »Warum hältst du dann so jemanden wie mich als Gefangene? Sicherlich würde eine weichere, fügsamere Frau deinen Wünschen eher entsprechen.«

Er lächelte über den beleidigenden Ton, in dem sie diese Worte vorbrachte. »Leidenschaft, Fiona. Ich glaube, du bist entschieden das leidenschaftlichste menschliche Wesen auf Erden. Du haßt leidenschaftlich, und ich bin sicher, du wirst genauso leidenschaftlich lieben.«

Sie versuchte, von ihm wegzurücken, aber er drückte sie auf die Erde nieder und hielt sein Gesicht vor ihre Augen. »Du wirst nur ein einziges Mal in deinem Leben lieben«, sagte er. »Du wirst eine Zeit brauchen, ehe du deine Liebe verschenkst. Doch wenn sie einmal verschenkt ist, wird keine Macht der Erde – oder Hölle – diese Liebe zerbrechen.«

Sie lag ganz still unter ihm und sah in diese tiefen, grauen Pupillen hinauf, die über ihr brannten.

»Ich möchte dieser Mann sein«, sagte er leise. »Ich verlange mehr als deinen Körper, Fiona Chatworth. Ich verlange deine Liebe, deinen Geist, deine Seele.«

Als er sich vorbeugte, um sie zu küssen, drehte sie den Kopf zur Seite. »Du verlangst nicht viel, nicht wahr, Ascott? Ich habe dir mehr gegeben als irgendeinem anderen Mann – aber du denkst, ich hab noch mehr zu verschenken. Meine Seele gehört Gott, mein Verstand mir, und meine Liebe gilt meiner Familie.«

Er rollte sich von ihr weg und begann, sich anzukleiden. »Du fragtest mich, warum ich dich gefangenhalte, und ich hab es dir gesagt. Nun werden wir zu den MacGregor zurückkehren, und du wirst seine Leute kennenlernen. Der MacGregor ist sehr erzürnt darüber, daß du ein Messer gegen ihn gezogen hast, und du wirst dich dafür entschuldigen.«

Sie schüttelte den Kopf. »Er ist ein Freund der MacArrans, die mit meinen Feinden verwandt sind, den Ascotts« – sie lächelte süß –, »deshalb hatte ich jedes Recht dazu, mich zu schützen.«

»Richtig«, stimmte er ihr bei und reichte ihr ihre Kleider, »aber wenn der MacGregor nicht versöhnt wird, könnte das Probleme zwischen den Clans aufwerfen.«

Sie begann, sich mürrisch anzukleiden. »Das gefällt mir nicht«, murmelte sie. »Ich betrete nicht eine Halle, die mit fremden Männern bevölkert ist, ohne eine Waffe bei mir zu tragen.«

»Fiona«, sagte Miles geduldig, »du kannst nicht jedesmal eine Axt schwingen, wenn du zufällig auf eine Versammlung von Männern stößt. Zudem haben diese Schotten ihre eigenen schönen Frauen. Vielleicht sind sie gar nicht so hingerissen von deinem Charme, daß sie den Verstand verlieren und dich vergewaltigen wollen.«

»Das habe ich nicht gemeint!« fauchte sie und drehte sich von ihm weg. »Mußt du mich immer auslachen?«

Er legte seine Hand auf ihre Schulter. »Ich wollte nicht über dich lachen; aber du mußt anfangen zu begreifen, was normal ist und was nicht. Außerdem werde ich dir beistehen.«

»Und wer wird mir gegen dich beistehen?«

Hier leuchteten seine Augen auf, während er sacht mit der Hand an ihrer Brust entlangfuhr. »Du wirst Gefallen finden an dem Gedanken, daß niemand dich vor mir schützt.«

Sie entzog sich ihm und kleidete sich vollständig an.

Was Miles mit Fiona vorhatte, war ihrer Meinung nach die reinste Marter. Er drückte mit den Fingern ihren Ellenbogen zusammen, bis der Schmerz zu ihren Schultern hinaufschoß, und zwang sie, über einhundert Männern des MacGregor-Clans die Hand zu schütteln. Als sie mit dieser Prozedur fertig war, brach sie in einem Sessel an der Wand zusammen und führte mit zitternder Hand den Wein zu den Lippen, den Miles ihr reichte. Als er sie beglückwünschte, als wäre sie ein Hund, der einen dressierten Trick richtig ausgeführt hatte, sah sie ihn höhnisch an. Doch er küßte nur ihre Fingerspitzen und lachte.

»Du wirst dich daran gewöhnen«, sagte er zuversichtlich. Tatsächlich gewöhnte sie sich allmählich daran; doch das dauerte Wochen. Miles ließ keinen Moment in seinen Bemühungen nach. Er weigerte sich, sie hinter den Männern gehen zu lassen, und als sie sich dauernd umdrehte und die Männer hinter sich verstört musterte, gewöhnte er ihr auch das allmählich ab. Eines Tages ritten sie auf eine Jagd, und Fiona wurde von Miles getrennt. Drei Männer des MacGregor fanden sie und behandelten sie sehr zuvorkommend, aber als sie Fiona zu Miles brachten, sah er den nackten Terror in ihren Augen. Sogleich zog er sie auf sein Pferd, wiegte sie hin und her und redete ihr beruhigend zu. Doch als das nicht ausreichte, liebte er sie unter einem Birkenbaum.

Da war ein Mann im Clan des MacGregor, vor dem Miles sie nachhaltig warnte: vor Davey MacArran, dem Bruder von Alicia. Miles hatte eine entschiedene Antipathie gegen den Jungen, der tatsächlich jünger war als er selbst. Miles sagte mit tiefer Verachtung in der Stimme, daß Davey versucht hätte, seine eigene Schwester zu töten.

»Trotz aller Arroganz würden meine Brüder«, sagte Miles, »ihr Leben für mich opfern, wie ich es für sie hingäbe. Ich habe nichts übrig für Menschen, die sich gegen ihre eigene Familie stellen.«

»Wie du es von mir erwartest?« gab sie zurück. »Du verlangst, daß ich meine Brüder aufgebe und dir meinen Körper und meine Seele überlasse.«

Da glomm ein zorniger Funken in Miles' Augen auf, ehe er sie in dem Zimmer, das sie teilten, allein ließ.

Fiona ging zum Fenster und sah auf die Männer im Burghof hinunter. Was für ein seltsames Gefühl, zu wissen, daß sie sich dort unten zwischen den Männern bewegen konnte, wann sie wollte, ohne belästigt zu werden. Sie brauchte keine Angst zu haben, daß sie um ihr Leben kämpfen mußte. Sie fühlte keinen Drang, dieses Wissen auf die Probe zu stellen, doch es war angenehm, daran zu denken.

Der MacGregor schritt unter dem Fenster vorbei. Fast mußte sie lächeln, als sie das imponierende Gehabe des kolossalen Mannes beobachtete. Seine Eitelkeit hatte durch Alicia eine Niederlage erfahren, und später dann durch sie selbst; und als Miles sie praktisch vor ihn gestoßen hatte, würdigte der Clan-Chef sie kaum eines Blickes. Das war ihr noch nie zuvor passiert. Ehe sie wußte, was sie tat, hatte sie ihm Honig ums Maul geschmiert und ihn so weit gebracht, daß er sich in ein Gespräch verwickeln ließ. Das Gespräch hatte nur Minuten gedauert; doch sie hatte gespürt, daß sie ihn um den Finger wickeln konnte. Er mochte hübsche Frauen, und er war alt genug,, sich zu überlegen, ob hübsche Frauen auch ihn mochten. Fiona schlug sich diesen Gedanken rasch aus dem Kopf.

Später hatte Miles sie empört angesehen. »Du verwandelst dich ja rasch von einem verängstigten Kaninchen in eine Verführerin.«

»Meinst du, ich würde eine gute Verführerin abgeben?« spöttelte sie. »Lachlan MacGregor ist Witwer. Vielleicht ...«

Sie konnte den Satz nicht beenden, weil Miles sie so heftig küßte, daß ihr fast die Lippen aufplatzten. Die Fingerspitze an die Unterlippe gelegt, sah sie seinem breiten Rücken nach, als er sich von ihr entfernte – und lächelte. Sie begann zu begreifen, daß sie eine gewisse Macht über Miles besaß; aber sie wußte bisher noch nicht, wie groß ihre Macht war.

Während sie in den Burghof hinuntersah, kamen Männer, die die Kokarde der MacArran trugen, durch das Burgtor. Die MacGregors zeigten sich unbefangen; doch Fiona sah, daß das nur vorgetäuscht war, denn die Hände der Männer blieben immer in der Nähe ihrer Schwertgürtel. Miles trat aus dem steinernen Haus des MacGregor hinaus und redete auf die MacArrans ein.

Fiona sah ihm eine Weile zu, ehe sie sich mit einem Seufzer abwendete und begann, Miles' Habseligkeiten zusammenzusuchen. Sie wußte, daß sie nun bald aufbrechen würden.

Miles öffnete die Tür, blieb einen Moment stehen, sah, was sie tat, und begann ihr zu helfen. »Mein Bruder Gavin ist nach Larenston gekommen.«

»Mit Roger?« Sie hatte gerade das Samtcape in der Hand und hielt es still zwischen den Fingern.

»Nein, dein Bruder ist entflohen.«

Sie wirbelte zu ihm herum. »Unverletzt? Mit all seinen Gliedern?«

Miles' Augen weiteten sich einen Moment lang. »Soweit ich weiß, hat er noch all seine Glieder beisammen.« Er faßte ihre Hände. »Fiona.«

Sie entzog ihm ihre Hand. »Vielleicht solltest du eine von den hübschen Mägden des MacGregor hierher bestellen, daß sie dir beim Packen hilft.« Damit flüchtete sie zu dem Geheimgang hinter der Tapete.

Dort, obwohl sie sich mit aller Macht dagegen sträubte, schossen ihr die Tränen in die Augen. Sie stolperte in die schwarze Leere, konnte sich gerade noch an der Wand abstützen und setzte sich dann auf eine Steintreppe, während ein paar Ratten sich quietschend über diese Störung beschwerten.

Sie saß da und weinte, als wäre ihr Leben zu Ende. Sie wußte, daß sie gar keinen Anlaß zum Weinen hatte. Ihr Bruder war kein Gefangener mehr wie sie; es war ihm kein Leid geschehen. Und nun war Gavin Ascott hierhergekommen, zweifellos, um seinen jüngeren Bruder zu zwingen, sie freizulassen. Morgen um diese Zeit würde sie vermutlich schon auf ihrem Heimweg sein. Sie würde nie wieder fremden Männern die Hand schütteln müssen. Nie wieder würde sie eine Gefangene sein, sondern es stand ihr frei, zu ihrer eigenen Familie zurückzukehren.

Ein Geräusch auf den Stufen über ihr ließ sie zusammenzucken. Obwohl sie ihn nicht sehen konnte, wußte sie, daß Miles über ihr stand. Instinktiv streckte sie die Arme nach ihm aus.

Miles packte sie so fest, daß sie glaubte, ihr müßten die Rippen zerspringen, und doch tat sie nichts anderes, als sich umso fester an ihn zu klammern. Sie waren wie zwei Kinder, die sich vor ihren Eltern verstecken.

Für sie gab es keinen Staub oder Schmutz, keine zornig funkelnden kleinen Augen, die sie beobachteten, während sie an ihren Kleidern zerrten, die Lippen aufeinandergepreßt, die sich keine Sekunde voneinander lösten. Die Heftigkeit, mit der sie zusammenkamen, war etwas Neues für Fiona, da Miles bisher sehr vorsichtig mit ihr umgegangen war; doch als sie ihm die Nägel in den Rücken grub, reagierte er prompt. Die Kante der Treppe schnitt in ihren Rücken, als Miles ihre Hüften anhob und sie mit einer heftigen Leidenschaft nahm, doch die Gewalt der Leidenschaft, mit der sie ihn suchte, war um nichts geringer. Sie stemmte ihre Füße gegen die Treppe und schob sich mit der ganzen Kraft ihres jungen, zähen Körpers ihm entgegen.

Der Blitz, der sie durchschnitt, ließ sie schwach und zitternd zurück. Sie hielten sich umklammert, als müßten sie sterben, wenn sie sich wieder losließen.

Miles erholte sich zuerst. »Wir müssen gehen«, flüsterte er müde. »Sie warten unten auf uns.«

»Ja«, sagte sie. »Der große Bruder ruft.« Selbst in der pechschwarzen Dunkelheit spürte sie Miles' Blick auf sich ruhen.

»Habe keine Angst vor Gavin, Fiona.«

»Der Tag, an dem eine Chatworth Angst hat vor einem Ascott, ist noch nicht ...«

Er brachte sie mit einem Kuß zum Verstummen. »So gefällst du mir. Und wenn du deine Hände lange genug von mir nimmst, könnten wir nach Larenston reiten.«

»Du!« Sie versuchte, ihn zu schlagen, aber er raste vor ihr die Treppe hinauf, und als Fiona ihm zu folgen versuchte, zuckte sie zusammen, weil ihr ganzer Körper überall zugleich zu schmerzen begann. Sie kam hinkend durch die Tapetentür und hielt sich mit der Hand die Kehrseite. Miles' spöttisches Gelächter zwang sie, sich aufzurichten, was ihr noch mehr Schmerzen bereitete. »Wenn Frauen nicht immer unter dem

Mann liegen müßten ...«, fuhr sie ihn an und hielt abrupt inne, als sie den MacGregor entdeckte, der gegen eine Truhe gelehnt stand.

»Ich wollte sagen, daß ich hoffe, Ihr habt Euren Besuch bei mir genossen, Lady Fiona.« Der hünenhafte Mann zwinkerte ihr so lustig zu, daß Fiona mit hochrotem Gesicht zu packen begann und ihn geflissentlich übersah, so geflissentlich, daß sie gar nicht merkte, wie er sich hinter sie stellte.

Als seine Hände ihre Schultern berührten, fuhr sie keuchend zusammen, doch Miles faßte ihren Arm und warf ihr einen warnenden Blick zu.

»Auch Ihr habt uns Spaß gemacht, Fiona«, sagte der MacGregor, während er die grobe Nadel entfernte, die sie an ihrer Schulter trug, und sie durch eine große, runde silberne ersetzte, die die Kokarde des MacGregor trug.

»Vielen Dank«, sagte sie leise. Zu ihrer eigenen Überraschung und zur Verblüffung der beiden Männer, stellte sie sich auf die Zehenspitzen und küßte rasch die Wange des MacGregor.

Miles' Hand umspannte ihren Arm, und er sah sie mit solcher Freude an, daß sein ganzer Körper förmlich zu glühen schien.

»Süßes Mädchen, komm bald wieder zu uns zu Besuch.«

»Das werde ich tun«, sagte sie und lächelte offen, denn sie meinte, was sie sagte.

Gemeinsam stiegen die drei die Treppe zum Hof hinunter, wo die Pferde sie erwarteten. Fiona sah die Männer des MacGregor mit lebhafter Neugierde an, weil sie wußte, daß sie diese Männer vermissen würde. Freiwillig schüttelte sie einer Reihe von Männern die Hand, was ihr selbst wie ein Wunder erschien. Miles blieb dicht neben ihr, und sie war sich seiner Nähe durchaus bewußt, ihm sogar dankbar für seine Gegenwart; doch die Angst, Männer zu berühren und von ihnen berührt zu werden, war jetzt nur noch – Angst, kein Entsetzen mehr.

Sie war froh, als sie das Ende der Reihe erreichte und auf ihr Pferd steigen konnte. Hinter ihr versammelten sich Alicias Männer, Fremde für sie. Und sie hätte über die Ungerechtigkeit heulen können, daß sie einen Platz verlassen mußte, zu dem sie eben erst Zutrauen gewonnen hatte.

Miles beugte sich zu ihr hinüber und drückte ihr die Hand. »Denk daran, daß ich in deiner Nähe bin«, sagte er. Sie nickte einmal, gab ihrem Pferd die Sporen und galoppierte davon.

›Wie lange wirst du an meiner Seite bleiben?‹ wollte sie ihn fragen. Sie wußte eine Menge über Gavin Ascott. Er war ein habgieriger, treuloser Mann, der Alice Chatworth verschmäht und sie fast in den Wahnsinn getrieben hatte. Und Gavin war das Oberhaupt der Ascott-Familie. Obwohl Miles ein mutiger Mann war, war er doch erst zwanzig Jahre alt, und Gavin war der Vormund seines jüngeren Bruders. Würde Gavin sie Miles wegnehmen, sie als Figur in seinem eigenen Spiel gegen die Chatworth-Familie verwenden? Miles glaubte, daß Roger seine Schwester Mary Ascott umgebracht hatte. Würde dieser Gavin Fiona nun dafür verwenden, daß die Chatworth' die Ascotts entschädigten? »Fiona«, fragte Miles, »was denkst du?«

Sie gab sich nicht die Mühe, ihm zu antworten, sondern hielt den Kopf hochgereckt, als sie in Larenston einritten. Miles half ihr vom Pferd herunter. »Zweifellos befindet sich mein ältester Bruder in der Burg und brennt darauf, mir eine Abreibung zu geben«, sagte er augenzwinkernd.

»Wie kannst du nur darüber lachen?«

»Die einzige Art, mit meinem Bruder umzugehen, ist zu lachen«, sagte er ernsthaft. »Ich komme später zu dir zurück.«

»Nein!« keuchte sie. »Ich werde mit dir zusammen deinem Bruder entgegentreten.«

Miles legte den Kopf schief und betrachtete sie. »Ich glaube fast, du willst mich vor meinem Bruder schützen.«

»Du bist ein sanfter Mann, und …«

Darüber lachte Miles so laut, daß die Pferde scheuten, und gab ihr einen schallenden Kuß auf die Wange. »Du bist ein süßes, gutes Kind. Komm mit, und beschütze mich, wenn du willst; aber ich werde Gavins Zehen im Auge behalten.«

Gavin, Stephen und Sir Guy erwarteten sie im oberen Erkerzimmer. Gavin war so groß wie Miles, aber seine Züge waren noch ausgeprägter, habichtartiger. Der nackte Zorn leuchtete aus seinen Augen.

»Ist das Fiona Chatworth?« fragte Gavin durch zusammengepreßte Zähne. Er wartete die Antwort nicht ab. »Schick sie fort. Guy, kümmere dich darum!«

»Sie bleibt«, sagte Miles mit kühler Stimme und gab sich nicht die Mühe, seine beiden Brüder anzusehen. »Nimm Platz, Fiona.«

Sie gehorchte und sank in einen Sessel, in dem sie fast ertrank.

Nach einem wütenden Blick auf Fiona drehte sich Gavin Miles zu, der sich ein Glas Wein eingoß. »Tod und Verdammnis über dich, Miles!« brüllte Gavin. »Du kommst hier herein, als hättest du nicht um ein Haar einen Privatkrieg zwischen unseren Familien vom Zaun gebrochen. Und du bringst diese … diese …«

»Lady«, sagte Miles, während seine Augen dunkel wurden.

»Falls sie eine Lady war, möchte ich schwören, daß sie es jetzt nicht mehr ist, nachdem sie ein paar Wochen mit dir verbracht hat.«

Miles' Augen wurden tiefschwarz. Seine Hand ging zum Schwert; doch Sir Guy legte ihm rasch seine Hand auf die Schulter.

»Gavin«, warnte Stephen, »du hast kein Recht, irgend jemanden zu beleidigen. Sage, was du zu sagen hast.«

Gavin rückte dichter an Miles heran. »Weißt du, was deine kleine Eskapade unsere Familie kostet. Raine kann nicht einmal mehr sein Gesicht in der Öffentlichkeit zeigen, sondern muß sich in einem Wald verstecken; und ich habe den letzten Monat in der Gesellschaft dieses Bastards Chatworth verbracht – alles in dem Versuch, deine wertlose Haut zu retten.«

Fiona wartete darauf, daß Miles seinem Bruder erwiderte, Raines Ächtung sei nicht seine Schuld; doch Miles blieb stumm, während sich seine immer noch schwarzen Augen in die seines ältesten Bruders hineinbohrten.

Ein Muskel an Gavins Wange zuckte heftig. »Du wirst sie mir übergeben, und ich werde sie anschließend an ihren Bruder zurückreichen. Ich möchte hoffen, daß du inzwischen wieder zur Besinnung gekommen bist und sie freigibst. Ich bin sicher, daß du ihr die Unschuld geraubt hast, und das wird uns zweifellos ein wenig Geld kosten; aber …«

»Wird es dein oder Judiths Geld kosten?« fragte Miles ruhig und drehte seinem Bruder den Rücken zu.

Ein Schweigen senkte sich auf das Zimmer herunter, und selbst Fiona hielt den Atem an.

»Hört auf damit, ihr beiden«, rief Stephen endlich. »Und um Gotteswillen, Gavin beruhige dich! Du weißt, wie Miles sich aufführt, wenn du seine augenblickliche Favoritin beleidigst. Und du, Miles, du treibst Gavin zu weit. Miles, Gavin hat den Chatworth festgehalten, um dir eine Frist zu ermöglichen, in der du Lady Fiona freigeben konntest. Du kannst dir vorstellen, daß er – äh – enttäuscht war, als Chatworth flüchtete und du immer noch Fiona in deinem Besitz hattest. Du mußt sie jetzt lediglich mit Gavin zurückschicken, und alles wird wieder gut sein.«

Wieder hielt Fiona den Atem an, während sie Miles' Rücken

betrachtete. Und nach einer Sekunde spürte sie, daß Gavin sie ebenfalls musterte. In diesem Augenblick entschied sie, daß sie den Mann nicht mochte. Sie gab ihm seinen arroganten Blick mit gleichem Hochmut zurück. Dann sah sie zur Seite und bemerkte, daß Miles sie beobachtete.

»Ich werde sie nicht freilassen«, sagte Miles leise.

»Nein!« brüllte Gavin. »Bedeutet dir deine Familie überhaupt nichts? Möchtest du unseren Namen, den Namen von Generationen der Ascotts, dafür riskieren, daß eine Frau für dich die Beine breitmacht?«

Gavin war nicht auf den Schlag gefaßt, den Miles ihm mitten ins Gesicht pflanzte; aber es dauerte nur Sekunden, bis er sich faßte und seinerseits über Miles herfiel.

Kapitel 11

Stephen und Sir Guy wandten ihre ganze Kraft auf, um die beiden Männer zu bändigen.

Es war Gavin, der sich zuerst beruhigte. Er schüttelte Stephens Arme ab, ging zum Fenster, und als er in den Raum zurücksah, hatte er sich wieder in der Gewalt. »Schickt Lady Fiona aus dem Zimmer«, sagte er ruhig.

Sir Guy ließ Miles los, und Miles nickte Fiona zu. Sie wollte protestieren, wußte aber, daß dafür jetzt nicht der richtige Zeitpunkt war. Miles würde sie nicht ihrem Bruder übergeben, dessen war sie sich sicher.

Als die Männer unter sich waren, sank Gavin in einen Sessel. »Bruder gegen Bruder«, sagte er ächzend. »Chatworth würde vor Freude juchzen, wenn er wüßte, was er uns antut. Stephen, schenk mir einen Becher Wein ein.«

Als er den gefüllten Becher in der Hand hielt, fuhr er fort:

»König Heinrich hat angeordnet, daß diese Fehde zwischen den Ascotts und den Chatworth' aufhören müsse. Ich habe erklärt, daß unsere Familie an allen Zwistigkeiten unschuldig ist. Raine griff Chatworth erst an, nachdem er Mary vergewaltigt hatte und sie sich selbst das Leben nahm. Und ich weiß, daß du unschuldig bist an der Entführung dieser Lady Fiona.«

Gavin nahm einen mächtigen Schluck. Er war an diese einseitigen Gespräche mit seinem jüngsten Bruder gewöhnt. Es war viel schwieriger, Miles ein Wort zu entlocken, als ihm einen Zahn zu ziehen. »Hat dir diese Fiona von der jungen Sängerin erzählt, die bei ihr im Keller war, als Pagnell sie in einen Teppich einrollte? Du solltest sie danach fragen, denn inzwischen hat Raine diese Sängerin geheiratet.«

Miles' Augen weiteten sich ein wenig.

»Ah! Endlich bekomme ich eine Reaktion von meinem Bruder.«

»Gavin«, warnte Stephen, »was hat Raines Frau mit dem allen zu tun?«

Gavin schwenkte seine Hand hin und her. »Pagnell war aus irgendeinem Grund hinter ihr her, warf sie in ein Verlies, und Fiona Chatworth versuchte, sie zu retten. Dabei fiel sie Pagnell in die Hände, und aus Spaß lieferte dieser die Lady unserem lüsternen kleinen Bruder aus. Um Himmelswillen, warum hast du sie nicht gleich Roger Chatworth zurückgegeben, sobald du entdecktest, wer sie war?«

»Wie er uns unsere Schwester zurückgab?« erkundigte sich Miles ruhig. »Seit wann bist du so ein gewaltiger Friedensstifter?«

»Seit ich mitansehen mußte, wie unsere Familie durch den Haß auseinandergerissen wird. Ist dir noch nicht aufgegangen, daß der König auch ein Wort bei dieser Geschichte zu sagen hat? Er hat Raine geächtet, und er und Chatworth sind mit schweren Geldbußen belegt worden. Was wird er erst mit dir anstellen, wenn er hört, daß du die Chatworth-Schwester gefangenhältst?«

»Miles«, sagte Stephen, »Gavin macht sich deinetwegen Sorgen. Ich weiß, daß du inzwischen eine große Zuneigung zu dem Mädchen gefaßt hast; aber an dieser Sache ist mehr, als du zu denken scheinst.«

»Fiona verdient ein besseres Los, als in dieses Teufelsloch der Chatworth zurückgeschickt zu werden«, sagte Miles.

Da stöhnte Gavin laut auf und schloß einen Moment die Augen. »Du bist zu lange in Raines Gesellschaft gewesen. Egal, was du von Roger Chatworth halten magst, egal, was er getan hat, er hat es in dem Glauben getan, daß er im Recht sei. Ich habe Wochen mit ihm verbracht, und ...«

»Es ist bekannt, daß du dazu neigst, die Partei der Chatworth zu ergreifen«, sagte Miles unverfroren und spielte damit auf Gavins lange Affäre mit Lilian Chatworth an. »Ich werde sie nicht freilassen, und kein Wort, auch das des Königs nicht, wird mich dazu zwingen, meine Meinung zu ändern. Die Frau gehört mir. Wenn ihr mich jetzt entschuldigen wollt, ich möchte Alicia meine Aufwartung machen.«

Obwohl sie genau wußte, daß sie bei Miles bleiben durfte, lief Fiona unruhig im Zimmer auf und ab. Sie verfluchte sich, weil sie wußte, daß sie in Schottland bleiben wollte, an dem Ort bleiben wollte, wo sie zu lernen vermochte, keine Angst vor Menschen zu haben. Roger, dachte sie, teurer, wütender Roger, der nun irgendwo in England weilte und nach ihr suchte, halb wahnsinnig, daß er sie nicht fand. Doch sie hoffte von ganzem Herzen, daß er keinen Erfolg haben möge.

»Nur noch ein bißchen Zeit«, flüsterte sie. »Wenn ich noch einen Monat Frist bekäme, würde ich Schottland gerne wieder verlassen. Und ich werde Erinnerungen mitnehmen, die für mein ganzes Leben reichen.«

Sie war so vertieft in ihre Gedanken, daß sie gar nicht hörte, wie die Tür hinter ihr aufging, und als sie leichte Schritte vernahm, wirbelte sie herum, bereit, sich zu verteidigen.

»Hat es dir ... dir bei den MacGregors gefallen?« stammelte Kit, betroffen von der Wut in ihren Augen.

Sofort wurde Fionas Gesicht weich. Sie kniete sich nieder, öffnete die Arme und preßte das Kind fest an sich.

»Ich habe dich so sehr vermißt, Kit«, flüsterte sie. Und als ihre Augen wieder klar wurden, hielt sie ihn auf Armlänge von sich weg. »Ich wohnte in einem großen Zimmer mit einem geheimen Treppengang hinter einer Tapete, und dein Papa und ich hatten eine Pastetenschlacht, und anschließend gingen wir in einem sehr kalten See schwimmen.«

»Alicia hat mir ein Pony geschenkt«, sagte Kit. »Und Onkel Stephen bringt mir nun das Reiten bei. Was waren es denn für Pasteten?« Er beugte sich vor und flüsterte: »Hast du Papa wütend gemacht?«

»Nein.« Sie lächelte. »Nicht einmal dann, als ich ihn mit einer Kirschtorte mitten im Gesicht traf. Komm, setz dich zu mir, und ich werde dir erzählen, wie Alicias Hund mich vor den Wölfen rettete.«

Eine ganze Weile später fand Miles sie schlafend beisammen, beide mit vollkommen zufriedenen Gesichtern. Lange stand Miles über den beiden und betrachtete sie still. Als er gedämpfte Hufschläge im Burghof hörte und wußte, daß Gavin aufbrach, beugte er sich vor und küßte Fiona auf die Stirn. »Ich werde dir noch viele Kinder schenken, Fiona«, murmelte er und berührte Kits Wange. »Wollen doch mal sehen, nicht wahr?«

»Ich möchte das aber nicht!« sagte Fiona heftig und blickte Miles mit grimmigem Gesicht an. »Ich habe mich fast umgebracht, um alles zu tun, was du von mir verlangtest; aber ich bleibe nicht hier allein in der Burg, während du in der Gegend herumreitest und dir auf angenehme Weise die Zeit vertreibst.«

»Fiona«, sagte Miles geduldig, »ich gehe auf die Jagd, und du wirst nicht allein in der Burg sein. Alle MacArrans ...«

»MacArrans!« schleuderte sie ihm ins Gesicht. »All diese Männer drei Tage lang in meiner Nähe! Nein, ich bleibe nicht hier. Ich begleite dich auf die Jagd.«

»Du weißt, ich würde dich liebend gern mitnehmen, aber ich denke, du mußt hierbleiben. Es gibt Zeiten, wo ich nicht bei dir sein kann, und du mußt lernen ...« Er hielt inne, als sie sich abwendete.

»Ich brauche weder dich noch irgendeinen anderen Mann, Ascott«, sagte sie mit steifen Schultern.

Miles berührte sie mit der Hand, doch sie wich aus. »Fiona, wir haben viel zu viel durchgemacht, um uns wegen so einer Kleinigkeit zu entzweien. Ich denke, du solltest mit Kit bei den Männern bleiben und versuchen, deine Angst allmählich zu überwinden. Wenn du meinst, das wäre unmöglich, sag es mir, und selbstverständlich nehme ich dich dann mit auf die Jagd. Ich bin im Erdgeschoß.«

Fiona sah ihn nicht mehr an, bis er das Zimmer verlassen hatte. Inzwischen waren fast zwei Monate vergangen, seit Gavin Fionas Rückkehr gefordert hatte. In dieser Zeit hatte Fiona entdeckt, was das Wort ›Glück‹ bedeutete. Sie, Miles und Kit hatten wunderschöne lange Tage verbracht, hatten im frischgefallenen Schnee gespielt und zusammen gelacht. Und das Weihnachtsfest war so schön gewesen, wie sie es noch nie zuvor erlebt hatte – eine Familie vereint unterm Tannenbaum.

Alicia hatte ihr eine Menge beigebracht, nicht durch Vorträge, sondern durch ihr Vorbild. Fiona ritt zuweilen mit Alicia aus, um die Kleinbauern zu besuchen. Dabei hatte es immer wieder Momente der Panik gegeben, und einmal, als ein Mann ihr zu nahe kam, hatte sie ein Messer gezogen. Alicia war rasch eingeschritten und hatte Fiona beruhigt. Danach hatte es nie mehr feindselige Töne zwischen den beiden Frauen gegeben. Alicia schien Fiona als jüngere Schwester adoptiert zu haben und sah keinesfalls eine mögliche Rivalin in ihr. Als Alicia anfing, Fiona herumzukommandieren, wie sie das mit jedem zu tun pflegte, lehnten Miles und Stephen sich beruhigt zurück. Dreimal sagte Fiona zu Alicia, wo sie sich ihretwegen von der Klippe ins Meer stürzen könne, und Alicia hatte herzlich darüber gelacht.

Rab schien Fiona ebenfalls adoptiert zu haben, und oft weigerte er sich, beiden Frauen zu gehorchen und zog sich statt dessen schmollend in einen Winkel zurück.

Als Stephen den Hund einen Feigling schalt, fielen beide Frauen über ihn her.

Mit jedem Tag kamen Miles und Fiona sich näher. Manchmal, wenn sie Miles beim Training beobachtete und seinen nackten, vor Schweiß glitzernden Oberkörper sah, spürte sie, wie ihr die Knie weich wurden. Immer spürte Miles ihre Gegenwart in diesen Momenten, und die heißen Blicke, die er ihr dann zuwarf, brachten sie zum Beben. Einmal verfehlte Stephens Lanze Miles' Kopf nur um Haaresbreite, weil Miles sich von Fionas begehrlichen Blicken ablenken ließ. Stephen war so wütend gewesen, daß er Miles am Hals würgte.

»Noch einen Zoll mehr, und ich hätte dich töten können«, brüllte Stephen vor Wut.

Alicia und Fiona, Rab und Sir Guy – alle wurden in diesen Tumult hineingezogen. Stephen, der vor Zorn am ganzen Körper rot anlief, forderte von Miles, daß er Fiona sofort vom Übungsfeld entfernen solle. Miles ließ sich von der Wut seines Bruders nicht aus der Ruhe bringen, war aber sofort bereit, Stephens Begehren zu erfüllen. Und was für ein denkwürdiger Nachmittag das gewesen war! Denn trotz seiner äußerlichen Gelassenheit hatte Stephens ungewöhnlicher Zorn

Miles so aufgeregt, daß er Fiona abwechselnd attackierte und sich an sie klammerte. Sie liebten sich im Bett, quer über einem Sessel, wobei ihr die Lehne fast das Rückgrat zerbrach, und gegen eine Wand gelehnt. Unglücklicherweise drückte Miles Fiona gegen einen Wandteppich, und sie klammerte sich daran fest. Der schwere, verstaubte Gobelin fiel auf sie herunter und riß sie zu Boden; doch sie machten dort weiter, bis sie an ihrem Hustenanfall fast erstickten. Aneinandergekoppelt, krochen sie unter dem Gobelin hervor und machten auf dem kalten Steinboden weiter. Als sie, erhitzt und erschöpft, an diesem Abend zum Essen in der Halle erschienen, stimmte der gesamte MacArran-Clan ein heulendes Gelächter an. Stephen war immer noch zornig und erneuerte sein Gebot, daß Fiona sich vom Übungsgelände fernzuhalten habe.

Zwei ganze Monate und eine Woche waren sie nun zusammen, dachte sie – fast fünf Monate seit ihrer »Gefangennahme«.

Aber sie wußte, daß diese Episode nun zu Ende ging.

Gavin schickte Miles einen Boten. Roger Chatworth und Pagnell waren zusammen zum König geritten, und Roger hatte König Heinrich erzählt, daß Raine Ascott versuche, eine Armee gegen den König auszuheben und daß Miles Fiona als Geisel festhielte. Der König erklärte, wenn Miles Fiona nicht freiließe, würde er ihn als Verräter ächten lassen und alle seine Ländereien konfiszieren. Und was Raine betraf, so drohte der König, den Wald niederzubrennen.

Gavin hatte Miles gebeten, Fiona freizulassen. Miles sprach tagelang kein Wort mehr mit ihr; doch zuweilen sah er sie mit großer Sehnsucht an, und Fiona spürte nun, daß ihre Tage der Zweisamkeit gezählt seien. Miles drängte sie, mehr Zeit mit den MacArrans zu verbringen, als versuchte er, sie auf eine Zukunft vorzubereiten – eine Zukunft ohne ihn.

Fiona lebte nun in einem Zwiespalt. Einerseits wollte sie

lernen, wie man furchtlos mit Männern umgehen konnte; doch gleichzeitig wollte sie jede Minute mit Kit und Miles verbringen.

»Tod und Verdammnis!« murmelte sie, als sie allein im Zimmer war. Wie hatte sie zulassen können, daß sie als unabhängige Frau in diese totale Abhängigkeit geraten war?

Gavin war wieder nach Schottland gekommen, so wutgeladen diesmal, daß sein erster Besuch dagegen freundlich genannt werden mußte. Und zum erstenmal empfand Fiona Gewissensbisse, daß sie in der friedlichen Hausgemeinschaft der MacArrans bleiben wollte.

Als Miles in ihr gemeinsames Zimmer kam, bat sie ihn, ihr zu gestatten, daß sie mit Gavin nach England zurückkehrte. Sie hatte sich vorgenommen, ihm zu sagen, sie wollte beide Familien retten – die Ascotts wie die Chatworth' –, doch Miles ließ sie gar nicht erst zu Wort kommen. Stephens und Gavins Wutausbrüche waren ein mildes Säuseln im Vergleich zu Miles' Toben. Er fluchte in drei Sprachen, warf mit Gegenständen um sich, zerlegte mit bloßen Händen einen Stuhl und hieb mit einer Axt einen Tisch entzwei. Tam und Sir Guy mußten ihre ganze Kraft aufwenden, um ihn zu bändigen.

Gavin und Stephen hatten offensichtlich ihren kleinen Bruder schon öfter in diesem Zustand erlebt. Selbst Gavin gab nach Miles' Wutanfall auf und kehrte nach England zurück. Und Fiona fühlte sich elend, betrachtete mit tränennassen Augen Miles, der mit Drogen betäubt war. Roger und Miles, dachte sie immer wieder, Roger und Miles. Sie hatte ein Heim mit zwei Brüdern, und einer davon drehte jeden Stein auf den Inseln um, um sie zu finden; doch sie saß hier und vergoß Tränen über ihren Feind, einen Mann, der sie auch beschützt hatte. Sie mit Geduld und Güte behandelt und ihr bewiesen hatte, daß das Leben auch gut sein konnte.

Schlaftrunken öffnete Miles die Augen. »Hab ich dich erschreckt?« fragte er heiser.

Sie konnte nur nicken.

»Ich erschrecke mich selbst. Doch diese Anfälle kommen nicht oft.« Er nahm ihre Hand und drückte sie an seine Wange wie ein Kinderspielzeug. »Verlaß mich nicht mehr, Fiona. Du wurdest mir geschenkt; du gehörst mir.« Nach diesem so oft wiederholten Refrain glitt er wieder in den Schlaf hinüber.

Das war vor vier Tagen gewesen, knappe vier Tage erst, doch nun hatte er beschlossen, sie drei Tage allein zu lassen, während er und Stephen Wildschweine jagten. Vielleicht hatte Miles kein Gespür mehr für die Angst, die sie immer noch empfand. Vielleicht war er sich seiner Sache so sehr sicher, daß er glaubte, er könne sie immer an seiner Seite behalten. Doch Roger war unterwegs nach Schottland, und wenn er mit seiner Armee hier eintraf, was würde sie dann tun? Konnte sie zusehen, wie die MacArrans gegen ihren Bruder kämpften? Konnte sie zusehen, wie Roger und Miles sich im Zweikampf zerfleischten? Würde sie Kit auf ihren Armen halten und zusehen, wie Miles starb, oder würde sie Miles nachts in ihren Armen halten und das Blut ihres Bruders auf seiner Haut schmecken?

»Fiona?« fragte Alicia von der Tür her. »Miles sagte, du gehst nicht mit auf die Jagd.«

»Nein«, sagte sie mit einer Spur von Bitterkeit. »Ich muß hierbleiben und mich mit Männern umgeben. Männer hinter mir, Männer neben mir – Männer, die mir auf Schritt und Tritt nachsehen.«

Alicia beobachtete einen Moment lang schweigend die blonde Frau. »Machst du dir Sorgen um Miles oder deinen Bruder?«

»Um beide«, erwiderte Fiona aufrichtig. »War es für dich

so einfach, mit einem englischen Ehemann zu deinen Schotten heimzukehren? Hast du dich nie gefragt, ob du ihm trauen kannst?«

In Alicias Augen tanzte der Schalk. »Dieser Gedanke ist mir tatsächlich gekommen. Stephen verlangte lediglich von mir das Bekenntnis, daß ich ihn liebte. Aber ich war überzeugt, daß Liebe mehr ist als nur ein unbestimmtes Gefühl.«

»Und ist es mehr?«

»Ja«, sagte Alicia. »Es gibt Frauen, glaube ich, die einen Mann lieben trotz allem, was er ist; doch für mich war es wichtig zu wissen, daß Stephen nicht nur das war, was ich brauchte, sondern auch mein Clan.«

»Wenn du ihn aber geliebt hättest, von ganzem Herzen, und dein Clan hätte ihn gehaßt? Wenn du dich deinem Clan entfremdet hättest, indem du bei Stephen geblieben wärst?«

»Dann hätte ich mich für meinen Clan entschieden«, antwortete Alicia, während sie Fiona eindringlich musterte. »Ich hätte vieles aufgegeben, sogar mein eigenes Leben, um einen Krieg in meiner Familie zu verhindern.«

»Und das ist es, was ich deiner Meinung nach ebenfalls tun sollte!« schnaubte sie. »Du bist der Meinung, ich sollte zu meinem Bruder zurückkehren. Und jetzt, während Miles auf der Jagd ist, ist die Gelegenheit dafür ideal. Mit ein paar deiner Männer als Begleitung könnte ich ...« Sie hielt inne, als Alicia ihr fest in die Augen sah.

Schließlich sagte Alicia: »Ich respektiere den Willen meines Schwagers. Ich werde dir nicht zur Flucht verhelfen.« Fiona schlang die Arme um Alicias Hals. »Was soll ich tun? Du hast selbst erlebt, wie Miles sich aufführte, als ich sagte, ich würde zu Roger zurückkehren. Sollte ich versuchen, ihm noch einmal zu entfliehen? Oh, Himmel!« Sie schob Alicia wieder von sich fort. »Du bist auch nur einer von meinen Feinden.«

»Nein«, widersprach Alicia lächelnd. »Ich bin nicht dein

Feind. Und auch die Ascotts sind nicht deine Feinde. Wir haben dich alle lieben gelernt. Kit würde dir bis zum Ende der Welt folgen. Doch die Zeit wird kommen, wo du zu wählen hast. Und niemand von uns kann dir diese Entscheidung abnehmen. Nun komm nach unten, und gib Miles einen Abschiedskuß, ehe er wieder anfängt, meine Möbel zu demolieren. Wir sind damit nicht gerade reich gesegnet. Übrigens, weißt du, wie der Wandteppich auf den Boden gelangte?«

Fiona wurde glühendrot im Gesicht, und Alicia prustete vor Lachen, als sie zusammen die Treppe hinuntergingen.

»Fiona.« Miles lachte und zog sie in die dunkelste Ecke der Halle, wo er sie leidenschaftlich abküßte. »Ich bin doch nur drei Tage fort. Wirst du mich so sehr vermissen?«

»Du bist immer noch der beste von allen Teufeln. Wenn du zurückkommst, und ein halbes Dutzend Männer humpeln mit gebrochenen Zehen durch die Halle, ist das deine Schuld.«

Er streichelte ihre Wange. »Nachdem Sir Guy es so gut getroffen hat, werden sie dagegen nichts einzuwenden haben.«

»Was meinst du damit?«

»Alicia gab den häßlichen Riesen in die Pflege eines munteren, hübschen Mädchens, und nun sind die beiden unzertrennlich. Er muß für sie jeden Tag das Wasser holen, und wenn er mit einer Nadel umgehen könnte, würde er zweifellos ihre Hemdkragen besticken.«

Es fehlte nicht viel, und Fiona hätte Miles gegen das Schienbein getreten, denn das Hemd, das er unter dem schottischen Plaid trug, hatte sie für ihn mit Stickereien versehen.

»Holla, meine kleine Gefangene, benimm dich, oder ich schicke dich wieder nach Hause.«

Bei diesen Worten wurden ihre Augen hart; doch Miles lachte nur und küßte sie sanft in den Nacken. »Was du empfindest, steht in deinen Augen. Nun küsse mich noch einmal, und um so schneller werde ich zurück sein.«

Minuten später stand sie mit leeren Armen und schwerem Herzen da. Etwas würde passieren. Das wußte sie. Am liebsten hätte sie sich nun in ihrem Zimmer versteckt und wäre drei Tage dort geblieben; doch sie wußte, daß Miles recht hatte. Nun war die Zeit günstig dafür, die Furcht vor fremden Männern ein wenig abzubauen.

Am frühen Nachmittag arrangierte sie einen eigenen Ausflug. Sie wollte mit Kit und zehn Clans-Männern, Tam einbegriffen, zu einer Ruine reiten, von der Alicia ihr erzählt hatte. Kit konnte dort die Ruine erforschen, während sie daran arbeitete, ihre Angst zu überwinden.

Als sie die Ruine erreichten, hatte Fiona schon schreckliches Herzklopfen, vermochte aber Tam zuzulächeln, als er ihr vom Pferd herunterhalf. Als sie einen Mann hinter sich hörte, drehte sie sich nicht sofort um, sondern versuchte, ganz normal darauf zu reagieren. Als sie Jarl hinter sich sah, wurde sie mit einem stolzen Lächeln von dem jungen Mann belohnt, und Fiona wandte sich mit einem kurzen Lachen an Tam.

»Weiß denn jeder über mich Bescheid?«

»Mein Clan hat großen Respekt vor Euch, weil ihr Euch genauso lautlos in den Wäldern bewegen könnt wie jede schottische Frau, und wir mögen Leute, die ein Kämpferherz haben.«

»Ein Kämpferherz! Aber ich habe mich meinen Feinden ergeben.«

»Nein, Mylady«, erwiderte Tam lachend, »Ihr seid nur zur Vernunft gekommen und habt begriffen, was für feine Menschen wir Schotten doch sind – und im geringeren Maße auch die Ascotts.«

Fiona schloß sich dem allgemeinen Gelächter an.

Später, als sie auf einem Stein inmitten der alten Burgruine saß, beobachtete sie die Männer unter sich und begriff, daß sie eigentlich gar keine Angst vor ihnen hatte und wie gut ihr diese entkrampfte Haltung bekam. Sie hatte Miles Ascott viel zu verdanken.

Entweder war sie zu sehr in die Betrachtung der Männer vor sich versunken, oder vielleicht hatte ihre Wachsamkeit in den letzten paar Monaten nachgelassen, jedenfalls hörte sie zunächst das Pfeifen nicht, das aus den Bäumen hinter ihr kam. Als es in ihr Gehirn eindrang, wurde jede Zelle ihres Körpers hellwach. Zunächst schaute sie sich um, ob einer von den MacArrans auf das Signal aufmerksam geworden war. Kit spielte mit dem jungen Alex, und die beiden machten großen Lärm beim Spielen, während die Männer ihnen wohlwollend zusahen.

Langsam, als habe sie eigentlich kein Ziel vor Augen, verließ Fiona die Ruine und tauchte dann so lautlos wie eine Rauchwolke zwischen den Bäumen unter. Sobald sie sich im Schatten des Waldes befand, stand sie still und wartete, während die Tage ihrer Kindheit in ihrem Bewußtsein wieder lebendig wurden.

Brian war stets von seinen Geschwistern beschützt worden. Er war zwar älter als sie, wirkte jedoch jünger und hatte es nie geschafft, sich zu wehren wie Fiona. Wenn ein Mann Fiona angriff, hatte sie keine Gewissensbisse, ihm ein Messer in den Leib zu rammen; doch Brian brachte das nicht fertig. Unzählige Male hatte Fiona Brian zu Hilfe kommen müssen, wenn die Männer, die Edmund mit nach Hause brachte, sich ihre rüden Scherze mit ihm erlaubten. Während Edmund sich ausschüttete vor Lachen und seinen kleinen Bruder als Schwächling beschimpfte, hatten Roger und Fiona den jungen verkrüppelten Brian zu trösten versucht.

Tagelang hatte Brian sich in ein Versteck verkrochen und dort ohne Nahrung und Wasser gelebt, und für solche Gelegenheiten hatten sie ein Signal vereinbart. Roger und Fiona waren die einzigen, die dieses schrille hohe Pfeifsignal kannten, und sie waren stets zu Brians Versteck gekommen, wenn er sie mit diesem Pfeifsignal rief.

Nun wartete Fiona darauf, daß Brian sich zeigte. War er allein hier oder in Begleitung von Roger?

Der junge Mann, der nun auf der Lichtung erschien, war ein Fremder für Fiona, und einen Moment lang starrte sie ihn mit offenem Mund an. Er war immer auf eine zarte Weise gutaussehend gewesen, doch nun hatte er etwas Gespenstisches an sich mit seinem geisterblassen Gesicht.

»Brian?« flüsterte sie.

Er nickte schroff. »Du siehst gesund aus. Bekommt dir die Gefangenschaft so gut?«

Fiona war sprachlos über diese Begrüßung. So hatte sie ihren jüngeren Bruder noch nie reden hören. »Ist ... ist Roger bei dir?« fragte sie.

Brians hageres Gesicht wurde noch düsterer. »Sprich diesen elenden Namen nicht in meiner Gegenwart aus.«

»Was?« rief sie keuchend und ging auf ihn zu. »Wie redest du von deinem Bruder?«

Einen Moment lang wurden seine Augen weich, und er hob eine Hand, als wollte er Fiona über die Schläfe streichen; doch ehe er ihr Gesicht berührte, fiel seine Hand wieder herab. »Vieles ist geschehen, seit wir uns zuletzt gesehen haben.«

»Erzähl es mir«, flüsterte sie.

Brian rückte einen Schritt von ihr weg. »Roger kidnappte Mary Ascott.«

»Ich hörte davon. Ich kann mir jedoch nicht vorstellen, daß Roger ...«

Brian sah sie mit flackernden Augen an: »Glaubst du, Edmunds böses Blut fließt nicht auch in den Adern seiner Verwandten? Glaubst du, wir könnten der bösen Macht entrinnen, die unseren ältesten Bruder beherrschte?«

»Aber Roger ...« begann sie.

»Erwähne diesen Namen nicht noch einmal vor mir. Ich liebte diese Mary, liebte sie so sehr, wie ich nie mehr einen Menschen lieben kann. Sie war gütig, engelsgut, wünschte niemandem ein Leid; doch er – dein Bruder – vergewaltigte sie, und aus Scham und Entsetzen stürzte sie sich aus dem Fenster.«

»Nein«, entgegnete Fiona ruhig. »Ich kann das nicht glauben. Roger ist gut. Er tut keinem etwas Böses. Er hat diesen Krieg zwischen den Ascotts und Chatworth' niemals gewollt. Er nahm Lilian bei sich auf, als ihre eigene Familie sie nicht mehr haben wollte. Und er ...«

»Er griff Stephen Ascott von hinten an. Er lockte Alicia MacArran mit einer Lüge von ihrer Burg fort und hielt sie eine Weile lang gefangen. Als Mary starb, befreite ich Alicia aus ihrer Zelle und brachte den Leichnam von Mary zu ihrer Familie zurück. Haben sie dir von dem rasenden Zorn berichtet, der Miles Ascott überfiel, als er seine tote Schwester sah? Tagelang raste er vor Zorn.«

»Nein«, flüsterte Fiona und dachte dabei an Miles' jüngsten Wutanfall. »Sie haben sehr wenig mit mir über diese Fehde gesprochen.« Nach den ersten paar Tagen ihres Zusammenseins schien sie mit Miles ein stilles Abkommen getroffen zu haben, daß sie nicht über die Probleme ihrer Familien sprechen wollten.

»Brian«, sagte sie leise, »du siehst müde und abgezehrt aus. Komm mit mir nach Larenston, und ruh dich aus. Alicia wird dir ...«

»Ich werde keine Ruhe finden, solange mein Bruder noch am Leben ist.«

Fiona sah ihn entgeistert an. »Brian, du kannst doch nicht meinen, was du da sagst. Wir werden uns mit Roger in Verbindung setzen und über alles reden.«

»Du willst mich nicht verstehen, nicht wahr? Ich habe vor, Roger Chatworth zu töten.«

»Brian! Du kannst doch nicht an einem Tag vergessen, was er dir ein Leben lang Gutes getan hat. Erinnerst du dich noch, wie Roger uns immer beschützt hat? Wie er sein Leben riskierte, um dich an dem Tag zu retten, als Edmund dich niederritt und dein Bein zerquetschte?«

Brians Gesicht verlor nicht ein Quentchen von seiner Härte. »Ich liebte Mary, und Roger tötete sie. Eines Tages wirst du verstehen, was das bedeutet.«

»Ich mag hundert Leute lieben; aber das wird mir nicht meine Zuneigung für Roger nehmen, der so viel für mich getan hat. Selbst jetzt sucht er nach mir.«

Brian blickte sie fragend an. »War es nicht ein Kinderspiel für dich, deiner Wache zu entkommen? Wenn man dir so viel Freiheit läßt, warum flüchtest du nicht und kehrst zu Roger zurück?«

Fiona bewegte sich von Brian fort, doch er packte ihren Arm. »Sind es die Ascott-Männer, die dich hier festhalten? Welcher von ihnen ist es? Der verheiratete oder der junge?«

»Miles ist schon lange kein Junge mehr«, schnaubte sie.

»Alter kann zuweilen täuschen.« Sie hielt inne, als sie Brians Gesichtsausdruck sah.

»Du hast wohl vergessen, daß ich selbst die Familienburg der Ascotts besucht habe. Also ist es Miles, in den du dich verliebt hast. Eine gute Wahl. Er ist ein Mann, dessen feuriges Temperament dem deinen ebenbürtig ist.«

»Was ich für einen Ascott empfinde, ändert nichts an meinen Gefühlen für Roger.«

»Tatsächlich? Was hindert dich also, zu ihm zu gehen? Es kann doch nicht so schwierig sein, diesen Schotten zu entkommen. Du hast Edmund jahrelang zum Narren gehalten.«

Sie schwieg eine Weile. »Es ist nicht nur Miles' wegen. Hier herrscht eine Friedfertigkeit, wie ich sie noch nie zuvor gekannt habe. Niemand setzt mir ein Messer an die Kehle. In Larenston gibt es nachts keine unheimlichen Schreie. Ich kann offen einen Korridor hinuntergehen und muß nicht von einem schattigen Winkel zum anderen huschen.«

»Auch ich sah einmal einen Zipfel solchen Seelenfriedens«, flüsterte Brian, »doch Roger tötete ihn, und nun bin ich entschlossen, ihn zu töten.«

»Brian! Du mußt dich ausruhen und alles noch einmal überdenken, was du jetzt sagst.«

Er hörte nicht auf sie. »Weißt du, wo Raine Ascott ist?«

»Nein«, sagte sie erschrocken. »Er befindet sich irgendwo in einem Wald. Ich lernte eine Sängerin kennen, die bei ihm gewesen ist.«

»Weißt du, wo ich sie finden kann?«

»Was kümmert es dich, wo dieser Raine sich aufhält? Hat er dir etwas angetan?«

»Ich möchte ihn bitten, mir das Ritterhandwerk beizubringen.«

»Damit du mit Roger kämpfen kannst?« fragte sie betroffen und lächelte dann. »Brian, Roger wird niemals mit dir kämpfen. Und schau dich doch an. Du bist noch nicht halb so groß wie Roger und siehst aus, als hättest du eine Menge Gewicht verloren. Bleib hier, erhole dich ein paar Tage, und dann werden wir ...«

»Versuche nicht, mich zu bevormunden, Fiona. Ich weiß, was ich tue. Raine Ascott ist stark und weiß, wie man einen Mann zum Krieger ausbildet. Er wird mir beibringen, was ich wissen muß.«

»Erwartest du wirklich von mir, daß ich dir helfe?« fragte sie zornig. »Glaubst du ernsthaft daran, ich würde dir sagen, wo dieser Ascott steckt, selbst wenn ich es wüßte? Ich werde deinen Wahnsinn nicht unterstützen.«

»Fiona«, sagte er weich, »ich kam hierher, um dir Lebewohl zu sagen. Ich habe wochenlang in diesen Wäldern gelebt, auf den richtigen Zeitpunkt gewartet, um mit dir zu sprechen; aber du bist immer streng bewacht worden. Nun, da ich dich gesehen und gesprochen habe, kann ich nach England zurückkehren. Ich werde mit Roger kämpfen, und einer von uns beiden wird sterben.«

»Brian, bitte, überlege dir das anders.«

Als wäre er ein alter Mann, küßte er sie auf die Stirn.

»Lebe in Frieden, meine kleine Schwester, und bewahre mir eine freundliche Erinnerung.«

Fiona war zu betäubt, um etwas darauf antworten zu können; doch als Brian sich abwandte, fielen plötzlich Schotten von den Bäumen herunter. Stephen Ascott pflanzte sich mit gezogenem Schwert vor Brian Chatworth auf.

Kapitel 12

»Tu ihm nichts zuleide«, sagte Fiona mit belegter Stimme, obwohl sie nicht im geringsten fürchtete, daß Stephen ihrem jungen Bruder ein Haar krümmen würde.

Stephen sah sie kurz an und schob dann sein Schwert in die Scheide zurück. »Geht mit meinen Männern, und sie werden Euch zu essen geben«, sagte er zu Brian.

Mit einem letzten Blick auf Fiona verließ Brian die Lichtung, umgeben von den Männern des MacArran-Clans.

Fiona blickte Stephen einen Moment lang mit funkelnden Augen an, und in diesen Sekunden wurde ihr eine Menge klar.

Stephen besaß die Höflichkeit, ein wenig verlegen auszusehen. Mit einem schiefen Grinsen lehnte er sich gegen einen

Baum, zog einen Dolch aus der Scheide an seiner Wade und begann, an einem Stock herumzuschnitzen.

»Miles weiß nichts davon«, begann er.

»Du hast mich als Köder verwendet, um meinen Bruder zu fangen, nicht wahr?« stieß sie hervor.

»So könnte man es vermutlich nennen. Er trieb sich schon seit Tagen im Wald herum, lebte von Wurzeln und Beeren, und wir waren neugierig, wer dieser menschenscheue Bursche war und was er wollte. Zweimal, als du mit Miles zusammenwarst, kam er dir nahe; doch meine Männer vergraulten ihn wieder. Wir beschlossen, ihn zu dir zu lassen. Du warst nie allein; meine Männer und ich waren direkt über dir und hatten die Pfeile schußbereit auf der Sehne.«

Fiona setze sich auf einen großen Felsblock. »Es paßt mir nicht, daß ich als Köder mißbraucht werde.«

»Wäre es dir lieber gewesen, wir hätten nicht lange gefackelt und ihn getötet? Vor ein paar Jahren hätte kein Engländer, der das Land der MacArran betrat, lange genug gelebt, um zu Hause davon zu berichten. Doch der Junge schien so ... besessen, daß wir herausfinden wollten, was ihn hierhertrieb.«

Sie dachte einen Moment über seine Worte nach. Es gefiel ihr nicht, was er getan hatte, aber sie wußte, daß er im Recht war. »Und was gedenkt Ihr nun mit ihm zu tun, nachdem Ihr ihn gefangengenommen habt?« Sie reckte das Kinn in die Höhe. »Weiß Alicia von deinem Katz-und-Maus-Spiel?«

Sie war sich nicht sicher, glaubte aber zu sehen, wie Stephens Mundwinkel sich weiß färbten. »So, wie ich das Leben liebe, bin ich dankbar, daß sie es nicht weiß«, sagte er gefühlvoll. »Alicia hält nie etwas im Verborgenen – wenigstens tut sie so etwas sehr selten. Sie hätte den Jungen nach Larenston verschleppt, und Miles ...« Er beendete den Satz nicht.

»Miles' Haß auf die Chatworth' sitzt tief«, ergänzte sie.

»Nur auf die Männer.« Er lächelte. »Roger Chatworth war

schuld am Tod unserer Schwester, und Miles wird das vermutlich nicht so rasch vergessen. Du hast nur die Seite von ihm kennengelernt, die er den Frauen zeigt. Stelle ihn einem Mann gegenüber, der eine Frau verletzt hat, und du kennst ihn nicht wieder.«

»Du warst dir also sicher, daß Brian ein Chatworth ist?«

»Er sah mir danach aus.«

Fiona schwieg eine Weile. Brian hatte eben tatsächlich eine gewisse Ähnlichkeit mit Roger gehabt, diesen trotzigen Blick und einen Zorn, der sich hinter einem Ausdruck unbekümmerter Rücksichtslosigkeit versteckte. »Du hast gehört, was Brian sagte. Können wir ihn hier festhalten, damit er sich nicht mit Roger anlegt?«

»Ich denke, das könnte ihn seinen Verstand kosten. Er macht schon jetzt einen ziemlich wirren Eindruck.«

»Ja«, sagte sie mit belegter Stimme. »Er hat sich sehr verändert.« Sie sah fragend zu Stephen hoch.

»Ich glaube, ich werde genau das tun, was Brian verlangte: ich werde ihn zu meinem Bruder Raine bringen.«

»Nein!« rief Fiona und stand auf. »Raine Ascott wird ihn töten. Hat er nicht Roger angegriffen?«

»Fiona«, begütigte Stephen sie, »Raine wird den Jungen in sein Herz schließen, weil er Mary half. Man mag vieles an Raine auszusetzen haben, doch er ist fair. Und zudem«, fügte er mit einem leichten Lächeln hinzu, »wird mein Bruder den jungen Mann so hart hernehmen, daß ihm keine Zeit mehr bleibt für Haßgefühle. Spätestens nach drei Tagen wird er so erschöpft sein, daß er nur noch ans Schlafen denkt.«

Sie sah ihn einen Moment nachdenklich an. »Warum solltest du einem Chatworth zu Hilfe kommen? Mary war auch deine Schwester.«

»Ich dachte, wir Ascotts hätten dich belogen, was den Anteil deines Bruders an ihrem Tod betrifft.«

»Wenn Miles die Schwester eines fremden Mannes umbrächte, würdest du deinen Bruder hassen, ohne ihn auch nur zu fragen, warum er die Tat beging? Vielleicht war Roger an der Tat beteiligt; aber vielleicht gab es Gründe für sein Verhalten. Ich werde und will keinen meiner beiden Brüder ohne gerechtfertigten Grund verdammen.«

»Gut gesprochen«, sagte Stephen mit einem zustimmenden Nicken. »Ich empfinde keine Sympathie für deinen Bruder Roger für das, was er getan hat; doch das verarge ich ihm allein, nicht seiner Familie. Meine Brüder denken nicht so wie ich, was Gavins schroffes Verhalten dir gegenüber erklärt. Für ihn bedeutet die Familie alles.«

»Und hat Raine die gleiche Einstellung? Wird er Brian verdammen, wenn er ihm vor die Augen kommt?«

»Das wäre möglich. Deshalb werde ich Brian begleiten. Denn auf mich wird er hören, und, wie ich meinen Bruder kenne, wird unser Gespräch damit enden, daß er deinen Bruder adoptiert.« Er warf den Stock beiseite und steckte das Messer in die Scheide zurück. »Und nun muß ich mich verabschieden. Es wird Tage dauern, bis ich meinen Bruder finde.«

»Jetzt?« fragte sie. »Du willst fort, ehe Alicia und Miles von der Jagd zurückgekommen sind?«

»Oh, ja.« Er schnitt eine Grimasse. »Ich habe keine Lust, meiner reizenden Frau unter die Augen zu treten, wenn sie herausfindet, daß ich sie mit einem Trick von Larenston weggelockt habe, damit ich mir diesen englischen Eindringling allein vorknöpfen konnte.«

»Miles wird das auch nicht so gelassen hinnehmen, glaube ich«, sagte sie mit funkelnden Augen.

Stephen stöhnte, und sie meinte lachend: »Du bist ein Feigling, Ascott.«

»Von der schlimmsten Sorte«, stimmte er ihr sofort zu und wurde dann ernst. »Wirst du für mich beten, während ich fort bin? Wenn Raine und Brian sich vertragen, könnten wir vielleicht etwas bewegen, damit dieser Familienzwist ein Ende hat.«

»Das würde mir gefallen«, antwortete sie. »Brian ist ein liebenswürdiger, gütiger junger Mann, und Roger liebt ihn sehr. Stephen«, sagte sie mit leiser Stimme, »würdest du mir eine ehrliche Antwort geben, wenn ich dich etwas frage?«

»Das bin ich dir schuldig.«

»Hat einer von euch Roger gesehen?«

»Nein«, antwortete Stephen. »Er ist wie vom Erdboden verschwunden. Die MacGregors halten Ausschau nach ihm, und meine Männer sind ebenfalls gewarnt. Wir hätten dich um ein Haar schon einmal verloren, und das wird uns nicht mehr passieren. Aber bisher – nein, wir haben keine Spur von Roger Chatworth entdeckt.«

Einen Moment lang standen sie stumm voreinander und sahen sich an. Vor wenigen Monaten war dieser Mann noch ihr Feind gewesen – ein Feind wie alle Männer. Da ging sie einen Schritt auf ihn zu, trat dicht an ihn heran, streckte den Arm aus und legte die Hand an seine Wange.

Stephen schien zu verstehen, was für eine Ehre sie ihm damit antat. Er nahm ihre Hand und küßte sie auf der Innenseite. »Wir Ascotts sind Herzensbrecher«, sagte er mit einem Augenzwinkern. »Wir werden diese Fehde nicht mit Schwertstreichen, sondern mit Liebesschwüren beenden.«

Sie wich vor ihm zurück, als wäre sie beleidigt; doch sie konnte ein Lächeln nicht unterdrücken. »Ich werde gern für dich beten. Aber geh jetzt, ehe Miles dich mit mir ertappt und dir eine Tracht Prügel verabfolgt.«

Er zog eine Augenbraue in die Höhe. »Armer kleiner Bruder, das hast du davon, wenn eine Frau sich entschlossen hat, dich zu ihrem Eigentum zu erklären.« Damit ließ er sie auf der Lichtung zurück.

Fiona saß noch eine Weile allein im Wald, und jetzt, wenn sie genau hinhörte, vermochte sie auch die MacArrans auszumachen, die sich noch in ihrer Nähe befanden. Zwei Männer saßen in den Bäumen über ihr. Weit entfernt konnte sie Kits Lachen hören und Tams Baßstimme, die ihm Antwort gab.

In den letzten Monaten hatte die Schärfe ihrer Sinne erheblich nachgelassen. Sie sah das zornige Gesicht ihres jungen Bruders vor ihrem inneren Auge, und sie wußte, daß sie früher ebenfalls von so starken Haßgefühlen erfüllt gewesen war. Sie hoffte von ganzem Herzen, daß es Stephen gelingen möge, Brians Haß zu mildern. Oder vielleicht gelang es diesem Raine Ascott, in diesem Sinne auf ihren Bruder einzuwirken.

Mit schwerem Herzen kehrte sie zu der Burgruine und dem Gelächter von Kit zurück. In ein paar Tagen würde sie sich mit Miles' Zorn auseinandersetzen müssen. Das würde sie von ihren Problemen ablenken.

Alicia kehrte am folgenden Tag nach Larenston zurück. Als erstes suchte sie ihren fünf Monate alten Sohn Alexander auf. Das Kind hatte eine Amme, da Alicia viel zu oft von der Burg abwesend war, um ihn regelmäßig stillen zu können; doch sie sorgte dafür, daß der Junge genau wußte, wer seine Mutter war. Als sie nun ihren Sohn auf ihren Armen wiegte, während Rab ihr zu Füßen lag, berichtete ihr Fiona von Brian und Stephens Entschluß, ihn zu Raine zu bringen.

Alicias Augen sprühten Blitze. »Verdammnis über ihn«, murmelte sie, beruhigte sich aber sofort, als Alex zu greinen begann. »Still, mein Kleiner«, summte sie zärtlich. Als Alexander zu weinen aufhörte, sah sie wieder zu Fiona hoch.

»Es gefällt mir nicht, daß er dich als Köder mißbrauchte. Er hätte deinen Bruder hierher bringen sollen. Stephen vergißt wohl, daß Brian Chatworth mich aus den Klauen deines Bruders befreite. Ich hätte dem Jungen kein Härchen gekrümmt.«

»Ich glaube eher, Stephen machte sich Miles' wegen Sorgen – daß er Brian etwas antun könnte.« Fiona beugte sich vor und strich über das seidenweiche Haar auf Alexanders Kopf.

Alicias scharfem Blick entging nichts. »Und wann wirst du dein Baby bekommen?« fragte sie leichthin.

Fiona sah ihr nur stumm in die Augen.

Alicia stand auf und trug ihren Sohn zur Wiege zurück. »Morag berichtete mir, seit du hier bist, hättest du nicht einmal geblutet. Du bist doch nicht krank, oder?«

»Bin es nie gewesen. Ich war mir nur nicht sicher, was mit mir nicht stimmen könne; doch es dauerte nicht lange, bis ich begriff. Wem hast du davon erzählt?«

»Niemandem. Nicht einmal Stephen. Oder, vor allem nicht Stephen. Er würde zweifellos das Ereignis sofort feiern wollen. Hast du vor, Miles zu heiraten?«

Fiona steckte das weiche Plaid um Alexanders Füße fest.

»Er hat mich nicht um meine Hand gebeten; doch selbst wenn er das täte, würde uns nicht nur der Heiratsschwur und das Kinderkriegen verbinden. Für Roger wäre die Tatsache, daß ich eine Ascott würde, kein hinreichender Grund, mich freizugeben. Er müßte erst wissen, daß ich aus freien Stücken sein Haus verließ und nicht gezwungen wurde.«

»Und würde Miles dich denn gezwungen haben?« erkundigte sich Alicia mit ruhiger Stimme.

Fiona lächelte. »Du weißt so gut wie ich, daß er mich zu gar nichts zwang. Aber ich glaube nicht, daß Miles so gerne mit mir verheiratet wäre. Ich würde von meinem Ehemann Treue verlangen, und Miles Ascott weiß gar nicht, was dieses Wort bedeutet.«

»Ich würde an deiner Stelle keinen der Ascott-Männer unterschätzen«, antwortete Alicia. »Sie mögen dir arrogant erscheinen, unbeugsam; aber es ist mehr an ihnen als nur ein hübsches Gesicht und ein männlicher Körper.«

»Soso«, meinte Fiona lachend und verließ das Zimmer.

Am nächsten Tag kehrte Alicia wieder zur Jagdgesellschaft zurück, und während Fiona als hilflose Jungfrau in Nöten die Hände rang und Kit sie von einem feuerspeienden dreiköpfigen Drachen befreite, fiel Fiona plötzlich aus der Rolle.

»Fiona!«, wies Kit sie zurecht, während er ein Holzschwert über seinem Kopf schwang.

Sie konnte ihm nicht erklären, weshalb ihr plötzlich eiskalte Schauer über den Körper liefen. »Miles«, flüsterte sie dann. Und zu der Amme gewandt, die Alex auf ihren Armen hielt, rief sie: »Ihr paßt auf Kit auf!« Damit stürmte sie die Treppe hinunter und hinaus auf den Burghof.

Als sie die Ställe erreichte, hatte sie die Hand bereits auf einem Sattel, ehe Douglas sie einholen konnte. »Ich kann Euch nicht fortlassen«, sagte Douglas mit bedauernder Stimme.

»Geh mir aus dem Weg, du Tor!« fuhr sie ihn an. »Miles ist in Schwierigkeiten, und ich reite zu ihm.«

Douglas verlor keine Zeit damit, sie auszufragen, woher sie denn das wisse, da kein Bote von der Jagdgesellschaft in die Burg gekommen war; sondern er verließ den Stall wieder, ließ drei leise Pfiffe hören, und binnen Sekunden standen zwei seiner Brüder neben ihm.

Fiona war nicht daran gewöhnt, ihr Pferd selbst zu satteln, und sie brauchte ungebührlich lange dafür; doch die Männer halfen ihr nicht dabei. Douglas prüfte nur den Sitz des Sattelgurtes, ehe er ihren Fuß packte und sie praktisch in den Sattel warf. Fiona zuckte nicht einmal mit der Wimper, als er ihren Körper berührte.

Als sie durch das Burgtor sprengten, hatte Fiona keine Ahnung, wohin sie reiten sollte, doch dann sammelte sie sich in Gedanken, beschwor Miles' Angesicht vor ihr inneres Auge und gab ihrem Pferd die Sporen, daß Douglas, Jarl und Francis ihr kaum zu folgen vermochten. Die vier Pferde donnerten über die enge Landbrücke, lenkten nach rechts und nahmen den Pfad auf der Klippe.

Fiona hatte keine Angst vor dem Abgrund neben dem steinigen Pfad, noch vor den Männern hinter ihr. Als sie wieder auf flachem breitem Boden ritten, hielt sie nur sekundenlang an. Links von ihr befand sich das Territorium der MacGregors, und zu ihrer Rechten dehnte sich unbekanntes Gebiet. Sie lenkte ihr Pferd nach rechts, als habe ihr jemand den richtigen Weg zugeflüstert.

Einmal riefen die Männer ihr eine Warnung zu; sie bückte sich tief über den verschwitzten Hals ihres Pferdes und vermied mit knapper Not einen Zusammenstoß mit einem niedrig hängenden Ast. Bis auf diesen Warnschrei blieben die Männer hinter ihr stumm, da sie sich darauf konzentrieren mußten, ihr auf den Fersen zu bleiben.

Nach einem langen Ritt kam Rab bellend aus dem Unterholz gesprungen. Er schien Fiona bereits zu erwarten und war ihr entgegengeeilt, um auf dem letzten Teil des Weges die Führung zu übernehmen.

Fiona mußte nun ihr Pferd zu einer langsamen Gangart zwingen, und die vier Reiter und Rab mühten sich durch dichtes Unterholz zu einer Stelle, wo die Bäume so dicht zusammen standen, daß selbst die Sonne nicht hindurchzudringen vermochte.

Rab begann wieder zu bellen, ehe ihnen Menschen zu Gesicht kamen. Alicia und ihre Männer standen in einer Gruppe beisammen und blickten auf etwas am Boden nieder. Sir Guy kniete im Moos.

Alicia drehte sich um, als der Hund anschlug, und sah überrascht zu Fiona hoch.

Fionas Pferd war noch in Bewegung, als sie bereits zu Boden glitt und die Männer, die ihr im Weg standen, mit den Armen beiseiteschob.

Miles lag mit geschlossenen Augen am Boden. Sein ganzer Körper war voll Blut. Seine Kleider waren zerrissen, und sie konnte tiefe klaffende Wunden in seinem Fleisch sehen, an seiner linken Hüfte und an seiner rechten Seite.

Sie schob auch Sir Guy zur Seite, kniete nieder, zog Miles' Kopf in ihren Schoß und begann, mit ihrem Rocksaum das Blut von seinem Gesicht abzuwischen.

»Wach auf, Ascott«, sagte sie mit fester Stimme, ohne Mitleid und Anteilnahme. »Wach auf und schau mich an.«

Es schien eine Ewigkeit zu dauern, ehe Miles' Wimpern zu flattern begannen. Als er sie erblickte, lächelte er ein wenig und schloß die Augen wieder. »Engel«, flüsterte er und lag still.

»Wasser«, rief Fiona zu den verblüfften Gesichtern über ihr hinauf. »Ich brauche Wasser, um seine Wunden waschen zu können. Befindet sich ein Bauernhaus in der Nähe?«

Alicia hatte nur Zeit zum Nicken, ehe Fiona fortfuhr: »Geht und räumt das Haus für ihn. Bringt die Bauern nach Larenston; aber laßt mich mit ihm alleine dort. Schickt Morag mit ihren Kräutern hierher, und ich brauche scharfe Stahlnadeln und Faden. Guy! Holt ein großes Plaid, und darin werden wir ihn zu der Hütte tragen. Nun!« fuhr sie die Männer an. »Bewegt euch, an die Arbeit!«

Sogleich liefen die Männer in alle Richtungen auseinander.

Alicia warf Fiona lächelnd einen Blick zu: »Bist du sicher, daß du nicht eine Schottin bist?« sagte sie, und dann war sie schon unterwegs nach Larenston.

Fiona, die jetzt ein paar Minuten lang alleine war, flüsterte, ihn in den Armen haltend: »Es wird alles gut werden, Ascott. Dafür sorge ich schon.«

Sie verschwendete keine Zeit mehr an Sentimentalitäten, sondern nahm den Dolch, der neben ihr auf dem Boden lag, und schnitt damit den Stoff seiner Kleider entzwei, damit sie seine Wunden untersuchen konnte. Es schien mehr Blut an ihnen zu kleben, als der Körper eines Mannes überhaupt zu fassen vermochte.

Rab kam zu ihr, als sie Miles' Hemd über der Brust auftrennte. »Woher stammt das viele Blut, Rab?« fragte sie. »Geh und finde mir den Übeltäter, der ihm das angetan hat.«

Der Hund bellte zweimal laut und ließ sie dann allein.

Fiona atmete erleichtert auf, als sie an Miles' Oberkörper nur eine einzige Schnittwunde entdeckte, die zudem nicht sehr tief war, aber dennoch genäht werden mußte. Sie entdeckte mehrere lange blutende Schnittwunden an seinem linken Arm, die jedoch nicht lebensgefährlich waren. Die Verletzungen an seinen Beinen waren eine andere Sache. Die Wunde an seinem Schenkel war sehr tief und häßlich, und sie entdeckte noch weitere Verletzungen an seinem Körper.

Sie hob ihn sachte an und versuchte, unter ihn zu kriechen, um auch den Rücken nach Wunden abzusuchen.

Mit einem schmerzlichen Stöhnen öffnete Miles die Augen, sah sie an und dann seinen nackten Körper. »Du mußt in der Oberlage bleiben, Fiona, oder ich mache dich ganz voller Blut.«

»Still!« schalt sie ihn. »Wahre deine Kräfte für den Tag auf, wo du wieder gesund bist.« Während sie noch mit ihm redete, zerrte Rab den Kadaver eines riesigen Keilers mit langen Hauern aus dem Unterholz hervor. Die Schnauze des toten Tieres war voller Blut, und sie sah mehrere klaffende Schwertwunden in seiner Seite.

»Du hast also ein Turnier mit einem Eber ausgetragen«, sagte sie unwillig, während sie das Plaid von ihren Schultern nahm und ihn vorsichtig darin einwickelte. »Aber du hast ja darauf bestanden, allein auf die Jagd zu gehen.«

Ehe sie noch ein Wort sagen konnte, zerrte Rab abermals einen Eber hervor, den er neben den ersten legte. Auch dieser war von Schwerthieben zerfetzt.

Fiona begann, Miles' schmutziges Gesicht zu säubern. »Wir werden dich nur ein kurzes Stück weit tragen, zu einer Stelle, wo es warm ist und wo du deine Ruhe haben wirst. Und jetzt bleibst du ganz ruhig liegen.«

Sir Guy trat mit einem Mann und einer Frau durch das Unterholz. Sie hatten ihre Arme mit großen schweren Plaids behängt.

»Ich habe eine kräftige Fleischbrühe mit Gerstengrütze auf dem Feuer«, sagte die Frau. »Und ein paar Haferkuchen im Herd. Alicia wird noch mehr Plaids hierher schicken, wenn Ihr sie benötigt.«

Sir Guy kniete sich neben Miles nieder, hob das Plaid an und betrachtete stirnrunzelnd die Wunden. Er blickte überrascht hoch, als Rab einen dritten Wildschwein-Kadaver auf die Lichtung zerrte.

»Wieviele von ihnen liegen dort im Gebüsch?« fragte Fiona.

»Fünf«, antwortete Sir Guy. »Sein Pferd muß ihn mitten zwischen eine Familie von Wildschweinen geworfen haben. Er hatte nur sein Schwert und den kleinen Dolch bei sich; doch es gelang ihm, alle fünf Wildschweine zu töten und sich anschließend noch hierher zu schleppen. Rab führte uns zu den Wildschweinen, rannte aber wieder fort, ehe wir Lord Miles fanden.«

»Er lief mir entgegen«, sagte Fiona. »Könnt Ihr Miles tragen?«

Scheinbar mühelos hob Sir Guy den Verletzten vom Boden

und nahm seinen jungen Meister auf die Arme, als wäre er ein kleines Kind. Sogleich begannen seine Wunden wieder zu bluten.

»Vorsichtig!« rief Fiona schrill, doch Sir Guy brachte sie mit einem Blick wieder zum Schweigen.

Er ging, Miles auf den Armen, voran, suchte sich einen Weg zwischen den Bäumen bis zur Hütte der Kleinbauern und bettete ihn dort vorsichtig auf eine Pritsche an einer Wand. Es war eine winzige, dunkle, aus einem Raum bestehende Hütte, in der die offene Feuerstelle die einzige Lichtquelle darstellte. Ein roh gezimmerter Tisch, zwei Stühle und die Pritsche bildeten das Mobiliar. Ein Wasserkessel summte über dem Feuer. Fiona nahm das Tuch, daß man für sie bereitgelegt hatte, tauchte es in das Wasser und begann, Miles zu waschen. Sir Guy hob den Verwundeten an, half ihr, die noch auf Miles' Körper klebenden Kleiderfetzen zu entfernen, und zu Fionas Erleichterung stellten sich die Verletzungen auf seinem Rücken nur als geringfügige Prellungen und Kratzer heraus.

Sie war fast fertig mit der Reinigung, als Morag mit Alicia eintraf. Morag hatte einen großen Korb mit Heilmitteln bei sich.

»Ich sehe nicht mehr so gut wie früher«, sagte Morag, als sie Miles' nackten Körper betrachtete, auf dem sich die klaffenden Wunden rot abzeichneten. »Ich kann ihn nicht allein versorgen.«

»Das übernehme ich«, sagte Fiona rasch. »Sag mir nur, was ich tun muß.«

Ein Stoff ließ sich leichter zusammennähen als Fleisch und Sehnen, mußte Fiona bald erfahren. Jedesmal, wenn sie mit der Nadel in Miles' Haut stach, zogen sich die Muskeln in ihrem Körper zusammen.

Miles lag stumm und regungslos auf der Pritsche und atmete kaum, während Fiona die Wunden an seinem Körper vernähte. Der große Blutverlust hatte seiner Haut eine graue Farbe verliehen. Alicia fädelte die Garne ein, schnitt die Fäden ab und half beim Verknoten.

Als Fiona mit ihrer Arbeit endlich fertig war, zitterte sie am ganzen Körper.

»Trink das!« befahl Alicia.

»Was ist das?« fragte Fiona.

»Das weiß der Himmel. Ich habe mir schon lange abgewöhnt zu fragen, was Morag in ihren Heiltränken als Zutaten verwendet. Was es auch ist, es wird abscheulich schmecken, doch du wirst dich danach viel besser fühlen.«

Fiona trank von der Brühe, lehnte sich gegen die Wand und ließ Miles nicht aus den Augen. Als Morag einen Becher von dem Arzneitrank an Miles' blasse Lippen hielt, drückte sie rasch ihren eigenen Becher Alicia in die Hand und ging zu ihm.

»Trink das«, flüsterte sie und stützte seinen Kopf. »Du mußt deine Kraft wiedergewinnen.«

Seine Augen bewegten sich, seine Wimpern teilten sich kaum, als er zu ihr hochsah. »Es lohnte sich«, flüsterte er, während er Morags Gebräu langsam hinunterschluckte.

Morag schnaubte spöttisch. »Er wird ein Jahr lang im Bett bleiben, wenn Ihr ihn verhätschelt.«

»Nun, wenn schon!« gab Fiona schroff zurück.

Alicia lachte. »Komm zu mir, Fiona. Setz dich, und ruh dich aus. Ich möchte gerne von dir erfahren, woher du wußtest, daß Miles verwundet war. Wir hatten ihn eben erst entdeckt, als du mit dem Pferd bei uns ankamst.«

Fiona setzte sich neben Miles' Kopf auf den Boden, lehnte sich gegen die Wand und zuckte mit den Achseln. Sie hatte keine Ahnung, woher sie wußte, daß er verletzt war; doch sie *hatte* es gewußt.

Ihre Ruhepause war nur von kurzer Dauer. Schon nach Minuten, wie es ihr schien, hatte Morag etwas Neues vorbereitet, das sie Miles mit dem Löffel eingeben mußte.

Die Nacht brach herein, und Alicia ritt nach Larenston zurück. Fiona saß neben Miles und beobachtete ihn. Sie wußte, daß er nicht schlief, während Morag schlaftrunken auf einem Stuhl einnickte.

»Was ...«, flüsterte Miles. »Was ist das für eine Frau, die Raine hat?«

Fiona dachte, er phantasierte im Fieber, da sie weder Raine noch dessen Frau kannte.

»Sängerin«, flüsterte Miles, »Pagnell.«

Diese Worte waren Hinweis genug, daß sie verstand. Sie war überrascht, daß einer von den Ascott-Lords eine niedriggeborene kleine Sängerin heiratete. Fiona erzählte Miles die Geschichte, wie sie Clarissa kennengelernt, ihre außergewöhnliche Stimme gehört und später versucht hatte, die Sängerin vor Pagnells Klauen zu retten – was zu ihrer eigenen Gefangenschaft geführt hatte.

Miles lächelte über ihre Schlußbemerkung und tastete nach ihrer Hand. Er hielt sie immer noch fest, als er kurz vor Sonnenaufgang einschlief.

Morag erwachte und begann, ein anderes Bündel von Kräutern, getrocknete Pilze und mehrere Zutaten, die Fiona nicht kannte, zu einer Mixtur zu vermengen.

Gemeinsam nahmen sie dann die durchbluteten Verbände ab, und Morag legte auf die vernähten Wunden warme, feuchte, mit Kräutern vermischte Packungen.

Miles schlief am Nachmittag noch einmal ein, und Fiona verließ die Bauernhütte zum ersten Mal. Sir Guy saß draußen unter einem Baum und sah nur fragend hoch, als sie ins Freie trat.

»Er schläft jetzt«, sagte sie.

Sir Guy nickte und blickte in die Ferne. »Nicht viele junge Männer könnten in eine Horde von fünf Wildschweinen fallen und lebend davonkommen«, sagte er voller Stolz.

Tränen blinkten in Fionas Augen, als sie eine zitternde Hand auf die Schultern des Hünen legte. »Ich werde alles tun, was in meinen Kräften steht, damit er wieder gesund wird.«

Sir Guy nickte, ohne sie anzusehen. »Ihr habt keinen Grund, ihm zu helfen. Wir haben Euch schnöde behandelt.«

»Nein«, widersprach sie, »ich habe mehr bekommen als eine zuvorkommende Behandlung. Man hat mich mit Liebe beschenkt.« Und damit wandte sie sich ab, ging zu dem Fluß, der das Land der MacArrans durchquerte, wusch sich, kämmte sich die Haare, und setzte sich, in ihr Plaid gewickelt, einen Moment hin, um Luft zu schöpfen. Als sie wieder aufwachte, war es Nacht. Sir Guy saß nicht weit von ihr entfernt.

Schlaftrunken eilte sie in die Hütte zurück.

Miles war wach, und sein Stirnrunzeln verschwand sofort, als er sie unter der Tür sah.

»Da ist sie ja«, schimpfte Morag. »Vielleicht werdet Ihr jetzt Eure Medizin trinken.«

»Fiona«, sagte Miles.

Sie ging zu ihm hin und hielt seinen Kopf, während er fast einen Becher von dem Gebräu austrank, und hielt ihn fest, bis er wieder einschlief.

Kapitel 13

»Du wirst nicht gehen«, sagte Fiona mit stählerner Entschlossenheit. »Ich habe zu viele Nächte geopfert, damit deine Wunden heilen sollten, um jetzt mit anzusehen, wie du sie wieder aufbrichst.«

Er sah mit schmelzend sanften Augen zu ihr hoch. »Bitte, Fiona.«

Einen Moment lang hätte sie fast nachgegeben, verdrängte die Anfechtung aber mit einem Lachen. »Du bist ein hinterlistiger Mann. Nun lieg still, oder ich werde dich ans Bett fesseln.«

»Oh?« sagte er mit hochgezogenen Augenbrauen.

Fiona errötete über das, was er offensichtlich dachte.

»Nimm dich zusammen! Ich möchte, daß du mehr ißt. Du wirst nie gesund werden, wenn du nicht mehr futterst.«

Er faßte ihre Hand und zog sie mit überraschender Kraft neben sich nieder. Oder vielleicht hatte Fiona sich diesem Zug nicht widersetzen wollen. Er hatte sich zur Hälfte aufgesetzt und lehnte sich, von Kissen unterstützt, gegen eine Ecke des Raumes, die Beine auf der Pritsche ausgestreckt. Vorsichtig bettete sie sich neben ihn. Es war vier Tage her, daß Miles von Wildschweinen aufgespießt wurde; doch seine Jugend und seine natürliche Widerstandskraft hatten eine schnelle Erholung bewirkt. Er war immer noch schwach und hatte immer noch Schmerzen; doch seine Genesung war nur eine Frage der Zeit.

»Warum bist du bei mir geblieben?« fragte er. »Eine von Alicias Frauen hätte mich doch pflegen können.«

»Damit sie mit dir ins Bett springt und deine Wunden wieder aufreißt?« fragte sie ungehalten.

»Wenn du mich zum Lachen bringst, platzen meine Nähte. Wie hätte ich wohl eine andere Frau berühren können, wenn du so nahe bist?«

»Wenn ich fort bin, wirst du sicherlich wieder zu deiner alten Lebensart zurückfinden.«

Seine Hand spielte mit ihrem Haar, zog ihren Kopf zurück, und sein Mund legte sich besitzergreifend auf den ihren.

»Hast du noch nicht gelernt, daß du Mein bist?« sagte er mit einem halben Grollen. »Wann wirst du das zugeben?«

Er gab ihr keine Chance zur Antwort, als er sie wieder küßte, und vieles von dem, was Fiona in den vergangenen Tagen bedrückt hatte, floß in diesen Kuß ein.

Als sich kalter Stahl gegen Miles' Kehle legte, fuhren sie auseinander. Instinktiv griff Miles nach seinem eigenen Schwert, doch er trug unter seinem Plaid nur nacktes Fleisch.

Über ihnen stand Roger Chatworth. Die Augen voller Haß, sein Schwert gegen die Schlagader an Miles' Hals gelegt.

»Nein«, sagte Fiona, die sich von Miles wegbewegte. »Füge ihm kein Leid zu.«

»Ich würde zu gern alle Ascotts töten«, sagte Roger Chatworth.

Miles bewegte sich rasch zur Seite und packte Chatworth' Handgelenk.

»Nein!« schrie Fiona und klammerte sich an den Arm ihres Bruders.

Miles' Bandagen begannen sich zu röten.

»Er ist verletzt«, sagte Fiona. »Willst du einen Mann töten, der sich nicht wehren kann?«

Roger konzentrierte sich jetzt voll auf sie. »Bist du zu einer von ihnen geworden? Haben die Ascotts dich gegen deine eigenen Blutsverwandten vergiftet?«

»Nein, Roger, natürlich nicht.« Sie versuchte, ruhig zu bleiben. Da war so ein wilder Ausdruck in Rogers Augen, daß sie Angst hatte, ihn noch mehr zu reizen. Miles lag gegen die Wand gelehnt und rang nach Atem, doch sie wußte, daß er in jedem Moment wieder losspringen konnte und seine Wunden damit noch weiter aufriß.

»Bist du meinetwegen gekommen?«

Da war es plötzlich still in der kleinen Hütte, als beide Männer sie beobachteten. Sie mußte mit Roger das Hochland verlassen. Wenn sie es nicht tat, würde er Miles töten. Das wußte sie genau. Roger war müde und wütend, jenseits jeder vernünftigen Einsicht.

»Es wird gut sein, wenn ich wieder zu Hause bin«, sagte sie und zwang sich zu einem Lächeln.

»Fiona!« rief Miles warnend.

Sie achtete nicht auf ihn. »Komm, Roger, worauf wartest du noch?« Ihr Herz klopfte so heftig, daß sie kaum ihre eigene Stimme hören konnte.

»Fiona!« rief Miles abermals und krampfte die Hand auf das Loch in seiner Brust.

Einen Moment sah Roger verunsichert von einem zum anderen.

»Ich werde ungeduldig, Roger! Bin ich nicht lang genug fortgewesen?« Sie drehte sich auf dem Absatz, um die Hütte zu verlassen, hielt unter der Tür noch einmal an. Ihre Augen waren auf Roger geheftet, da sie nicht wagte, Miles anzusehen. Nicht einen Blick auf ihn konnte sie riskieren, oder sie würde ihre Entschlußkraft verlieren.

Langsam und verwirrt begann Roger ihr zu folgen. Ein Pferd wartete gehorsam unweit der Hütte. Fiona hielt den Blick auf das Tier gerichtet und wagte nicht, umherzusehen, weil sie wußte, daß sie dann die Leiche von Sir Guy erblicken würde. Nur der Tod konnte den Riesen davon abgehalten haben, seinen Herrn zu beschützen.

Wieder ein Schrei, daß die Balken zitterten: »FIONA!!«

Fiona schluckte den Kloß in ihrem Hals hinunter und erlaubte Roger, ihr aufs Pferd zu helfen.

»Wir müssen etwas zu essen haben«, sagte Roger und wandte sich von ihr ab.

»Roger!« schrie sie ihm nach. »Wenn du ihm etwas tust, werde ich ...« begann sie und sah, daß er gar nicht zuhörte. Wie der Blitz war sie wieder vom Pferd und rannte hinter ihm her; doch nicht rasch genug.

Roger Chatworth rammte sein Schwert durch Miles' Arm, und als Miles blutend auf der Erde lag, sagte Roger: »Raines

Frau verschonte mein Leben, und ihr verdankst du es jetzt, daß du deine schmutzige Seele nicht aushauchen mußt.« Er drehte sich Fiona zu, die unter der Tür stand.

»Steig auf dein Pferd, oder ich erledige ihn doch noch, wenn er nicht sowieso verblutet.«

Zitternd und ganz schwach vor Übelkeit verließ Fiona die Hütte wieder und stieg auf das Pferd. Binnen Sekunden saß Roger hinter ihr, und sie sprengten in atemberaubendem Tempo davon.

Fiona saß vor einem Stickrahmen und arbeitete an einem Altartuch, das den Heiligen Georg beim Drachentöten darstellte. In einer Ecke war ein Knabe, der Kit bemerkenswert ähnlich sah, und der Heilige Georg ... der hatte die Züge von Miles Ascott. Fiona unterbrach einen Moment ihre Handarbeit, als das Kind in ihrem Leib sie stieß.

Lilian Chatworth saß ihr gegenüber und hielt einen Spiegel so, daß er die unversehrte Hälfte ihres Gesichtes zeigte. »Ich war damals so schön«, sagte Lilian. »Nicht ein Mann konnte mir widerstehen. Alle waren bereit, mir ihr Leben zu Füßen zu legen. Ich brauchte nur auf etwas zu deuten, und schon wurde es mir geschenkt.«

Sie bewegte den Spiegel auf die entstellte Seite ihres Gesichts hinüber. »Bis die Ascotts mir das antaten!« zischte sie. »Judith Revedoune war eifersüchtig auf meine Schönheit. Sie ist ein so häßliches, sommersprossiges, rothaariges Ding, daß sie um die Zuneigung meines lieben Gavin bangte. Und ihre Sorge war nur zu sehr begründet.«

Fiona reagierte mit einem übertriebenen Gähnen, ignorierte Lilians haßerfüllten Blick und wandte sich an Roger, der mit brütendem Gesicht, einen Becher Wein in der Hand, vor dem Kamin stand. »Roger, würdest du mit mir ein Stück im Garten spazierengehen?«

Wie gewöhnlich sah Roger erst auf ihren Leib, bevor er den Blick auf ihr Gesicht richtete.

»Nein, ich muß etwas mit meinem Verwalter besprechen«, sagte er mit einem halben Murmeln, während seine Augen in ihrem Gesicht forschten.

Sie konnte fühlen, was er sagen wollte, was er schon so viele Male gesagt hatte: du hast dich verändert.

Sie war nun seit zwei Wochen wieder bei ihrem Bruder und ihrer »Familie«, und erst hier wurde ihr bewußt, wie sehr sie sich in den fünf Monaten bei den Ascotts verändert hatte. Die Zeit hatte nicht ausgereicht, um im Haushalt der Chatworth' irgendeinen Wechsel herbeizuführen; doch für Fiona waren diese fünf Monate ausreichend gewesen, um den Keim für eine neue Persönlichkeit zu legen.

Trotz aller hartnäckigen Beteuerungen, daß Roger sich sehr von Edmund unterschied, sah sie nun, daß Roger mit seinen eigenen Ansichten in seinem Haus nicht durchgedrungen war. In vielerlei Beziehungen war das Haus der Chatworth' noch so, wie es zu Edmunds Lebzeiten gewesen war. Der Grund, weshalb Roger so unkompliziert mit Lilian unter einem Dach leben konnte, war die Tatsache, daß er sie gar nicht richtig bemerkte. Roger, innerlich so aufgewühlt, konzentrierte all seine Liebe und Fürsorge so sehr auf Fiona und Brian, daß er eigentlich das meiste, was um ihn herum geschah, überhaupt nicht bemerkte.

Fiona, erschöpft von der tagelangen Reise, war von ihrem Pferd gestiegen, als zwei von Rogers Gefolgsleuten, die vorher Edmund gedient hatten, sogleich anzügliche Bemerkungen über sie machten. Sie deuteten an, daß sie es kaum erwarten konnten, sie allein in einer Ecke zu ertappen.

Fionas erste Reaktion war Angst gewesen. So, als hätte sie nie den Besitz der Chatworth' verlassen. In ihrem Kopf ging sie fieberhaft das Repertoire ihrer Tricks durch, mit denen sie sich früher die Männer vom Leib gehalten hatte. Doch dann fiel ihr Sir Guy wieder ein und wie sie ihm die Zehen gebrochen hatte, wie er wochenlang am Stock gehumpelt war – und wie er dann neben ihr saß, Tränen des Kummers über einen Mann in den Augen, den sie beide liebten.

Sie wollte nicht mehr zu ihren tückischen Methoden zurückkehren. Es hatte zu viel Zeit und Anstrengung gekostet, die Angst vor Männern zu überwinden, und sie würde nicht das aufgeben, was sie so mühsam erlernt hatte.

Sie wandte sich zu Roger um und verlangte, daß er die Männer sofort entließe.

Roger war überrascht gewesen und hatte sie schnell aus dem Stall gedrängt. Er hatte versucht, sie zu bevormunden, doch Fiona war auf diesen Ton nicht eingegangen. Die Vorstellung, daß seine teure kleine Schwester ihm widersprach, hatte ihn gleichzeitig schockiert und verletzt. Nach seiner Auffassung hatte er sie soeben aus der Hölle befreit, und nun bewies sie Undankbarkeit, indem sie sich beklagte.

Zum erstenmal in ihrem Leben erzählte Fiona ihrem Bruder die ganze Wahrheit über Edmund. Rogers Gesicht war totenblaß geworden, er war gegen einen Sessel zurückgetaumelt und hatte ausgesehen, als hätte jemand ihn ins Gesicht geschlagen. Die ganzen Jahre über hatte er sich eingebildet, daß er seine teure kleine Schwester beschützt hätte; doch in Wahrheit hatte sie hier in der Hölle gelebt. Er hatte keine Ahnung gehabt, daß Edmund sie sofort aus dem Kloster holte, sobald Roger den Familiensitz verließ. Er hatte nicht gewußt, daß sie sich selbst gegen Edmunds Männer hatte verteidigen müssen.

Sobald Fiona mit ihrer Geschichte geendet hatte, war Roger bereit, die Männer im Stall zu töten.

Roger Chatworth' Zorn durfte man nicht unterschätzen. Binnen drei Tagen hatte er seinen Haushalt das Fürchten gelehrt. Viele Männer waren entlassen worden, und wenn ein Mann es auch nur wagte, Fiona schief anzusehen, ging sie sofort zu Roger. Sie wollte sich solche Unverschämtheiten nicht mehr bieten lassen. Früher hatte sie nicht gewußt, wie eine Lady behandelt werden sollte, da sie ja nur Erfahrungen mit Edmund hatte; doch nun war sie fünf Monate an einem Ort gewesen, wo sie keine Angst haben mußte, allein im Garten spazierenzugehen.

Roger war zunächst erschrocken gewesen über ihre Forderungen; und da begriff sie, wie sehr sie und Brian immer Roger in Schutz genommen hatten. Roger konnte so gütig sein und gleichzeitig so grausam. Sie versuchte nur ein einziges Mal, mit ihm über die Ascotts zu reden; doch Roger reagierte mit einem solchen Haßausbruch, daß sie um sein Leben bangte.

Da er sie seit Monaten nicht mehr gesehen hatte, erkannte er sofort die Veränderung an ihrem Körper und dachte, sie habe zugenommen. Fiona hatte das Kinn in die Luft gehoben und ohne Reue festgestellt, daß sie Miles Ascotts Kind unter dem Herzen trug.

Sie hatte Empörung erwartet – war auf seine Wut vorbereitet; doch der tiefe Schmerz in Rogers Augen warf sie aus dem Gleichgewicht.

»Geh. Laß mich allein«, hatte er geflüstert, und sie gehorchte.

Allein in ihrem Zimmer, hatte sich Fiona in den Schlaf geweint, wie sie das an jedem Abend tat, seit sie Miles verlassen hatte. Würde Miles begreifen, daß sie mit Roger gegangen war, um ihren Liebhaber zu retten? Oder würde Miles sie hassen? Was würden sie Kit sagen? Sie lag auf ihrem Bett und dachte an all diese Leute, die ihr in Schottland ans Herz gewachsen waren.

Es verlangte sie, eine Botschaft nach Schottland zu schicken; doch da war niemand in ihrer Nähe, dem sie einen Brief anzuvertrauen wagte. Aber gestern, als sie ihren Nachmittagsspaziergang machte, hatte ihr eine alte Frau, die sie noch nie gesehen hatte, einen Korb mit Brot angeboten. Sie hatte ihn zurückweisen wollen, bis die Frau das Tuch anhob und ihr eine MacArran Kokarde zeigte. Fiona hatte rasch den Korb genommen, und die Alte war gegangen, ehe Fiona sich bedanken konnte. Begierig hatte sie in dem Korb gewühlt.

Da war eine Botschaft von Alicia gewesen, in der sie ihr mitteilte, daß sie sehr wohl verstand, weshalb Fiona mit Roger nach England zurückgekehrt sei; nur Miles verstünde es nicht. Sir Guy war von drei Pfeilen getroffen worden, doch sie glaubten, er würde überleben. Als Miles ohne Aufsicht geblieben war, hatte er einen Wutanfall bekommen und alle Nähte aufgerissen. Als Morag ihn fand, hatte er Wundfieber, und drei Tage lang zweifelten sie, daß er überleben würde. Stephen war sogleich von Raines Lager der Verbannten zurückgekommen, als er von Miles' Verletzung erfuhr. Er brachte die Neuigkeit mit, daß Raine den jungen Brian unter seine Fittiche genommen habe, und Stephen sei sehr zuversichtlich, daß es bald Frieden zwischen den beiden Familien geben würde. Alicia hatte am Ende den Satz hinzugefügt, daß Miles sich nur langsam erhole und sich weigere, Fionas Namen auszusprechen.

Als Fiona heute noch einmal an diesen Satz dachte, wurde ihre Haut kalt, so daß sie erschauerte.

»Du solltest dir einen Mantel umlegen«, sagte Roger hinter ihr.

»Nein«, murmelte sie, »mein Plaid reicht vollkommen.«

»Warum stolzierst du immer mit diesem Ding vor meinen Augen auf und ab?« explodierte Roger. »Genügt es nicht, daß du einen Ascott in deinem Bauch trägst? Mußt du mir das auch jedesmal ins Gesicht schlagen, wenn ich dich sehe?«

»Roger, ich möchte, daß dieser Haß ein Ende hat. Ich will ...«

»Du möchtest die Hure meines Feindes sein!« fauchte er.

Mit einem raschen zornigen Blick wandte sie sich von ihm weg.

Er faßte ihren Arm und sah sie mit weichen Augen an.

»Kannst du die Sache nicht von meiner Warte aus betrachten? Ich habe monatelang in der Hölle gelebt, als ich nach dir suchte. Ich ging zu Raine Ascott, um mich bei ihm zu erkundigen, wo du steckst, doch er zog nur das Schwert gegen mich. Wenn seine neue Frau nicht dazwischengegangen wäre, wäre ich jetzt tot. Ich rutschte auf den Knien vor dem König, und glaubst du, das wäre mir leicht gefallen? Ich empfinde keine Sympathie für diesen Mann, seit er mich so hart für das, was Mary Ascott geschah, bestrafte; doch für dich wäre ich sogar vor dem Teufel auf den Knien gerutscht.«

Er hielt inne und legte seine Hände nun auf ihre beiden Arme. »Es war auch nicht leicht, nach Schottland zu reiten und dich über die Grenze zurückzubringen, doch als ich dich fand, schmiegtest du dich an diesen Ascott, als wolltest du ein Teil von ihm werden. Und was für ein Drama du aufgeführt hast! Ich kam mir vor, als wäre ich dein Feind, weil ich meine eigene Schwester von einem Mann befreite, der sie als Gefangene hielt und ihr die Unschuld raubte. Erklär mir das alles, Fiona«, flüsterte er.

Sie lehnte sich vor, bis ihr Kopf seine Brust berührte. »Wie kann ich das? Wie kann ich dir erzählen, was in den letzten Monaten mit mir geschehen ist? Ich habe Liebe erlebt und …«

»Liebe!« sagte er. »Glaubst du, wenn ein Mann dich in sein Bett nimmt, daß er dich liebt? Hat Ascott dir unsterbliche Liebe geschworen? Hat er dich gefragt, ob er eine Chatworth zu seiner Frau machen darf?«

»Nein, aber …« begann sie.

»Fiona, du weißt so wenig von Männern. Du warst ein Pfand in seiner Fehde. Weißt du nicht, daß die Ascotts lachen, weil eine Chatworth das Kind eines Ascotts unter dem Herzen trägt? Sie werden glauben, sie haben gewonnen.«

»Gewonnen!« rief sie gereizt und wich vor ihm zurück. »Wie abscheulich, daß das alles nur für ein Spiel gehalten wird. Was soll ich meinem Kind sagen? Daß es nur eine Schachfigur ist, die von zwei Familien in einer törichten Fehde mißbraucht wird?«

»Töricht? Wie kannst du das sagen, wenn Brian irgendwo dort draußen ist, mich vermutlich haßt – der Ascotts wegen?«

Sie hatte ihm noch nichts von ihrem Zusammentreffen mit Brian in Schottland erzählt. »Ist dir noch nicht der Gedanke gekommen, Roger, daß *du* vielleicht der Grund sein könntest, daß Brian das Haus verließ? Ich möchte gerne deine Version der Geschichte hören, wie Mary Ascott zu Tode kam.«

Er wandte sich von ihr ab. »Ich war betrunken. Es war ein scheußlicher ... Unfall.« Er sah sie wieder mit bettelnden Augen an. »Ich kann die Frau nicht ins Leben zurückbringen, und der König hat mich mehr als genug dafür bestraft. Brian hat mich verlassen, und du kehrst von meinem Feind zurück, geschwollen von seinem Samen, und statt der Liebe, die du mir früher gegeben hast, bist du nur noch voller Zweifel. Was für Strafen möchtest du mir noch zufügen?«

»Es tut mir leid, Roger«, sagte sie weich. »Vielleicht habe ich mich verändert. Ich weiß nicht, ob Miles mich liebt. Ich weiß nicht, ob er mich heiraten möchte, um unserem Kind einen Namen zu geben. Doch ich weiß, daß ich ihn liebe, und wenn er mich um meine Hand bittet, werde ich ihm bis in jeden Winkel dieser Erde folgen.«

Nur Rogers Augen verrieten den Schmerz, den er bei ihren Worten empfand. »Wie konntest du dich nur so entschieden gegen mich wenden? Ist dieser Mann so gut im Bett, daß du bei deinen entzückten Schreien die Liebe vergißt, die ich dir entgegenbringe und dir stets entgegengebracht habe? Löschen fünf Monate mit ihm achtzehn Jahre mit mir aus?«

»Nein, Roger. Ich liebe dich. Ich werde dich immer lieben, aber ich möchte euch beide.«

Darüber lächelte er. »Wie jung du doch noch bist, Fiona. Du möchtest einen Mann haben, der, wie ich höre, von der Hälfte aller Frauen in England begehrt wird. Du möchtest einen Mann haben, der dich mit in sein Bett nimmt, dir ein Kind macht und nie von Heirat spricht. Was für eine Heirat würde das sein? Wirst du für alle seine Bastarde so sorgen, wie du das für seinen ältesten Sohn getan hast?«

»Was weißt du von Kit?«

»Ich weiß eine Menge über meine Feinde. Miles Ascott mag Frauen. Du bist für ihn eine von vielen, und ich respektiere den Mann dafür, daß er dich wenigstens nicht belogen hat und dir weismachte, du wärst seine einzige und ausschließliche Liebe.«

Er berührte ihren Arm. »Fiona, wenn du einen Ehemann haben willst, kann ich einen für dich finden. Ich kenne mehrere Männer, die dich auch mit dem Kind eines anderen Mannes unter dem Herzen nehmen und dich auch gut behandeln würden. Mit dem jüngsten Ascott wärst du spätestens in einem Jahr unglücklich.«

»Vielleicht«, erwiderte sie und versuchte, die Sache vernünftig zu betrachten. Vielleicht hatte die Berührung von Miles' Händen sie um ihren Verstand gebracht. Er war stets gütig zu ihr gewesen, aber auch die Serviermädchen hatte er gut behandelt. Wenn sie ihren Bruder wegen eines Ascott verließ, würde Roger sie hassen, und was mochte sie nach Jahren für Miles empfinden? Wenn nun jemand anders ihm zum Scherz ebenfalls ein hübsches junges Mädchen »überreichte«? Würde er beschließen, daß sie ebenfalls sein Eigentum sei? Würde er sie nach Hause bringen und von ihr, Fiona, erwarten, daß sie für das Mädchen sorgte wie für seine unehelichen Kinder?

»Laß mich jemanden für dich finden. Ich werde dir viele Männer vorstellen, damit du sie prüfst, und du kannst unter ihnen wählen, wen du willst. Schau sie dir wenigstens an. Wenn du jedoch unverheiratet bleiben willst, kannst du das auch.«

Sie sah ihn liebevoll an. Man würde ihn auslachen, weil er seiner Schwester erlaubte, ein Kind im ledigen Stand auszutragen. Einige würden sagen, sie sollte getötet werden, wenn sie sich nicht verheiraten ließe. Roger hatte in den letzten Jahren viel Schande ertragen müssen, doch er war bereit, ihretwegen noch mehr Schande auf sich zu nehmen.

Ihrem Lächeln begegnete er mit einem Grinsen, und zum erstenmal sah er aus, als hätte er einen Grund zu leben.

»Ja, ich werde mir deine Männer anschauen«, sagte sie aus dem Grunde ihres Herzens. Sie würde ihr Möglichstes versuchen, sich in einen von ihnen zu verlieben. Sie würde einen gütigen, liebevollen Mann haben, Kinder, die sie liebte, und ihre Brüder, denn irgendwie würde sie Brian und Roger schon wieder zusammenbringen.

An den nächten Tagen lernte Fiona sehr viel über Liebe. Niemals, ehe sie Miles kennengelernt hatte, hatte sie einen Begriff davon gehabt, was Liebe bedeutete. Sie hatte nicht einmal theoretisch daran gedacht, daß sie einen Mann lieben würde. Doch dann war Miles gekommen und hatte alles geändert. Fünf Monate Geduld und Nachsehen hatten genügt, sie dazu zu bringen, ihn zu lieben. Sie wußte, daß sie von Anfang an eine Schwäche für Miles gehabt hatte, doch es gab so viele Männer in der Welt, die gut und liebenswürdig waren. Alles, was sie zu tun hatte, war, sich in einen von ihnen zu verlieben, und damit waren alle Probleme gelöst.

Doch Fiona unterschätzte sich.

Roger begann, ihr Männer vorzuführen wie Hengste, die bereit waren, sie zu bedienen. Da waren große Männer, kleine Männer, dünne Männer, fette Männer, häßliche Männer, Männer, die so schön waren, daß einem der Mund offenstehen blieb; Männer, die von sich überzeugt waren; kühne Männer, Männer, die sie zum Lachen brachten, und einer, der wunderschön singen konnte. Es war eine endlose Kette von Männern.

Zuerst fühlte sich Fiona von ihrer Aufmerksamkeit geschmeichelt, doch schon nach wenigen Tagen kehrten ihre alten Phobien wieder zurück. Ein Mann berührte sie an der Schulter, und sie fuhr fast aus der Haut, während sie die Hand an ihren Dolch an ihrer Seite legte. Nach einer Woche schützte sie einen Grund vor, damit sie in ihrem Zimmer bleiben konnte, oder zeigte sich nur in Rogers Gesellschaft vor den Männern.

Dann verließ Roger plötzlich das Herrenhaus. Er sagte kein Wort zu ihr; ritt nur mit acht Männern in größter Eile davon. Ein Diener erzählte ihr, Roger habe von einem schmutzigen Mann mit schwarzen Zahnstummeln eine Botschaft bekommen und binnen Sekunden das Haus verlassen. Die Botschaft habe er ins Kaminfeuer geworfen.

Fiona war den Tränen nahe, weil sie wußte, daß elf männliche Gäste unten in der Halle warteten und sie die Gastgeberin war. Sie konnte mit keinem Mann zusammenhängend reden, weil sie stets beobachten mußte, wo sich die anderen zehn Männer aufhielten. Miles' monatelange, geduldige Bemühungen verloren nun rasch ihre Wirkung. Einmal schmetterte sie eine Messingvase auf den Kopf eines Mannes, der es gewagt hatte, von hinten an sie heranzutreten.

Mit wehenden Röcken floh sie in ihr Zimmer und weigerte sich, in die Halle zurückzukehren.

Sie lag lange auf ihrem Bett, und das einzige, woran sie denken konnte, war Miles. Jedesmal, wenn sie einen Mann kennenlernte, verglich sie ihn mit Miles. Stellte man ihr einen außerordentlich eindrucksvollen Mann vor, so fiel ihr an ihm nur auf, daß er seine Hände zu rasch bewegte oder irgendein anderer Unsinn. Und eines Abends hatte sie einem Mann gestattet, sie im Garten zu küssen. Sie hatte sich gerade noch rechtzeitig gefangen, ehe sie ihren Absatz auf seinen kleinen Zeh schmetterte; doch sie hatte sich nicht soweit beherrschen können, daß sie ihren Mund nicht mit dem Handrücken abwischte. Der Bedauernswerte hatte sich schrecklich beleidigt gefühlt.

Fiona bemühte sich sehr, doch kein einziger Mann konnte auch nur so etwas wie Interesse in ihr wecken. Als die Tage vergingen, wünschte sie sich, sie könnte mit Alicia sprechen und sie um Rat fragen. Sie spielte mit dem Gedanken, ihr einen Brief zu schreiben, als ihre kleine Welt zusammenstürzte.

Ein ausgemergelter, versteinerter Roger kehrte mit der verstümmelten Leiche von Brian nach Hause zurück.

Fiona begrüßte ihn, doch Roger sah nur durch sie hindurch, während er Brians Leiche behutsam die Treppe hinauftrug und sich mit ihr in einem Zimmer einschloß. Zwei Tage lang blieb er mit Brians Leiche eingeschlossen, und als er wieder herauskam, saßen seine Augen tief in ihren Höhlen und wirkten wie Asche.

»Deine Ascotts haben das getan«, sagte er heiser, während er an Fiona und Lilian vorbeischritt.

Sie beerdigten Brian noch am selben Nachmittag, doch Roger ließ sich beim Begräbnis nicht sehen. Fiona pflanzte Rosen auf das Grab und vergoß Tränen für ihre beiden Brüder.

Lilian setzte Fiona erbarmungslos zu, kreischte, daß die Ascotts für alle ihre Untaten sterben sollten. Sie war fasziniert von Lampen, die mit heißem Öl gefüllt waren, und fuchtelte damit herum wie eine Wahnsinnige. Sie sagte, Fionas Kind würde mit dem Zeichen das Satans geboren werden und wäre verflucht in alle Ewigkeit.

Nach und nach verließen die männlichen Gäste den um den Verlust eines Familienmitgliedes trauernden Haushalt, und Fiona blieb allein mit ihrer Schwägerin.

Anfang März traf ein Bote ein, der mit den Insignien des königlichen Herolds geschmückt war.

Es dauerte einen Tag, ehe die Männer, die Fiona ausschickte, Roger in seinem Versteck finden konnten – allein in der steinernen Hütte eines Schäfers. Er sah aus wie sein eigenes Skelett, hohle Wangen unter einem Bart, schmutzige Haare, die ihm bis auf die Schulter fielen und die Augen wild und von einer schrecklichen Verstörtheit.

Er las in Fionas Gegenwart die Botschaft des Königs und warf sie ins Feuer.

»Sag dem König Nein«, sagte er ruhig, ehe er das Zimmer verließ.

Fiona konnte nur erschrocken die Luft anhalten und sich fragen, was die Botschaft des Königs wohl enthalten haben mochte. Mit so viel Gelassenheit, wie sie aufbringen konnte, entließ sie den Herold des Königs und richtete sich auf eine längere Wartezeit ein. Was Roger dem König auch verweigert haben mochte, würde zweifellos bekannt werden, wenn der König von Rogers abschlägiger Antwort erfuhr. Sie legte die Hand auf ihren wachsenden Leib und fragte sich, ob ihr Kind mit dem Makel leben müßte, daß man es als Bastard bezeichnete.

Kapitel 14

Sechs Tage, nachdem der Herold des Königs gekommen und wieder gegangen war, befand sich Fiona allein im Garten. Sie hatte inzwischen weder etwas von Roger gesehen noch gehört, und Brians Tod raubte Lilian das bißchen Verstand, das sie noch hatte. Nicht der Kummer über Brian, aus dem sie sich nicht viel gemacht hatte, setzte ihr so zu, sondern die Tatsache, daß ein Ascott Brian getötet hatte. Fiona konnte nur voller Haß an diesen Raine denken.

Ein Schatten bewegte sich über den Pfad, und unwillkürlich faßte sie sich an die Brust, ehe sie aufsah – in die dunklen, brennenden Augen von Miles Ascott. Sein verächtlicher Blick glitt an ihr hinauf und hinunter, nahm Notiz von dem elfenbeinfarbenen Satin ihres Kleides, der doppelreihigen Perlenkette und dem blutroten Rubin an ihrem Hals.

Fiona hatte das Gefühl, als wollte sie ihn in sich hineintrinken, daß sie ihn nicht genug betrachten konnte. Da waren dunkle, schwachgelbe Schatten unter seinen Augen, und er war hagerer, als sie ihn gekannt hatte. Offensichtlich hatte er sich noch nicht ganz von seinem Fieber erholt. »Komm«, sagte er heiser.

Fiona zögerte nicht, ihm durch den Garten in das angrenzende Parkwäldchen des Chatworth-Herrenhauses zu folgen. Vermutlich waren die Grenzen des Grundstücks bewacht, doch irgendwie war es Miles gelungen, unbemerkt auf den Besitz vorzudringen.

Er sprach kein Wort mit ihr, sah sie nicht einmal an, und erst, als sie die wartenden Pferde erreichten, begriff sie, was da nicht stimmte: er haßte sie. Sein steifer Körper, seine kalten Augen schrien ihr das ins Gesicht.

Sie wurde nun selbst starr, als sie die Pferde erreichten. »Wo bringst du mich hin?«

Er wandte sich ihr zu. »Der König hat befohlen, daß wir heiraten müssen. Dein Bruder hat sich geweigert, den Befehl zu erfüllen. Wenn ich den Befehl nicht befolge, werden wir beide, dein Bruder und ich, zu Hochverrätern erklärt, und unsere Ländereien werden eingezogen.« Sein Blick blieb an dem Rubin hängen. »Du brauchst keine Angst zu haben. Nach der Eheschließung werde ich dich deinem kostbaren Bruder wieder zurückgeben, aber nicht einmal du würdest dir gerne Dinge wegnehmen lassen, die dir so viel bedeuten.«

Er drehte sich wieder von ihr weg. Fiona versuchte, auf das Pferd zu steigen; doch ihr langer Rock und ihre zitternden Hände machten das unmöglich.

Miles trat hinter sie, berührte sie so wenig wie möglich und schleuderte sie in den Sattel.

Sie war viel zu betäubt, um auch nur einen Gedanken fassen zu können, während sie in raschem Tempo nach Norden ritten. Ihre Augen waren so trocken, daß sie brannten, und sie betrachtete nur die Mähne ihres Pferdes, die im Winde flatterte.

Eine knappe Stunde später hielten sie am Rand eines kleinen Dorfes vor einem hübschen kleinen Haus neben der Kirche. Miles stieg aus dem Sattel und sah nicht zu ihr hin, als sie sich bemühte, von ihrem Pferd herunterzukommen.

Ein Priester öffnete ihnen die Tür. »Das ist also die liebliche Braut, Miles«, sagte er. »Kommt, ich weiß, wie ungeduldig ihr seid.«

Während Miles vorausging, als gehörte sie gar nicht dazu, rannte sie ihm nach und faßte seinen Arm. Der Blick, mit dem er sie von der Hand bis zum Gesicht hinauf musterte, verschlug ihr den Atem. Sie zog ihre Hand zurück. »Wenn das vorbei ist – können wir dann reden?« flüsterte sie.

»Wenn es nicht zu lange dauert«, erwiderte er kalt. »Mein Bruder erwartet mich.«

»Nein«, sagte sie mit dem Versuch, ihre Fassung wiederzugewinnen. »Ich werde dich nicht lange aufhalten.« Damit sammelte sie ihre Röcke auf und ging voraus.

Die Trauung war in wenigen Minuten vorüber. Es gab keine Trauzeugen, die sie gekannt hätte, nur ein paar Fremde, die der Priester geholt hatte. Was das Gefühl anbelangte, das bei dem Ja-Wort der beiden Beteiligten mitschwang, so hätten sie ebensogut einen Getreide-Lieferungsvertrag abschließen können.

Sobald sie für Mann und Frau erklärt waren, drehte Miles sich ihr zu, und Fiona hielt den Atem an. »Ich glaube, wir können in der Sakristei reden«, das war alles, was er sagte. Mit hochgerecktem Kinn ging Fiona voran.

Als sie sich allein in der Sakristei befanden, lehnte Miles sich gelassen an die Wand. »Nun hast du deine Chance zu sagen, was du sagen willst.«

Ihre erste Regung war, ihm zu sagen, wo er den Rest seines Lebens verbringen könne; doch sie konnte diesen Impuls unterdrücken. »Ich wußte nichts von des Königs Befehl, daß wir heiraten sollten. Wenn ich etwas davon gewußt hätte, würde ich mich nicht geweigert haben. Ich würde eine Menge tun, um diese Fehde zu beenden.«

»Selbst mit deinem Feind schlafen?« raunte er.

Sie knirschte mit den Zähnen. »Roger war sehr erregt über Brians Tod.« Einen Moment lang sprühten ihre Augen Feuer.

Miles' Nasenlöcher blähten sich. »Vielleicht hat man dir verschwiegen, daß Raine mit Mühe und Not das Gift deines Bruders überlebte.«

»Gift!« rief sie keuchend. »Was wirfst du nun wieder meinem Bruder Roger vor?«

»Nicht Roger«, antwortete Miles, »sondern dein Bruder Brian hat Raine vergiftet.«

»Nun, Brian hat für diesen Anschlag genug bezahlt! Wie ich höre, ist Raine ein Riese. Hat es ihm Spaß gemacht, meinen kleinen Bruder in Stücke zu hacken? Hat er es genossen, Brians zarte Knochen brechen zu hören?«

Miles' Augen wurden hart. »Wie ich höre, hast du wieder einmal nur die eine Version der Geschichte gehört. Hat Roger dir gesagt, daß Raine Brian getötet hat?«

»Nicht ausdrücklich, aber ...«

Miles stieß sich von der Wand ab. »Dann frage ihn. Zwinge deinen vollkommenen Bruder dazu, dir die Wahrheit zu sagen, wer Brian Chatworth getötet hat. Wenn du mir nicht noch andere Schandtaten vorzuwerfen hast, muß ich jetzt gehen.«

»Warte!« rief sie. »Bitte, berichte mir die Neuigkeiten. Wie geht es Sir Guy?«

Miles' Augen wurden schwarz. »Was, zum Teufel, kümmert dich dieser Mann? Seit wann verschwendest du Gedanken auch an andere Menschen und nicht nur an deinen verräterischen Bruder? Guy starb fast an den Pfeilen deines Bruders. Vielleicht sollte er seine Schießkunst verbessern. Noch einen Zoll, und er hätte Guys Herz getroffen.«

»Und Kit?«

»Kit«, sagte Miles durch zusammengepreßte Zähne, »Kit weinte drei Tage lang, nachdem du uns verlassen hattest, doch nun läßt er nicht einmal Philips Kinderschwester ins Zimmer. Der Name der Schwester ist Fiona.«

»Ich hatte nie vor ...«, begann sie. »Ich liebe Kit.«

»Nein, Fiona, das tust du nicht. Wir bedeuteten dir nichts. Du hast uns alle dafür büßen lassen, daß wir dich gegen deinen Willen festgehalten haben. Du bist schließlich doch nur eine Chatworth.«

Ihr Zorn explodierte: »Ich lasse mir nicht noch weitere Beleidigungen von dir gefallen! Was sollte ich denn tun, als mein Bruder ein Schwert an deine Kehle hielt? Hätte ich bei dir bleiben sollen? Er hätte dich umgebracht! Kannst du nicht begreifen, daß ich mit ihm fortritt, um dein undankbares Leben zu retten?«

»Soll ich dir das vielleicht glauben?« sagte er leise. »Du stehst vor mir, mit Perlen behängt, einen Rubin am Hals, der mehr kostet, als ich überhaupt besitze, und du sagst mir, du seist mit deinem Bruder fortgeritten, um mich zu retten? Was hat dich auf die Idee gebracht, daß ich ein Dummkopf bin?«

»Dann sage mir«, schoß sie zurück, »was ich hätte tun sollen?«

Seine Augen wurden schmal. »Du behauptest, dein Bruder liebt dich so sehr. Du hättest ihm sagen sollen, daß du bei mir bleiben willst.«

Sie warf ihre Hände in die Höhe. »Oh ja, das hätte aber etwas gebracht! Roger hätte zweifellos sein Schwert eingesteckt und wäre ganz zahm nach Hause geritten. Rogers Jähzorn steht deinem keineswegs nach. Und, Ascott, wie sollte ich wissen, daß es dein *Wunsch* war, daß ich bei dir bleiben sollte?«

Er schwieg einen Moment. »Meine Wünsche habe ich immer deutlich gezeigt. Wie ich hörte, hast du in letzter Zeit mit vielen Männern geschlafen. Dein neuer Status wird sicherlich diese Entfaltung deiner Tätigkeit kaum beschneiden, obwohl mein Kind dir sicherlich eine Weile lang ein Hemmnis ist.«

Sehr ruhig, sehr bedächtig, ging Fiona an ihn heran und schlug ihn ins Gesicht.

Miles' Kopf flog zu einer Seite, und als er sie wieder ansah, waren seine Augen flammende Kohlen. Mit einer raschen, gewaltsamen Geste fing er ihre beiden Hände ein und schob sie gegen die Steinwand. Seine Lippen drückten sich heftig auf ihren Mund.

Fiona reagierte mit all ihrer aufgestauten Leidenschaft und schob ihren Körper hungrig seinem entgegen.

Seine Lippen zogen eine heiße Spur an ihrem Hals hinunter.

»Du liebst mich, nicht wahr, Fiona?«

»Ja«, murmelte sie.

»Wie sehr?« flüsterte er und berührte ihr Ohrläppchen mit der Zungenspitze.

»Miles«, murmelte sie, »bitte.« Ihre Hände wurden über ihrem Kopf gegen die Wand gedrückt, und sie verlangte verzweifelt danach, ihre Arme um ihn zu schlingen. »Bitte«, raunte sie.

Abrupt zog er sich wieder von ihr zurück und ließ ihre Hände fallen. »Wie fühlt man sich, wenn man verschmäht wird?« sagte er kalt, doch eine Ader in seinem Nacken zuckte. »Wie fühlt man sich, wenn man jemand liebt und zurückgewiesen wird? Ich bettelte, daß du bei mir bleiben solltest, doch du hast deinen Bruder gewählt. Nun sieh zu, ob er dir geben kann, was du brauchst. Leb wohl, Fiona ... Ascott.« Damit verließ er die Sakristei und schloß die Tür hinter sich.

Lange war Fiona zu schwach zu einer Bewegung, doch sie brachte es schließlich fertig, einen Stuhl zu erreichen und sich darauf niederzulassen. Da saß sie verwirrt und betäubt, als der Priester, offensichtlich sehr verstört, die Sakristei betrat.

»Lord Miles mußte wieder abreisen, doch eine Eskorte erwartet Euch draußen. Und das soll ich Euch überbringen.« Als Fiona sich nicht rührte, nahm der Priester ihre Hand und schloß sie um etwas Schweres, Kaltes. »Laßt Euch Zeit, meine Liebe, die Männer werden so lange warten.«

Es dauerte Minuten, ehe Fiona die Kraft fand, wieder aufzustehen. Der Gegenstand in ihrer Hand fiel klirrend auf den

Steinboden. Sie kniete sich hin und nahm ihn wieder hoch. Es war ein schwerer Goldring, dessen Durchmesser klein genug war, damit er an ihren Finger paßte, und mit einem großen Smaragd, in den die drei Ascott-Leoparden eingeritzt waren.

Roger erwartete sie eine halbe Meile vor der Grenze des Herrensitzes mit einem Wächter, das gezogene Schwert in der Hand. Sie trieb ihr Pferd an, um sich ihm in den Weg zu stellen.

»Tod allen Ascotts!« rief er.

Fiona fiel seinem Pferd in die Zügel, daß ihr der Arm fast aus dem Schultergelenk sprang und Rogers Pferd mit den Vorderbeinen in die Luft stieg. Beide hatten einen Moment lang zu kämpfen, damit sie nicht abgeworfen wurden.

»Wieso kommst du in Begleitung einer Ascott-Eskorte?« brüllte Roger.

»Weil *ich* eine Ascott bin!« schrie sie zurück.

Diese Feststellung hatte den gewünschten Erfolg, daß Roger eine Weile wie erstarrt im Sattel sitzen blieb.

»Wie kannst du es wagen, mir den Befehl des Königs zu verschweigen, daß ich Miles heiraten sollte!« brüllte sie ihn an. »Was hast du mir sonst noch vorgelogen? Wer tötete meinen Bruder Brian?«

Rogers Zorn verfärbte sein Gesicht kirschrot. »Ein Ascott ...«, begann er.

»Nein! Ich will die Wahrheit wissen!«

Roger blickte auf die Eskorte hinter ihr, als plante er, sie alle zu töten.

»Du sagst mir hier und jetzt die Wahrheit, oder ich reite mit ihnen zurück nach Schottland. Ich bin soeben mit einem Ascott getraut worden, und mein Kind hat das Recht, als ein Ascott aufzuwachsen.«

Roger atmete heftig, und seine Brust schwoll auf den Umfang eines Fasses an. »Ich tötete Brian«, schrie er und wurde dann etwas ruhiger. »*Ich* tötete meinen eigenen Bruder. Ist es das, was du hören wolltest?«

Fiona hatte fast jede Antwort erwartet, nur diese nicht, und sie fühlte sich wie zerschmettert. »Komm zurück ins Haus, Roger, und wir werden dort weiterreden.«

Als sie allein im Söller waren, forderte Fiona Roger auf, ihr alles über die Kriege der Chatworth' und Ascotts zu erzählen. Es war keine Geschichte, bei der man ruhig zuhören konnte, und es war noch schwieriger, Roger zu einem Bericht der ungeschminkten Wahrheit zu bewegen. Rogers Betrachtungsweise war von seinen Gefühlen beeinflußt.

In Schottland hatte er eine Chance gesehen, Alicia MacArran zu heiraten, die ausgezeichnet zu ihm zu passen schien. Er erzählte dieser Frau ein paar Unwahrheiten, die ihn vor ihr in ein günstigeres Licht rücken sollten – aber was bedeuteten schon ein paar Lügen bei einer Brautwerbung? Er hatte sogar Stephen Ascott dazu gezwungen, um sie zu kämpfen; doch als Stephen den Zweikampf so leicht gewann, war Rogers Jähzorn aufgeflammt, und er hatte Stephen von hinten angegriffen. Rogers Demütigung nach diesem unritterlichen Verhalten war für ihn unerträglich groß. Er hatte Alicia und Mary nur gekidnappt, um den Ascotts zu beweisen, daß er eine Macht sei, mit der man rechnen müsse. Er hatte niemals den beiden Frauen ein Leid antun wollen.

»Aber du hast Mary ein Leid angetan«, sagte Fiona wütend.

»Brian wollte sie heiraten!« verteidigte Roger sich. »Nach allem, was ich mir von den Ascotts bieten lassen mußte, wollte Brian ihre alte, hausbackene, fade Schwester heiraten. Keiner sonst in England wollte sie haben. Kannst du dir vorstellen, wie man die Chatworth' ausgelacht hätte?«

»Dein Stolz macht mich krank. Brian liegt in der Gruft statt in seinem Hochzeitsbett. Hast du bekommen, was du wolltest?«

»Nein«, wisperte er.

»Ich ebenfalls nicht.« Sie setzte sich. »Roger, ich möchte, daß du mir jetzt sehr genau zuhörst. Der Zwist zwischen den Ascotts und den Chatworth' ist zu Ende. Ich trage nun den Namen Ascott, und mein Kind wird ein Ascott sein. Es wird keinen Kampf mehr zwischen den Familien geben.«

»Wenn er noch einmal versucht, dich zu rauben …«, begann Roger.

»Mich zu rauben!« Sie stand so rasch auf, daß der Stuhl umkippte. »Heute morgen bat ich Miles Ascott, mich mitzunehmen, doch er weigerte sich. Ich kann ihm das nicht ankreiden! Seine Familie hat deinetwegen einen Menschen verloren, den sie liebte, doch sie haben dich nicht getötet, wie sie das vermutlich hätten tun sollen.«

»Brian …«

»*Du* hast Brian getötet!« schrie sie. »Du bist an all diesem Unglück schuld, und so wahr mir Gott helfe, wenn du einen Ascott auch nur schief ansiehst, werde ich selbst mit dem Schwert auf dich losgehen.« Damit verließ sie den Söller und stolperte fast über Lilian, die wie gewöhnlich vor der Tür gehorcht hatte.

Es dauerte drei Tage, ehe Fiona ihren Zorn soweit zu beherrschen vermochte, daß sie zu einem Gedanken fähig war. Als die Vernunft die Oberhand gewann, beschloß sie, Bilanz zu ziehen und aus dem, was sie hatte, etwas zu machen. Sie würde nicht zulassen, daß ihr Kind so aufwuchs wie sie. Sie würde vermutlich niemals mit Miles zusammenleben, so daß Roger ihm so weit wie möglich den Vater ersetzen mußte.

Sie fand Roger vor dem Kamin, wo er vor sich hinbrütete, und wäre sie ein Mann gewesen, hätte sie ihn aus seinem Sessel gezogen und seiner Kehrseite einen kräftigen Tritt gegeben.

»Roger«, sagte sie mit honigsüßer Stimme, »es ist mir bisher gar nicht aufgefallen, aber du bekommst ein Fettpolster an der Taille.«

Er legte verblüfft die Hand auf seinen flachen Magen.

Fiona mußte ihr Lächeln unterdrücken. Roger war ein sehr gutaussehender Mann und gewohnt, daß Frauen ihm nachsahen. »Vielleicht wird ein Mann in deinem Alter etwas behäbiger«, fuhr sie fort, »und seine Muskeln schwach.«

»Ich bin nicht so alt«, sagte er, stand auf und zog den Bauch ein.

»Das gefiel mir in Schottland ganz besonders: daß sich die Männer schlank und rank hielten.«

Er sah sie mit schräggelegtem Kopf an. »Was willst du mir damit sagen, Fiona?«

»Ich versuche, dich von einem Leben in einer Welt des Selbstmitleides abzuhalten. Brian ist tot, und wenn du für den Rest deines Lebens jeden Abend betrunken in dein Bett fallen würdest, könntest du ihn damit nicht zurückholen. Also trommle deine faulen Ritter zusammen und schick sie an die Arbeit.«

Da war nur eine Andeutung eines Lächelns in seinen Augen. »Vielleicht brauche ich selbst ein bißchen Übung«, sagte er, ehe er den Raum verließ.

Sechs Wochen später wurde Fiona von einem sehr großen, gesunden Knaben entbunden, den sie Nicholas Roger taufte. Man konnte schon dem Säugling ansehen, daß er Gavin Ascotts hohe Wangenknochen geerbt hatte. Roger faßte eine Zuneigung zu dem Kind, als wäre es sein eigenes.

Als sie von ihrem Wochenbett aufstand, ging sie daran, für den kleinen Nicholas ein Heim zu schaffen. Als erstes befahl sie, daß das Baby Tag und Nacht bewacht werden mußte, weil Lilian zu glauben schien, das Kind habe Judith und Gavin als Eltern, und Fiona traute dieser verrückten Frau nicht über den Weg.

Nicholas war noch keinen Monat alt, als der erste Brief von Judith Ascott eintraf. Es war ein zurückhaltender Brief; der sich nach dem Wohlergehen des Kindes erkundigte und in dem Judith bedauerte, daß sie Fiona nicht kennengelernt habe; aber Alicia ihr Loblied sänge. Kein Wort von Miles stand in dem Brief.

Sogleich setzte Fiona sich hin und beantwortete den Brief, indem sie von dem kleinen Nick schwärmte und sagte, er sähe Gavin sehr ähnlich, und ob Judith einen Rat für eine unerfahrene Mutter habe?

Judith antwortete mit einer Kiste voll wunderschöner Babysachen, die ihrem Sohn, der inzwischen zehn Monate alt war, nicht mehr paßten.

Fiona zeigte Roger mit einem gewissen trotzigen Stolz die Babykleider und offenbarte ihm, daß sie den Briefverkehr mit Judith Ascott aufgenommen habe. Roger, schweißgebadet von den Übungen auf dem Turnierfeld, sagte nichts; doch Lilian hatte eine Menge zu sagen, obwohl ihr niemand zuhörte.

Erst im fünften Brief erwähnte Judith Miles, und dann auch nur beiläufig. Sie schrieb, Miles lebte bei Raine, beide Männer wären ohne ihre Frauen, und daher sehr unglücklich. Diese Neuigkeit versetzte Fiona eine Woche lang in eine wunderbare Stimmung. Sie lachte über Nick und erzählte ihm alles über seinen Vater und seinen Stiefbruder Kit.

Im September schickte Fiona Judith Blumenzwiebeln für ihren Garten, und als Unterlage war ein Wams beigelegt, das, sehr im Stil eines Erwachsenen, Fiona für Kit geschneidert hatte. Judith schrieb zurück, daß Kit ganz verliebt sei in das Wams, aber daß er und Miles glaubten, Judith habe es angefertigt, was Gavin sehr erheiterte, weil Judith viel zu beschäftigt sei, um die Geduld zum Nähen aufbringen zu können.

Kurz nach Weihnachten schickte Judith einen langen, ernsthaften Brief. Raine habe sich mit seiner Frau wieder vereint, und Miles habe sie besucht, ehe er zu seinem eigenen Landsitz zurückgekehrt sei. Judith sei erschrocken über Miles' Veränderung. Er war stets ein Außenseiter gewesen, doch nun spräche er nur noch selten ein Wort. Und, was am schlimmsten war – seine Liebe für Frauen schien ihm abhanden gekommen zu sein. Zwar fühlten sich die Frauen immer noch zu ihm hingezogen, doch sähe er sie mißtrauisch an, und sie ließen ihn gänzlich kalt. Judith hatte versucht, mit ihm darüber zu sprechen, doch alles, was er darauf zu sagen wußte, war: »Ich bin verheiratet, wie du dich erinnern wirst. Frau und Mann sollten sich treu bleiben.« Und damit sei er lachend weggegangen. Judith bat dann Fiona inständig, Miles zu verzeihen, und zugleich warnte sie Fiona, daß alle Ascott-Männer wahnsinnig eifersüchtig seien.

Fiona antwortete mit einem langen, langen Brief voller Zorn. Miles sei der einzige Mann, der sie jemals berührt habe. Sie habe ihn gebeten, sie mitzunehmen, als sie getraut wurden, doch er hatte ihre Bitte abgeschlagen. Sie betonte, daß sie nur mit Roger mitgegangen sei, um Miles' Leben zu retten. Seitenlang beklagte sie sich dann bitter über ihre eigene Dummheit, daß sie ihrem Bruder so blind geglaubt habe; doch Miles sei es, der sie getrennt hielt, nicht sie selbst.

Sobald Fiona den Brief mit dem Boten abgeschickt hatte, verlangte sie ihn zurück. Schließlich kannte sie ihre Schwägerin ja gar nicht. Wenn nur eine Winzigkeit von dem, was Lilian dieser Frau zutraute, stimmte, war Judith ein Monster. Sie konnte Fionas Chancen bei Miles erheblich schaden.

Es dauerte einen Monat, ehe eine Antwort kam, und in dieser Zeit verlor Fiona fast den Verstand. Roger fragte ständig, was ihr denn fehle. Lilian tat noch mehr – sie stöberte heimlich in Fionas Zimmer herum, entdeckte Judiths Briefe, las sie und berichtete Roger deren Inhalt später in aller Ausführlichkeit. Als Roger sich nur stumm abwandte, bekam Lilian einen Wutanfall, der fast einen ganzen Tag andauerte.

Judiths Antwort an Fiona war kurz: Miles würde am sechzehnten Februar zwanzig Meilen vom Herrensitz der Chatworth' entfernt vor dem Dorf von Westmore ein Lager aufschlagen. Sir Guy war bereit, Fiona in jeder nur möglichen Hinsicht zu helfen.

Mit diesem Brief schlief Fiona, trug ihn am Tag mit sich herum und versteckte ihn schließlich hinter einem Stein im Kamin. Einige Tage lang schritt sie dahin wie auf Wolken und kehrte dann auf die Erde zurück. Wie kam sie auf den Gedanken, daß Miles sie zurückhaben wollte? Was konnte sie tun, damit er sie wieder begehrte?

»Du bist mein, Fiona«, hatte er gesagt. »Du wurdest mir geschenkt.«

Ein Plan begann sich in ihrem Geist zu formen. Nein, das konnte sie nicht tun, dachte sie. Ein Kichern entschlüpfte ihr. Dazu würde sie einfach nicht den Nerv haben. Wie wäre es, wenn sie sich Miles abermals »schenkte«?

Als Fiona im Söller ihren Visionen nachhing, schlüpfte Lilian in Fionas Zimmer und suchte in allen Ecken. Als sie endlich Judiths letzten Brief entdeckt hatte, brachte sie ihn zu Roger, doch diesmal drehte er ihr nicht einfach den Rücken zu. In den nächsten Tagen gab es drei Leute im Herrenhaus der Chatworth', die Pläne schmiedeten, wobei sie alle im krassen Gegensatz zueinander standen.

Kapitel 15

»Dazu bin ich keinesfalls bereit«, sagte Sir Guy, während er auf Fiona hinuntersah. Seine Stimme war leise, aber in ihrer Entschlossenheit wirkte sie lauter als ein Schrei.

»Judith schrieb mir, daß Ihr bereit seid, mir in jeder Hinsicht zu helfen.«

Sir Guy richtete sich zu seiner ganzen beträchtlichen Höhe auf. Die Narbe auf seinem Gesicht war ein glitzernder, purpurroter Strich. »*Lady* Judith« – er betonte die beiden Worte – »hatte keine Ahnung, daß Ihr so etwas Unglaubliches von mir verlangen würdet. Wie könnt Ihr nur auf so eine Idee kommen?« sagte er mir entrüsteter Stimme.

Fiona wandte sich von ihm weg, wobei sie dem Teppich auf dem Boden einen kräftigen Tritt gab. Sie hatte es für eine großartige Idee gehalten: daß Sir Guy sie nackt, eingerollt in einen Teppich, Miles ausliefern sollte. Vielleicht würde die Wiederholung dieser Szene ihn zum Lachen bringen und seine Verzeihung erwirken. Doch Sir Guy weigerte sich, dabei mitzuspielen.

»Was werde ich dann anstellen?« fragte sie schweren Herzens. »Ich weiß, daß er mich nicht sehen will, wenn ich ihn direkt darum bitte.«

»Lady Clarissa schickte ihre Tochter zu Lord Raine, und das Kind betätigte sich als Vermittler.«

»Oh, nein! Ich möchte nicht, daß Miles Nick in die Hände bekommt. Miles würde nur eine weitere Kinderschwester anheuern und den Jungen in seine Sammlung einreihen. Ich würde weder Miles *noch* Nick wiedersehen.« Sie lehnte sich gegen einen Baum und versuchte nachzudenken. Wenn sie ein Treffen mit Miles arrangierte, hatte sie Zweifel, ob er ihr zuhörte. Ihre einzige echte Chance bestand darin, daß seine

Augen sich vor Leidenschaft verdunkelten, und dann würde er sich nicht mehr dagegen wehren können. Vielleicht konnte sie mit ihm reden, nachdem sie sich geliebt hatten.

Während sie darüber nachdachte, spielte sie mit ihrem langen schwarzen Umhang, ein herrliches Bekleidungsstück aus Samt, das mit schwarzem Nerz gefüttert war. Er bedeckte sie vom Hals bis zu den Füßen. Ein neues Licht trat in ihre Augen, als sie auf Sir Guy zurücksah. »Könnt Ihr es so einrichten, daß ich eine Zeitlang mit Miles allein bin? Nicht in seinem Zelt, sondern im Wald? Und wenn ich sage, allein, meine ich das auch! Zweifellos wird er nach seinem Wächter rufen, doch ich möchte nicht, daß der Mann auch erscheint.«

»Mir gefällt dieser Vorschlag nicht«, sagte Sir Guy eigensinnig. »Wenn er in eine echte Gefahr gerät?«

»Wahrhaftig«, sagte sie sarkastisch, »ich könnte ihn ja in einen Ringkampf verwickeln und mit einem Messer die Kehle durchschneiden.«

Sir Guy zog eine Augenbraue in die Höhe, wobei er den Fuß nach hinten schob, den Fiona mit ihrem Absatz verstümmelt hatte.

Fiona quittierte das mit einem kleinen Lächeln. »Bitte, Guy, ich habe schon lange keinen Mann mehr verletzt. Miles ist mein Ehemann, und ich liebe ihn. Ich möchte ihn dahin bringen, daß seine Liebe zu mir wieder erwacht.«

»Ich glaube, daß Lord Miles Euch nicht nur liebt, sondern von Euch besessen ist. Aber Ihr habt seinen Stolz verletzt. Keine Frau hat ihm jemals so viele Schwierigkeiten bereitet.«

»Ich werde mich nicht dafür entschuldigen, daß ich mit Roger Schottland verlassen habe. Damals mußte ich so handeln. Werdet Ihr mich jetzt einige Zeit mit meinem Mann allein lassen?«

Sir Guy sah sie lange an, ehe er einmal nickte. »Ich werde das zweifellos zu bereuen haben.«

Fiona lächelte ihn strahlend an, daß ihr ganzes Gesicht aufleuchtete. »Ich werde Euch zum Patenonkel unseres nächsten Kindes machen.«

Sir Guy schnaubte: »In einer Stunde wird Lord Miles an dieser Stelle stehen. Ich werde Euch eine Stunde mit ihm alleinlassen.«

»Dann werdet Ihr uns in einer peinlichen Situation vorfinden«, sagte sie freimütig. »Ich habe vor, meinen Ehemann zu verführen. Gebt uns wenigstens drei Stunden Zeit zum Alleinsein.«

»Ihr seid keine Lady, Fiona Ascott«, sagte er, aber nicht ohne Augenzwinkern.

»Und ich habe auch keinen Stolz«, bekannte sie freimütig. »Jetzt geht, damit ich mich auf das Treffen vorbereiten kann.«

Als sie allein war, verlor sie wieder etwas von ihrer Zuversicht. Es war vielleicht ihre einzige Chance, ihren Mann zurückzugewinnen, und sie betete, daß alles gutgehen möge. Mit zitternden Händen begann sie, ihr Kleid aufzuknöpfen. Sie hoffte, Miles gut genug zu kennen; daß er ihr zwar mit dem Verstand erfolgreich zu widerstehen vermochte, aber mit seinen Sinnen unterlag.

Sie versteckte ihre Kleider unter Blättern und wickelte sich den Umhang um den nackten Körper. Für die Außenwelt war sie der Erscheinung nach eine sittsame Lady. Als sie mit ihren Vorbereitungen fertig war, setzte sie sich auf einen Baumstumpf und wartete.

Als sie jemand auf sich zukommen hörte, erstarrte sie, bis sie Miles' raschen, leichten, zielstrebigen Schritt erkannte. Sie stand auf, um ihn zu begrüßen.

Auf den ersten Blick schien er bereit, sie willkommen zu heißen, doch dann verlor sich dieser Eindruck, und er sah sie kalt an. »Hast du diesmal deinen Bruder versetzt?« fragte er.

»Miles, ich habe dieses Treffen arrangiert, um dich zu fragen, ob wir nicht als Mann und Frau zusammenleben könnten?«

»Wir alle drei?«

»Ja.« Sie lächelte. »Wir beide mit unserem Sohn Nicholas.«

»Ich verstehe. Und was, sage mir bitte, wird dein Bruder ohne seine Schwester anstellen, für die er so oft getötet hat?«

Sie trat näher zu ihm. »Viel Zeit ist vergangen, seit wir uns zum letztenmal gesehen haben, und ich hatte gehofft, daß du inzwischen einen Teil deiner Eifersucht überwunden hast.«

»Ich bin nicht eifersüchtig!« fauchte er. »Du hattest eine Entscheidung zu treffen, und du hast dich entschieden. Nun werde ich jemanden rufen, der dich zu deinem Bruder zurückbringt. Wache!«

Ein verwirrter Ausdruck zeigte sich auf Miles' Gesicht, als auf seinen Ruf hin keine Männer erschienen. Doch ehe er ein Wort sagen konnte, öffnete Fiona ihren Mantel und enthüllte ihren nackten Körper. Miles konnte nur einen gurgelnden Laut hervorbringen, während er sie mit offenem Mund angaffte.

Fiona ließ den Umhang wieder zufallen, ließ jedoch einen klaffenden Spalt offen, der sie von der Hüfte bis zu den Zehen entblößte, was ihn an ihr erstes Zusammentreffen erinnern mußte, als sie sich in einen Fuchspelz eingewickelt hatte. Verstohlen, wie eine Jägerin, ging sie auf ihn zu und legte ihm die Hand in den Nacken.

Unwillkürlich ging seine Hand nach vorne, um die samtweiche Haut über ihrer Hüfte zu berühren.

»Muß ich dich erst anbetteln, Miles?« flüsterte sie, den Blick auf seine Lippen gerichtet. »Ich habe mich in so vielen Dingen geirrt. Ich habe keinen Stolz mehr. Ich liebe dich und möchte mit dir leben. Ich möchte noch mehr Kinder haben.«

Langsam bewegten sich Miles' Lippen dichter an ihren

Mund. Er schien seine ganze Willenskraft aufbringen zu müssen, um ihr widerstehen zu können. »Fiona«, murmelte er, während seine Lippen sacht die ihren berührten.

Unterdrückte und unter der Asche schwelende Leidenschaft entzündete sich zwischen ihnen. Miles' Arme glitten unter ihren Mantel, hoben sie vom Boden, während er sie an sich drückte und ihre Küsse sich vertieften. Sein Mund glitt über ihr Gesicht, als wollte er sie verschlingen. »Ich habe dich vermißt. Oh, Gott, es gab Zeiten, wo ich glaubte, ich würde wahnsinnig.«

»Und ich bin sicher, daß ich ihn verloren habe«, sagte sie, halb lachend, halb weinend. »Warum konntest du nicht begreifen, daß ich nur dich liebte? Ich konnte keinem anderen Mann gestatten, mich zu berühren.«

Er küßte ihre Tränen weg. »Wie ich hörte, mußte sich John Bascum den Kopf an vier Stellen nähen lassen, nachdem du ihn mit der Vase geschlagen hast.«

Sie küßte seinen Mund und brachte ihn so zum Verstummen. Ohne, daß es ihnen beiden bewußt wurde, bewegten sie sich auf die Erde zu. Fionas Finger vergruben sich in den Schnallen von Miles' Kleidern; während seine Hände begierig über ihren Körper glitten.

»Ergreift sie!« drang eine tödliche Stimme von oben herunter.

Fiona und Miles brauchten eine Sekunde, ehe sie begriffen, wer da sprach.

Roger Chatworth hielt sein gezogenes Schwert über Miles.

Miles warf Fiona einen bösen Blick zu und begann sich aufzurichten. »Sie gehört dir«, sagte er mit wogender Brust zu Roger.

»Verdammnis über dich, Roger!« schrie Fiona zu ihrem Bruder hinauf, raffte eine Handvoll Steine zusammen und warf sie ihm an den Kopf. »Kannst du dich nicht wenigstens dieses Mal aus meinem Leben heraushalten? Steck das Schwert fort, ehe jemand verletzt wird!«

»Ich werde einen Ascott verletzen, falls er ...«

»Du kannst es ja versuchen«, höhnte Miles, sein Schwert ziehend.

»Nein!« schrie Fiona und sprang auf die Beine, um sich zwischen die beiden Männer zu stellen. Sie funkelte ihren Bruder an: »Damit du klar siehst, Roger, Miles ist mein Mann, dem ich in sein Heim folgen werde. Das heißt, wenn er mich bei sich haben möchte, nachdem du uns beide so oft zum Narren gehalten hast.«

»Er ist mir ein schöner Ehemann«, höhnte Roger. »Monatelang ist er dir ferngeblieben und hat noch nicht einmal seinen eigenen Sohn gesehen. Ist es das, was du haben möchtest, Fiona? Du willst das Heim, das ich für dich geschaffen habe, für einen Mann aufgeben, der nichts für dich übrighat? Wie viele Frauen hast du inzwischen geschwängert, Ascott?«

»Mehr als du in deinem ganzen Leben schwängern könntest«, erwiderte Miles gelassen.

Fiona trat dichter an Miles heran, als Roger sich auf ihn werfen wollte. »Wenn ich einen Funken Vernunft hätte, würde ich euch beiden sagen, daß ihr zur Hölle gehen sollt.«

»Laß mich zu ihm, damit ich dich von ihm befreie«, sagte Roger, doch als die Schwertspitze Fionas Umhang streifte, blieb er stehen. »Hast du kein Schamgefühl? Hast du diesen Mann auf diese ... so begrüßt?«

»Roger, du bist ein dickfelliger Narr, der nur begreift, was man in seinen Schädel hämmert.« In einem Wirbel aus Samt und Nerz drehte sie sich um, stellte sich auf die Zehen und pflanzte einen Kuß auf Miles' Mund. Miles begann zu begreifen, daß Fiona diesmal ihm den Vorzug vor ihrem Bruder gab. Er drückte sie mit einer zermalmenden Umarmung an sich.

Roger, so wütend, daß er zitterte, bemerkte den Mann nicht,

der sich hinter ihm anpirschte, noch hörte er das sausende Geräusch, als die Keule seitlich auf seinen Kopf herunterkam. Stumm sank er mit geknickten Beinen zu Boden.

Miles und Fiona hätten nicht einmal bemerkt, wenn der Baum über ihnen umgestürzt wäre; doch etwas brachte Fiona dazu, die Augen zu öffnen. Eine Keule kam auf Miles' Kopf herunter. Sie schob ihn gerade weit genug nach links, daß die Keule sie statt ihn traf.

Miles begriff zunächst nicht, was Fiona so total schlaff gemacht hatte. Sie mit einer Hand stützend, drehte er sich um, doch zu spät, um noch dem Hieb ausweichen zu können, der ihn fällte.

Die drei Männer, schmutzige, finstere Gestalten, standen über die beiden Männer und die Frau gebeugt, die auf dem Boden lagen.

»Welcher ist nun Ascott?« fragte einer.

»Wie soll ich das wissen?«

»Welchen nehmen wir also mit?«

»Beide!« entschied der dritte.

»Und die Puppe?« fragte einer und teilte mit seiner Keule Fionas Umhang.

»Die werfen wir zu den beiden. Die Chatworth sagte, es könne auch eine Frau dabeisein, und die sollten wir ebenfalls beseitigen. Ich gedenke ihr die Rechnung für alle drei zu präsentieren. Und jetzt zieh dem Mann dort die Kleider aus, während ich mich um diesen da kümmere.«

Der dritte schnitt von Fionas blonden Haaren eine lange Locke ab und steckte sie in die Tasche. »Kommt, beeilt euch. Der Wagen wartet nicht den ganzen Tag.«

Als Fiona aufwachte, war der hämmernde Schmerz in ihrem Kopf so schlimm, daß sie sich nicht sicher war, ob sie überhaupt noch aufwachen wollte. Sogar der Boden unter ihr schien sich zu bewegen. Als sie sich aufzusetzen begann, fiel sie wieder zurück und schlug mit dem Kopf nicht auf die Erde, sondern auf Holz.

»Still, Liebes«, kam die Stimme von ihrem Rücken her.

Sie drehte sich um und blickte in Miles' brennende Augen. Er war nackt bis auf sein Lendentuch, die Arme in einem unnatürlichen Winkel hinter seinem Rücken gefesselt. Neben ihm schnarchte Roger, ebenfalls gefesselt.

Als sich der Nebel in Fionas Kopf einigermaßen lichtete, erkannte sie, daß ihr die Gelenke und Knöchel ebenfalls zusammengebunden waren. »Wo sind wir?« flüsterte sie, während sie versuchte, sich ihre Furcht nicht anmerken zu lassen.

Miles' Stimme war tief, stark und beruhigend: »Wir befinden uns im Laderaum eines Schiffes, und ich könnte mir vorstellen, daß wir nach Frankreich unterwegs sind.«

»Aber wer? Warum?« stammelte sie.

»Vielleicht weiß dein Bruder das«, sagte Miles tonlos.

»Zunächst müssen wir uns von den Fesseln befreien. Ich wälze mich zu dir und benütze meine Zähne, um deine Hände loszubinden. Dann kannst du meine Fesseln lösen.«

Fiona nickte und zwang sich zur Ruhe. Falls Roger etwas mit ihrer Gefangennahme zu tun hatte, läge er nicht gefesselt neben ihnen, sagte sie sich. Als ihre Hände frei waren, seufzte sie erleichtert auf und wandte sich Miles zu. Statt seine Fesseln abzunehmen, öffnete sie ihren Umhang, preßte ihren nackten Leib gegen den seinen und küßte ihn.

»Hast du an mich gedacht?« flüsterte sie an seinem Mund.

»Jede Sekunde.« Begierig beugte er sich vor und küßte sie abermals.

Lachend stieß sie ihn von sich. »Sollte ich dich nicht von deinen Fesseln befreien?«

»Jene Glieder, die nun der Freiheit bedürfen, sind nicht gefesselt«, sagte er, während er seine Hüften näher an die ihren heranbrachte.

Fiona vergrub ihre Finger in seinen Schultern und drang mit Zunge und Lippen in seinen Mund ein.

Nur das laute, erwachende Stöhnen von Roger zwang sie wieder zum Rückzug.

»Hätte ich deinen Bruder nicht schon früher gehaßt, würde ich es jetzt«, sagte Miles herzhaft, während Fiona sich aufsetzte, sich über ihn beugte und anfing, die Stricke von seinen Handgelenken zu entfernen.

»Was ist denn das?« fragte Roger. Er setzte sich auf, fiel wieder auf den Rücken, und richtete sich abermals auf.

»Was hast du diesmal angerichtet, Ascott?«

Miles ging auf diese herausfordernde Frage nicht ein, sondern massierte seine Gelenke, während Fiona sich mit den Fesseln an ihren Knöcheln beschäftigte. Als Miles sich anschickte, die Knoten an seinen Knöcheln zu lösen, explodierte Roger abermals.

»Habt ihr beiden vor, euch zu befreien und mich hier gebunden zurückzulassen? Fiona, wie kannst du vergessen ...«

»Sei still, Roger«, sagte Fiona. »Du hast schon mehr als genug Schaden angerichtet. Weißt du vielleicht, wohin dieses Schiff uns bringt?«

»Erkundige dich bei deinem Liebhaber. Ich bin überzeugt, er hat dieses Bubenstück geplant.«

Miles ging auf Rogers Anspielung nicht ein, sondern wandte sich Fiona zu. »Ich möchte wissen, ob ich diesmal mit deiner Loyalität rechnen kann. Falls jemand die Luke öffnet, werde ich ihn anspringen, und du nimmst die Stricke und fesselst ihn. Kann ich mich auf dich verlassen?«

»Ob du es glaubst oder nicht – ich habe stets zu dir gehalten«, sagte Fiona mit kalter Stimme.

»Hast du schon versucht, uns freizukaufen?« erkundigte sich Roger. »Biete ihnen Geld an.«

»Und wo sind deine Taschen, die du für sie leeren willst?«

fragte Miles und blickte auf den schmalen Tuchstreifen, den Roger an seinen Lenden trug.

Niemand sagte etwas, als die Luke sich zu öffnen begann und ein Fuß auf der Leiter erschien.

»Duckt euch!« befahl Miles leise, und sogleich stellten Roger und Fiona sich schlafend, indem sie sich der Länge nach auf dem hölzernen Deck ausstreckten. Miles glitt lautlos auf die andere Seite der Leiter hinüber.

Der Matrose steckte seinen Kopf durch die Luke, schien zufrieden, daß die beiden Gefangenen stumm waren und rückte einen weiteren Schritt auf der Leiter vor. Im gleichen Moment wurde ihm bewußt, daß ein Gefangener fehlte. Miles packte den Mann an beiden Füßen und warf ihr' von der Leiter. Außer einem dumpfen Aufprall war nichts zu hören, und dieses Geräusch ging in dem Knarren und Stöhnen des Schiffes unter.

Roger wurde sofort lebendig, sprang hinzu und packte des Matrosen Kopf bei den Haaren. »Er wird eine Weile nicht bei sich sein.«

Miles knöpfte die Kleider des Matrosen auf.

»Erwartest du, daß ich hierbleibe, während du dem Mann die Kleider abnimmst und damit entkommst?« forschte Roger. »Ich liefere mich doch nicht auf Gnade und Barmherzigkeit einem Ascott aus.«

»Das wirst du!« zischte Fiona. »Roger, ich habe dein Mißtrauen satt. Du bist derjenige, der die meisten Probleme zwischen den Ascotts und Chatworth' geschaffen hat, und wenn wir uns nun aus dieser Klemme befreien wollen, mußt du lernen, mit anderen zusammenzuarbeiten. Was können wir tun, Miles?«

Miles sah sie an, während er sich mühte, in die viel zu kleinen Kleider hineinzuschlüpfen. Matrosen wurden oft ihrer Winzigkeit wegen für diese Tätigkeit ausgesucht, da kleine

Männer sich viel besser in der Enge eines Schiffes bewegen konnten. »Ich komme sofort wieder zurück, wenn ich etwas entdeckt habe.« Damit kletterte er die Leiter hinauf und durch die Luke.

Fiona und Roger fesselten und knebelten den bewußtlosen Matrosen und schoben ihn in eine Ecke.

»Wirst du stets seine Partei ergreifen?« fragte Roger mürrisch.

Fiona lehnte sich gegen die Schiffswand zurück. Ihr Kopf schmerzte, und ihr leerer Magen zeigte erste Symptome von Seekrankheit. »Ich habe bei meinem Mann viel gutzumachen. Vielleicht hatte Miles recht, und ich hätte an dem Tag, wo du uns in der Hütte im Hochland überrascht hast, etwas tun können. Du hast nie auf die Stimme der Vernunft gehört; doch vielleicht hätte ich es zumindest versuchen sollen.«

»Du beleidigst mich! Ich bin stets gut zu dir gewesen.«

»Nein! Du hast stets die Tatsache, daß du einmal etwas Gutes für mich getan hast, zu deinem Vorteil ausgebeutet. Jetzt höre mir zu. Wie wir auch in diese Klemme geraten sein mögen, wir müssen uns daraus befreien. Du mußt dich diesem Ziel unterordnen.«

»Mit einem Ascott zusammenarbeiten?«

»Mit *zwei* Ascotts!« fauchte sie.

Ein paar Sekunden lang schwieg Roger. »Lilian«, murmelte er, »sie brachte mir den Brief von Gavin Ascotts Frau. Sie wußte, wo du deinen ...«

»Meinen Mann treffen würde«, ergänzte Fiona. »Oh, Roger!« sagte sie dann beklommen. »Nicholas. Er ist allein Lilian ausgeliefert. Wir müssen zurück zu meinem Sohn.«

Roger legte die Hand auf ihren Arm. »Das Kind wird bewacht, und die Wächter haben Befehl, Lilian nicht an den Jungen heranzulassen. Sie werden mir gehorsam sein.«

»Aber was wird geschehen, wenn wir nicht zurückkehren?«

»Dann werden sich zweifellos die Ascotts seiner annehmen.«

Ihre Blicke kreuzten sich, und es dauerte einen Moment, ehe Roger begriff, was er da gesagt hatte. Er war dem Eingeständnis sehr nahegekommen, daß er – vielleicht – nicht Recht hatte in allem, was er den Ascotts vorwarf. Vielleicht zeigten endlich die unzähligen Worte, mit denen Fiona auf ihn eingeredet hatte, ihre Wirkung.

Sie drehte sich mit angehaltenem Atem um, als die Luke sich öffnete, und stieß die Luft wieder aus, als Miles auf der Leiter erschien.

Fiona flog ihm entgegen, umhalste ihn und stieß ihm dabei fast die Bündel aus den Händen. »Wir glauben, daß Lilian hinter diesem Bubenstreich steckt. Oh, Miles, bist du verletzt?«

Miles sah sie mißtrauisch an. »Du wechselst rasch zwischen heiß und kalt. Nein, ich hatte keine Mühe. Ich bringe Kleider und etwas zu essen mit.« Er warf Roger einen Laib Hartbrot zu und überreichte Fiona ein Bündel mit Kleidern. Nach einem Blick auf den gefesselten und geknebelten Matrosen, der sie mit furchtgeweiteten Augen beobachtete, setzte Miles sich zwischen Roger und Fiona.

Außer dem Brot hatte er noch Trockenfleisch und einen übelschmeckenden Grog mitgebracht, der Fiona im Hals würgte.

»Was hast du dort oben gesehen?« erkundigte sich Roger.

Miles begriff, daß Roger eine erhebliche Menge Stolz hinunterschluckte, wenn er so eine Frage stellte. »Es ist ein altes Schiff, nur noch von Holzwürmern zusammengehalten und bedient von einer Mannschaft, die größtenteils betrunken oder schon halbtot ist. Wenn sie weiß, daß wir Gefangene sind, interessiert sie das wenig.«

»Das hört sich nach dem Typ von Männern an, mit dem

Lilian sich vertraut macht«, sagte Fiona voll Abscheu. »Sind wir unterwegs nach Frankreich, wie du gedacht hast?«

»Ja. Ich habe die Küste erkannt. Wenn es dunkel ist, schleichen wir aus dem Laderaum, bemächtigen uns eines der Ruderboote und pullen an Land. Ich möchte nicht einem Empfangskomitee in die Arme fallen, wenn das Schiff im Hafen anlegt.« Er sah zu Roger hin, und Roger nickte zustimmend.

»Und wie kommen wir nach England zurück?« fragte Fiona.

»Ich habe Verwandte, ungefähr vier Tagesritte von der Stelle entfernt, wo wir landen werden. Wenn wir zu ihnen gelangen, sollten wir dort einigermaßen sicher sein.«

»Natürlich haben wir keine Pferde oder Nahrungsmittel, die für so einen Marsch ausreichen«, sagte Roger und nahm einen tiefen Schluck von der schrecklichen Brühe.

»Vielleicht kommen wir zurecht«, sagte Miles gelassen und nahm Roger den Krug ab. Da war eine leichte Betonung des Wortes »wir«.

»Ja, vielleicht kommen wir zurecht«, antwortete Roger ebenso gelassen.

Sie aßen stumm das Hartbrot und Trockenfleisch, und als sie ihre Mahlzeit beendet hatten, zogen Roger und Fiona die Kleider der Matrosen an. Das gestreifte Baumwollhemd saß stramm über Fionas Brüsten, und sie freute sich, ein interessiertes Flackern in Miles' Augen zu bemerken. Sie hatte bereits bewiesen, daß er trotz des Grolls, den er noch gegen sie hegen mochte, nicht aufgehört hatte, sie zu begehren. Und hatte er nicht gesagt, er habe »jede Sekunde« an sie gedacht?

Als es in dem kleinen, muffigen Laderaum noch dunkler geworden war, glitt Miles abermals zur Leiter, und diesmal blieb er eine entsetzlich lange Zeit weg. Er kam mit leeren Händen zurück.

»Ich verstaute alle Nahrungsmittel, die ich zu fassen bekam, im Ruderboot.« Er sah Roger an. »Ich muß dir den Schutz meines Rückens anvertrauen. Fiona wird zwischen uns gehen.«

Roger war wie Miles zu groß, um aufrecht in der Ladeducht stehen zu können. Miles konnte in seinen schlechtsitzenden Kleidern, mit seinem einen Tag alten schwarzen Stoppelbart und seinem wilden, dräuenden Blick durchaus als Matrose durchgehen; aber Roger nicht. Rogers stattlichere Figur hatte die Säume des Hemds gesprengt, und seine aristokratische blonde Erscheinung paßte keineswegs zu dem schmutzigen Wesen eines Seemanns. Und Fiona in den Kleidern, die ihre Kurven betonten, war gar ein hoffnungsloser Fall. Ihre Züge waren so fein, daß sie selbst zu einem Jüngling nicht gepaßt hätten.

Unter dem wachsamen Blick des gefesselten Seemanns, der versuchte, sich vor den Planken unsichtbar zu machen, kletterten sie die Leiter hinauf. Miles blieb ein paar Schritte voraus, ein kleines Messer in der Hand. Es war die einzige Waffe, die er von seinem Streifzug mitgebracht hatte.

Kalte Nachtluft brachte Fiona zu Bewußtsein, wie scheußlich muffig es im Laderaum gewesen war, und ihr Kopf wurde wieder klar, als die kühle Brise sie umschmeichelte. Miles faßte ihren Arm, gab ihm einen kurzen, ungeduldigen Ruck, und sie richtete ihre Aufmerksamkeit wieder auf den Augenblick.

Da waren drei Männer an Deck – einer am Ruder, und zwei andere, die an entgegengesetzten Seiten des Schiffes umherschlenderten.

Miles duckte sich und verschmolz mit einem Gewirr mächtiger Hanftrosse, und sogleich folgten Roger und Fiona seinem Beispiel. Geduckt, bis ihre Beine schmerzhaft pochten, bewegten sie sich Zoll für Zoll an der Bordwand entlang, langsam und vorsichtig, um ja kein Geräusch zu machen.

Als Miles anhielt, bewegte er einen Arm, und Roger schien

die Bewegung zu verstehen. Er glitt über die Bordwand, und Fiona hielt den Atem an, da sie den Aufprall seines Körpers auf dem Wasser erwartete; doch das Platschen blieb aus. Im nächsten Moment gab Miles ihr ebenfalls das Zeichen, über die Bordwand zu steigen. Ohne nachzudenken, schwang sie ein Bein über die Bordwand, und der Rest ihres Körpers folgte. Roger fing sie auf und senkte sie leise auf eine Ducht im Ruderboot.

Ihr Herz klopfte heftig, während sie Roger zusah, wie er das Boot langsam an der Bordwand zum Wasser hinunterließ, wobei Miles oben an Deck die Taue bediente. Die Muskeln in Rogers Armen traten unter der Haut hervor, als er das Gewicht des Bootes an den Tauen allein übernehmen mußte. Fiona wollte ihm zu Hilfe kommen, doch Roger winkte sie ungeduldig von sich fort. Als sie zu ihrer Ducht zurückkehrte, stolperte sie plötzlich. Sie hielt sich die Hand vor den Mund, um einen Schrei zu unterdrücken, als sie eine Hand neben ihrem Fuß entdeckte – die Hand eines toten Matrosen.

Plötzlich sackte das Ruderboot nach unten, und sie hörte, wie Roger die Luft scharf einatmete, während er mit den Tauen kämpfte, um das Boot nicht ins Wasser platschen zu lassen. Aus irgendeinem Grund hatte Miles die Führungsseile über ihnen jählings losgelassen. Es gelang Roger, das Boot mit einem Flüstergeräusch aufs Wasser zu bringen. Dann lehnte er sich zurück und sah hinauf zum Deck.

Miles war nirgends zu sehen, und einen Moment lang überkam Fiona die Panik. Wie tief saß Rogers Haß auf ihren Mann? Konnte sie Roger daran hindern, mit dem Boot vom Schiff wegzurudern, falls er sich dazu entschloß, Miles zurückzulassen?

Doch Roger stand nur mit gegrätschten Beinen im Boot, glich die Schlingerbewegungen des kleinen Schiffes aus und sah erwartungsvoll nach oben.

Als Fiona schon den Tränen nahe war aus Sorge um Miles, blickte dieser über die Bordwand, sah, wo Roger sich befand, und im nächsten Augenblick warf er einen leblosen Körper in Rogers fangbereite Arme. Roger schien nur auf so etwas gewartet zu haben, und er stürzte nicht ins Wasser, als der Körper auf seinen Armen landete. Im nächsten Moment kletterte Miles wie der Blitz am Tau herunter, das das Ruderboot noch mit dem Schiff verband, und kaum war er halbwegs im Boot, als Roger von der Bordwand abstieß und zu rudern begann. Miles gab dem zweiten toten Matrosen einen Tritt, daß er neben dem ersten landete, packte das zweite Paar Ruder und tauchte es ebenfalls ins Wasser.

Fiona brachte kein Wort über die Lippen, während sie den beiden Männern zusah, die im Takt ruderten, während das Schiff hinter ihnen in der Dunkelheit verschwand.

Kapitel 16

»Schaffen wir sie uns vom Hals«, waren die ersten Worte, die nach einer Stunde des Schweigens gesprochen wurden.

Miles nickte zustimmend und fuhr fort zu rudern, während Roger die beiden Leichen ins Wasser warf.

Dann nahm auch Roger wieder die Riemen auf. »Wir müssen uns andere Kleider besorgen. Etwas Unauffälliges, das keinen Verdacht erregen wird.«

»Was für einen Verdacht?« fragte Fiona. »Glaubst du, die Matrosen werden nach uns suchen?«

Roger und Miles wechselten einen Blick, der Fiona das Gefühl gab, sie habe etwas Naives gefragt.

»Wenn wir durchsickern lassen, daß wir den Namen Ascott oder Chatworth tragen«, sagte Roger geduldig, »werden wir binnen Minuten festgehalten, damit man ein Lösegeld für uns erpressen kann. Und da wir ohne bewaffnete Eskorte reisen, müssen wir inkognito bleiben.«

»Vielleicht sollten wir uns als Musiker ausgeben«, sagte Fiona. »Clarissa fehlt uns jetzt.«

Als sie den Namen von Miles' neuer Schwägerin erwähnte, erinnerte sich Roger daran, wie Clarissa sein Leben rettete. Als er mit dem Bericht dieser Episode zu Ende kam, wurde es bereits hell, und sie erreichten endlich die Küste.

»Zieh dir den Umhang fest um den Leib und bleib dicht hinter mir«, befahl Miles mit halblauter Stimme. »Sie werden bald einen Markt eröffnen, und wir wollen zusehen, ob wir dort nicht andere Kleider besorgen können.«

Obwohl der Morgen eben erst anbrach, herrschte bereits reges Leben auf dem Marktplatz der Stadt, da die Leute aus der Umgebung mit ihrer Ware von allen Seiten herbeikamen. Roger lenkte mit seinen an den Säumen geplatzten Kleidern und seiner arroganten Haltung viel Aufmerksamkeit auf sich, desgleichen Fiona, deren schmutzige, strähnige Haare einen merkwürdigen Kontrast zu dem teuren Mantel bildeten, mit dem sie ihren Körper verhüllte. Doch die meisten Blicke fing Miles auf – durchweg von Frauen.

Eine hübsche junge Frau, die von jungen Männern umgeben war, sah von ihren Waren auf und sah in Miles' dunkle Augen.

Fiona trat vor, die Hände zu Klauen gespreizt, doch mit einem glucksenden Lachen hielt Miles sie am Arm fest.

»Würden dir die Kleider der Lady gefallen?«

»Ich würde am liebsten ihre Haut an meine Haustür nageln.«

Miles warf Fiona einen so heißen Blick zu, daß sie spürte, wie ihr Herz schneller zu schlagen begann. »Benimm dich, und gehorche mir«, sagte er und ging auf die Frau zu, die ihm so begehrliche Blicke zuwarf.

»Und was kann ich für Euch tun?« fragte die Frau, schnurrend wie eine Katze.

»Könnte ich Euch dazu überreden, Eure Kleider abzulegen?« fragte Miles im Flüsterton, während er einen großen Kohlkopf mit den Fingern liebkoste. Er sprach ein perfektes, klassisches Französisch.

Fiona hätte ein Teil des Straßenbelages sein können, so groß war die Beachtung, die diese Frau ihr schenkte.

»Ja, die könntet Ihr haben«, flüsterte sie, während sich ihre Hand über Miles' Fingern schloß. »Und was würdet Ihr mir dafür anbieten?«

Miles zog seine Hand zurück. Seine Augen leuchteten, und um seine Lippen spielte dieses ungewisse Lächeln, das Fiona so gut an ihm kannte. »Wir werden dafür einen pelzgefütterten Mantel anbieten und dagegen drei Anzüge und Nahrungsmittel eintauschen.«

Die Frau sah Fiona von Kopf bis Fuß an. *»Ihren* Mantel?« fauchte sie.

Doch nun waren zwei der jungen Männer hinzugekommen, und ihrem Aussehen nach mußten sie die Brüder der Frau sein. Fiona, die wütend war über Miles' Gehabe, sah durch ihre Wimpern hindurch die Männer an. »Wir hatten einen höchst unglücklichen Unfall«, sagte sie in einem Französisch, das nicht ganz so gut war wie das von Miles.

»Wir hofften, diesen unwürdigen Mantel gegen ein paar Kleider eintauschen zu können, obwohl das Kleid Eurer Schwester vielleicht ein bißchen klein ist.« Damit ließ sie beiläufig ihren Umhang bis zu den Hüften herunterfallen und enthüllte ein hautenges Hemd und Hosen, die noch strammer saßen. Miles zog ihr wütend den Mantel wieder über die Schulter, jedoch erst, nachdem die Männer geschluckt und den knappen Sitz von Hemd und Hose bewundert hatten.

»Wird es zu einem Handel kommen?« stieß Miles durch

zusammengepreßte Zähne hervor, während er vermied, Fiona dabei anzusehen.

Die Brüder nickten rasch, während ihre Schwester offenbar nur noch eine Statistenrolle spielen durfte.

Ein paar Minuten später trat Fiona in einen Torweg und wechselte unter dem Schutz ihres Umhangs die Kleider. Das Kleid, das sie nun anzog, war ein schlichtes, selbstgewebtes Gewand, das ihre Reize verhüllte und in dem man sich bequem bewegen konnte.

Als Miles und Roger ebenfalls in einer einfachen, aber engsitzenden Strumpfhose steckten, die ihre muskulösen Schenkel zur Geltung brachte, füllten sie zwei Säcke mit Nahrungsmitteln und setzten sich zu Fuß in südlicher Richtung in Bewegung.

Sie waren ein gutes Stück außerhalb der Stadt, ehe Miles das Wort an Fiona richtete. »Hast du diesen Trick in der Zeit gelernt, als du im Haus deines Bruders wohntest? Du scheinst dich ja rasch von deiner Angst vor Männern erholt zu haben.«

»Und was hätte ich deiner Meinung nach tun sollen? Dabeistehen und zusehen, wie diese Schlampe dich mit den Augen verschlang? Zweifellos würdest du sie gegen die Mauer gedrückt und es ihr gegeben haben, wenn das der Preis gewesen wäre, den sie verlangte.«

»Vielleicht«, war alles, was Miles darauf sagte, und er verfiel dann in ein vielsagendes Schweigen, das Fiona bis aufs Blut reizte.

»Woher kommt es, daß du mir alle möglichen Schlechtigkeiten vorwirfst? Ich habe nie etwas getan, um dein Mißtrauen zu verdienen. Ich blieb bei dir in Schottland und …«

»Ranntest mitten in der Nacht weg und hättest fast MacGregor umgebracht. Anschließend hast du mit deinem Bruder Schottland verlassen«, sagte Miles mit tonloser Stimme.

»Aber das mußte ich tun!« setzte Fiona heftig dagegen.

Roger war bisher schweigend links neben den beiden gegangen. »Ich hätte dich getötet, Ascott, wenn sie nicht mit mir nach England zurückgeritten wäre. Und ich hätte ihr nicht ein Wort geglaubt, wenn sie versucht hätte, ihren Wunsch, bei dir zu bleiben, zu begründen.«

»Warum erzählst du mir das?« fragte Miles Roger nach kurzem Schweigen.

»Weil Fiona mir lange Predigten hielt, wie ... wie falsch ich mich verhalten hätte. Vielleicht hatte sie in einigen Punkten recht.«

Dann gingen sie wieder einige Zeit stumm nebeneinander her, jeder mit seinen Gedanken beschäftigt.

Als die Sonne höherkletterte, legten sie eine Rast ein und aßen und tranken das Wasser von einem Bach, der neben der Straße herlief. Fiona ertappte Miles ein paarmal dabei, wie er sie beobachtete, und sie fragte sich, was in seinem Kopf vorging.

Es begegneten ihnen viele Reisende auf der Straße, reiche Kaufleute mit Eseln, die mit Gold beladen waren, viele Bauern auf der Wanderschaft, Musikanten, Hufschmiede und sogar ein Adeliger, der von zwanzig bewaffneten Rittern begleitet war. Danach ließen sich Roger und Miles eine Stunde lang in abfälliger Weise über die Ritter aus, bekrittelten alles an ihnen, angefangen bei den Farben ihrer Helmbüschel bis hinunter zu den altmodischen Steigbügeln.

Als die Sonne sich dem Horizont zuneigte, schauten sich die Männer nach einem Platz um, wo sie die Nacht verbringen konnten. Obwohl sie eine Festnahme als Wilderer riskierten, beschlossen Roger und Miles, im Wald des Königs zu übernachten, abseits von den anderen Reisenden, die am Wegrand lagerten.

Während sie aßen, unterhielten sich Miles und Roger über ihre Waffenübungen und erwähnten ein paar Leute, die sie beide kannten. Überhaupt benahmen sie sich, als wären sie alte Freunde, und als Fiona aus dem Schein des Feuers in den Schatten der Bäume ging, bemerkten die beiden gar nicht, daß sie sich vom Lagerplatz entfernte. Ein paar Minuten später war sie den Tränen nahe, während sie sich an einen Baum lehnte und den nächtlichen Geräuschen des Waldes lauschte.

Als Miles' Hand ihre Schulter berührte, sprang sie mit einem Satz von ihm weg.

»Ist etwas nicht in Ordnung?« fragte er.

»Nicht in Ordnung!« zischte sie ihn an, während ihre Augen sich mit Tränen füllten. »Wieso sollte etwas nicht in Ordnung sein? Du hast mich monatelang gefangengehalten, hast mich in dich verliebt gemacht. Doch als ich alles opferte, um dein wertloses Leben zu retten, hast du mich mit deinem Haß verfolgt. Ich habe dir ein Kind zur Welt gebracht, mit deinen Verwandten und deinem eigenen Gefolgsmann konspiriert, um dich zurückzugewinnen, doch alles, was ich dafür bekomme, ist Kälte. Ich habe dich geküßt, und du hast darauf reagiert, doch du hast mir nichts von dir selbst dafür angeboten. Was muß ich tun, damit du begreifst, daß ich dich nicht verraten habe? Meinen Bruder nicht dir vorgezogen habe? Du hast selbst gehört, wie Roger sagte, er hätte dich getötet, wenn ich nicht mit ihm gegangen wäre.« Sie konnte nicht weitersprechen, weil die Tränen ihre Stimme erstickten.

Miles lehnte, ein paar Schritte von ihr entfernt, an einem Baum. Das Mondlicht versilberte seine Haare und Augen.

»Ich dachte, nur meine Brüder wären dem alten Dämon des Stolzes verfallen. Ich dachte, Raine wäre von Dummheit verblendet, als er sich weigerte seiner Frau zu verzeihen, weil sie zum König ging und dort um eine Begnadigung bettelte. Ich hätte dir einen König vergeben, doch du hast mir einen Mann vorgezogen, dich für das Heim eines anderen statt für meines entschieden. Und als ich die Geschichte von den vielen Männern hörte, denen du beigewohnt hast, hätte ich dich töten können.«

Als sie dagegen protestieren wollte, hob er die Hand.

»Vielleicht kommt es daher, daß ich mit zu vielen untreuen Frauen zu tun hatte, Frauen, die aus meinem Bett stiegen und dann das Hochzeitskleid für einen anderen anzogen. Vielleicht hat mir das meine unbefangene Einstellung den Frauen gegenüber genommen. Und schließlich bist du zwar meine Gefangene gewesen, hast dich aber nicht zu sehr gegen mich gewehrt.«

»Ich sträubte mich mit allem, was ich hatte«, sagte sie hitzig und beleidigt.

Miles hatte dafür nur ein Lächeln übrig. »Raine sagte, ich wäre eifersüchtig; und der Witz an der Sache war, daß ich auf den gleichen Mann eifersüchtig war wie er. Raine glaubte, seine Frau Clarissa hätte sich in Roger vergafft.«

»Ich bin sicher, Roger hatte gar keine Ahnung davon.«

»Den Eindruck hatte ich auch, als er die Geschichte erzählte, wie Clarissa sein Leben rettete. Clarissa mußte so handeln, um Raine zu retten, weil mein Bruder ein hitzköpfiger, sturer Mann ist, der nie auf die Stimme der Vernunft hört.«

»Raine!« sprudelte Fiona hervor. »Hat er auch so gerast und seine vernähten Wunden aufgerissen? Mußte er mit einem Betäubungsmittel behandelt werden, damit er Schlaf fand?«

Miles warf ihr mit blitzenden Zähnen einen lächelnden Blick zu. »Raine verbraucht Stöße von Lanzen, wenn er wütend ist. Ich habe eine andere Methode.« Er schwieg eine Weile. »Wie sieht unser Sohn aus?« fragte er leise.

»Er hat hohe Wangenknochen wie dein Bruder Gavin. An seiner Familienähnlichkeit besteht kein Zweifel.«

»Daran habe ich auch nicht gezweifelt, nicht wirklich. Fiona ...«

»Ja«, flüsterte sie.

»Warum hast du mich verlassen? Warum bist du nicht nach einer Woche zurückgekommen? Ich habe jeden Tag auf dich gewartet. Ich betete um deine Rückkehr. Kit weinte sich in den Schlaf. So viele Mütter haben ihn verlassen.«

Tränen rollten über Fionas Wangen. »Ich hatte Angst vor Roger. Er war nicht bei Sinnen. Brian hatte geschworen, Roger zu töten, und ich hatte Angst, wenn ich nicht bei ihm bliebe, um ihn von Torheiten abzuhalten, würde Roger allen Ascotts den Krieg erklären. Ich hoffte, ihn zur Einkehr zu bewegen, ihn dahinzubringen, daß er die Wahrheit erkennt. Ich hoffte, ich würde den wahren Grund des Hasses zwischen den beiden Familien erkennen.«

»Und die Männer?« fragte Miles. »Pagnell erzählte jedem, der es gar nicht wissen wollte, wie er dich mir auslieferte, und jeder Mann, der sich um deine Hand bewarb, sorgte dafür, daß diese Freierparade mir in allen Einzelheiten hinterbracht wurde.«

Fiona hob die Hand. »Du warst nicht nur der erste Mann, dem ich mich schenkte; du warst der erste Mann, der ohne Hintergedanken mit mir redete, ohne einen lüsternen Ausdruck auf seinem Gesicht. Der erste Mann, der mich zum Lachen brachte, der erste Mann, der mir Güte zeigte. Selbst du sagtest, ich wüßte nichts von Männern.«

»Doch inzwischen hast du sie kennengelernt«, sagte Miles bitter.

»In gewisser Weise stimmt das. Ich dachte leidenschaftslos darüber nach, und ich wußte, es wäre besser, wenn ich einen Mann liebte, der nicht den Namen Ascott trug. Wenn ich einen anderen Mann heiratete, überlegte ich, würde Roger vielleicht vergessen, daß ich das Kind eines Ascott unter dem Herzen trug, und vielleicht würde sich dann sein Haß legen. Also beschloß ich, auch andere Männer kennenzulernen, damit ich mir darüber klarwerden konnte, ob ich dich vielleicht nur liebte, weil du der erste Mann gewesen bist.«

Miles schwieg und sah sie mit brennenden Augen an.

»Einige dieser Männer brachten mich zum Lachen; einige waren gütig, einige gaben mir das Gefühl, daß ich schön sei; doch keiner vermochte das alles zu bewirken. Während die Wochen dahingingen, wurde mein Bild von dir klarer, statt zu verblassen. Ich erinnerte mich an jede deiner Gesten, und ich begann, dich mit den Männern, die sich mir vorstellten, zu vergleichen.«

»Bis hinunter zur Größe meines ...«

»Verdammnis über dich!« unterbrach ihn Fiona heftig. »Ich schlief nicht mit einem dieser Männer, und ich habe das Gefühl, du weißt das, doch du willst, daß ich es dir ausdrücklich sage.«

»Warum hast du sie nicht in dein Bett genommen? Einige der Männer, die du kennengelernt hast, sind sehr erfolgreich bei Frauen.«

»So wie du?« spuckte sie. »Hier stehst du und verlangst Keuschheit von mir, doch wie steht es da bei dir? Wenn ich dir sage, es hat nie einen anderen Mann gegeben, wirst du mir dann erlauben, zu dir in dein keusches Bett zu kommen? Heute morgen mußte ich dich von einer Frau fortreißen. Wie, glaubst du, war mir zumute, als ich deinen Sohn hielt und wußte, daß du in diesem Moment mit einer, oder zwei – oder sogar mehr Frauen im Bett liegen könntest?«

»Noch mehr?« spottete er und senkte dann seine Stimme verführerisch. »Es hat seit dir keine Frau mehr in meinem Leben gegeben.«

Fiona glaubte, nicht richtig gehört zu haben. »Keine ...« begann sie mit geweiteten Augen.

»Mein Bruder Raine und ich zogen in eines seiner Häuser, und in einem Wutanfall entließen wir jede Frau, sogar die

Wäscherinnen. Wir übten uns den ganzen Tag im Waffenhandwerk, tranken die ganze Nacht hindurch und verfluchten das Weibervolk. Raine kam erst wieder zur Vernunft, als seine Frau ihm ihre gemeinsame Tochter schickte. Die kleine Catherine weckte in mir die Sehnsucht nach meinen eigenen Kindern, und so kehrte ich in Gavins Haus zurück, um mit ihm und Judith Weihnachten zu feiern ...« Er fuhr sich mit der Hand durch die Haare.

»Ich war stets der Meinung, daß Gavin nicht gerade sanft mit seiner süßen kleinen Frau umsprang; doch ich habe nie die scharfe Seite ihrer Zunge zu spüren bekommen. Die Frau ließ mich keine Sekunde in Ruhe. Sie war erbarmungslos. Sie redete ununterbrochen von unserem Sohn, seufzte und klagte, daß ihr Sohn nie seinen Vetter kennenlernen würde, und engagierte sogar einen Mann, der Gemälde von einem Engel mit langen blonden Haaren malte, der einen kleinen Jungen in meinem Schild auf den Armen hielt – in *meinem Schild!* Ich sagte zu Gavin, ich würde seiner Frau den Hals umdrehen, wenn sie mir weiterhin so zusetzte; doch Gavin lachte so heftig über mein Begehren, daß ich nie mehr davon sprach. Als Judith den Brief von dir bekam, in dem du dich bereiterklärtest, mir zu vergeben, fiel Judith mit erneuter Kraft über mich her.«

Miles schloß, von der Erinnerung bedrängt, einen Moment die Augen. »Sie nahm sich Clarissas Talent zu Hilfe, und Clarissa komponierte ein dutzend Lieder von zwei Liebenden, die durch einen dummen, eitlen Mann auseinandergehalten wurden, der aus purem Zufall eine bemerkenswerte Ähnlichkeit mit mir besaß. Eines Abends, beim Essen, dirigierte Clarissa einen Chor aus zweiundzwanzig Musikanten, die ein Lied zum besten gaben, über das alle Zuhörer vor Lachen brüllten, so daß zwei Männer von ihren Stühlen fielen und sich eine Rippe brachen. Clarissa hatte sich selbst übertroffen.«

Fiona war so verblüfft über diese Geschichte, daß sie sich erst nach einer Weile zu der Frage aufraffte: »Und was hast du getan?«

Er zuckte bei der Erinnerung zusammen: »Ich sprang sehr gefaßt über einen Tisch und packte Clarissa bei der Kehle.«

»Nein!« sagte sie entsetzt. »Clarissa ist so winzig, so ...«

»Sowohl Raine wie Gavin zogen ihr Schwert, und als ich dastand, die beiden Hände um den Hals dieses hübschen kleinen Singvogels gekrampft, die Schwertspitzen meiner Brüder im Nacken, begriff ich, daß ich nicht mehr ich selbst war. Am nächsten Tag arrangierte Judith das Treffen zwischen uns beiden.« Seine Augenlider zuckten. »Das Treffen, zu dem Sir Guy dich in einen Teppich einwickeln und mir zu Füßen legen sollte.«

Fiona vermied es, ihn anzusehen. Sie hatte geglaubt, Sir Guy stünde auf ihrer Seite; doch die ganze Zeit hatte er sie bei Miles verpetzt. Wie müssen die beiden sich amüsiert haben, daß sie ihren eigenen Mann verführen wollte? Was war aus der stolzen Frau geworden, die einmal am Rand einer Klippe gestanden und geschworen hatte, daß sie sich nie einem Mann ergeben würde?

»Entschuldige mich«, flüsterte sie, während sie an Miles vorbeidrängte und sich anschickte, zum Feuer und zu Roger zurückzukehren.

Miles umfing sie mit seinen Armen und zog sie an sich. Als Fiona sah, daß er sie mit so einem *wissenden* kleinen Grinsen betrachtete, schlug sie ihm heftig mit dem Ellenbogen in die Rippen und wurde von einem kleinen Wehschrei seinerseits belohnt. »Ich hasse dich, Ascott!« schrie sie ihm ins Gesicht. »Du hast mir meinen Stolz genommen und mich dazu gebracht, daß ich eines Mannes wegen weinte und bettelte.« Sie versuchte, ihn abermals zu schlagen, doch er drückte ihre beiden Arme gegen den Leib, daß sie sich nicht mehr zu rühren vermochte.

»Nein, Ascott«, sagte er, während er seine Lippen auf ihren Mund zubewegte. »Du liebst mich. Du liebst mich so sehr, daß du bereit bist, für mich betteln zu gehen. Ich habe dich dazu gebracht, daß du geweint hast vor Leidenschaft; und ich habe dich Tränen der Liebe vergießen lassen.«

»Du hast mich erniedrigt.«

»Wie du mich erniedrigt hast.« Als sie sich gegen ihn sträuben wollte, drückte er sie noch fester an sich. »Nicht eine Frau, die nicht zu mir gekommen wäre, als wäre es die natürlichste Sache der Welt. Nur du hast mir zu schaffen gemacht. Nur bei dir bin ich zornig geworden, eifersüchtig, besitzergreifend. Du wurdest mir geschenkt und gehörst mir, Fiona, und niemals wieder sei es dir erlaubt, das zu vergessen.«

»Ich habe es niemals vergessen …« begann sie, aber er schnitt ihr mit einem Kuß das Wort ab. Sobald seine Lippen die ihren berührten, war sie verloren. Sie konnte genausowenig mehr streiten mit ihm, wie sie hätte weglaufen können.

Seine Arme lockerten sich nur weit genug, damit sie ihre Arme um seinen Hals legen und er sie noch dichter an sich heranziehen konnte.

»Niemals, niemals sollst du das wieder vergessen, Ascott«, flüsterte er neben ihrem Ohr. »Du wirst immer zu mir gehören – in diesem Jahrhundert und im nächsten. Immer!«

Fiona hörte ihn kaum, während sie auf den Zehenspitzen stand und ihren Mund dem seinen näherte.

Sie hatte nicht geahnt, wie sehr sie ihn körperlich vermißt hatte. Er war der einzige Mann auf Erden, mit dem sie so vertraut umgehen konnte, der einzige Mann, vor dem sie keine Angst hatte. All die Jahre, in denen sie sich aufgespart hatte, zeigten sich nun in ihrem Eifer, ihrer Intensität. Sie fuhr mit ihren Fingern in seine Haare, spürte die Locken in ihren Händen und zog seinen Kopf dichter heran.

Ein tiefes, kehliges Lachen kam von Miles. »Ein Baum, sagtest du? Nimm eine Frau an einem Baum?«

Miles wußte, was sie verlangte – nicht einen süßen, sachten Liebesakt; sondern einen mit der ganzen Wut, die sie empfand. Seine Hände begannen an ihren Kleidern zu zerren, eine Hand an den Bändern ihrer leinenen Unterwäsche, die andere an dem Bund seiner eigenen Hose. Fiona fuhr fort, ihn zu küssen, ihren Mund an seinen gepreßt, ihre Zungen miteinander verschlungen.

Als ihr Rücken gegen einen Baum prallte, senkte sie nur kurz die Lider und grub ihre Zähne in Miles' Hals, zog an seiner Haut, als wollte sie sein rohes Fleisch kosten.

Miles hob sie an, legte sich ihre Beine um die Taille, während ihr Rock sich zwischen ihnen bauschte. Sie machten sich beide nicht die Mühe, zuerst ihre Kleider zu entfernen. Seine Hände auf ihrem Gesäß, hob er sie hoch und setzte sie auf sein Glied mit der Wucht eines fallenden Ankers.

Fiona zog geräuschvoll den Atem ein, vergrub ihr Gesicht an Miles' Hals und klammerte sich mit aller Macht an ihn, während seine starken Arme sie hoben und senkten. Ihr Kopf fiel in den Nacken, und sie spürte, wie ein Schrei in ihr anwuchs. Der Schweiß begann Miles von der Stirne zu tropfen, und er rieb das salzige Naß an ihre Haut, verklebte ihr Haar mit dem seinen. Mit einem letzten wuchtigen Stoß, der Fiona in Ekstase versetzte, zog Miles sie an seine Lenden, erschauerte, während sein heißer Körper immer wieder mit vulkanischer Gewalt sich in ihr entlud.

Fiona, durch deren gespannten Leib Wellen der Wollust krampfartig pulsierten, spürte, wie sich ihre Augen mit heißen Tränen füllten, und langsam kam sie auf die Erde zurück, spürte, wie ihre Beine schwach wurden, den Schmerz in ihren Händen, mit denen sie sich mit all ihrer Kraft an Miles klammerte.

Er lehnte sich zurück, um sie betrachten zu können, liebkoste ihre nassen Haare, küßte ihre Schläfen. »Ich liebe dich«, sagte er zart und lächelte dann spitzbübisch. »Abgesehen davon, daß du die beste ...«

»Ich verstehe.« Sie lachte. »Wirst du mich jetzt wieder auf den Boden stellen, oder hast du vor, mir das Rückgrat zu brechen?«

Mit einem letzten Kuß stellte Miles sie auf den Boden zurück und lachte auf eine sehr stolze, ungalante Weise, als Fionas Beine einknickten und er sie festhalten mußte, damit sie nicht der Länge nach hinschlug.

»Prahlhans!« zischte sie und hielt sich an seinem Arm fest, doch dann drückte sie einen Kuß auf die Hand des Arms, der sie stützte. »Bin ich wirklich die Beste?« fragte sie leichthin, als messe sie seiner Antwort keine große Bedeutung bei. »Findest du mich immer noch reizvoll, obwohl ich inzwischen ein Kind ausgetragen habe?«

»Einigermaßen«, sagte Miles mit ernster Stimme.

Fiona lachte, glättete ihre Röcke und versuchte, ihre damenhafte Haltung wiederzufinden, als sie zum Feuer zurückgingen, wo Roger sie erwartete.

Kapitel 17

Zwei Tage zogen sie zu dritt über das Land, und es waren gesegnete Tage für Fiona. Nächte voll leidenschaftlicher Hingabe und tagsüber Stunden voller Zärtlichkeit. Miles war die Aufmerksamkeit in Person. Sie hielten sich an den Händen, redeten leise miteinander oder lachten über die törichsten Dinge, daß ihnen die Tränen kamen. Sie liebten sich neben einem Fluß und badeten danach in seinem eiskalten Wasser.

Roger beobachtete sie mit einer Miene überlegener Skepsis, und zuweilen spürte Fiona Gewissensbisse der Schmerzen wegen, die sie ihm durch ihr Verhalten zufügen mußte.

Sie kamen nur langsam voran, und die vier Tage, die sie auf einem Pferderücken für die Strecke gebraucht hätten, dehnten sich nun, wo sie zu Fuß gehen mußten, über weitere Tage aus.

Am vierten Tag verließ das Trio kurz vor Mittag die Straße, um zu rasten und sich zu erfrischen. Nachdem Roger noch einmal einen, von beiden unbemerkten, verächtlichen Blick auf seine Schwester und Miles geworfen hatte, schritt er von ihnen weg, tiefer in den Wald hinein. Als er zum ersten Mal von der Gefangennahme seiner Schwester gehört hatte, war seine Seelenqual groß gewesen; doch nun hatte er erkennen müssen, daß sie als Gefangene für ihn nicht so endgültig verloren war wie jetzt.

Während er über dieses Problem nachdachte, ging er am Rand einer kleinen Senke entlang, wo die Erde abgerissen war, ohne auf den Weg zu achten. Er war ein paar Schritte über diese offensichtlichen Spuren eines Kampfes hinaus, ehe ihm die Bedeutung dieser Zeichen bewußt wurde. Er kehrte um und untersuchte die Erde.

Er war am Rand eines Steilufers entlanggegangen, das zu einem Fluß mit starker Strömung hinunterfiel, und daß ein Stück Erde aus der Böschung herausgebrochen war, ließ nur eine Deutung zu: hier war jemand den Abhang hinuntergestürzt. Roger hatte oft nach einer Schlacht nach Männern suchen müssen, die verwundet oder vermißt waren; und nun meldete sich der Instinkt des Ritters, der sich als Prickeln in seinem Nacken kundtat. Sofort kletterte er den Steilhang hinunter, rutschte in seiner Hast auf dem lockeren Boden aus.

Was er am Fuß der Böschung fand, war nicht das, was er dort erwartete. Da saß auf einem verfaulenden, umgestürzten

Baumstamm, die Füße unter einem Haufen großer Steine versteckt, eine hübsche junge Frau, reich gekleidet in burgunderroten Samt, mit großen goldgefaßten Amethysten als Besatz am Halsausschnitt. Ihre dunklen Augen, die fast zu groß für ihr Gesicht waren, sahen heiter zu Roger auf.

»Ich wußte, daß Ihr kommen würdet«, sagte sie in einem Englisch, das sich mit seinem weichen Akzent angenehm anhörte.

Roger blinzelte sie verwirrt an, überging jedoch ihre Bemerkung. »Seid Ihr gestürzt? Seid Ihr verletzt?«

Sie lächelte ihn an, sie sah noch sehr jung aus, eher wie ein Kind, das ein Kleid trug, für das es eigentlich nicht alt genug war. Dunkle Haare lugten unter einer mit Perlen bestickten Kapuze hervor. Noch mehr Perlen schmückten den breiten Besatz an der Vorderseite ihres Kleides.

»Mein Fuß ist eingeklemmt, und ich kann ihn nicht bewegen.«

Frauen! dachte Roger und bückte sich, um die Steine zu untersuchen, die ihren Fuß festhielten. »Ihr müßt gehört haben, wie ich oben vorüberkam. Warum habt Ihr nicht um Hilfe gerufen?«

»Weil ich wußte, daß Ihr zu mir kommen würdet.«

Verrückt, dachte Roger. Die arme Kleine war von Dämonen besessen. »Wenn ich diesen Stein anhebe, möchte ich, daß Ihr den Fuß anhebt. Habt Ihr mich verstanden?« sagte er, als redete er mit einer Beschränkten.

Sie lächelte nur als Antwort, und als er den Stein rückte, zog sie den Fuß darunter hervor.

Der andere Fuß befand sich in einer schwierigeren Lage. Wenn er einen Stein rückte, würden andere nachrutschen und ihr vielleicht den Knöchel brechen, überlegte Roger. Sie war ein schmächtiges Ding, und er bezweifelte, daß ihre zierlichen Knochen viel auszustehen vermochten.

»Fürchtet Euch nicht, mir die Wahrheit zu sagen«, flüsterte sie. »Mir sind Schmerzen nicht fremd.«

Roger drehte sich um und sah sie an. Er merkte, wie sie ihn mit ihren großen Augen mit so viel Vertrauen anblickte, und dieses Vertrauen erschreckte ihn und gab ihm gleichzeitig das Gefühl der Stärke.

»Wie heißt Ihr?« fragte er, während er die Steine um ihren kleinen Fuß betrachtete.

»Christiana, Mylord.«

Rogers Kopf ruckte in die Höhe. Sein schmutziges Bauerngewand hatte sie nicht getäuscht. Also war sie vielleicht gar nicht so dumm. »Chris also.« Er lächelte. »Darf ich mir Euren Eßdolch ausborgen? Ich muß mir etwas zurechtschneiden, mit dem ich diese Steine festhalten kann, wenn ich diesen dort bewege.« Er deutete auf den Stein über ihrem Fuß.

Sie überreichte ihm ihr Messer, und er biß sich auf die Lippen, weil ihn ihre Vertrauensseligkeit so erschreckte. Doch er sprach die Warnung nicht aus, daß sie niemals einem Fremden ein Messer anvertrauen dürfte. Die Juwelen an ihrem Kleid waren ein Vermögen wert, und die Perlenkette um ihrem Hals hatte wohl nicht ihresgleichen.

Er bewegte sich einige Schritte von ihr fort, um ein paar Zweige von den Bäumen zu schneiden. Dann legte er sein Wams ab, zog sein Hemd aus der Strumpfhose und schnitt Tuchstreifen vom Saum ab, mit denen er eine Plattform bastelte, die er unter die Steine schob.

»Warum sucht niemand nach Euch?« fragte er, während er Zweige und Stoff zusammenfügte.

»Vielleicht tun sie es, ich weiß es nicht. Ich habe in der vergangenen Nacht von Euch geträumt.«

Er warf ihr einen scharfen Blick zu, sagte aber nichts. Mädchen schienen überall von der romantischen Idee erfüllt, daß

Ritter sie aus einer Notlage befreiten. Es war schwer für einen Mann, solchen romantischen Hirngespinsten gerecht zu werden.

»Ich träumte«, fuhr sie fort, »von diesem Wald und diesem Fluß. Ich sah Euch in meinem Traum und wußte, daß Ihr kommen würdet.«

»Vielleicht war der Mann in Euren Träumen blondhaarig und hatte daher eine Ähnlichkeit mit mir«, sagte Roger im gönnerhaften Ton.

»Ich habe viele Dinge im Traum gesehen. Die Narbe unter Eurem Auge – Ihr habt sie bekommen, als Ihr noch ein Knabe wart. Euer Bruder hat sie verschuldet.«

Unwillkürlich ging Rogers Hand zu der halbmondförmigen Narbe unter seinem linken Auge. Er hatte damals fast sein Auge verloren, und nur wenige Leute, die wußten, wie er zu dieser Narbe gekommen war, lebten noch. Er bezweifelte sogar, daß Fiona den Hergang kannte.

Christiana lächelte nur über seinen überraschten Blick. »Ich habe mein ganzes Leben lang auf Euch gewartet.«

Roger schüttelte den Kopf, damit sein Verstand wieder klar wurde. »Das war ein glücklicher Zufall«, sagte er. »Das mit der Narbe, meine ich, daß Ihr das erraten habt. Nun haltet ganz still, während ich diese Steine abstütze.« Es war eigentlich nicht nötig, ihr einzuschärfen, stillzuhalten, da sie sich seit seiner Ankunft kaum bewegt hatte.

Es waren ziemlich große Steine, und Roger kam sogar ins Schwitzen, ehe er den größten davon zu bewegen vermochte. Und selbst dann rollte er ihm aus den Händen, und noch weitere Steine polterten von oben auf die schwache, improvisierte Plattform herunter, die er sich zurechtgebastelt hatte. So schnell wie ein Blitz sprang er Christiana an, warf sie nach hinten und rollte sie von den herunterpolternden Felsblöcken weg. Noch mitten in der Bewegung hörte er, wie sie scharf die Luft einsog, weil die Steinlawine ein Stückchen Haut von ihren Beinen riß.

Das Poltern der Steine erfüllte die Luft, und Roger bedeckte Christianas Körper mit seinem eigenen und schützte sie vor fliegenden Steinsplittern und Steinstaub. Als die Gefahr vorbei war, schickte er sich an, sich wieder von ihr zu lösen, doch sie legte ihm die Hände seitlich an den Kopf und zog seine Lippen zu ihrem Mund hinunter.

Lange hatte Rogers ganzes Sinnen und Trachten dem Ziel gegolten, seinen Bruder und seine Schwester zu ihm zurückzuholen, und er hatte nie Zeit für Frauen gehabt. Er hatte nicht gewußt, wie sehr sich geheime Wünsche in ihm aufgestaut hatten. Einmal, vor Jahren, war er fast ein unbekümmerter Mann gewesen, der mit den hübschen jungen Mädchen gelacht, sich bei geheimen Verabredungen mit ihnen gebalgt hatte. Doch sein Zorn auf die Ascotts hatte ihm diese Unbekümmertheit geraubt.

Als seine und die Lippen des Mädchens sich berührten, war Rogers erster Gedanke: sie ist eine Frau. Sie mochte vielleicht noch ein bißchen kindlich wirken, doch sie war ein weibliches Wesen und hatte ernsthafte Absichten. Sie küßte ihn mit solcher Leidenschaft, daß er vor ihr zurückwich.

»Wer seid Ihr?« flüsterte er.

»Ich liebe dich, und ich habe mein ganzes Leben auf dich gewartet.«

Roger, der über ihr lag, blickte ihr tief in die dunklen Augen – Augen, die offenbar versuchten, seine Seele aus seinem Leib herauszuziehen, und das erschreckte ihn. Er löste sich von ihr. »Wir sollten Euch jetzt lieber zu Euren Eltern zurückbringen.«

»Ich habe keine Eltern«, sagte sie, sich aufsetzend.

Roger wich ihrem Blick aus, der ihm Verrat vorzuwerfen schien. Eine Hälfte von ihm wollte vor dieser seltsamen Frau flüchten, und die andere Hälfte wollte auf Leben und Tod darum kämpfen, daß sie an seiner Seite blieb.

»Laßt mich Euren Knöchel untersuchen«, sagte er schließlich.

Gehorsam hob sie das Bein und hielt ihm den Fuß unter die Augen.

Er runzelte die Stirn, als er die Prellungen und Schnitte sah und das Blut, das ihr über den Fuß lief. »Warum habt Ihr mir diesen Fuß nicht sofort gezeigt?« fuhr er sie an.

»Hier« – er gab ihr den Dolch zurück –, »schneidet ein Stück von Eurem Unterrock ab. Ich kann mir nicht leisten, mein Hemd noch mehr zu verkürzen. Es ist das einzige, das ich im Augenblick besitze.«

Sie lächelte über seine Bemerkung und begann, auf ihren Unterrock aus kostbarem Batist einzuhacken.

»Warum seid Ihr hier in Frankreich und so schäbig gekleidet? Wo sind Eure Männer?«

»Das möchte ich auch wissen«, sagte er schroff und nahm ihr die Stoffstreifen ab. »Vielleicht werdet Ihr heute nacht träumen, wie es in meinem Leben weitergeht.«

Noch während er sich dem Wasser zudrehte, bereute er bereits seine Worte. Doch verdammt noch mal, die Frau brachte seine Haut zum Prickeln! Er konnte immer noch ihren Kuß auf seinen Lippen spüren – eine eigenartige Kombination aus einer Frau, die in sein Bett springen wollte, und einer Hexe, die seine Seele in Besitz zu nehmen suchte.

Bei diesem Gedanken lächelte er. Er sah auch schon Gespenster. Sie war ein junges Mädchen, das seine Hilfe brauchte, nicht mehr oder weniger. Das beste, was er tun konnte, war, ihren Knöchel zu verbinden und sie dann ihrem Vormund zurückzugeben.

Als er mit den nassen Tüchern zu ihr zurückkehrte und die Tränen an ihren Wimpern hängen sah, bereute er sofort seine Barschheit. »Es tut mir leid, Chris«, sagte er, als hätte er sie sein Leben lang gekannt. »Verdammt! Nun haltet Euren Fuß hoch.«

Hinter ihren Tränen zeigte sich ein kleines Lächeln, und er konnte nicht umhin, das Lächeln zu erwidern. Sie strahlte jetzt, als sie ihren Fuß in seine Hand legte.

»Borgt mir noch einmal Euren Dolch, und ich werde ein Stück von Eurer Strumpfhose wegschneiden«, sagte er, nachdem er vorsichtig ihre mit Stickereien besetzten Pantoffeln entfernt hatte.

Wortlos hob Christiana ihr Kleid bis zum Oberschenkel hinauf und löste das Band ihrer Strumpfhose. Den Blick auf Roger geheftet, schob sie langsam die Strumpfhose zu ihrem blutigen Knöchel hinunter. Als sie den Stoff bis zur Wade aufgewickelt hatte, hielt sie ihr Bein hoch. »Den Rest könnt Ihr selbst besorgen.«

Roger spürte, wie ihm plötzlich der Schweiß am ganzen Körper ausbrach und eine sengendheiße Flamme der Begierde in ihm aufflackerte, als flösse glühendheißes Blut durch seine Adern. Mit bebenden Händen entfernte er die Strumpfhose, die eine Hand auf dem Stoff, die andere in ihrer Kniekehle.

Der Anblick des Blutes an ihrem Knöchel ernüchterte ihn ein wenig, und er begann sich zu beruhigen. »Ihr spielt mit Dingen, von denen Ihr nichts versteht«, sagte er mit gepreßter Stimme, während er ihren Knöchel mit Wasser benetzte, um die zerrissene Strumpfhose ganz entfernen zu können.

»Ich treibe keine kindlichen Spiele mit Euch«, sagte sie leise.

Roger versuchte, sich ganz auf den Verband zu konzentrieren, den er ihr nun anlegen mußte. Vorsichtig wusch er das Blut von ihrem Knöchel und wickelte dann die Stoffstreifen um den verletzten Fuß. »Nun müssen wir Euch wieder zu Hause abliefern«, sagte er, als wäre er ihr Vater, doch seine linke Hand ruhte immer noch auf ihrem Knöchel, und er begann, ihr Bein zu liebkosen, während seine Finger sich an ihrer Wade hinaufbewegten. Er steckte den Dolch in die Scheide an ihrer Seite zurück.

Ihre Blicke berührten sich. Sie zuckte nicht zurück, als schien sie seine Berührung zu genießen.

Roger kam jählings wieder zur Vernunft. Gleichgültig, wie anziehend dieses elfenhafte Wesen auf ihn wirkte, sie war es nicht wert, daß er sein Leben für sie opferte. Jemand war bestimmt schon auf der Suche nach ihr, und wenn er ihre Spur bis zum Fluß verfolgte und dort entdeckte, daß ein Mann, der wie ein Bauer aussah, eine Frau umarmte, die offensichtlich von edler Geburt war, würde man gar nicht erst lange fragen, sondern ihm sofort ein Schwert ins Herz stoßen. Überdies war er sich gar nicht so sicher, ob ihm der Gedanke gefiel, mit dieser seltsamen jungen Frau intim zu werden. Wenn sie nun eine Hexe war und es auf seine Seele abgesehen hatte?

»Warum hört Ihr auf, mich zu streicheln, Mylord?« flüsterte sie mit belegter Stimme.

Energisch zog er ihren Rock wieder zu den Knöcheln hinunter. »Weil Ihr ein Kind seid, und ich ... bietet Ihr Euch immer so fremden Männern an?«

Sie beantwortete diese Frage nicht, sagte ihm jedoch mit den Augen, was sie bewegte. »Ich habe dich immer geliebt und werde dich immer lieben. Ich stehe Euch ganz zur Verfügung.«

Roger spürte, wie sein Zorn sich gegen die Versuchung auflehnte: »Nun hört mir mal zu, junge Frau. Ich weiß nicht, für wen Ihr mich haltet, noch wer Ihr seid; doch ich halte es für das beste, daß Ihr zu Euren Leuten zurückgeht und ich zu den meinen. Und ich hoffe, Ihr betet zu Gott – falls Ihr an Gott glaubt –, daß er Euch Eure Handlungen verzeiht.«

Damit beugte er sich vor, warf ihren schmächtigen Körper über die Schulter und begann, die steile Böschung hinaufzuklettern.

Ehe er den Abhang erklettert hatte, legten sich sein Zorn und seine Leidenschaft wieder. Er war zu alt und zu vernünftig, um sich von so einem romantischen kleinen Mädchen aus der Fassung bringen zu lassen.

Er stellte sie vor sich hin, hielt sie an den Schultern, damit sie nicht mit dem verletzten Fuß einknickte, und lächelte.

»Wo darf ich Euch jetzt hinbringen? Wißt Ihr noch, aus welcher Richtung Ihr gekommen seid?«

Sie sah einen Moment verwirrt aus. »Natürlich erinnere ich mich an den Weg hierher. Warum schickt Ihr mich fort? Würdet Ihr mich wieder küssen? Würdet Ihr mich küssen, als ob Ihr meine Liebe erwidertet?«

Roger hielt sie auf Armeslänge von sich. »Ihr seid zu direkt. Oh nein, ich werde Euch nicht mehr küssen. Ihr müßt mir sagen, wohin Ihr gehört.«

»Ich gehöre zu Euch; aber ...« Sie hielt inne, als sie ein Jagdhorn blasen hörte. Ihre Augen wurden wild und verstört. »Ich muß gehen. Mein Mann ruft nach mir. Er darf Euch nicht mit mir zusammen finden. Hier!«

Bevor er etwas sagen konnte, hatte sie ihren kleinen Dolch aus der Scheide gezogen und schnitt hastig und ungeschickt den größten Amethyst von der Vorderseite ihres Kleides ab. Ein häßliches, irreparables Loch blieb im teuren Samt zurück.

»Nehmt das«, bestürmte sie ihn.

Rogers Rücken wurde steif. »Ich nehme keine Bezahlung von Frauen entgegen.«

Abermals ertönte das Jagdhorn, und Christianas Furcht nahm sichtlich zu. »Ich muß gehen!« Sie stellte sich auf die Zehenspitzen und küßte ihn rasch auf seine zusammengepreßten Lippen. »Ich habe einen schönen Körper«, sagte sie,

»und wunderbar weiches Haar. Ich werde dir eines Tages beides zeigen.«

Als das Horn zum drittenmal ertönte, sammelte sie ihre Röcke auf und begann ungeschickt zu rennen, wobei ihr verwundeter Knöchel bei jedem Schritt einknickte. Sie war erst zwei oder drei Schritte von ihm entfernt, als sie sich wieder umdrehte und ihm den Amethyst zuwarf. Er machte keine Anstalten, ihn aufzufangen. »Gebt das der Frau, die mit Euch reist. Ist sie Eure Schwester oder Eure Mutter?«

Die letzten Worte rief sie über die Schulter, während sie aus seinem Blickfeld verschwand.

Roger blieb noch lange stehen, als hätte er auf der Böschung Wurzeln geschlagen, und sah mit leeren Augen auf die Stelle, wo sie zwischen den Bäumen untergetaucht war. Er fühlte einen eigenartigen Schwindel im Kopf, als habe er soeben etwas Unwirkliches erlebt. Hatte dieses Mädchen tatsächlich existiert, oder war er eben aus einem Schlaf erwacht und hatte nur von ihr geträumt?

»Roger!« kam Fionas Stimme von seinem Rücken her. »Wir suchen dich schon seit einer Stunde. Bist du reisefertig? In ein paar Stunden bricht bereits die Dämmerung herein.«

Langsam drehte er sich zu ihr um. »Roger, ist dir nicht gut?«

Miles, der links neben seiner Frau stand, setzte sich wieder in Bewegung und suchte den Boden ab. Zuweilen hatten Männer, die verwundet waren, diesen eigenartigen Gesichtsausdruck wie Roger – kurz bevor sie zusammenbrachen. Miles sah den Amethyst vor Rogers Füßen, doch ehe er ihn aufheben konnte, bückte Roger sich rasch und schloß die Finger fest um den Stein.

»Ja, ich bin reisefertig«, sagte er schroff. Ehe er die Böschung verließ, sah er sich noch einmal im Wald um, während er mit dem Daumen das Juwel in seiner Hand rieb. »Ihr Mann!« murmelte er wütend. »Das ist also die Liebe.« Er spielte mit dem Gedanken, den Amethyst wieder wegzuwerfen, brachte es jedoch nicht fertig.

Es war Miles, dem an diesem Abend Rogers Zerstreutheit auffiel. Miles hatte ein Kaninchen mit einer Falle gefangen – gesetzwidrig –, und er drehte es an einem Spieß über dem Feuer, als sie zu dritt um die Flammen saßen. Er wollte Fiona nicht beunruhigen und hatte ihr versichert, daß keine Gefahr bestünde, doch Miles war stets auf der Hut, immer bereit, einer möglichen Gefahr zu begegnen. Nachts erwachte er bei dem leisesten Geräusch, und sein Respekt für Roger nahm zu, als er bemerkte, daß der Ritter auch nur einen leichten Schlaf hatte.

Fiona hatte ihren Kopf im Schoße ihres Mannes gebettet und schien von der Wachsamkeit der Männer nichts zu ahnen. Roger saß ein Stück von den beiden getrennt und drehte immer wieder etwas in seiner Hand um. Miles war kein Mann, der neugierige Fragen stellte, wenn ihn etwas nichts anging; doch Roger spürte das Interesse des jüngeren Mannes.

»Frauen!« sagte Roger endlich mit verdrossener Stimme, während er den Amethyst wieder in die Tasche schob. Doch als er sich auf dem kalten Waldboden ausstreckte, tasteten seine Finger wieder nach dem Juwel und hielten es die ganze Nacht fest.

Der Morgen dämmerte klar und hell herauf, und Fiona war, wie gewöhnlich, außerordentlich glücklich. Noch eine Tageswanderung, und sie hatten den Landsitz der französischen Ascotts erreicht. Dann würden sie wieder nach England und zu ihrem Sohn zurückkehren und wie im Märchen bis zu ihrem Ende glücklich zusammenleben.

»Du scheinst außerordentlich guter Laune zu sein.« Miles lächelte auf sie hinunter. »Ich glaube, dir gefällt das Bauerndasein.«

»Eine Weile lang«, sagte sie schnippisch, »gefällt es mir, aber daß du mir nicht auf die Idee kommst, ich würde mein Leben lang Lumpen tragen. Ich bin eine teure Frau.« Sie verdrehte kokett die Augen vor ihm.

»Du wirst deinen Lebensunterhalt verdienen müssen«, sagte er im arroganten Ton und sah sie von Kopf bis Fuß an.

»Das tue ich doch schon. Ich ...«

Sie verstummte, als das Klappern zahlreicher Pferdehufe und das Rollen vieler Räder sie zwang, an den Rand der Straße zu treten. Es war offenbar das Gefolge eines reichen Herrn, das nun an ihnen vorbeizog: die Pferde mit seidenen Decken, die Rüstungen und Waffen der Ritter mit bunten Farben geziert und wohlgepflegt. Es waren ungefähr hundert Männer und Packwagen, die an ihnen vorbeizogen, und in der Mitte des Zuges befand sich ein junges Mädchen, dessen Hände auf dem Rücken gefesselt waren und die Spuren von Mißhandlung im Gesicht trug. Doch sie hielt den Kopf hoch erhoben.

Fiona erschauerte, da sie sich nur zu gut daran erinnerte, wie ihr als Gefangene zumute gewesen war. Doch dieses Mädchen sah aus, als wäre es geschlagen worden.

»Jesus«, flüsterte Roger neben ihr, und das schien aus tiefstem Herzen zu kommen.

Miles sah Roger gespannt von der Seite an, und als Roger sich zwischen die Pferde stürzen wollte, packte Miles ihn am Arm. »Nicht jetzt«, sagte Miles leise zu ihm.

Fiona blickte der Prozession nach, die an ihnen vorbeigekommen war. So viele Männer für so ein kleines Mädchen, dachte sie traurig. Dann warf sie den Kopf zur Seite.

»Nein!« rief sie, zu Miles hinaufsehend. »Du wirst doch hoffentlich nicht daran denken, dieses Mädchen zu retten?«

Miles gab ihr keine Antwort, sondern sah wieder auf die Ritter, die sich auf der Straße entfernten. Als sie auf ihn einzureden versuchte, sah er sie mit einem flammenden Blick an, daß sie sogleich verstummte.

Die drei standen noch eine Weile am Straßenrand, nachdem die Ritter vorbeigezogen waren. In Gedanken fuhr Fiona fort, Miles ihr Nein ins Gesicht zu schreien. Er konnte unmöglich sein Leben für eine Frau aufs Spiel setzen, die er nicht einmal kannte.

Als sie ihren Fußmarsch fortsetzten, begann Fiona ihren Appell so ruhig und vernünftig, wie sie es vermochte, vorzutragen: »Wir werden bald bei deinen Verwandten sein, und sie werden wissen, wer das Mädchen ist, wer sie gefangenhält – und warum. Vielleicht hat sie Hunderte von Menschen auf dem Gewissen, vielleicht verdient sie ihre Strafe.«

Miles und Roger sahen nur stumm geradeaus.

Fiona klammerte sich an Miles' Arm. »Ich bin auch deine Gefangene gewesen, und daraus ist etwas Gutes entstanden. Vielleicht ...«

»Sei still, Fiona!« befahl Miles. »Ich kann nicht nachdenken, wenn du so viel redest.«

Fiona spürte einen kalten Schauer über ihren Rücken laufen. Wie konnte er ohne Waffen ein Mädchen retten, das von hundert gepanzerten Rittern bewacht wurde?

Miles wandte sich an Roger: »Sollten wir ihnen unsere Dienste als Holzsammler anbieten? So bekämen wir wenigstens Zutritt zu ihrem Lager.«

Roger warf Miles einen abschätzenden Blick zu. »Das ist nicht deine Fehde, Ascott. Das Mädchen wurde meinetwegen geschlagen, und ich werde sie allein aus ihrer Zwangslage befreien.«

Miles sah Roger mit lodernden Augen an, und nach einer Weile gab Roger nach. Er nickte kurz und sah zu Boden.

»Ich weiß nicht, wer sie ist, nur, daß sie Christiana heißt. Sie schenkte mir einen Edelstein, schnitt ihn von ihrem Kleid ab, und zweifellos ist das der Grund, weshalb sie geschlagen wurde. Sie hat einen Ehemann, vor dem sie sich fürchtet.«

»Einen Ehemann!« rief Fiona erschrocken. »Roger, bitte, ihr beide, seid doch vernünftig! Ihr könnt euer Leben nicht für eine verheiratete Frau aufs Spiel setzen. Wie lange hast du sie gekannt, Roger? Was bedeutet dir diese Frau?«

»Ich habe sie gestern zum erstenmal gesehen«, sagte Roger im Flüsterton. »Und sie bedeutet mir nichts – oder vielleicht bedeutet sie mir doch etwas. Doch ich kann nicht zulassen, daß sie meinetwegen geschlagen wird.«

Fiona begann einzusehen, daß weitere Argumente sinnlos waren. Daß Roger einer fremden Frau wegen etwas Tollkühnes wagen würde, war ihr neu; doch sie war sicher, daß Miles sogar für eine Spülmagd sein Leben riskieren würde. Sie holte tief Luft. »Als ich einmal über Land fuhr, bot mir eine Bauersfrau einen Blumenstrauß an, und man ließ sie an den Wachen vorbei, damit sie mir die Blumen überreichen konnte.«

»Du mischst dich da nicht ein«, sagte Miles in entschiedenem Ton.

Fiona schwieg, schob aber ihr Kinn vor. Die Chancen standen günstiger, wenn drei Leute eine Schar von hundert Rittern angriffen, als wenn nur zwei diesen Angriff riskierten.

Kapitel 18

Sie folgten dem Zug der bewaffneten Männer, bis die Sonne schon fast untergegangen war und die Ritter ein Lager errichteten. Miles und Roger konnten sich mit Leichtigkeit unter die Ritter mischen, ihre Arme mit Feuerholz beladen, nachdem sie ihre gewohnte, steifnackige, aristokratische Haltung aufgegeben hatten. Fiona stand im Schatten der Bäume und beobachtete das Treiben vor sich. Ihr Angebot vom Morgen, daß sie den beiden Männern helfen wollte, schien nur ein leeres Geplapper gewesen zu sein, die Worte einer Hochstaplerin. Denn als sie jetzt diese vielen Männer beobachtete, war ihr, als hätte sie nie das Haus ihres Bruders verlassen. Selbst jetzt, als sie die Baumstämme im Rücken hatte, sah sie sich immer wieder verstohlen um, um sich zu vergewissern, daß keiner von diesen bewaffneten Männern sich an sie heranpirschte und in den Büschen auf eine Gelegenheit lauerte, über sie herzufallen.

Miles und Roger hatten ihr den strikten Befehl gegeben, daß sie unter keinen Umständen ihr Versteck verlassen dürfe. Sie hatten ihr zu verstehen gegeben, daß sie schon genug zu bedenken hatten und sich nicht auch noch wegen ihr Sorgen machen wollten. Roger hatte ihr den Amethyst des Mädchens gegeben, und Miles beschrieb ihr, wie sie zu seinen Verwandten gelangen konnte – falls einem von ihnen etwas zustieße. Fiona war es bei dieser Andeutung ganz schlecht geworden, doch sie hatte ihre Ängste für sich behalten. Die Männer verlangten, daß sie ein tüchtiges Stück vom Lager der Ritter entfernt auf sie warten solle, doch sie hatte eigensinnig auf einem Ort bestanden, von wo aus sie die beiden Männer beobachten konnte. Die beiden hatten sich geweigert, sie in ihren Plan einzuweihen, und Fiona argwöhnte, daß sie sich gar keinen richtigen Plan zurechtgelegt hatten. Zweifellos beabsichtigte Miles, die hundert Ritter mit einem Schwert in Schach zu halten, während Roger mit dem Mädchen fliehen sollte.

Als sie nun hinüberschaute in das Lager der Ritter, sah sie einen schwerfällig schlürfenden, gebeugten alten Mann und mochte gar nicht recht glauben, daß das ihr stolzer Bruder war, der sich langsam der Stelle näherte, wo das Mädchen angebunden war. Sie saß, an Händen und Füßen gebunden, mit gesenktem Kopf an einen Baum gelehnt.

Als Roger stolperte und das gesammelte Feuerholz, das er auf den Armen hielt, dem Mädchen vor die Füße warf, hielt Fiona den Atem an. Sie wußte nicht, wie eng der Kontakt zwischen Roger und dem Mädchen gewesen war, und sie sah auch noch so jung aus, als habe sie noch nicht viel Verstand. Würde sie Roger verraten?

Da sah sie eine kurze Erschütterung auf dem Gesicht des Mädchens – ein Zucken, aber das konnte auch von einem Schmerz herrühren –, und dann war das Gesicht wieder ruhig. Fiona lächelte im stillen. Das Mädchen war alles andere als ein Dummkopf. Ihr Gesicht blieb ausdruckslos, ihre Glieder unbeweglich, als Roger begann, das verstreute Holz wieder aufzusammeln. Ein Ritter trat Roger fluchend gegen das Bein, und als Roger sich um seine Achse drehte, gab der Ritter ihm noch einen Tritt in die Rippen. Noch während Roger diese Tritte entgegennahm, sah Fiona das Blitzen eines Messers, als er, die Hände unter dem Feuerholz verborgen, die Fesseln an den Füßen des Mädchens zerschnitt.

Doch Fiona bemerkte noch etwas, das Roger nicht sehen konnte: Hinter ihm stand ein älterer Mann, reich gekleidet, mit Juwelen behängt, der Stoff seiner Gewänder mit Golddraht durchwirkt, der seine tiefliegenden kleinen Augen nicht eine Sekunde von dem gefesselten Mädchen abwendete. Das verlöschende Sonnenlicht spiegelte sich eine winzige Sekunde lang in dem blanken Stahl von Rogers Messer.

Auf der entfernten Seite des Lagers schleuderte Miles einen brennenden Holzscheit aus dem Feuer und setzte das dürre Gras daneben in Brand. Er glitt davon, ehe er für seine Ungeschicklichkeit bestraft werden konnte, und mehrere Ritter schickten sich an, den Brand zu löschen.

Doch diese Ablenkung genügte nicht. Die Männer, die das

gefesselte Mädchen bewachten, hatten keinen Blick für das Feuer übrig – und der alte Mann fuhr fort, das Mädchen mit seinen haßerfüllten Blicken anzustarren.

Die Dunkelheit schien sich jetzt rasch über das Lager zu senken; doch das Feuer spendete genügend Licht, daß Fiona erkennen konnte, wie Miles im Schatten eines Wagens ein Schwert aus einer Scheide zog.

Er hatte tatsächlich vor, zu kämpfen! dachte sie. Er wollte Verwirrung stiften, Männer auf sich ziehen, damit Roger mit dem Mädchen aus dem Lager flüchten konnte. Wenn das Feuer versagte, erreichte vielleicht das Klirren von Stahl den gewünschten Zweck.

Fiona erhob sich aus dem Graben, in dem sie sich versteckt hielt, sprach ein rasches Gebet, daß man ihr ihre Sünden verzeihen möge, und begann dann, ihr grobes Wollgewand vom Hals bis zur Hüfte hinunter aufzuknöpfen. Vielleicht konnte sie die Aufmerksamkeit der Männer auf sich lenken – und besonders die Blicke des alten Mannes in seinem Goldgewand.

Ihr Auftritt war rasch und dramatisch. Sie rannte auf die Lichtung hinaus, sprang mit kurzen, schnellen Sätzen in die Höhe, so dicht über eines der Lagerfeuer, daß sie fast mit gespreizten Beinen darin landete. Die Hände auf die Hüften gelegt, die Beine gespreizt, beugte sie sich nach vorne, daß sich ihr Leibchen weit öffnete und sie mit ihren nackten Brüsten fast den Kopf des alten Mannes berührte.

Langsam, verführerisch, begann sie, ihre Schultern zu wiegen, vor und zurück, von einer Seite zur anderen, die eine erhoben, die andere noch ein Stückchen höher, wobei sie langsam rückwärts ging, bis sie sich fast über das Feuer lehnte. Mit einer Hand nahm sie die Baumwollkappe vom Kopf und ließ ihr Haar bis zu ihren Knien herunterfallen. Es hing über dem Feuer, färbte sich fast rot über der Glut und schien sich in eine lodernde Fackel zu verwandeln.

Als sie sich wieder geraderichtete, die Hände herausfordernd auf den Hüften, öffnete sie den Mund zu einem Lachen – einem lauten, arroganten, herausfordernden Lachen – und lenkte damit die Blicke aller Männer auf sich. Der alte Mann beäugte sie neugierig, und zum erstenmal ließen seine Augen das Mädchen los, das ein paar Schritte entfernt von Fiona am Baum lehnte.

Fiona hatte noch nie vor Zuschauern getanzt; doch sie hatte im Haus ihres Bruders bei Lüsternheit erregenden Veranstaltungen zusehen müssen, um zu wissen, was man mit einem Tanz erreichen konnte. Einer von den Rittern begann auf einer Laute zu schlagen und ein anderer auf einer Trommel. Fiona fing an, sich langsam in schlangengleichen Bewegungen zu wiegen – nicht nur mit den Hüften, sondern mit dem ganzen Körper, wobei von den Fingerspitzen bis zu den Zehen hinunter jeder Zoll ihres Körpers in Bewegung geriet. Und sie brachte ihre prächtigen Haare dabei vorteilhaft zur Geltung, wirbelte sie um ihren Körper, klatschte sie den Männern quer durch das Gesicht. Als ein Ritter ihr zu nahe kam, raffte sie einen Stein vom Boden auf und schlug dem Mann den Stein, den sie mit der Faust umschloß, in den Unterleib.

Alle lachten wiehernd über den Ritter, der sich vor Schmerzen krümmte, und von da an war es mehr eine Jagd als ein Tanz. Für Fiona wurde ein Alptraum wieder lebendig. Sie sah sich in das Haus ihres Bruders zurückversetzt, wo die männlichen Gäste darin wetteiferten, sie einzufangen. Sie vergaß die letzten Worte, mit denen sie ihre Angst überwunden hatte, und kehrte zurück in eine Zeit, wo sie um ihr Leben hatte kämpfen müssen.

Auf Zehenspitzen wirbelte sie um einen Ritter herum und hob sein Schwert aus seinem Gürtel. Mit wehenden Gewändern, das Haar wie ein Netz um ihren Körper, wich sie den Männern aus, die sie zu erhaschen versuchten. Sie verletzte sie nicht, obwohl sie hin und wieder einem Mann die Haut ritzte, daß das Blut lief. Doch dabei behielt sie die Phase des Tanzens aufrecht, tat, als hätte sie Spaß an dieser Jagd, sprang lachend auf einen Tisch und schleuderte Schüsseln, Becher und Teller mit Speisen nach allen Richtungen. Als die Hand eines Ritters sie am Knöchel faßte, glitt sie zur Seite, während sie »zufällig« ihre Ferse auf seine Finger hieb. Mit einem Schmerzensschrei ließ er von ihr ab.

Fionas Nerven waren einem Zusammenbruch nahe, als die Männer rhythmisch zu klatschen begannen. Sich vorbeugend wirbelte sie ihr Haar im Takt zu ihrem Applaus im Kreis herum. Sie hoffte, daß Roger und Miles die Zeit genutzt hatten, das gefesselte Mädchen aus seiner Notlage zu befreien, drehte sich, daß ihre Röcke in die Höhe flogen und die Männer beim Anblick ihrer Beine in Jubel ausbrachen. Dann sprang sie dem alten Mann direkt vor die Füße.

Sie landete mit einem tiefen Knicks vor ihm, hielt den Kopf gesenkt, daß ihre Haare einen Vorhang um sie bildeten. Keuchend, mit fliegenden Flanken, wartete sie.

Mit großem, feierlichem Gehabe erhob sich der Mann von seinem Platz und hob mit einer knochigen Hand Fionas Kinn, damit sie ihm ins Gesicht sehen mußte.

Aus dem Augenwinkel sah Fiona, daß die Stelle, wo das Mädchen gesessen hatte, leer war. Es konnte nur noch Sekunden dauern, bis alle Ritter das Fehlen des Mädchens bemerkten.

Fiona stand auf, betete darum, daß sie noch eine Frist ertrotzen konnte, und in der Hoffnung, daß sie damit die Männer zu fesseln vermochte, bewegte sie die Schulter und ließ das Oberteil ihres Kleides zu den Hüften herunterfallen.

Es wurde ganz still unter den Zuschauern, die sich fast alle hinter ihr zusammendrängten. Die lüsternen Augen des alten Mannes weideten sich an ihren festen, hohen Brüsten. Und dann zeigte er lächelnd seine schwarzen Zahnstummel, nahm seinen eigenen schweren Umhang ab und legte ihn Fiona um die Schultern.

Während er auf eine beschämende Weise die Schnüre des Umhangs festhielt, begann er, Fiona mit den Bändern in den Schatten des Waldes hineinzuziehen.

Sie hielt in der Hand ein Messer versteckt, das sie einem der Ritter abgenommen hatte. Als der alte Mann sich umwandte, sah er, daß das gefesselte Mädchen verschwunden war, doch ehe er seine Männer alarmieren konnte, trat Fiona an ihn heran, nahm sein Ohrläppchen zwischen die Zähne, preßte das Messer gegen seine Rippen und knurrte: »Geht!«

Sie waren im Dunkel des Waldes untergetaucht, ehe der Ruf im Lager erschallte, daß die Gefangene entkommen sei.

»Rennt!« befahl Fiona dem alten Mann und drohte ihm mit dem Messer.

Rasch wandte er sich um und schlug Fiona mit dem Handrücken ins Gesicht.

Doch bevor er sich auf Fiona stürzen konnte, sprang Roger von einem Baum herunter, und seine mächtigen Hände legten sich um den Hals des alten Mannes. Vielleicht war es die Überraschung oder die Aufregung über Fionas Tanz; denn Roger hatte ihn kaum berührt, als der alte häßliche Mann tot zu seinen Füßen niederstürzte.

Roger verlor keine Zeit, faßte Fiona um die Taille und schob sie einen Baum hinauf.

Unter ihnen schwärmten nun die Ritter durch den Wald, und ihre gezogenen Schwerter glitzerten im Mondlicht. Roger legte seinen Arm um Fiona und drückte sie an seine Brust, ihren Kopf an seiner Schulter vergraben. Sie flog am ganzen Körper, und selbst jetzt, in der Geborgenheit der Arme ihres Bruders, konnte sie immer noch die Hände der Männer spüren, die nach ihr grapschten.

»Miles«, flüsterte sie an Rogers Hals.

»In Sicherheit«, war alles, was Roger ihr sagen wollte, während er sie noch fester an sich zog.

Sie warteten eine Weile und hörten sich das Jammergeschrei an, als der alte Mann tot im Wald gefunden wurde. Schließlich trugen zwei Ritter den Toten in das Lager zurück, und die Suche nach dem Mädchen schien zu Ende zu sein, denn die Männer sattelten ihre Pferde und begannen, von der Lichtung fortzureiten.

Roger hielt Fiona noch eine Weile fest, nachdem es ganz still geworden war im Wald.

»Komm«, befahl er, »der Ascott erwartet uns.«

Roger stieg zuerst vom Baum herunter und fing dann Fiona auf, die immer noch den Umhang des alten Mannes trug. Während der Samt um sie her raschelte, rannte sie hinter Roger her durch den kalten, feuchten Wald.

Fiona war es bisher nicht bewußt geworden, wie sehr sie um Miles' Sicherheit besorgt gewesen war, bis sie ihn wiedersah. Er tauchte aus einem stehenden Tümpel auf und hielt das Mädchen an der Hand. Beide waren naß, über und über mit Schmutz bedeckt, und dem Mädchen schnatterten die Zähne.

Nach einem dankbaren Blick auf Miles, daß er mit heilen Gliedern vor ihr stand, entfernte Fiona den Mantel des alten Mannes von ihrer Schulter und legte ihn dem Mädchen um.

»Es ist seiner!« sagte Christiana und wich vor dem Umhang zurück, als habe ihn der Teufel getragen.

Roger fing den Mantel auf, warf ihn wieder Fiona zu, zog sein eigenes Wams aus und legte es dem Mädchen über die Schultern. Sie schmolz in Rogers Armen, als wäre sie ein Teil seiner Haut.

»Wir müssen weiter«, sagte Miles und nahm Fionas Hand. »Sie werden bald zurückkehren und ihre Suche fortsetzen.«

Sie marschierten die ganze Nacht hindurch. Fiona wußte,

daß sie eigentlich vor Erschöpfung hätte zusammenbrechen müssen, doch sie fuhr fort, einen Fuß vor den anderen zu setzen und warf zuweilen einen verstohlenen Blick auf das Mädchen, das sie zu diesem Gewaltmarsch gezwungen hatte. Sie trug immer noch Rogers Wams, in dem sie fast ertrank, und sah noch jünger und zerbrechlicher aus, als sie zunächst gewirkt hatte. Sie wich nie weiter als zwei Zoll von Rogers Seite, selbst wenn sie so riskierte, daß ihr zuweilen die Zweige ins Gesicht peitschten. Was Roger anlangte, so schien es ihm nicht angenehm, wenn sich der Abstand zwischen ihnen vergrößerte.

Fiona vermied es, Miles anzusehen, weil seine Augen vor Zorn loderten, und ein paarmal drohte er sogar ihre Hand in seiner zu zerquetschen. Einmal, als sie ihm zu erklären versuchte, warum sie seine Gefühle mißachtet und an der Rettungsaktion teilgenommen hatte, sah Miles sie mit so zornigen Augen an, daß Fiona buchstäblich in den Umhang des alten Mannes zurückkroch.

Gegen Morgen sagte Miles: »Wir werden uns den Reisenden auf der Straße wieder anschließen und müssen ihr andere Kleider besorgen.«

Christiana trug immer noch ihr juwelenbesetztes Gewand und die Perlenschnüre um den Hals. Irgendwie betonte der Schmuck ihren gefallenen Status – sie trug zwar noch ihre Juwelen; doch nun war ihr kostbares Kleid zerrissen, ihre Haare verfilzt, ihre Wangen voll blauer und roter Flecke, und der Dreck klebte jetzt getrocknet auf ihrer Haut.

Als sie endlich die Straße erreichten und neben einer großen Gruppe von Reisenden anhielten, die eben aus dem Schlaf erwachten, wäre Fiona fast vor Erschöpfung zusammengebrochen. Miles fing sie auf und zog sie auf seinen Schoß. »Wenn du noch einmal so etwas tust wie gestern abend, Weib ...« begann er, hielt dann mitten im Satz inne und küßte sie so heftig, daß ihr Mund schmerzte.

Tränen schossen ihr in die Augen, Tränen der Freude, daß er in Sicherheit war. Es hatte eine Zeit gegeben, wo sie überzeugt war, sie würde Miles nicht mehr lebendig wiedersehen, wenn er ein Schwert aus der Scheide zog. »Ich würde alles für dich riskieren«, flüsterte sie und schlief dann in seinen Armen ein.

Es schienen erst Sekunden vergangen, als Fiona wieder aufwachte und sie mit einem kurzen Abstand zu den anderen Reisenden auf der Straße ihren Weg fortsetzten. Das Mädchen Christiana trug nun ein grobes Wollkleid mit einer großen, ihr Gesicht beschattenden Kapuze.

Mittags machten sie Rast, und die Männer ließen die Frauen am Straßenrand alleine, während sie zu den anderen Reisenden gingen, um für den verhaßten Mantel Brot und Käse einzutauschen.

Fiona lehnte sich gegen einen Baum und versuchte sich zu entspannen, doch Christianas Nähe verhinderte das. Sie vermochte den Haß auf das Mädchen nicht zu unterdrücken, das fast ihren Untergang bedeutet hätte.

»Werdet Ihr mich lange hassen, Fiona?« erkundigte sich Christiana mit leiser Stimme.

Fiona warf ihr einen betroffenen Blick zu, ehe sie sich abwandte. »Ich hasse Euch nicht.«

»Ihr seid es nicht gewohnt, zu lügen«, erwiderte das Mädchen.

Fiona wandte sich Christiana wieder zu. »Mein Mann hätte getötet werden können, als er Euch rettete!« sagte sie heftig. »Das gleiche gilt für meinen Bruder! Was für eine Macht habt Ihr über Roger? Habt Ihr ihn verhext?«

Christiana lächelte nicht, noch zeigte sie sich verstimmt. Sie sah Fiona nur mit ihren großen Augen eindringlich an.

»Ich habe immer von einem Mann wie Roger geträumt. Ich habe immer gewußt, daß er zu mir kommen wird. Im vergangenen Jahr verheiratete mein Onkel mich mit einem grausamen Mann; doch ich wußte noch immer, daß Roger kommen würde. Vor drei Nächten träumte ich und sah sein Gesicht. Er reiste in groben Kleidern und hatte eine Frau bei sich, die mit ihm verwandt war. Ich wußte, daß er endlich gekommen war.«

Fiona betrachtete das Mädchen, als wäre es eine Hexe.

Chris fuhr fort: »Ihr verflucht mich, weil ich den Mann, den Ihr liebt, in Gefahr gebracht habe; aber was würdet Ihr riskieren, um mit Eurem Mann zusammen sein zu können? Ich wäre vielleicht in die Folterkammer gegangen und in den Tod, den mein Mann mir bestimmte. Doch ich saß im Lager gefesselt an den Baum und betete mit aller Inbrunst, daß Roger zu mir käme.«

Sie sah fort, die Straße hinunter, wo Miles und Roger sich wieder näherten, und ein inneres Licht erschien in ihren Augen. »Gott hat mir Roger gegeben, um mich für das, was mir vorher angetan wurde, zu entschädigen. Heute Nacht werde ich bei Roger liegen, und danach werde ich gerne auf mein Glück verzichten, falls mir das abverlangt wird. Ich habe sein Leben, Eures und das Eures lieben Mannes riskiert für eine einzige Nacht mit meinem geliebten Roger.«

Sie legte ihre Hand auf Fionas Rechte, und ihre Augen blickten Fiona flehend an. »Verzeiht mir, wenn ich Euch allen zuviel abverlangt habe.«

Fionas Ärger verflog. Sie nahm nun Christianas Hand in die ihre. »Redet nicht vom Tod. Roger braucht die Liebe vielleicht noch nötiger als Ihr. Bleibt an seiner Seite.«

Zum ersten Mal zeigte Chris so etwas wie ein Lächeln, und ein Grübchen erschien auf ihrer linken Wange. »Nur Gewalt kann mich jetzt noch von ihm trennen.«

Fiona blickte hoch und sah Roger über sich stehen, einen verdutzten Ausdruck auf seinem Gesicht. »Er ist von alldem verwirrt«, dachte Fiona. »Chris ist ihm genau so ein Rätsel wie uns.«

Sie rasteten nur ein paar Minuten, aßen hastig, und dann waren sie schon wieder unterwegs. Am Abend, als Fiona sich in Miles' Arme schmiegte, hatte sie zum ersten Mal Gelegenheit, mit ihm zu sprechen. »Was hältst du von dieser jungen Frau, für die du dein Leben riskiert hast?« fragte sie.

»Ich weiß, daß sie gefährdet ist«, antwortete er. »Sie war mit dem Herzog von Lorillard verheiratet. Schon als Kind hörte ich Geschichten von seiner Grausamkeit. Er hat inzwischen sieben oder acht reiche hochgeborene Frauen unter die Erde gebracht. Sie scheinen alle nach ein paar Ehejahren wegzusterben.«

»Ist Chris von hoher Geburt?«

Miles schnaubte. »Sie hat eine lange Ahnenreihe von Königen.«

»Woher weißt du das alles?«

»Von meinen französischen Verwandten. Sie hatten ein paarmal mit der Familie Lorillard zu tun. Fiona«, sagte er feierlich, »ich möchte, daß du das behältst.« Er schloß ihre Hand über der langen Perlenkette, die Christiana gestern getragen hatte. »Morgen werden wir spät am Tage den Herrensitz meiner Verwandten erreichen; aber falls wir nicht so weit kommen sollten ... Nein!« Er legte ihr einen Finger auf die Lippen, um sie zum Verstummen zu bringen. »Ich möchte dir die Wahrheit sagen, damit du darauf vorbereitet bist. Die Familie Lorillard ist sehr mächtig, und wir haben ein Mitglied der Familie ums Leben gebracht und ein anderes entführt. Sie werden die Wälder umpflügen, wenn es sein müßte, um uns aufzustöbern. Wenn irgend etwas passiert, nimmst du die Perlen und kehrst zu meinen Brüdern nach England zurück. Sie werden für dich sorgen.«

»Aber was ist mit deinen französischen Verwandten? Könnte ich nicht bei ihnen Schutz suchen?«

»Ich werde dir die Geschichte von meinen französischen Verwandten eines Tages erzählen; doch vorläufig genügt es, wenn du weißt, daß die Lorillards mich kennen. Wenn sie mich gefangen nehmen, ist der Weg zu meinen Verwandten in Frankreich blockiert. Fahre heim zu meinen Brüdern. Wirst du mir das versprechen? Keine weiteren Versuche mehr, mich zu retten, sondern Heimkehr in die Sicherheit.«

Sie weigerte sich, ihm darauf zu antworten.

»Fiona!«

»Ich schwöre, daß ich nach Hause zu deinen Brüdern zurückkehre.« Sie seufzte.

»Und wie steht es mit dem Rest?«

»Ich mache dir keine weiteren Versprechungen!« zischte sie, hob das Gesicht zu ihm empor und küßte ihn.

Sie liebten sich langsam und mit Vorbedacht, als gäbe es kein Morgen mehr. Miles' warnende Worte hatten Fiona in einen Zustand der Verzweiflung versetzt, als wären sie nur noch wenige Stunden beisammen. Zweimal traten ihr Tränen in die Augen, Tränen der Ohnmacht, da sie der Rettung schon so nahe gewesen waren und alles nun durch die Wollust einer Frau wieder gefährdet schien.

Miles küßte ihr die Tränen ab und flüsterte, daß sie den Augenblick genießen und Ärger und Haß für später aufheben sollte, wenn sie mehr Muße dafür hatten.

Sie schlief ein, sich so fest an Miles klammernd, wie sie konnte, und während der Nacht schob sie sich auf ihn hinauf. Er erwachte, lächelte, küßte sie auf den Scheitel, entfernte eine Haarsträhne aus seinem Mund, drückte sie noch einmal an sich und schlief wieder ein.

Roger weckte sie kurz vor Tagesanbruch, und nach einem Blick auf ihren Bruder war Fiona überzeugt, daß er keine

Sekunde geschlafen hatte. Christiana kam unter den Bäumen hervor, ihre Augen voller Leben und ihre Lippen prall von Blut. Als sie sich wieder auf den Weg machten, bemerkte Fiona, wie Roger Chris ununterbrochen von der Seite ansah – voller Ehrfurcht und Glück. Mittags hatte er seinen Arm um das Mädchen gelegt und zog sie dicht an sich. Und einmal schloß er zu Fionas Überraschung das Mädchen sogar in seine Arme und küßte sie leidenschaftlich. Roger hatte immer auf schickliches Betragen großen Wert gelegt, war sich seiner Stellung im Leben bewußt gewesen, seiner Gelübde als Ritter, und nie hatte er in der Öffentlichkeit seine Gefühle gezeigt.

Miles hakte Fiona unter und zog sie von der Stelle weg, wo sie mit offenem Munde ihren Bruder anstarrte.

Es war eine Stunde vor Sonnenuntergang, als Männer mit gezogenen Schwertern unter den Bäumen hervorstürzten und die Spitzen ihrer Waffen auf die Kehlen der vier Reisenden setzten.

Ein häßlicher, alter Mann trat hinter seinen Rittern hervor.

»Nun, Ascott, so sehen wir uns wieder. Ergreift sie!« befahl er.

Kapitel 19

Fiona saß einen Moment lang regungslos auf ihrem Pferd, als sie durch einen Tränenschleier hindurch die uralte Ascott-Feste betrachtete. So viele Dinge hatten sich in den letzten Wochen verändert, daß sie schon zweifelte, ob England oder die massive Ascott-Burg noch an ihrem alten Platz waren.

Eines der Pferde ihrer drei stattlichen Begleiter hinter ihr scharrte ungeduldig und brachte Fiona in die Gegenwart zurück. Mit einem lauten Schrei benützte sie die Enden ihrer

Zügel als Peitsche und trieb das Pferd voran. Obwohl sie die Burg der Ascotts nie besucht hatte, kannte sie deren Lage und Aussehen gut. In Schottland hatte ihr Miles viel von seinem Familiensitz erzählt und sogar eine Skizze davon in den Lehm gekratzt.

Sie lenkte auf das schwerbewachte hintere Tor zu, den Eingang für Familienmitglieder. Als sie die Mauern erreichte, die den schmalen Zugang flankierten, verringerte sie kaum das Tempo ihres Pferdes.

Sogleich riefen sie Wachen an, die mit Pfeilen auf sie zielten. »Die Frau von Miles Ascott«, brüllte einer der Männer hinter Fiona zur Mauerzinne hinauf.

Sechs Pfeile schlugen vor Fionas Pferd in den Boden ein, und das erschöpfte Tier bäumte sich auf und zerschmetterte mit einem Huf zwei Pfeilschäfte. Fiona mußte ihre ganze Kraft aufwenden, um das scheuende Tier wieder unter ihre Kontrolle zu bringen.

Drei bewaffnete Ritter standen nun zwischen ihr und dem geschlossenen Tor.

»Ich bin Fiona Ascott, und diese Männer sind meine Begleiter«, sagte sie ungeduldig, aber mit einigem Respekt. Nicht viele Burgen im Land wurden noch so gut bewacht wie diese.

Als wären sie Standbilder verharrten die Ritter an ihrem Standort, während noch mehrere Männer von den Mauern heruntersprangen und ihre gezogenen Schwerter auf die Männer hinter Fiona richteten.

Als zwanzig Ascott-Ritter die Ankömmlinge umzingelt hatten, sagte einer der Torwächter zu Fiona: »Ihr allein dürft eintreten. Eure Männer bleiben hier.«

»Ja, natürlich. Bringt mich zu Gavin. Er kann meine Angaben bestätigen.«

Man nahm ihr den Zügel ab, und sie wurde in einen sauberen, geräumigen Burghof vor dem großen Herrenhaus geführt. Viele Gebäude reihten sich an der Innenseite der hohen Umfriedungsmauer aneinander.

Einer der Torwächter betrat das Herrenhaus, und Sekunden später erschien eine hübsche Frau, ihr Gesicht mit Mehl bestäubt, Sesamkörner im Haar.

»Bringt mich zu Eurem Meister«, sagte Fiona im befehlenden Ton zu der Frau. »Ich habe Nachrichten, die ihn betreffen.«

»Seid Ihr Fiona?« fragte die zierliche Frau. »Bringt Ihr Nachrichten von Miles mit? Man hat uns berichtet, daß Ihr beide nicht mehr am Leben seid. Henry! Hilf Ihr vom Pferd herunter, geleite die Männer Ihres Gefolges in die Burg und gebt Ihnen zu essen.«

In diesem Augenblick erschien Alicia, und hinter ihr die kleine Sängerin, die Fiona vor Jahren bei einer Hochzeit kennengelernt hatte.

»Fiona!« rief Alicia und eilte auf sie zu.

Fiona fiel fast in die Arme ihrer Schwägerin. »Ich bin so froh, dich wiederzusehen! Es war so eine lange Reise. Wo ist Stephen? Wir müssen nach Frankreich zurück und Miles und Roger befreien. Ein französischer Herzog hat sie gefangengenommen, und wir müssen sie auslösen oder mit Gewalt befreien oder …«

»Beruhige dich erstmal«, sagte Alicia. »Komm ins Haus, und iß etwas, und dann werden wir Pläne schmieden.«

»Henry!« befahl die Frau hinter Fiona. »Hol meinen Stiefvater und Sir Guy herbei. Schick sie zu mir, und bereite sieben Pferde für eine Reise vor. Schick sofort einen Reiter voraus, der ein Schiff für die Überfahrt nach Frankreich mieten und vorbereiten soll. Ich wünsche keine Verzögerung. Hast du verstanden?«

Fiona hatte sich umgedreht und starrte nun mit offenem

Mund die Frau an, die sie zunächst für eine Dienerin gehalten hatte.

»Darf ich dir Lady Judith vorstellen?« sagte Alicia mit belustigter Stimme.

Judith schob eine lockere Haarsträhne hinter das Ohr, daß die goldenen Sesamkörner auf den Boden fielen.

»Weißt du, wo Miles festgehalten wird?«

»Ja, ich komme direkt von dort.«

»Und hast dich und dein Pferd nicht geschont«, sagte Alicia. »Man sieht es dir an.«

»Hallo, Clarissa«, sagte Fiona und streckte der schweigsamen, zierlichen Frau die Hand hin, die nun neben Alicia getreten war.

Clarissa nickte zum Gruß und lächelte scheu. Sie war sich noch nie so überflüssig vorgekommen wie jetzt, da sie von ihren prächtigen Schwägerinnen umgeben war.

In diesem Moment kam Sir Guy auf den Hof gelaufen. Er schien viel von seinem früheren Gewicht eingebüßt zu haben. Ihm auf den Fersen folgte Tam, der schottische Koloß, unter dessen Tritten die Erde zu beben schien.

»Bringt Ihr Nachricht von meinem Lord Miles?« rief Sir Guy, während er Fiona fast flehentlich ansah. »Man sagte uns, Ihr seid nicht mehr am Leben.«

»Und wer hat Euch das gesagt?« fragte Fiona mit erhobener Stimme. »Habt Ihr nicht nach uns geforscht?«

»Komm ins Haus«, sagte Judith, ihre Hand auf Fionas Arm. »Erzähl uns, was ihr inzwischen erlebt habt.«

Minuten später saß Fiona an einem großen Tisch, umgeben von Schüsseln und Platten. Sie langte energisch zu und erzählte mit vollem Mund ihre Geschichte. Um sie herum standen ihre drei Schwägerinnen und ein Mann, den sie nicht kannte – John Bassett, der Ehemann von Judiths Mutter –, Sir Guy und Tam.

Während sie das Essen hinunterschlang, berichtete sie in abgerissenen Sätzen, wie man sie gefesselt in den Laderaum eines Schiffes geworfen hatte, wie sie mit dem Ruderboot entkommen konnten und zu Fuß nach Süden marschierten, bis Roger sich dazu entschloß, ihr Leben für die halbe Portion eines Mädchens aufs Spiel zu setzen, die überdies die Ehefrau eines anderen Mannes war.

Alicia unterbrach Fionas Bericht mit einer Salve gehässiger Bemerkungen über Roger Chatworth; doch Tam befahl ihr, den Mund zu halten. Zu Fionas Überraschung gehorchte Alicia sofort.

Fiona schilderte dann in kurzen Zügen die Rettung der jungen Christiana.

Judith richtete nun eine Reihe von Fragen an sie, welche Rolle Fiona bei der Befreiung des jungen Mädchens gespielt habe und was für ein Mädchen diese Christiana sei. »Ich habe von ihr gehört«, sagte Judith. »Auch von ihrem Mann und dessen Familie. Es ist der jüngere Bruder, nicht der Herzog, der auf Miles nicht gut zu sprechen ist.«

»Weshalb?« platzte Fiona heraus.

»Da war einmal eine junge Frau, die …«

Fiona hob die Hand. »Genug! Sprich nicht weiter. Ich glaube, es ist der jüngere Mann, der Miles und Roger gefangenhält. Der Herzog starb Roger unter den Händen.«

»Ja – töten macht ihm Spaß!« rief Alicia.

Fiona hielt sich nicht damit auf, ihren Bruder vor ihren Schwägerinnen zu rechtfertigen, sondern fuhr mit ihrer Geschichte fort und berichtete, wie der alte Herzog gestorben war. Sie vergaß das Essen, als sie schilderte, wie der jüngere Bruder des toten Herzogs mit seinen Rittern über sie herfiel. Miles war verwundet worden, als er einen Ritter von seinem Pferd zog, an dessen Stelle Fiona in den Sattel setzte und dem Pferd einen kräftigen Schlag auf die Hinterbacken gab. Sie war im gestreckten Galopp die mit Unkräutern überwucherte und mit Schlaglöchern übersäte Fahrstraße hinuntergerast und hatte große Mühe gehabt, die schleifenden Zügel aufzunehmen. Als sie endlich das durchgehende Pferd unter Kontrolle brachte, hatte sie über die Schulter gesehen und bemerkt, daß ein halbes Dutzend Ritter sie verfolgte. Da hatte sie ihr Pferd zu noch größerer Eile angetrieben und die nächsten beiden Stunden damit verbracht, ihren Verfolgern zu entwischen.

Die nächsten zehn Tage ihrer Geschichte handelte sie nur in Stichworten ab. Sie benützte die Perlen von Christianas Halskette, um sich den Weg zurück nach England zu erkaufen. Nach einem Gebet, daß sie damit nicht ihren eigenen Tod beschleunigen möge, mietete sie sich drei Männer von der Straße weg, Männer, die früher Soldaten gewesen waren, aber nach dem Tod ihres Herrn entlassen wurden, da der Nachfolger sich jüngere Krieger wünschte.

Zu viert waren sie dann Tag und Nacht geritten, hatten oft die Pferde gewechselt und nur zwischendurch ein paar Stunden geschlafen.

Als sie die Küste erreichten, hatte Fiona zehn Perlen für ein Schiff und die nötige Mannschaft bezahlt, die sie nach England übersetzen sollte, und während der drei Tage, die die Überfahrt dauerte, hatte sie nur geschlafen. Sie erreichten die Südküste von England, kauften dort frische Pferde und ein paar Nahrungsmittel und machten sich wieder auf den Weg. Sie hatten nicht früher angehalten, bis sie die Mauern der Ascott-Feste vor sich sahen.

»Ich bin also hergekommen«, schloß Fiona ihren Bericht, »um Miles' Brüder zu holen. Wir müssen sofort nach Frankreich aufbrechen.«

Ein Ritter trat ein, flüsterte Judith etwas zu und verließ wieder den Raum.

»Lady Fiona«, sagte Judith, »da ist einiges, was du wissen

mußt. Nicht lange, nachdem du, Miles und dein Bruder auf ein Schiff verschleppt wurden, konnte Lilian Chatworth« – Judith erstickte fast an diesem Namen – »der Versuchung nicht widerstehen, mit ihrer Tat zu prahlen. Sie schickte einen Boten mit einem Brief hierher, der uns alles offenbarte.«

Clarissa ergriff nun zum erstenmal das Wort, mit leiser, aber sehr klarer Stimme: »Raine, Stephen und Gavin brachen sofort nach Frankreich auf, während wir« – sie deutete mit dem Kopf auf Judith und Alicia – »hierher kamen, um auf Neuigkeiten zu warten.«

»Dann sind die Männer also schon in Frankreich?« fragte Fiona und erhob sich vom Tisch. »Ich muß sofort aufbrechen. Wenn ich ein paar Männer mitnehmen dürfte, würde ich mit ihnen nach Miles' Brüdern suchen und sie zu dem Ort bringen, wo Miles festgehalten wird.«

»Kennst du das Schloß des Herzogs von Lorillard? Weißt du, wo sein Bruder wohnt?« fragte Judith, sich vorbeugend.

»Nein, aber sicherlich ist es das Schloß ...«, begann Fiona.

»Wir können es riskieren. Der Herzog war ein ›Freund‹ meines Vaters.« Judith kräuselte höhnisch die Lippen. »Ich weiß, wo sich die vier Landsitze der Lorillards befinden, und ich bezweifle, daß einer von den Ascotts sie alle vier kennt. Raine vielleicht, da er mehrere Turniere in Frankreich ausgetragen hat; aber wenn sich die Männer getrennt haben ... Nein, es ist beschlossen.« Sie stand auf.

»Einen Teufel ist es!« donnerte der Mann an ihrer Seite, John Bassett, während er aufstand und wie ein Turm über ihr aufragte.

Judith senkte nur kurz die Lider, während ihr die Ohren von seiner Stimme gellten, doch sie blieb ruhig. »Die Pferde stehen bereit, und wir werden bald aufbrechen. Alicia, hast du genug von deinen Tartan-Hemden mitgebracht? Sie kämen uns auf der langen Reise zupaß.«

John packte energisch ihren Arm. »Du wirst nicht noch einmal dein Leben aufs Spiel setzen«, sagte er. »Du hättest uns damals fast umgebracht, als du Gavin aus seinem Gefängnis befreitest. Doch diesmal, junge Dame, bleibst du hier und überläßt das Geschäft den Männern!«

Judiths Augen wurden heiß wie geschmolzenes Gold.

»Und wo willst du nach meinem Mann suchen?« fragte sie hitzig. »Bist du jemals in Frankreich gewesen? Und wenn du ihn durch einen glücklichen Zufall finden würdest, kannst du ihm dann sagen, wo er nach Miles suchen muß? Gebrauche deinen Verstand, wenn du einen hast, John! Meinetwegen laß die anderen Frauen hier, doch Fiona und ich müssen mit dir reiten.«

Clarissa sah Alicia an und ließ dann mit gellender Stimme ein »NEIN!« los, daß der Verputz von der Decke bröckelte.

Sogleich färbte sich Clarissas Gesicht vor Scham, was ihr allerliebst stand, und sie sah auf ihre Hände hinunter. »Ich meine, daß Alicia und ich auch lieber mitreiten wollten. Vielleicht können wir euch helfen«, flüsterte sie.

»Alicia«, begann Tam, während Sir Guy Fiona auf eine Weise ansah, die ihr vermutlich Respekt abnötigen sollte. Sogleich gab es im Zimmer einen heftigen Streit. Clarissa, neben der kein Mann stand, der sie um Haupteslänge überragte, entfernte sich unbemerkt, rannte die Treppe zu Alicias und Stephens Zimmer hinauf und zog mehrere Plaids aus einer Truhe. Selbst im ersten Stock konnte sie noch die lauten Stimmen aus dem Erdgeschoß hören.

Einem Impuls folgend nahm sie einen Dudelsack von der Wand. Farbige Tartans über der Schulter, drückte sie auf die Luftsäcke, während sie wieder hinunterging. Als sie die große Halle erreichte, wo sie alle um den Tisch standen und ihr entgegensahen, herrschte nun Stille.

Sie setzte das Instrument ab und sagte: »Wenn ihr Männer

ohne uns losreiten wollt, werden wir eine Stunde später alleine aufbrechen. Reitet ihr nun mit uns oder vor uns?«

Die Männer schwiegen. Nur ihre Wangenmuskeln spielten, und ihre Lippen waren dünne Striche.

»Während wir uns hier streiten«, fuhr Clarissa fort, »sitzt Miles in einem Verlies in Frankreich oder wird vielleicht in diesem Moment gefoltert. Ich schlage vor, wir reiten – JETZT!«

Judith trat vor, nahm Clarissas Gesicht in beide Hände und küßte ihre Schwägerin auf beide Wangen. »Wir reiten«, erklärte Judith, nahm die Plaids von Clarissas Schulter und warf einen davon Fiona zu. »John, du kümmerst dich um die Verpflegung. Guy, du gehst zu meinem Verwalter. Wir brauchen Gold für diese Reise. Tam, du überprüfst die Bogensehnen und nimmst so viele Pfeile mit, daß wir eine Armee damit spicken könnten. Alicia, du suchst uns Pferde aus, die so eine lange Reise auch durchhalten. Clarissa, nimm etwas mit, mit dem du Musik machen kannst. Wir werden so etwas vielleicht bitter nötig brauchen.«

Fiona lächelte, als Judith begann, Aufträge zu verteilen.

»Und ich?« fragte sie, als sie alle auf Judiths Befehl hin in die verschiedensten Richtungen davoneilten.

»Du kommst mit mir«, sagte Judith und stieg vor ihr die Treppe hinauf. Auf halber Höhe blieb sie wieder stehen und sah Fiona fest in die Augen. »Lilian Chatworth erkrankte an Pocken, und obwohl sie die Krankheit überstand, blieben häßliche Narben auf der unverbrannten Seite ihres Gesichts zurück.« Judith fuhr nach kurzem Zögern fort: »Sie nahm sich das Leben, indem sie sich von den Zinnen eines ihrer Güter herabstürzte.« Sie sah zur Seite und sagte mit leiser Stimme: »Die gleiche Wand, wo die arme Ela sich zu Tode stürzte.«

Fiona verstand den letzten Satz nicht, doch während sie Judith weiter die Treppe hinauffolgte, empfand sie ein Gefühl der Erleichterung, daß Lilian tot war. Nun brauchte sie wenigstens nicht um die Sicherheit ihres Sohnes zu bangen.

Fiona hatte schon viel davon gehört, was für ein Arbeitstier Judith Ascott sein sollte; doch alsbald kam sie zu dem Schluß, daß Judith von rasender Arbeitswut besessen sei. Das Wort ›Schwäche‹ kannte sie nicht – und ›rasten‹ kam in ihrem Wortschatz auch nicht vor.

Sie legten den Weg bis zur Südküste Englands in knapp zwei Tagen zurück, wobei sie oft die Pferde wechselten. Niemand redete, sondern sie ritten alle so schnell und hart wie möglich. An vielen Stellen waren die Straßen so schlecht, daß sie praktisch gar nicht existierten, und dann lenkten sie ihre Pferde einfach quer über frisch gepflügte Felder, während die Bauern mit den Fäusten hinter ihnen herdrohten. Zweimal sprangen Tam und Guy von ihren Pferden und hieben mit ihren Schlachtäxten Zäune nieder. Dahinter grasten Schafe.

»Der Besitzer wird Judith vor Gericht bringen«, sagte Fiona, denn die riesigen Schafpferche gehörten offensichtlich einem reichen Mann.

»Dieses Land gehört Judith«, rief Alicia über die Schulter, während sie ihrem Pferd wieder die Sporen gab. Clarissa und Fiona tauschten ehrfürchtige Blicke, ehe sie auch ihre Pferde wieder zu diesem atemberaubenden Tempo antrieben.

Als sie die Südspitze von England in der Morgendämmerung des dritten Tages erreichten, wartete bereits eine Fähre auf sie, um sie zu einer Insel zu bringen, wo noch mehr Familienmitglieder der Ascotts wohnten.

»Mein Clan ist winzig im Vergleich zu dieser Familie«, sagte Alicia müde, ehe sie sich auf den nassen Boden der Fähre setzte, das Plaid über ihren Kopf zog und einschlief.

Eine Stunde später wurden sie geweckt und stiegen wie Schlafwandler auf frische Pferde, die sie zu den Besitzungen der Ascotts brachten. Trotz ihrer Müdigkeit war Fiona vom Alter und der Erhabenheit dieser Festung beeindruckt, die vor über zweihundert Jahren von dem Ritter, der als »Schwarzer Löwe« bekannt war, erbaut wurde.

Nachdem sie das Burgtor passiert hatten, faßte Judith Fionas Arm und deutete mit dem Kopf auf ein Kind, das aus einem Torweg hervorlugte. Es war ungefähr anderthalb Jahre alt, hatte schmutzige Haare, zerlumpte Kleider und den wachsamen Blick eines hungrigen Hundes.

»Eines von Miles' Kindern«, sagte Judith und beobachtete dabei Fionas Gesicht.

Eine zornige Blutwelle schoß in Fionas Wangen. »Das wird mein Kind sein, wenn ich zurückkomme.« Mit einem letzten Blick auf das Kind ging Fiona an den anderen vorbei in die Burg hinein.

Sie hielten sich nur so lange in der alten Burg auf, bis sie gegessen hatten, und fuhren dann mit dem Schiff weiter, das sie erwartete. Sogleich wickelten sie sich alle in ihre Plaids und schliefen ein.

Viele Stunden später, als die Frauen erfrischt aufwachten, setzten sie sich zusammen und begannen, Pläne zu schmieden.

»Wir müssen zunächst Zutritt zur Burg bekommen«, sagte Judith, »Clarissas Musik wird uns jede Tür öffnen. Kann einer von euch spielen oder singen?«

Alicia versicherte, sie habe eine Stimme wie Blei; Judith mußte zugeben, daß sie falsche und richtige Töne nicht voneinander unterscheiden könne, und Fiona wisperte mit trockener Kehle: »Ich kann tanzen.«

»Gut«, erklärte Judith. »Sobald wir in der Burg sind ...«

»Werdet Ihr nichts tun«, fiel ihr John Bassett, der hinter ihr stand, ins Wort. »Ihr werdet uns die Burg des neuen Herzogs zeigen, und wir werden Eure Ehemänner finden und sie zu der Burg lotsen. Sie werden dann Lord Miles befreien.« Damit machte er auf dem Absatz kehrt und ließ sie allein.

Judith sah ihre Schwägerinnen mit einem kleinen Lächeln an. »Vor einigen Jahren hatte ich ein bißchen Pech, als ich versuchte, Gavin zu retten. John hat mir das nie verziehen, und seit er meine Mutter heiratete, fühlt er sich für mich verantwortlich.« Sie lehnte sich vor. »Wir müssen mit unseren Plänen etwas diskreter verfahren.«

Fiona lehnte sich gegen die Schiffswand und unterdrückte ein Lachen. Da saß diese so überaus hübsche, so zierliche Judith, die Hände im Schoß gefaltet, und bot aller Welt den Anblick einer schüchternen, hilflosen, jungen Dame. Schwer zu glauben, daß ein so feuriger Geist in ihr wohnte. Alicia stand an der Reling, während sich die Sonne im Wasser spiegelte und ihren klaren schönen Zügen goldene Glanzlichter aufsetzte. Fiona wußte aus Erfahrung, was für eine leidenschaftliche, tapfere, loyale Frau Alicia war. Und Clarissa, so stumm und scheu, die aussah, als habe sie Angst vor ihren Schwägerinnen; doch wenn sie ihre prächtige Stimme erhob, brachte sie selbst Mauern zum Zittern.

Und Fiona? Paßte sie zu diesen Frauen? Sie fragte sich im stillen, ob sie vor Judiths kritischem Blick bestehen könne.

Sobald sie französischen Boden betraten, kauften sie sich Pferde, und Judith führte sie in südwestlicher Richtung von der Küste weg. Am letzten Tag vor der Landung hatte Judith sich in alles gefügt, was die Männer ihr befahlen. Einmal hatte Alicia Fiona heimlich einen Rippenstoß gegeben, damit sie aufsah und John Bassett bemerkte, der mit stolzgeschwellter Brust Judith einen Vortrag hielt. Tam erteilte Alicia ebenfalls mit barscher Stimme Befehle. Sir Guy sprach nur ein einzigesmal mit Fiona.

Sie sah züchtig und engelhaft durch ihre langen Wimpern

zu ihm auf und erkundigte sich, wie es seinen Zehen ginge. Die Narbe im Gesicht des Riesen verfärbte sich weiß, und er ging davon. Alicia drückte die Hände gegen die Seiten, während sie sich vor Lachen nicht zu fassen wußte. Judith warf Fiona einen nachdenklichen und bewundernden Blick zu, als sie die Geschichte von Sir Guys Zehen erfuhr.

Clarissa stimmte nur ihre Laute, und dieser Vorgang zeigte mehr als viele Worte, wer ihrer Meinung nach den Zweikampf rivalisierender Kräfte gewinnen würde.

John Bassett mietete Zimmer in einem Gasthof, der sich in der Nähe des herzoglichen Schlosses befand – jenes Schlosses, wo nach Auskunft der Einheimischen, der Herzog im Augenblick wohnte. Die drei Männer waren gezwungen, die Frauen allein zu lassen, da sie zunächst ja die Ehemänner suchen mußten. John machte ein Gesicht, als würde er jeden Moment losheulen, weil Judith hartnäckig schwieg, nachdem er sie aufgefordert hatte, bei Gott zu schwören, sie würde auf die Rückkehr der Männer warten.

»Muß ich dir einen Wächter vor die Tür stellen?« fragte John außer sich.

Judith sah ihn nur züchtig an.

»Ich hätte gute Lust, dich mitzunehmen, aber wir müssen uns unterwegs trennen, und es braucht mehr als nur einen Mann, so einen Teufelsbraten wie dich zu bändigen. Ich glaube, Ehemänner wie Gavin brauchen einen besonders geharnischten Schutzengel.«

»Du vergeudest nur deine Zeit, John«, sagte Judith geduldig.

»Sie hat recht«, sagte Guy und vermied es, eine von den vier Schwägerinnen dabei anzusehen.

John zog Judith an sich, küßte sie auf die Stirn und sagte: »Möge der Herr dich beschützen.« Dann ritten die drei Männer davon.

Judith lehnte sich gegen die Tür und gab einen tiefen Seufzer von sich. »Er meint es gut. Wollen wir jetzt an die Arbeit gehen?«

Fiona erfuhr sehr rasch, was für ein überragendes Organisationstalent Judith war – und sie wußte, wie sie ihr Gold zu verwenden hatte. Insgesamt heuerte sie fünfundzwanzig Leute an, die überall verbreiteten, daß die größte Sängerin der Welt und die exotischte Tänzerin des Universums in diesem Gasthof abgestiegen seien. Sie wollte eine so fieberhafte Erwartung und Aufregung erzeugen, daß bei Clarissas und Fionas Auftritt alle Augen auf die beiden Künstlerinnen gerichtet waren, damit sie und Alicia sich unbemerkt entfernen konnten.

Am frühen Nachmittag zog Judith sich ein paar Lumpen an, schwärzte einen Schneidezahn mit einer abscheulichen Mischung aus Gummi und Ruß und stellte frischgebackenes Brot dem Herzog in dessen Schloß zu. Sie kam mit einer wunderbaren Neuigkeit zurück.

»Miles ist am Leben«, sagte sie, kratzte sich und riß sich die schmutzigen Lumpen vom Leib. »Der Herzog scheint unentwegt Gefangene in seinem Schloß zu beherbergen und bringt sie immer in der Spitze des Turmes unter. Das schmeckt scheußlich!« sagte sie und scheuerte an ihrem Zahn.

»Offenbar ist die ganze Familie Lorillard in der Kunst der Folter sehr bewandert, und im Augenblick haben sie das Mädchen in der Mangel.«

»Tut mir leid, Fiona«, fügte Judith rasch hinzu. »Ich konnte dem Geschwätz des Küchenpersonals nicht entnehmen, ob sie noch am Leben ist, aber die beiden Männer sind es ganz bestimmt.«

»Wie steht es mit Miles' Wunde?« fragte Fiona.

Judith hob beide Hände, die Handflächen nach außen.

»So genau konnte ich die Leute nicht danach fragen. Ich

weiß nur, daß die Gefangenen immer in der Spitze des Turmes eingekerkert sind.«

»Also wird es kinderleicht«, sagte Alicia. »Wir binden unseren Pferden nur Flügel an die Beine und fliegen auf den Turm.«

»Eine Treppe führt hinauf«, sagte Judith.

»Unbewacht?« fragte Alicia.

»Die Tür zu den Zellen der Gefangenen wird bewacht, doch der Turm hat zwei Treppen, von denen eine zum Dach hinaufführt.« Judith schlüpfte in ein frisches Hemd. »Die Zellen haben Fenster, und wenn wir uns vom Dach hinunterlassen ...«

Nur Alicia sah die straffen, weißen Linien, die sich in Judiths Mundwinkeln bildeten. Mochte Judith sich auch noch so furchtlos benehmen, sie hatte doch eine schreckliche Angst. Alicia berührte Judiths Arm.

»Du bleibst unten im Saal und tanzt zu Clarissas Musik. Fiona und ich werden uns vom Turm abseilen ...«

Judith hob die Hand. »Ich kann genau so gut tanzen, wie ich Pferde zum Fliegen zu bringen vermag. Clarissa wird singen, doch ich könnte nie den Takt einhalten, würde mich auf den Tischen umsehen und mir überlegen, wieviele Fässer Getreide für so eine üppige Mahlzeit vergeudet worden sind. Vermutlich würde ich das Tanzen vergessen und anfangen, die Diener herumzukommandieren.«

Alle drei Frauen versuchten vergeblich, ihr Kichern zu unterdrücken, als sie Judiths kleinlaute Bemerkungen hörten und ihre verzagte Miene betrachteten.

Judith sah sie mit rollenden Augen an. »Ich bin kräftig und klein und werde wohl noch an einem Seil herunterklettern und durch ein Fenster schlüpfen können.«

Alles Zureden half nichts. Sie konnten Judith nicht von ihrem Vorhaben abbringen, und so setzten sie sich, um auszuruhen, wobei jede sich in Gedanken mit den kommenden

Gefahren auseinandersetzte. Fiona erwähnte mit keiner Silbe ihre Furcht vor der Berührung von Männern, und Judiths Höhenangst kam auch nicht mehr zur Sprache.

Als die Dämmerung hereinbrach, sank Judith auf die Knie und begann zu beten, und alsbald folgten die anderen drei Frauen ihrem Beispiel.

Kapitel 20

Clarissa war es, die für die größte Überraschung bei den Frauen sorgte. In den letzten Tagen hatte sie kaum ein Wort gesagt und sich von ihren entschieden auftretenden, schönen Schwägerinnen herumkommandieren lassen, ohne zu klagen oder selbst etwas beizusteuern. Doch sobald Clarissa ein Musikinstrument in der Hand hielt und aufgefordert wurde, etwas vorzutragen, übertraf sie ihre Schwägerinnen an Eifer und Einsatz bei weitem.

Judith und Alicia, die sich mit schmutzigen, ihre Schönheit verbergenden Lumpen verkleidet hatten, tauchten in der Prozession unter, die Clarissa und Fiona in den großen Saal des Schlosses begleitete. Fiona, die die Hüfte schwenkend durch ein Spalier von Männern ging, zog bereits mit ihrem reizvollen Körper die Blicke aller Anwesenden auf sich. Sie trug ein billiges, schreiend buntes Flittergewand, dessen exotischer Schnitt allein schon gereicht hätte, die Blicke auf sich zu lenken.

Sobald Clarissa die große Halle des alten Schlosses betrat, gab sie einen Ton von sich, der alle zum Aufhorchen brachte. Alicia und Judith hatten noch nie den vollen Umfang von Clarissas Stimme gehört, und sie blieben einen Moment stehen und hörten ehrfürchtig zu.

»Ich gebe dir den Takt an«, flüsterte Clarissa Fiona ins Ohr. »Du nimmst den Rhythmus mit deinem Körper auf.«

Alle sahen nun auf Clarissa und die schöne Frau neben ihr. Jählings senkte Clarissa ihre Stimme zu einem Pianissimo, und sogleich holten die Zuschauer wieder Luft und begannen mit einer Mischung aus Gelächter und Applaus sich zwanglos in der Halle zu bewegen. »Jetzt!« zischte Judith Alicia zu, und die beiden Frauen verschwanden in einem dunklen Loch in der Wand.

Sie warfen ihre schweren Röcke über die Arme und eilten die alte Wendeltreppe hinauf, zwei Treppen, drei Treppen, und als sie sich dem Kopfende der Treppe näherten, warnte sie ein Geräusch, und sie drückten sich flach gegen die Wand. Während sie angestrengt lauschten, warteten sie auf den Wächter, der jeden Moment aus einem Durchgang hervortreten konnte.

Judith deutete auf einen breiten, rußgeschwärzten Riß in der Mauer zu ihrer Linken, der von dem Wächter nicht eingesehen werden konnte. Sie schlüpften lautlos in die Mauerbresche. Ratten beschwerten sich quiekend, und Alicia schleuderte mit dem Fuß eines von diesen häßlichen Biestern die Treppe hinunter.

Am Kopfende der Treppe befand sich eine Falltür – eine verschlossene Tür.

»Verdammt!« flüsterte Judith. »Wir brauchen einen Schlüssel.«

Doch noch ehe sie den Satz ausgesprochen hatte, tastete Alicia an dem Rand der rechteckigen Falltüre entlang, und als sie mit dem Finger die vordere Schmalseite abtastete, drehte sie sich um und zeigte Judith ein triumphierendes Lächeln, daß ihre Zähne und Augen in der Dunkelheit weiß leuchteten. Alicia zog an einem eisernen Bolzen, und die Tür ließ sich leicht nach innen bewegen. Noch ein lautes Quieken, daß sie regungslos verharrten und nach unten horchten; doch keine Schritte klangen auf der Treppe auf. Sie quetschten sich durch die Öffnung der Falltür und standen auf dem Dach.

Einen Moment lang blieben sie keuchend stehen und atmeten tief die kühle Nachtluft in die Lungen. Als Alicia sich Judith zuwandte, sah sie, daß die zierliche Frau mit furchtsamen Augen die Zinnen betrachtete.

»Laß *mich* gehen«, sagte Alicia.

»Nein.« Judith schüttelte den Kopf. »Wenn etwas passiert und ich dich wieder auf das Dach hinaufziehen müßte, brächte ich das nicht fertig. Aber du bist dafür kräftig genug.«

Alicia nickte, weil sie einsehen mußte, daß Judiths Erklärung richtig war. Und so gingen sie nun daran, ihre äußeren, groben Wollröcke auszuziehen und das dicke Seil abzuwickeln, das an der Innenseite der Röcke befestigt war. Judith hatte vier Frauen angeheuert, die den ganzen Nachmittag an diesen Röcken arbeiteten. Nun fiel das Mondlicht auf ihre Plaidröcke, blau- und grünkarierte Muster von Alicia und das golden- und braunkarierte Muster von Judith.

Sobald Alicias Seil wie eine zusammengerollte Schlange vor ihr lag, ging sie am Rand des Daches entlang und sah über die Zinnen an der Mauer des runden Turms hinunter. »Dort unten sind vier Fenster«, berichtete sie Judith. »Hinter welchem steckt Miles?«

»Laß mich nachdenken«, sagte Judith, ihr Seil über den Unterarm gelegt. »Das Fenster dort befindet sich an der Wendeltreppe, das gegenüberliegende Fenster im Zellendurchgang, also müssen diese beiden zu den Zellen gehören.« Sie deutete nach rechts und nach links.

Keine von beiden mußte erst erwähnen, daß es für Judith den Tod bedeuten konnte, wenn sie sich an dem falschen Fenster abseilte.

»Komm, ans Werk«, sagte Judith, als müßte sie sich auf ihre eigene Hinrichtung vorbereiten.

Alicia hatte von Kindesbeinen an mit Seilen zu tun gehabt, und mühelos band sie das Seilende mit ein paar Knoten zu einem Sitz für Judith zusammen. Sie zog ihr den Tartan-Rock zwischen den Beinen hindurch und befestigte die Enden unter dem breiten Ledergurt. Mit wild pochendem Herzen trat Judith in die doppelte Seilschlinge, befestigte die eine Hälfte um ihre Taille und die andere zwischen ihren Beinen.

Als sie nun auf den Zinnen stand, lächelte Alicia ihr zu.

»Konzentriere dich auf deine Arbeit, und denke nicht daran, wo du dich befindest.«

Judith konnte nur nicken, da ihr die Angst bereits die Kehle zuschnürte.

Alicia wickelte nun das andere Ende des Seiles um eine Zinne und benützte sie als Hebel, um Judith langsam am Turm hinunterlassen zu können.

Judith betete im stillen einen Psalm nach dem anderen, beschwor ihr Gottvertrauen und sah sich nach einem Halt für ihre Zehen um. Dreimal bröckelte das Mauerwerk unter ihren Füßen ab, und jedesmal sprang ihr das Herz in die Kehle hinauf, während sie lauschend innehielt und darauf wartete, daß jeden Moment ein Wächter über ihr erschien und das Seil durchschnitt, an dem ihr Leben hing.

Nach einem langen, langsamen Abstieg erreichte sie das Fenster, und als sie den Fuß auf das Fenstersims stellte, packte eine Hand ihren Knöchel.

»Still!« befahl eine Stimme, als Judith ein entsetztes Keuchen hören ließ.

Starke Hände umfingen ihre Waden, dann ihre Hüften, und zogen sie durch das Fenster. Judith, die so froh war, wieder auf festem Boden stehen zu können, klammerte sich so heftig an die Innenseite des Simses, daß ihre Finger zu brechen drohten.

»Seid Ihr nicht die Lady, die sich so sehr vor Höhen fürchtet?«

Judith drehte sich um und sah in Roger Chatworth' ruhiges Gesicht. Sein Hemd hing in Fetzen an seinem kräftigen Körper. »Wo ist Miles?« fragte sie mit halb seufzender, halb krächzender Stimme.

Ein Geräusch vor der Zellentür veranlaßte Roger, sich schützend vor Judith zu stellen.

»Redest du mit dir selbst, Chatworth?« fragte der Wächter, machte aber keine Anstalten, die Zelle zu betreten.

»Hab ja niemand sonst, mit dem ich reden könnte«, rief Roger zurück und hielt Judiths bebenden Körper umschlungen.

»Wer ist oben auf dem Dach?« fragte Roger flüsternd an ihrem Ohr.

»Alicia.«

Judiths Antwort wurde von einem halblauten Fluch von Roger belohnt. Sie wollte sich von ihm lösen, doch in diesem Moment tat ihr jeder Trost gut. Roger zog sie mit dem Seil, an dem sie noch hing, in eine entlegene Ecke der kleinen Zelle. »Miles sitzt in dem Verlies gegenüber«, flüsterte er. »Er ist verwundet, und ich bin mir nicht sicher, ob er die Kraft besitzt, an Eurem Seil emporzuklettern. Der Wächter wird sich bald zum Schlafen niederlegen, und dann brechen wir aus. Ich klettere zuerst hinauf und ziehe Euch dann wieder auf das Dach. Doch Ihr könnt nicht allein in dieser Zelle bleiben. Ihr müßt Euch auf das Sims setzen, und wenn der Wächter in die Zelle schaut, müßt Ihr vom Fenster herunterspringen. Versteht Ihr mich? Sobald ich das Dach erreicht habe, ziehe ich Euch hinauf«, wiederholte er.

Judith ließ seine Worte in sich einsickern. Das war der Feind ihrer Familie, die Ursache von Mary Ascotts Tod. Vielleicht beabsichtigte er, Alicia umzubringen und dann das Seil zu kappen, an dem sie hing. »Nein ...« begann sie.

»Ihr müßt mir vertrauen, Ascott! Alicia kann Euch nicht allein mit dem Seil auf das Dach ziehen, und Ihr könnt unmöglich mit dem Seil an der Mauer hinaufklettern. Verdammte Frauen! Warum haben sie nicht ein paar Männer hierhergeschickt?«

Das wirkte. Ihre Augen sprühten Blitze. »Was für ein undankbares Scheusal ...«

Er legte ihr die Hand über den Mund. »Gutes Mädchen! Mag mir auch vieles an den Ascotts mißfallen, ihre Frauen sind mir sympathisch. Nun wollen wir nicht noch mehr Zeit vergeuden.« Damit schob er Judith wieder zum Fenster, hob sie hoch und setzte sie auf das Sims. »Legt Eure Hände hierher« – er deutete auf den Rand des Simses – »und haltet Euch dort fest. Wenn ich anfange, Euch hinaufzuziehen, benützt Eure Hände und Füße, um Euch von der Wand abzustemmen.« Er rüttelte sie ein wenig an den Schultern, weil sie mit glasigen Augen hinuntersah, auf den Boden, der so weit, weit unter ihr lag. »Denkt an den Zorn Eures Mannes, wenn er entdeckt, daß Ihr einen Chatworth vor Eurem Bruder gerettet habt.«

Judith hätte fast darüber gelächelt – fast. Sie hob den Kopf und beschwor Gavin vor ihr inneres Auge – bildete sich ein, daß sie in seinen sicheren Armen ruhte. Sie schwor, daß sie nie wieder so etwas Törichtes unternehmen wollte, nie mehr versuchen würde, einen Mann zu retten. Es sei denn, Gavin wäre der Mann, den sie retten müßte. Oder ihre Brüder. Oder eine von ihren Schwägerinnen. Oder vielleicht auch ihre Mutter. Und selbstverständlich ihre Kinder. Und ...

Der Zug an dem Seil, das Roger über ihrem Kopf packte, riß sie fast durch das Fenster. »Konzentriert Euch auf Eure Arbeit, Frau!« befahl er.

Sie zog den Kopf ein, als er die Füße durch das Fenster nachzog, über ihr am Seil baumelte und dann, als sie mit ihren Sinnen wieder ganz bei der Sache war, legte sie den Kopf zurück und schaute zu, wie er Hand über Hand am Seil emporkletterte.

Alicia empfing Roger am Dachrand mit einem Messer, mit dem sie auf seine Kehle zielte. Und so hielt sie ihn dort fest, mit den Beinen über dem Abgrund hängend, während er sein Körpergewicht mit beiden Armen abstützte.

»Was habt Ihr mit Judith gemacht?« fauchte Alicia.

»Sie wartet dort unten, damit ich sie auf das Dach ziehe und jede Minute, die Ihr mich aufhaltet, bringt sie nur in Lebensgefahr.«

In diesem Moment geschahen mehrere Dinge gleichzeitig.

»Die Wächter!« kam ein Schrei von unten.

»Die Tür!« rief Roger und krallte sich an der Zinne fest, damit er nicht von der Mauer rutschte. »Verrammelt die Tür!« Alicia reagierte sofort, doch als sie zur Falltür kam, hatte sich bereits ein Wächter hindurchgezwängt. Sie zögerte keinen Moment, sondern stieß ihm ihr Messer zwischen die Rippen. Er fiel auf die Tür, und Alicia mußte ihn erst zur Seite schieben, damit sie an den Riegel herankam.

Dann rannte sie wieder zur Zinne, wo Roger soeben das Seil einholte, an dem Judith hing, und sie beugte sich über die Zinne, um ihm beim Ziehen zu helfen.

»Was ist passiert?« fragte Alicia, ehe Judith noch ganz auf dem Dach war.

»Clarissa und Fiona wurden in die Zelle gesperrt, in der Miles sich befindet. Ich blieb in der Zelle und lauschte solange ich konnte, doch als der Wächter nach Chatworth sehen wollte, rief er die anderen Wächter herbei. Was ist aus ihm geworden?«

Alicia half Judith auf das Dach hinauf. »Dort ist er«, sagte sie und deutete mit dem Kopf auf den Toten, der neben der Falltür lag.

»Wer hat ihn rufen hören?« fragte Roger.

»Ich weiß nicht, ob ihn jemand gehört hat«, sagte Judith. »Jedenfalls müssen wir uns sputen, sonst kommen wir nicht mehr aus dem Schloß heraus.«

»Die Zeit reicht nicht dazu. Wo sind Eure Ehemänner?« fragte Roger.

»Hier in Frankreich, aber …« begann Judith, brach jedoch mitten im Wort ab, als sie sah, wie Roger das zweite Seil vom Dachboden aufhob und es an eine Zinne band.

»Das Fenster der Zelle, wo sie eingesperrt sind, liegt auf der anderen Seite.«

Roger ignorierte sie. »Dafür ist jetzt keine Zeit. Jeden Augenblick kann der Schloßherr hier oben im Turm erscheinen. Wir müssen hinunterklettern und uns Hilfe besorgen.«

»Ihr seid ein Feigling«, zischte Alicia, »Ihr flieht, während Judith und ich Eure Familie retten.«

Roger packte sie grob am Arm. »Seid still, Ihr schwätzt dummes Zeug! Habt Ihr vergessen, daß Fiona meine Schwester ist? Ich habe keine Zeit, mit Euch zu streiten, doch wenn wir alle hier oben eingesperrt sind, bleibt niemand mehr übrig, der eine Rettung organisieren könnte. Also, könnt Ihr selbst an diesem Seil hinuntersteigen?«

»Ja, aber …« begann Alicia.

»Dann klettert!« Dann half er ihr über den Rand der Mauer, obwohl er sie mit sicherem Griff an den Armen hielt. »Los, Alicia!« befahl er, und dann huschte ein Lächeln über sein Gesicht. »Zeigt uns mal, daß Ihr schottisches Blut in den Adern habt.«

Nachdem Roger Alicia auf den Weg gebracht hatte, faßte er Judith unter die Achseln und stemmte sie hoch. »Gut. Ihr seid nicht schwerer als meine Rüstung.« Er ging in die Hocke. »Steigt auf meinen Rücken und haltet Euch fest.«

Judith nickte und gehorchte. Sie vergrub ihr Gesicht an

Rogers Schulter und schloß die Augen. Sie sah nicht nach unten, als er über den Dachrand kletterte. Sein Nacken wurde feucht von Schweiß, und sie spürte, wie sehr ihn das Klettern anstrengte. »Wollt Ihr Euch von einem Engländer besiegen lassen?« raunte er Alicia zu, die neben ihm über dem Abgrund hing.

Judith öffnete ein Auge und sah voller Bewunderung zu ihrer Schwägerin hinüber. Alicia hatte sich das Seil um einen Knöchel gewickelt, den anderen Fuß darauf gestemmt, und eine Hand unter die andere setzend, ließ sie sich am Seil hinunter. Auf Rogers Zuruf hin beschleunigte sie das Tempo.

Judith dachte gar nicht daran, Rogers sicheren breiten Rücken zu verlassen, nur weil sie wieder auf festem Boden standen. Als wäre das eine Sache, die er täglich verrichtete, schälte er ihre Hände und dann ihre Beine von seinem Körper.

Zitternd sah Judith zu, wie er zum anderen Seil rannte, das lose über dem Boden hing. Alicia war noch ein gutes Stück vom Boden entfernt.

»Springt, Schottin!« rief er zu ihr hinauf.

Ein kurzes Zögern, doch dann ließ Alicia das Seil los und landete wuchtig in Roger Chatworth' ausgebreiteten Armen. »Ihr müßt so viel wiegen wie mein Pferd«, murmelte er, während er sie auf die Beine stellte. »Würde ich zuviel erwartet haben, als ich hoffte, die Frauen hätten auch Pferde in der Nähe versteckt?«

»Komm, Feind!« sagte Alicia und winkte ihm mit dem Arm zu.

Roger packte Judith an der Schulter, weil sie stocksteif dastand und mit entsetzten Augen hinaufstarrte zu der Stelle, wo das Seil an den Zinnen hing. »Lauft!« sagte er und gab ihr einen aufmunternden Klaps auf die Kehrseite. »Nun wollen wir meine Schwester und Chris aus den Händen ihrer Peiniger befreien!«

Miles stand in der Mitte der Zelle wie in Erwartung von Gästen, als die Tür aufgestoßen wurde und Fiona und Clarissa hereinstolperten.

»Du bekommst Gesellschaft, Ascott!« rief der Wächter lachend. »Genieße diese Nacht, weil es vermutlich die letzte Nacht deines Lebens sein wird.«

Miles fing Fiona auf, ehe sie zu Boden stürzte, und langte dann nach Clarissas Arm.

Mit der Erfahrung eines Frauenkenners setzte er sich auf den Boden, die Arme um die Schultern beider Frauen gelegt, während Fiona begann, ihm begeistert das Gesicht abzuküssen.

»Man hat deinen Brüdern erzählt, daß du tot seist«, sagte Fiona zwischen Küssen. »Oh, Miles, ich hätte nicht geglaubt, daß ich dich jemals wiedersehen würde.«

Miles, ein leises Lächeln auf den Lippen, ein Leuchten in den Augen, küßte beide Frauen auf die Stirn. »Jetzt kann ich in Frieden sterben.«

»Wie kannst du nur über so etwas Witze machen ...?« begann Fiona, doch Miles küßte sie auf den Mund, um sie zu beruhigen.

Die drei spitzten die Ohren, als der Wächter vor der Zelle einen Alarmruf ausstieß, und die Treppe zum Dach hinaufrannte. Danach hörten sie einen dumpfen Fall.

In der Stille, die dem Poltern folgte, richtete Miles die Augen an die Decke und sagte: »Alicia?«

Beide Frauen nickten.

Miles holte tief Luft und seufzte. »Nun erzählt mir mal, was ihr angestellt habt.«

Clarissa schwieg, während Fiona Miles von ihrem Plan erzählte, daß Judith an der Mauer hinunter in Miles' Zelle klettern sollte. Clarissa, an Miles' starke Schulter gelehnt, an der sie sich geborgen fühlte, beobachtete sein Gesicht und sah, wie seine Augen dunkel wurden. »Raine würde mir den Hals umdrehen, wenn ich ihm von unserem Plan erzählte«, dachte Clarissa, und heiße Tränen stiegen ihr in die Augen.

»Clarissa?« sagte Miles, Fionas Bericht unterbrechend, »wir kommen hier wieder heraus. Dafür werden meine Brüder schon sorgen ...«

Sie wischte sich mit dem Handrücken die Augen aus. »Ich weiß. Ich dachte nur daran, daß Raine mir für das, was ich getan habe, die Haut abziehen wird.«

In Miles' Augen irrlichterte es. »Ja, das wird er.«

»Du bist verletzt!« rief Fiona plötzlich, als ihre Hand über einen schmutzigen Verband um seinen Brustkorb tastete. Miles' Hemd war nur noch ein kümmerlicher Fetzen, und das, was dieser Fetzen noch bedeckte, hatte Fiona inzwischen mit ihrer Hand erkundet.

Sie lehnte sich zurück. Die Zelle wurde nur vom Mondlicht erhellt, doch selbst in diesem spärlichen Licht konnte sie, als sie sein Hemd auseinanderfaltete, alle seine Narben sehen. Während sie mit der Fingerkuppe darüberfuhr, sagte sie: »Du hattest keine Narben, als ich dich kennenlernte, und alle diese Wunden hast du meinetwegen empfangen.«

Er küßte die Innenseite ihrer Hand. »Ich werde dir ein paar Narben abgeben – Narben, die dich an die zwanzig Kinder erinnern, die du mir gebären wirst. Nun möchte ich, daß ihr beide euch ausruht, weil der Morgen vermutlich ... neue Ereignisse bringen wird.«

Die wichtigste Sorge ihres Lebens war gewesen, Miles gesund wiederzusehen, und als sie sich nun gegen ihn lehnte und wußte, er war stark und wohlauf, war sie zufrieden. Sie schloß die Augen und schlief sofort ein.

Nicht so Clarissa. Sie hatte nicht eine so lange Reise hinter sich wie Fiona und war nicht so müde. So schloß sie die Augen und hielt still, doch ihre Gedanken rasten.

Nach einer Stunde, als das frühe Licht der Dämmerung sich in die Zelle stahl, löste sich Miles vorsichtig von den beiden Frauen und ging zum Fenster. Durch halbgeöffnete Lider beobachtete Clarissa ihn und seine etwas unbeholfenen Bewegungen.

»Komm zu mir, Clarissa!« flüsterte er und überraschte sie mit seinem Wissen, daß sie wach war.

Clarissa stieg vorsichtig über die schlafende Fiona hinweg, und als sie an Miles' Seite trat, zog er sie an sich, ihren Rücken an seine Brust gelehnt. »Du hast viel riskiert, um mich zu retten, Clarissa, und ich danke dir dafür.«

Sie lächelte und legte ihre Wange an sein Handgelenk.

»Ich bin daran schuld, daß man uns gefangen nahm. Der Herzog war in England gewesen, als ich dort als Sängerin auftrat. Er erinnerte sich an mich und auch daran, gehört zu haben, ich sei nun mit einem Ascott verheiratet. Was glaubst du, hat Alicia gesagt, als sie statt deiner Roger auf dem Dach auftauchen sah?« Sie drehte sich in seinen Armen um. »Glaubst du, ihnen ist die Flucht gelungen? Keine Wächter warteten unten bei den Seilen, nicht wahr? Raine wird uns zu Hilfe kommen?«

Mit einem Lächeln drehte er ihr Gesicht wieder dem Fenster zu. »Ich *weiß*, daß sie zu meinen Brüdern durchgekommen sind. Schau dort hinüber, nach Westen.«

»Ich sehe nichts.«

»Siehst du nicht die kleinen Funken im Morgendunst?«

»Ja«, sagte sie aufgeregt. »Was bedeuten sie?«

»Ich könnte mich täuschen, aber ich glaube, es sind Männer in Rüstungen. Und schau mal dort hinüber, nach Norden.«

»Noch mehr Funken! Oh, Miles.« Sie drehte sich um, schlang die Arme um seine Rippen und ließ ihn dann plötzlich wieder los. »Du bist schlimmer verletzt, als du es Fiona eingestehen wolltest«, sagte sie vorwurfsvoll.

Er versuchte zu lächeln, aber damit konnte er den Schmerz in seinen Augen nicht verdrängen. »Willst du ihr das sagen und ihr neue Sorgen bereiten? Hat sie nicht genug Tapferkeit bewiesen, daß sie vor all diesen fremden Männern tanzte?« sagte er stolz.

»Ja«, antwortete Clarissa und wandte sich wieder dem Fenster zu. So standen sie beieinander, als der Tag hereinbrach, und beobachteten die kleinen Stecknadelköpfe aus Licht, die wuchsen und immer näher kamen.

»Wer sind diese Leute?« fragte Clarissa. »Ich weiß, daß es auch Ascotts in Frankreich gibt; aber es müssen ja Hunderte von Rittern sein, die da heranziehen. Wer sind die anderen?«

»Ich zweifle, daß es andere sind«, antwortete er. »Die Ascotts sind über ganz Frankreich verstreut, und in Spanien und Italien haben wir auch Verwandte. Als ich noch ein Knabe war und mir meine ersten Sporen verdiente, störte es mich, daß ich nirgendwo hingehen konnte, ohne einem Onkel oder ein paar Vettern zu begegnen, die mich bevormundeten. Doch nun glaube ich, daß es nichts schöneres gibt als eine so zahlreiche Verwandtschaft.«

»Da muß ich dir Recht geben.«

»Dort!« sagte er und streckte den Arm aus. »Hast du das gesehen?«

»Nein, ich sah nichts.«

Er grinste vergnügt. »Das ist es, worauf ich gewartet habe. Da ist es wieder!«

Flüchtig, nicht einmal eine Sekunde, sah Clarissa nun einen Blitz zwischen den Funken.

»Es ist das Banner meines Onkels Etienne. Wir haben uns immer lustig gemacht über das Ascott-Banner, das er mit sich führt. Es ist fast so groß wie ein Haus, doch Etienne behauptet, schon der bloße Anblick dieser drei goldenen

Leoparden würde die meisten Leute dazu bewegen, Fersengeld zu geben ... und er möchte ihnen auch Zeit lassen für die Flucht.«

»Ich sah es!« rief Clarissa keuchend. Am Horizont waren nun drei goldene Blitze aufgetaucht, einer über dem anderen. »Die Leoparden«, sagte sie ergriffen. »Was hältst du davon ...?«

»Daß Raine die Truppe von Onkel Etienne anführt. Stephen kommt mit seiner Streitmacht von Norden, und Gavin wird die Männer von Süden heranführen.«

»Wie kannst du das wissen?«

»Ich kenne meine Brüder.« Er lächelte. »Gavin wird ein paar Meilen entfernt auf seine Brüder warten, und dann werden alle drei Armeen gleichzeitig angreifen.«

»Angreifen?« sagte sie durch zusammengepreßte Zähne.

»Mach dir keine Sorgen.« Er strich mit der Hand über ihre Schläfe. »Ich glaube, nicht einmal der Herzog von Lorillard wird es wagen, den vereinten Streitkräften der Ascotts Widerstand zu leisten. Man gibt ihm die Chance, sich friedlich unseren Rittern zu ergeben. Außerdem liegt er mit Christiana in Fehde, nicht mit den Ascotts.«

»Christiana? Das Mädchen, das Roger Chatworth rettete? Was ist aus ihr geworden?«

»Das weiß ich nicht, aber wir werden das bald herausfinden«, sagte Miles mit so grimmiger Betonung, daß Clarissa eingeschüchtert schwieg. Sie wußte aus Erfahrung, daß man nicht versuchen durfte, einem Ascott etwas auszureden, was er sich in den Kopf gesetzt hatte. Gemeinsam beobachteten sie die heranrückenden Ritterscharen, und als Fiona aufwachte, hielt Miles sie ebenfalls an seiner Brust.

In dem Versuch, sie aufzumuntern, machte er obszöne Bemerkungen über Fionas schreiend buntes Gewand.

»Wenn Judith und Alicia Roger Chatworth aus seiner Zelle befreit haben und sie zu dritt losritten, um Hilfe herbeizuholen – welchen deiner Brüder, glaubst du – erreichten sie zuerst?« fragte Clarissa.

Weder Miles noch Fiona konnten ihr darauf eine Antwort geben.

»Ich bete zu Gott, es war nicht Raine«, flüsterte Clarissa.

»Ich glaube, Raine würde zuerst zuschlagen und dann zuhören.«

Schweigend sahen sie zu, wie ihre Retter heranzogen.

Kapitel 21

Auf gleicher Höhe mit Raine und Etienne Ascott ritt Roger Chatworth, sein Mund eine grimmige Linie, sein rechter Arm dick verbunden, aber immer noch blutend. Und neben ihm ritt Alicia mit einer Schwellung, die sich zu einem außerordentlich großen »Veilchen« über ihrem rechten Auge zu entwickeln schien. Rogers verbundener Arm war das Ergebnis des Wiedersehens zwischen Raine und seinem Feind, und Alicias blaues Auge kam dadurch zustande, daß sie sich zwischen Raine und Roger warf. Judith hatte sich ebenfalls an dem Handgemenge beteiligt, doch John Bassett sprang von seinem Pferd, warf sie zu Boden und hielt sie dort fest.

Vier Männer bedurfte es, um Raine daran zu hindern, Chatworth in Stücke zu hauen; doch er beruhigte sich schließlich soweit, daß Judith und Alicia ihm berichten konnten, was geschehen war. Alle Ascotts saßen wieder zu Pferde, als die beiden erst die Hälfte der Geschichte erzählt hatten. Als Judith schilderte, wie Clarissa zu Miles in die Zelle geworfen wurde, sprang Raine abermals auf Roger los. Roger hielt ihn sich mit dem Schwert vom Leib, das er in der linken Hand hielt, während Raines Verwandte sie beide zu beruhigen suchten.

Jetzt waren sie alle stumm, während sie sich dem alten Schloß der Lorillards näherten.

Gavin Ascott saß, in Stahl und Schweigen gehüllt, auf seinem Pferd, hinter sich dreihundert bewaffnete Männer, und beobachtete die heranrückenden Ascotts. Neben ihm saß Sir Guy, in dessen narbenbedecktem Gesicht sich kein Muskel rührte. Guy erinnerte sich ungern an Gavins Wutausbruch, als er ihm meldete, Judith sei mit den Männern nach Frankreich gekommen.

»In diesen Sachen hat sie nicht einen Funken von Vernunft!« hatte Gavin gebrüllt. »Sie verwechselt den Krieg mit einem Fischteich! Sie meint, man braucht nur das Wasser abzulassen und die Karpfen einzusammeln. Oh, gütiger Gott!« betete er mit inbrünstiger Stimme, »wenn sie noch am Leben ist und ich sie wiederfinde, bringe ich sie um. Los, wir reiten!«

Stephen dirigierte seine Männer zur Ostseite des Schlosses, während er und Tam zu der Stelle im Süden ritten, wo Gavin mit seiner Streitmacht wartete.

»Frauen?« brüllte er, als er noch zehn Pferdelängen von Gavin entfernt war.

»Nicht bei mir!« erwiderte Gavin mit so lauter Stimme, daß sein Pferd mit den Vorderbeinen in die Luft stieg.

In einer Staubwolke drehten Stephen und Tam nun nach Westen ab und ritten auf Raine zu. Als Stephen Alicia erblickte, hätte er vor Erleichterung fast geweint, runzelte dann aber die Stirn, als er ihr geschwollenes Auge sah.

»Was ist passiert?« brüllte er, die Hufschläge der Pferde übertönend. Er faßte sie nicht an, verschlang sie aber mit seinen Augen.

»Raine ...« war alles, was Alicia hervorbringen konnte, ehe Stephen in ein bellendes Gelächter verfiel. Er betrachtete liebevoll Raines kolossale Gestalt, die kerzengerade im Sattel saß.

Alicia lenkte ihr Pferd zu Tam hinüber, ohne ihren Mann noch einmal anzusehen.

»Stephen«, rief Judith, »ist Gavin bei den Rittern dort drüben?« Sie deutete nach Süden.

Stephen nickte einmal, und Judith, John dicht hinter ihr, schoß wie der Blitz auf die Streitmacht der Ascotts zu, die sich im Süden zum Angriff formierte.

Aber es kam nicht zur Schlacht.

Der neue Herzog von Lorillard, den man eben aus dem Bett geholt hatte, wollte sein Leben offenbar nicht aufs Spiel setzen, indem er sich mit fast tausend wütenden Männern anlegte, die sein Schloß umzingelt hatten. Voll Vertrauen darauf, daß der Name Ascott der Inbegriff ritterlicher Tugend sei, begab er sich mitten zwischen die bewaffneten Ritter und sagte zu Gavin, falls er ihm die Freiheit schenkte, könnten die Ascotts haben, was oder wen sie aus seinem Schloß haben wollten, ohne auch nur ein Menschenleben dafür opfern zu müssen.

Raine wollte die Bedingungen des Herzogs nicht annehmen, weil der Edelmann nicht nur sein Land aufgeben wollte, sondern auch zwei seiner Söhne. Raine war der Ansicht, daß ein Mann, der so etwas fertigbrachte, sterben sollte.

Alicia und Judith setzten sich dafür ein, daß die Befreiung der Leute aus dem Turm auf die bequemste, sprich unblutigste Weise erfolgen sollte.

Am Ende traf Gavin, der älteste Ascott, die Entscheidung. Der Herzog durfte mit fünf seiner Leibwächter abziehen, nachdem er alle Tore der Burg hatte öffnen lassen.

Trotz heftiger Proteste wurde den Frauen befohlen, zurückzubleiben, während die drei Brüder, Roger und ein Dutzend Vettern in die baufällige Feste des Herzogs einritten.

Entweder wußten die Bewohner der Burg nichts davon –

oder wollten es nicht wissen –, daß es sich bei den einrückenden Rittern um Eroberer handelte, oder vielleicht war es für sie, wie Stephen meinte, ein alltägliches Ereignis. Jedenfalls mochten sie nicht dabei gestört werden, ihren Rausch auszuschlafen. Männlein und Weiblein lagen ausgestreckt auf dem Boden und quer über den Bänken.

Vorsichtig stiegen die Ritter mit gezogenen Schwertern über die Schlafenden hinweg und suchten nach der Treppe, von der ihnen Alicia und Judith erzählt hatten.

Als sie die Tür am Kopfende der Treppe erreicht hatten, die zu den Zellen führte, stemmten die drei Brüder die Schultern dagegen, um das Schloß aufzubrechen.

»Hier!« rief Roger, holte einen Schlüsselbund von der Wand herunter und schloß die schwere Eichentür auf.

Sie wurden von Miles begrüßt, der gelassen und sehr zufrieden mit sich in der Zelle saß, in jedem Arm eine Frau.

Clarissa sprang Raine in die Arme, der sie fest an sich preßte und dem die Augen feucht wurden, als er sein Gesicht in ihrem Nacken vergrub. »Jedesmal, wenn du in die Nähe deiner Schwägerinnen kommst«, begann er, »machst du solche Dummheiten. Von jetzt an ...«

Lachend küßte Clarissa ihn auf den Mund, daß er seinen Satz nicht zu Ende bringen konnte.

Fiona löste sich aus Miles' Armen und ging zu Roger, streichelte seine Wange und strich vorsichtig über seinen blutigen Arm. »Vielen Dank«, flüsterte sie. Sie drehte sich zu Gavin um, und als ihre Blicke sich trafen, nickte sie schroff. Sie konnte die Worte nicht vergessen, mit denen er sie beleidigt hatte.

Da verklärte ein Grinsen seine scharfen Züge, und er öffnete die Arme für sie. »Könnten wir beide einen neuen Anfang machen, Fiona?« fragte er.

Fiona ging zu ihm, ließ sich von ihm umhalsen, und als

Alicia und Judith dazukamen, wurden noch mehr Umarmungen und Küsse ausgetauscht.

Miles war es, der das Glück der wiedervereinten Familie mit der an Roger gerichteten Frage störte: »Sollen wir jetzt gehen?«

Auf Rogers schroffes Nicken hin nahm Miles einem jungen Vetter das Schwert aus der Hand.

»Jetzt ist doch nicht die richtige Zeit für ein Duell«, begann Stephen, verstummte aber, als Miles ihn ansah.

»Chatworth hat mir geholfen. Jetzt gehe ich mit ihm.«

»Mit ihm?« explodierte Raine. »Hast du vergessen, daß er Mary umbrachte?«

Miles gab ihm keine Antwort, sondern verließ hinter Roger die Zelle.

»Raine«, sagte Clarissa mit ihrer sanftesten Stimme, »Miles ist verwundet, und Roger ebenfalls. Ich bin sicher, sie wollen diese Frau befreien, die von Roger träumte.«

»Christiana!« rief Fiona und befreite sich aus ihrer glücklichen Betäubung. Sie hatte keine Ahnung, wohin ihr Bruder und ihr Mann jetzt gingen. »Judith, Alicia!« Sie sah sich suchend um.

Ohne einen Moment zu zögern, bewegten sich alle vier Frauen auf die Tür zu.

Ohne ein Wort zu sagen und wie auf Kommando packten die Männer ihre Frauen um die Taille, wobei Raine auch noch Fiona übernahm, trugen sie in die Zelle zurück, warfen die Tür hinter ihnen zu und schlossen sie ab. Einen Moment lang verharrten sie ergriffen im Zellengang, staunend über die Vielseitigkeit und Lautstärke der Flüche, mit denen die Frauen sie belegten. Judith zitierte aus der Bibel, Alicia fluchte gälisch, Fiona hatte sich Landsknechte zum Vorbild genommen, und Clarissa verwendete ihre großartige Stimme dazu, den Turm zum Beben zu bringen.

Die Männer grinsten sich triumphierend an. Dann gaben sie ihren jungen Vettern ein Zeichen, ihnen zu folgen, und verließen den Zellenblock.

»Ich hätte nie gedacht, daß ich den Tag erleben würde, wo ich einem Chatworth helfe«, murmelte Raine und blieb dann stehen, als er das Klirren von Stahl hörte.

Sechs Wächter, hellwach und nüchtern, standen vor dem Zimmer Posten, in dem Christiana festgehalten wurde, und als sie Roger und Miles erblickten, griffen sie sofort an.

Miles' Wunde an seiner Brust brach sofort wieder auf, als er einen der Wächter mit seinem Schwert durchbohrte. Er stieg über die Leiche hinweg und griff den nächsten Wächter an. Roger wurde das Schwert aus der linken Hand geschlagen, als er über die Leiche des Mannes stolperte, den Miles soeben getötet hatte. Er stürzte, faßte das Schwert mit der rechten Hand, kam wieder hoch und tötete den Mann, der über ihm aufragte. Sogleich öffnete sich die Wunde an seinem rechten Arm.

Als Roger nun von einem anderen Wächter angegriffen wurde, hob er hilflos seinen verwundeten Arm. Schon war das Schwert des Wächters nur noch einen Zoll von Rogers Bauch entfernt, als der Mann tot zusammenstürzte. Roger rollte sich zur Seite und sah gerade noch, wie Raine sein Schwert aus dem Rücken des toten Mannes herauszog.

Die drei Brüder schlossen sich zu einem Wall zusammen, um Roger und Miles abzuschirmen, und erledigten rasch die noch lebenden Wächter. Dann wischten sie ihre Schwerter an einem Betthimmel in ihrer Nähe ab.

Es war Raine, der Roger seine Hand hinstreckte, und einen Moment lang sah Chatworth sie an, als würde ihm eine tödliche Giftschlange ihre Freundschaft anbieten. Dann, mit noch etwas ungewissem Blick, nahm Roger doch die ihm dargebotene Hand an und ließ sich von Raine von dem mit Leichen bedeckten Boden aufhelfen. Einen Moment lang sahen sie sich in die Augen, ehe Roger zum Bett ging und die Bettvorhänge zur Seite riß.

Dahinter, zusammengerollt zu einem Ball, nur mit einem winzigen Fetzen aus Wolle bedeckt, lag Christiana. Ihr Körper war eine Mischung aus Schwarz und Blau. Ihre Augen waren zugeschwollen, ihre Lippen aufgeplatzt.

Langsam kniete sich Roger neben das Bett und berührte ihre Schläfe.

»Roger?« flüsterte sie und versuchte zu lächeln, worauf ihre Unterlippe sofort zu bluten begann.

Mit vor Wut lodernden Augen beugte Roger sich vor und hob sie aus dem Bett.

Raines Hand legte sich auf seine Schulter. »Wir bringen sie nach Süden zu unserer Familie.«

Roger nickte nur und trug Chris auf seinen Armen aus dem Zimmer.

Gavin half Miles vom Boden auf. »Wo sind die Frauen?« fragte Miles.

Seine Brüder schwiegen betreten und wirkten sogar ein bißchen ängstlich.

»Wir ... äh ...« begann Stephen.

Gavins Kopf ruckte hoch. »Ich glaube, wir werden schon mal vorausreiten. Hier!« Er warf Miles einen Schlüssel zu. »Vielleicht schaust du mal nach den Frauen.«

»Ja«, stimmten Stephen und Raine ihm hastig zu, und dann stolperten sie fast übereinander, als sie aus dem Zimmer drängten.

Miles betrachtete den Schlüssel in seiner Hand und begriff, daß es der Schlüssel zu der Zelle war, wo er eingesperrt gewesen war. »Ihr habt doch wohl nicht ...!« rief er, doch seine Brüder waren schon die Treppe hinuntergeeilt.

Einen Moment stand er da und dann begann er zu lachen,

lachte, wie er noch nie zuvor gelacht hatte. Vor ein paar Jahren hatten er und seine Brüder allein gelebt in ihrer kleinen, heilen Welt, die nur Schlachten und Kriege kannte. Und dann hatten sie einer nach dem anderen vier schöne, bezaubernde Frauen geehelicht – und erst dann erfahren, was Krieg wirklich bedeutete.

Soeben hatten er und seine Brüder eine Burg erobert, mehrere Männer getötet und sich nichts aus der Gefahr gemacht. Doch als sie sich vier wütenden Ehefrauen stellen sollten, die sie in eine Zelle gesperrt hatten, wurden sie zu Feiglingen und flüchteten.

Miles ging hinaus zur Treppe. Gott sei Dank war er nicht dabei gewesen, als die Frauen eingesperrt wurden! Er empfand Mitleid für seine Brüder, wenn es diesmal zu einem Wiedersehen mit ihren Frauen kam.

Warum sollte er sie bemitleiden? Er dachte daran, wie sie ihn als »kleinen Bruder« behandelt hatten. Nun sollten sie jeden Streich, den sie ihm in seinem Leben gespielt hatten, teuer bezahlen.

Er warf den Schlüssel in die Luft, fing ihn wieder auf und steckte ihn grinsend in das Schloß der Zelle, in der vier schöne Frauen eingesperrt waren. Wie wäre es, wenn er sich ein paar Tage lang mit ihnen in der Zelle einriegelte?

Was später aus ihnen wurde

Christiana trug keinen bleibenden Schaden von ihren Martern davon. Sie heiratete Roger Chatworth, und zehn Jahre später, nachdem sie schon fast jede Hoffnung aufgegeben hatte, wurde ihnen eine Tochter geschenkt, die zu Rogers Kummer einen Ascott von der Südküste Englands heiratete. Der Name Chatworth starb aus. Nur gelegentlich wurde ein Nachkomme Chatworth-Ascott getauft.

Miles und Fiona bekamen dreiundzwanzig Kinder, und einer ihrer Söhne, Philip, brachte es als Günstling König Heinrichs VIII. zu hohen Ehren. Später besuchten zwei von Miles' Enkeln den neuen Kontinent Amerika und blieben dort.

Raine wurde von König Heinrich VIII. zum Ausbilder seiner jungen Ritter berufen, und Clarissa wurde zur Hofdame von Königin Catherine bestellt. Am Hof des Königs ging es sehr vergnügt zu, und der König hörte auf Raines Wort und setzte einige von den Reformen, die Raine verlangte, in die Tat um. Raine und Clarissa hatten drei Töchter, von denen die mittlere Clarissas musikalisches Talent erbte. Angeblich stammen einige der heute weltberühmten Sängerinnen von Clarissa Ascott ab.

Alicia und Stephen hatten sechs Kinder, fünf Knaben und ein Mädchen. Alicias Name wurde in ihrem Clan zur Legende, und selbst heute noch singen die Kinder des Clan MacArran ihr Loblied. Alicias Tochter heiratete den Sohn von Kirsty

MacGregor. Er nahm den Namen MacArran an und wurde schließlich deren Chef.

Lachlan MacGregor heiratete eine von Tams Töchtern und war so bezaubert von ihr, daß er die Geschäfte seines Clans seinen Männern überließ. Davey MacArran kämpfte um die Macht, siegte und wurde neuer Chef der MacGregor. Doch Lachlans Tochter, Daveys Ehefrau, war nicht das kleine, friedliche Ding, für das sie jeder hielt, und am Ende war sie es, die tatsächlich den Clan MacGregor regierte.

Judith und Gavin hielten zäh an dem Besitz der Ascotts fest. Sie hinterließen ihren Nachkommen ein so großes finanzielles Polster, daß der Landsitz auch heute noch zu den größten und reichsten Privathäusern der Welt gehört. Eine von Judiths Nachkommen bewirtschaftet das Anwesen. Sie ist eine zierliche, hübsche junge Dame mit seltsam getönten Augen, unverheiratet, weil sie nie einem Mann begegnet ist, der in seinem Leben auch nur die Hälfte von dem erreicht hat, was sie bisher in ihrem schaffte. In der nächsten Woche hat sie eine Verabredung mit einem dreißigjährigen Amerikaner, einem Self-Made-Millionär, der behauptet, ein Nachkomme eines Ritters namens Miles Ascott zu sein.

Ich verspreche mir vieles von dieser Zusammenkunft.

Jude Deveraux
Santa Fe, New Mexico
Juni 1982